Gontiez

ID0888553

CE QUE LE JOUR DOIT À LA NUIT

DU MÊME AUTEUR

Aux éditions Julliard

Les Agneaux du Seigneur, 1998 (Pocket, 1999)
À quoi rêvent les loups, 1999 (Pocket, 2000)
L'Écrivain, 2001 (Pocket, 2003)
L'Imposture des mots, 2002 (Pocket, 2004)
Les Hirondelles de Kaboul, 2002 (Pocket, 2004)
Cousine K, 2003 (Pocket, 2005)
La Part du mort, 2004 (Folio, 2005)
L'Attentat, 2005 (Pocket, 2006)
Les Sirènes de Bagdad, 2006 (Pocket, 2007)

Chez Folio

Morituri
Double Blanc
L'Automne de chimères

Chez Après la lune

La Rose de Blida

YASMINA KHADRA

CE QUE LE JOUR DOIT À LA NUIT

roman

Julliard
24, avenue Marceau
75008 Paris

© Éditions Julliard, Paris, 2008
ISBN 978-2-260-01758-5

« À Oran comme ailleurs,
faute de temps et de réflexion,
on est bien obligé de s'aimer sans le savoir. »

Albert CAMUS, *La Peste.*

« J'aime l'Algérie, car je l'ai bien ressentie. »

Gabriel GARCÍA MÁRQUEZ

I. Jenane Jato

1.

Mon père était heureux.

Je ne l'en croyais pas capable.

Par moments, sa mine délivrée de ses angoisses me troublait.

Accroupi sur un amas de pierraille, les bras autour des genoux, il regardait la brise enlacer la sveltesse des chaumes, se coucher dessus, y fourrager avec fébrilité. Les champs de blé ondoyaient comme la crinière de milliers de chevaux galopant à travers la plaine. C'était une vision identique à celle qu'offre la mer quand la houle l'engrosse. Et mon père souriait. Je ne me souviens pas de l'avoir vu sourire ; il n'était pas dans ses habitudes de laisser transparaître sa satisfaction – en avait-il eu vraiment ?... Forgé par les épreuves, le regard sans cesse aux abois, sa vie n'était qu'une interminable enfilade de déconvenues ; il se méfiait comme d'une teigne des volte-face d'un lendemain déloyal et insaisissable.

Je ne lui connaissais pas d'amis.

Nous vivions reclus sur notre lopin de terre, pareils à des spectres livrés à eux-mêmes, dans le silence sidéral de ceux qui n'ont pas grand-chose à se dire : ma mère à l'ombre de son taudis, ployée sur son chaudron, remuant machinalement un bouillon à base de tubercules aux saveurs discutables ; Zahra, ma cadette de trois ans, oubliée au fond d'une encoignure, si discrète que souvent on ne s'apercevait pas de sa présence ; et moi, garçonnet malingre et solitaire, à peine éclos que déjà fané, portant mes dix ans comme autant de fardeaux.

Ce n'était pas une vie ; on existait, et c'est tout.

Le fait de se réveiller le matin relevait du miracle, et la nuit, lorsqu'on s'apprêtait à dormir, on se demandait s'il n'était pas raisonnable de fermer les yeux pour de bon, convaincus d'avoir fait le tour des choses et qu'elles ne valaient pas la peine que l'on s'attardât dessus. Les jours se ressemblaient désespérément ; ils n'apportaient jamais rien, ne faisaient, en partant, que nous déposséder de nos rares illusions qui pendouillaient au bout de notre nez, semblables aux carottes qui font avancer les baudets.

En ces années 1930, la misère et les épidémies décimaient les familles et le cheptel avec une incroyable perversité, contraignant les rescapés à l'exode, sinon à la clochardisation. Nos rares parents ne donnaient plus signe de vie. Quant aux loques qui se silhouettaient au loin, nous étions certains qu'elles ne faisaient que passer en coup de vent, le sentier qui traînait ses ornières jusqu'à notre gourbi était en passe de s'effacer.

Mon père n'en avait cure.

Il aimait être seul, arc-bouté contre sa charrue, les lèvres blanches d'écume. Parfois, je le confondais avec quelque divinité réinventant son monde et je restais des heures entières à l'observer, fasciné par sa robustesse et son acharnement.

Lorsque ma mère me chargeait de lui porter son repas, je n'avais pas intérêt à traîner. Mon père mangeait à l'heure, frugalement, pressé de se remettre au travail. Moi, j'aurais aimé qu'il me dît un mot affectueux ou qu'il me prêtât attention une minute ; mon père n'avait d'yeux que pour ses terres. Ce n'était qu'à cet endroit, au milieu de son univers blond, qu'il était dans son élément. Rien ni personne, pas même ses êtres les plus chers, n'était en mesure de l'en distraire.

Le soir, en regagnant notre taudis, l'éclat de ses yeux se tempérait avec le coucher du soleil. Il était quelqu'un d'autre, un être quelconque, sans attrait et sans intérêt; il me décevait presque.

Mais depuis quelques semaines, il était aux anges. La moisson s'annonçait excellente, dépassait ses prévisions… Criblé de dettes, il avait hypothéqué la terre ancestrale et savait qu'il livrait son ultime combat, qu'il engageait sa dernière cartouche. Il se défonçait comme dix, sans relâche, la rage au ventre; le ciel immaculé l'effarouchait, le moindre petit nuage l'électrisait. Je ne l'avais jamais vu prier et se dépenser avec autant d'entêtement. Et quand vint l'été et que le blé recouvrit la plaine de paillettes étincelantes, mon père prit place sur le tas de pierres et ne bougea plus. Recroquevillé sous son chapeau d'alfa, il passait le plus clair de ses journées à contempler la récolte qui, après tant d'années d'ingratitude et de vaches maigres, promettait enfin un soupçon d'éclaircie.

Les moissons étaient pour bientôt. Plus elles approchaient, moins mon père gardait son calme. Il se voyait déjà faucher ses gerbes à tour de bras, botteler ses projets par centaines et engranger ses espérances à ne savoir qu'en faire.

Une petite semaine plus tôt, il m'avait installé à côté de lui sur la charrette et nous nous étions rendus au village, à quelques encablures derrière la colline. D'habitude, il ne m'emmenait nulle part. Peut-être avait-il pensé que les choses étaient en train de s'améliorer et qu'il fallait réajuster nos manières et nous découvrir de nouveaux réflexes, une nouvelle mentalité. En cours de route, il s'était mis à fredonner un air bédouin. C'était la première fois de ma vie que je l'entendais chanter. Sa voix partait dans tous les sens, fausse à faire fuir un canasson; pour moi, c'était la fête – un baryton ne lui arriverait pas à la cheville. Tout de suite, il s'était ressaisi, surpris de s'être laissé aller, voire honteux de se donner en spectacle devant son rejeton.

Le village ne disait rien qui vaille. C'était un trou perdu, triste à crever, avec ses bicoques en torchis craquelé sous le poids des misères et ses ruelles désemparées qui ne savaient où courir cacher leur laideur. Quelques arbres squelettiques se faisaient bouffer par les chèvres, debout dans leur martyre tels des gibets. Accroupis à leur pied, les désœuvrés n'en menaient pas large. On aurait dit des épouvantails désaffectés, abandonnés là jusqu'à ce que les tornades les dispersent dans la nature.

Mon père avait arrêté la charrette devant une échoppe hideuse autour de laquelle se morfondaient des gamins. Ils portaient, en guise de gandouras, des sacs de jute grossièrement rafistolés et ils étaient pieds nus. Leur tête tondue et mouchetée d'escarres suppurantes conférait à leur mine quelque chose d'irréversible, comme la marque d'une damnation. Ils nous avaient entourés avec la curiosité d'un clan de renardeaux qui voit son territoire profané. Mon père les avait repoussés d'un geste de la main avant de me bousculer dans l'épicerie où un homme sommeillait au milieu d'étagères vides. Ce dernier ne s'était même pas donné la peine de se lever pour nous accueillir.

— J'aurais besoin d'hommes et de matériel pour la moisson, lui avait dit mon père.

— C'est tout ? avait fait l'épicier avec lassitude. Je vends aussi du sucre, du sel, de l'huile et de la semoule.

— Ce sera pour plus tard. Est-ce que je peux compter sur toi ?

— Tu les veux quand, tes hommes et leurs paquetages ?

— Le vendredi d'après ?…

— C'est toi, le patron. Tu siffles et on rapplique.

— Alors, disons le vendredi de la semaine prochaine.

— Marché conclu, avait grogné l'épicier en ramenant son turban sur la figure. Content d'apprendre que tu as sauvé ta saison.

— J'ai surtout sauvé mon âme, avait rétorqué mon père en s'éloignant.

— Pour ça, il faudrait d'abord en avoir une, mon vieux.

Mon père avait frémi sur le pas de l'échoppe. Il semblait avoir perçu une insinuation vénéneuse dans les propos de l'épicier. Après s'être gratté derrière la tête, il avait grimpé sur sa charrette et mis le cap sur la maison. Sa susceptibilité en avait pris un sacré coup. Son regard, le matin éclatant, s'était assombri. Il avait dû lire dans la réplique du boutiquier un mauvais présage. C'était ainsi, avec lui; il suffisait de le contrarier pour le préparer au pire, de vanter son ardeur pour l'exposer au mauvais œil. J'étais certain qu'en son for intérieur, il regrettait de s'être autorisé à crier victoire alors que rien n'était acquis.

Durant le trajet du retour, il s'était replié sur lui-même tel un serpent et n'avait pas arrêté de cingler la croupe de la mule avec son fouet; ses gestes étaient empreints d'une obscure colère.

En attendant le vendredi, il avait déterré d'antiques serpes, des faucilles branlantes et autres outillages pour les réparer. Avec mon chien, je le suivais à distance, à l'affût d'un ordre qui m'aurait rendu utile à quelque chose. Mon père n'avait besoin de personne. Il savait exactement ce qu'il avait à faire et où trouver ce dont il avait besoin.

Puis, une nuit, sans crier gare, le malheur s'abattit sur nous. Notre chien hurlait, hurlait… Je crus que le soleil s'était décroché et qu'il était tombé sur nos terres. Il devait être trois heures du matin et notre gourbi était éclairé comme en plein jour. Ma mère se tenait la tête à deux mains, interdite sur le seuil de la porte. Les réverbérations du dehors faisaient courir son ombre multiple sur les parois autour de moi. Ma sœur se terrait dans son coin, assise en fakir sur sa natte, les doigts dans la bouche et les yeux inexpressifs.

Je m'élançai vers le patio et vis une crue de flammes hystériques ravager nos champs ; ses lumières montaient jusqu'au firmament où pas une étoile ne veillait au grain.

Le torse nu vergeté de traînées noirâtres, ruisselant de sueur, mon père était devenu fou. Il plongeait un misérable seau dans l'abreuvoir, fonçait sur l'incendie, disparaissait au milieu des flammes, revenait chercher de l'eau et retournait en enfer. Il ne se rendait pas compte du ridicule qui sanctionnait son refus d'admettre qu'il n'y pouvait rien, qu'aucune prière, aucun miracle n'empêcherait ses rêves de partir en fumée. Ma mère voyait bien que tout était perdu. Elle regardait son mari se démener comme un beau diable et craignait de ne plus le voir ressortir du brasier. Mon père était capable de prendre des gerbes à bras-le-corps et de se laisser brûler avec elles. N'était-il dans son élément qu'au milieu de ses champs ?

Au lever du jour, mon père continua d'asperger les volutes de fumée qu'exhalaient les touffes calcinées. Il ne restait plus rien des champs et pourtant il s'entêtait à ne pas le reconnaître. Par dépit.

Ce n'était pas juste.

À trois jours du début des moissons.

À deux doigts du salut.

À un souffle de la rédemption.

Tard dans la matinée, mon père finit par se rendre à l'évidence. Son seau au bout du bras, il osa enfin lever les yeux sur l'étendue du désastre. Longtemps, il chavira sur ses mollets flageolants, les yeux ensanglantés, la figure décomposée ; ensuite, il tomba à genoux, se coucha à plat ventre et se livra, sous nos yeux incrédules, à ce qu'un *homme* est censé ne jamais faire en public – il pleura… toutes les larmes de son corps.

Je compris alors que les saints patrons venaient de nous renier jusqu'au Jugement dernier et que désormais le malheur était devenu notre destinée.

Le temps s'était arrêté pour nous. Bien sûr, le jour continuait de se débiner devant la nuit, le soir de se substituer aux aurores, les rapaces de tournoyer dans le ciel mais, en ce qui nous concernait, c'était comme si les choses étaient arrivées au bout d'elles-mêmes. Une nouvelle page s'ouvrait, et nous n'y figurions pas. Mon père n'en finissait pas d'arpenter ses champs détruits. De l'aube au couchant, il errait parmi les ombres et les décombres. On aurait dit un fantôme captif de ses ruines. Ma mère l'observait à travers le trou dans le mur qui servait de lucarne. Chaque fois qu'il se frappait les cuisses et les joues du plat de la main, elle se signait en évoquant, un à un, le nom des marabouts de la région ; elle était persuadée que son mari avait perdu la raison.

Une semaine plus tard, un homme vint nous voir. Il avait l'air d'un sultan dans son costume d'apparat, la barbe taillée avec soin et la poitrine bardée de médailles. C'était le caïd, escorté de sa garde prétorienne. Sans descendre de sa calèche, il somma mon père d'apposer ses empreintes digitales sur les documents qu'un Français émacié et livide, vêtu de noir de la tête aux pieds, s'était empressé d'extirper de son cartable. Mon père ne se fit pas prier deux fois. Il roula ses doigts dans une éponge gorgée d'encre et les plaqua sur les feuillets. Le caïd se retira sitôt les documents signés. Mon père resta planté dans le patio, à fixer tantôt ses mains maculées d'encre, tantôt la calèche en train de rejoindre les hauteurs de la colline. Ni ma mère ni moi n'eûmes le courage de l'approcher.

Le lendemain, ma mère ramassa ses bouts de misère et les entassa sur la charrette...

C'était fini.

Je me souviendrai toute ma vie de ce jour qui vit mon père passer de l'autre côté du miroir. C'était un jour défait, avec son soleil crucifié par-dessus la montagne et ses horizons fuyants. Il était environ midi pourtant, j'avais le sentiment de me dissoudre dans un clair-obscur où tout s'était figé, où les bruits s'étaient rétractés, où l'univers battait en retraite pour mieux nous isoler dans notre détresse.

Mon père tenait les rênes, le cou rentré dans les épaules, les yeux rivés sur le plancher, laissant la mule nous emmener je ne savais où. Ma mère se recroquevillait dans un angle des ridelles, enfouie sous son voile, à peine reconnaissable au milieu de ses balluchons. Quant à ma petite sœur, elle gardait les doigts dans sa bouche, le regard absent. Mes parents ne se rendaient pas compte que leur fille ne se nourrissait plus, que quelque chose avait rompu dans son esprit depuis cette nuit où l'enfer avait jeté son dévolu sur nos champs.

Notre chien nous suivait de loin, le profil bas. Il s'arrêtait de temps à autre au sommet d'un tertre, se mettait sur son postérieur pour voir s'il était capable de tenir le coup jusqu'à ce que nous ayons disparu, puis il bondissait sur la piste et se dépêchait de nous rattraper, le museau raclant le sol. Son allure ralentissait au fur et à mesure qu'il gagnait du terrain puis, de nouveau, il s'écartait de la piste et s'arrêtait, malheureux et désemparé. Il devinait que là où nous nous rendions, il n'avait pas sa place. Mon père le lui avait signifié en lui jetant des pierres au sortir du patio.

J'aimais beaucoup mon chien. Il était mon unique ami, mon seul confident. Je me demandais ce qu'il allait advenir de nous deux maintenant que nos routes se sépareraient.

Nous avions parcouru des lieues interminables sans rencontrer âme qui vive. On aurait dit que le sort dépeuplait la région afin de nous avoir pour lui tout seul... La piste filait devant nous, décharnée, lugubre. Elle ressemblait à notre dérive.

Tard dans l'après-midi, assommés par le soleil, nous aperçûmes enfin un point noir au loin. Mon père dirigea la mule sur lui. C'était la guitoune d'un marchand de légumes, un hypothétique échafaudage de pieux et de toiles de jute dressé au milieu de nulle part, comme surgi d'une hallucination. Mon père somma ma mère d'aller l'attendre près d'un rocher. Chez nous, les femmes doivent se tenir à l'écart quand les hommes se rencontrent; il n'est pire sacrilège que de voir son épouse lorgnée par quelqu'un d'autre. Ma mère s'exécuta, Zahra dans les bras, et partit s'accroupir à l'endroit indiqué.

Le marchand était un petit bonhomme déshydraté, avec deux yeux de furet rivés au fond d'une figure criblée de pustules noirâtres. Il portait un froc arabe déchiré pardessus des savates moisies d'où s'échappaient des orteils informes. Son gilet usé jusqu'à la trame avait du mal à camoufler l'extrême maigreur de sa poitrine. Il nous épiait, à l'ombre de son chapiteau de fortune, une main étreignant un gourdin. Quand il s'aperçut que nous n'étions pas des voleurs, il lâcha son bâton et avança d'un pas sous la lumière.

— Les gens sont vilains, Issa, lança-t-il d'emblée à l'adresse de mon père. C'est dans leur nature. Ça ne sert pas à grand-chose de leur en vouloir.

Mon père arrêta la charrette à hauteur de l'homme et actionna la manivelle des freins. Il comprit à quoi le marchand faisait allusion, mais ne répondit pas.

Le marchand frappa des mains d'un air scandalisé.

— Lorsque j'ai vu les feux au loin, cette nuit-là, j'ai

compris qu'un pauvre diable retournait en enfer, sauf que j'étais loin de me douter qu'il s'agissait de toi.

— C'est la volonté du Seigneur, fit mon père.

— C'est faux, et tu le sais. Là où sévissent les hommes, le Seigneur est disqualifié. Ce n'est pas juste de l'accabler des méfaits que nous sommes les seuls à rendre possibles. Qui pouvait t'en vouloir au point de brûler tes récoltes, Issa, mon brave ?

— Dieu décide de ce qui nous frappe, dit mon père.

Le marchand haussa les épaules :

— Les hommes n'ont inventé Dieu que pour distraire leurs démons.

Alors que mon père mettait pied à terre, un pan de sa gandoura resta accroché à la banquette. Il en déduisit que c'était là encore un signe de mauvais augure. Son visage se congestionna de colère intérieure.

— Tu vas à Oran ? lui demanda le marchand.

— Qui t'a dit ça ?

— On va toujours en ville quand on a tout perdu… Méfie-toi, Issa. Ce n'est pas un endroit pour nous. Oran grouille d'escrocs sans foi ni loi, plus dangereux que les cobras, plus fourbes que le Malin.

— Pourquoi me racontes-tu ces sornettes ? dit mon père excédé.

— Parce que tu ne sais pas où tu mets les pieds. Les villes sont maudites. La baraka des ancêtres n'y a pas cours. Ceux qui se sont hasardés là-bas n'en sont jamais revenus.

Mon père leva une main pour le prier de garder ses élucubrations pour lui.

— Je te propose ma charrette. Les roues et le plancher sont solides et la mule n'a pas quatre ans. Ton prix sera le mien.

Le marchand jeta un œil furtif sur l'attelage.

— Je crains de n'avoir pas grand-chose à t'offrir, Issa.

Ne crois surtout pas que je profite de la situation. Peu de voyageurs traînent par ici, et souvent mes melons me restent sur les bras.

— Je me contenterai de ce que tu me donnes.

— En vérité, je n'ai pas besoin de charrette, ni de mule… J'ai quelques sous dans mon boîtier. Je les partagerai volontiers avec toi. Tu m'as souvent dépanné, autrefois. Quant à ton attelage, tu peux me le confier. Je finirai bien par lui trouver preneur. Tu reviendras chercher ton argent quand tu voudras. Je n'y toucherai pas.

Mon père ne réfléchit même pas à la suggestion du marchand. Il n'avait pas le choix. Il tendit une main consentante.

— Tu es quelqu'un de bien, Miloud. Je sais que tu ne triches pas.

— On ne triche jamais qu'au détriment de soi-même, Issa.

Mon père me confia deux ballots, se chargea du reste et, empochant les quelques pièces que lui remit le marchand, il se hâta de rejoindre ma mère sans un regard pour ce qu'il laissait derrière lui.

Nous avions marché à ne plus sentir nos jambes. Le soleil nous écrasait ; ses reflets, que nous renvoyait à la figure une terre aride et tragiquement déserte, nous blessaient aux yeux. Fantôme momifié dans son suaire, ma mère chancelait derrière nous, ne s'arrêtant que pour changer ma petite sœur d'épaule. Mon père l'ignorait. Il marchait droit, le pas inflexible, nous obligeant à nous dépêcher. Il n'était pas question, ni pour ma mère ni pour moi, de lui demander de ralentir un peu. J'avais les talons écorchés par mes sandales, la gorge en feu, mais je tenais bon. Pour tromper la fatigue et la faim, je me concentrais sur le dos fumant de mon géniteur, sur sa façon de porter ses fardeaux et sur sa foulée régulière et brute qui semblait assener des coups de pied aux mauvais esprits. Pas une fois il ne s'était retourné pour voir si nous étions toujours derrière lui.

Le soleil commençait à décliner quand nous atteignîmes la « voie des roumis », c'est-à-dire la route goudronnée. Mon père opta pour un olivier solitaire derrière une butte, à l'abri des indiscrétions, et entreprit de sarcler les ronces alentour pour nous permettre de nous installer. Il vérifia ensuite si un angle mort ne cachait pas la route puis, satisfait, il nous ordonna de nous défaire de nos fardeaux. Ma mère posa Zahra endormie au pied de l'arbre, la couvrit d'un pagne et extirpa d'un couffin une casserole et une spatule en bois.

— Pas de feu, lui dit mon père. On mangera de la viande séchée pour aujourd'hui.

— Nous n'en avons pas. Il me reste quelques œufs frais.

— Pas de feu, je te dis. Je ne veux pas que l'on sache que nous sommes ici... On se contentera de tomates et d'oignons.

La fournaise s'essouffla, et une brise se mit à remuer les feuilles sur les branches de l'olivier. On entendait courir les lézards dans les herbes desséchées. Le soleil se répandait à l'horizon *tel un œuf brisé*.

Mon père se tenait allongé sous une roche, un genou en l'air, le turban sur la figure. Il n'avait rien mangé. On aurait dit qu'il nous boudait.

Juste avant la tombée de la nuit, un homme se dressa au sommet d'une crête et nous fit de grands signes. Il ne pouvait pas s'approcher à cause de la présence de ma mère. Par pudeur. Mon père m'envoya lui demander ce qu'il nous voulait. C'était un berger recouvert de hardes, au visage flétri et aux mains rugueuses. Il nous proposait le gîte et le couvert. Mon père déclina l'hospitalité. Le berger insista – ses voisins ne lui pardonneraient pas de laisser une famille dormir dehors, à proximité de son gourbi. Mon père lui opposa un refus catégorique. « Je ne veux rien devoir à personne », avait-il grommelé. Le berger en fut outré. Il retourna à son maigre troupeau de chèvres en grognant et en tapant furieusement du pied sur le sol.

Nous passâmes la nuit à la belle étoile. Ma mère et Zahra au pied de l'olivier. Moi, sous ma gandoura. Mon père en faction sur un rocher, un sabre entre les cuisses.

Le matin, à mon réveil, mon père était quelqu'un d'autre. Il s'était rasé, lavé la figure dans une source et portait des vêtements propres ; un gilet par-dessus une chemise décolorée, un saroual turc à culot plissé que je ne l'avais jamais vu porter avant et des savates en cuir ternies mais frottées de frais.

L'autocar arriva au moment où le soleil prenait son envol. Mon père entassa nos affaires sur la toiture du véhicule avant de nous installer sur une banquette, à l'arrière. C'était la première fois de ma vie que je voyais un autocar. Quand il s'élança sur la route, je me cramponnai à mon siège, subjugué et affolé en même temps. Quelques voyageurs somnolaient çà et là, en majorité des roumis engoncés dans des costumes minables. Je ne me lassais pas de contempler le paysage qui défilait de part et d'autre des vitres. Le conducteur, devant, m'impressionnait. Je ne voyais que son dos, large comme un rempart, et ses bras vigoureux qui tordaient le volant avec beaucoup d'autorité. Sur ma droite, un vieillard édenté tanguait au gré des tournants, un couffin ratatiné à ses pieds. À chaque virage, il plongeait une main dans le panier et vérifiait si tout y était en ordre.

L'odeur insoutenable du carburant et les virages serrés finirent par me terrasser ; je m'assoupis, le ventre retourné et la tête ronde comme un ballon de baudruche.

L'autocar s'arrêta sur une aire encadrée d'arbres, en face d'une grande bâtisse en brique rouge. Les voyageurs se ruèrent sur leurs bagages. Dans leur précipitation, certains me marchèrent sur les pieds ; je ne m'en rendis pas compte. J'étais tellement estomaqué par ce que je voyais que j'en oubliais d'aider mon père à récupérer nos affaires.

La ville !..

Je ne soupçonnais pas que des agglomérations aussi tentaculaires puissent exister. C'était délirant. Un instant, je m'étais demandé si le malaise chopé dans l'autocar ne me jouait pas des tours. Derrière la place s'alignaient des maisons à perte de vue, joliment emboîtées les unes sur les autres, avec des balcons fleuris et des fenêtres hautes. Les chaussées étaient asphaltées, bordées de trottoirs. Je n'en revenais pas, ne savais même pas mettre un nom sur les choses qui me sautaient aux yeux comme des flashes. De très belles demeures s'élevaient de tous les côtés, en retrait derrière des grilles peintes en noir, imposantes et raffinées. Des familles se prélassaient sur les vérandas, autour de tables blanches garnies de carafons et de hauts verres d'orangeade, tandis que des bambins au teint vermeil, avec de l'or dans les cheveux, gambadaient dans les jardins ; leurs rires cristallins giclaient au milieu des feuillages comme des jets d'eau. Il émanait, de ces endroits privilégiés, une quiétude et un bien-être que je ne croyais pas possibles – aux antipodes du relent viciant mon bled où les potagers rendaient l'âme sous la poussière, où les enclos à bestiaux étaient moins affligeants que nos taudis.

J'étais sur une autre planète.

Je clopinais derrière mon père, sidéré par les espaces verts délimités par de petits murets en pierre taillée ou des clôtures en fer forgé, les avenues larges et ensoleillées, et les lampadaires roides dans leur majesté, semblables à des sentinelles éclairées. Et les voitures!... J'en avais compté une bonne dizaine. Elles surgissaient de n'importe où, pétaradantes, aussi vives que les étoiles filantes, et disparaissaient au coin des rues avant qu'on ait formulé un vœu.

— C'est quoi ce pays? demandai-je à mon père.

— Tais-toi et marche, rétorqua-t-il. Et regarde devant toi si tu ne veux pas tomber dans un trou.

C'était Oran.

Mon père marchait droit devant lui, sûr de sa foulée, nullement intimidé par les rues rectilignes, aux immeubles vertigineux, qui se ramifiaient sans arrêt devant nous, si identiques qu'on avait l'impression de marquer le pas sur place. Chose étrange, les femmes ne portaient pas de voile. Elles se baladaient à visage découvert; les vieilles surmontées de coiffes bizarres; les jeunes à moitié dénudées, la crinière au vent, nullement gênées par la proximité des hommes.

Plus loin, l'agitation s'apaisa. Nous nous engageâmes dans des coins ombragés et tranquilles, plongés dans un silence à peine égratigné par le passage d'une calèche ou le fracas d'un rideau de fer. Quelques vieillards européens se prélassaient devant leurs portes, la figure cramoisie. Ils portaient d'amples culottes courtes, des chemises ouvertes sur leurs bedaines et de larges chapeaux sur la nuque. Terrassés par la chaleur, ils discutaillaient autour d'un verre d'anisette posé à même le sol en agitant d'un geste machinal des éventails pour se rafraîchir. Mon père passait devant eux sans les saluer ni les regarder. Il tentait de faire comme s'ils n'étaient pas là, mais sa foulée, soudain, perdit un cran de sa souplesse.

Nous débouchâmes sur une avenue où des badauds léchaient les vitrines. Mon père attendit de voir passer le tramway pour traverser la chaussée. Il indiqua à ma mère l'endroit où elle devait l'attendre, lui confia l'ensemble de nos balluchons et m'ordonna de le suivre jusqu'à une pharmacie, au bout de l'allée. Il jeta d'abord un œil à travers la vitre de la devanture pour s'assurer qu'il ne se trompait pas d'adresse, puis il ajusta son turban, lissa son gilet et entra. Un homme haut et frêle griffonnait sur un registre derrière le comptoir, sanglé dans un costume trois pièces, un fez rouge sur sa tête blonde. Il avait les yeux bleus, un visage fin au milieu duquel un liséré de moustache accentuait l'incision qui lui tenait lieu de bouche. Quand il vit entrer mon père, il fronça les sourcils, ensuite il souleva un bout de planche sur le côté et contourna le comptoir pour nous accueillir.

Les deux hommes se jetèrent dans les bras l'un de l'autre.

L'accolade fut brève, mais l'étreinte assez appuyée.

— C'est mon neveu? s'enquit l'inconnu en s'approchant de moi.

— Oui, lui dit mon père.

— Dieu! qu'il est beau.

C'était mon oncle. J'ignorais jusqu'à son existence. Mon père ne nous parlait jamais de sa famille. Ni de personne. À peine s'il nous adressait la parole.

Mon oncle s'accroupit pour me serrer contre lui.

— Tu as là un sacré jeune homme, Issa.

Mon père préféra ne rien ajouter. À ses lèvres remuantes, je compris qu'il était en train de réciter, en son for intérieur, des versets coraniques pour détourner le mauvais œil.

L'homme se releva et fit face à mon père. Après un silence, il retourna derrière son comptoir et continua de dévisager mon père.

— Ce n'est pas facile de t'extraire de ton terrier, Issa. Je suppose que quelque chose de grave est arrivé. Ça fait des années que tu n'es pas venu rendre visite à ton frère aîné.

Mon père n'y alla pas par quatre chemins. Il raconta d'une traite ce qu'il nous était arrivé au bled, nos récoltes parties en fumée, le passage du caïd… Mon oncle l'écouta avec attention, sans l'interrompre. Je voyais ses mains tantôt s'agripper au comptoir, tantôt se refermer. À la fin du récit, il repoussa son fez sur le sommet de son crâne et s'épongea le front avec un mouchoir. Il était abattu, mais tenait le coup du mieux qu'il pouvait.

— Tu aurais pu me demander de t'avancer de l'argent au lieu d'hypothéquer nos terres, Issa. Tu sais très bien en quoi consiste ce genre de sursis. Beaucoup des nôtres avaient mordu à l'hameçon et tu avais vu comment ils avaient fini. Comment as-tu pu te laisser rouler à ton tour ?

Il n'y avait pas de reproches dans les propos de mon oncle, sauf une immense déception.

— Ce qui est fait est fait, dit mon père à court d'arguments. Dieu en a décidé ainsi.

— Ce n'est pas Lui qui a ordonné la dévastation de tes champs… Dieu n'a rien à voir avec la méchanceté des hommes. Et le diable non plus.

Mon père leva la main pour mettre fin au débat.

— Je suis venu m'installer en ville, dit-il. Ma femme et ma fille m'attendent au coin de la rue.

— Allons d'abord chez moi. Reposez-vous à la maison quelques jours, le temps de voir ce que je peux faire…

— Non, trancha mon père. Qui veut remonter la pente doit commencer tout de suite. Il me faut un toit à moi, et aujourd'hui.

Mon oncle n'insista pas. Il connaissait trop l'entêtement de son cadet pour espérer l'assagir. Il nous emmena de l'autre côté de la ville… Il n'y a rien de plus grossier que les volte-face de la ville. Il suffit de faire le tour d'un pâté de maisons pour passer du jour à la nuit, de vie à trépas. Aujourd'hui encore, je ne peux m'empêcher d'avoir un frisson chaque fois que j'évoque cette fou-droyante expérience.

Le «faubourg» où nous atterrîmes rompit d'un coup les charmes qui m'avaient émerveillé quelques heures plus tôt. Nous étions toujours à Oran, sauf que nous étions dans l'envers du décor. Les belles demeures et les ave-nues fleuries cédèrent la place à un chaos infini hérissé de bicoques sordides, de tripots nauséabonds, de kheïmas de nomades ouvertes aux quatre vents et d'enclos à bestiaux.

— Voici Jenane Jato, dit mon oncle. On est jour de souk. D'habitude, c'est plus calme, ajouta-t-il pour nous rassurer.

Jenane Jato : un foutoir de broussailles et de taudis grouillant de charrettes geignardes, de mendiants, de crieurs, d'âniers aux prises avec leurs bêtes, de porteurs d'eau, de charlatans et de mioches déguenillés ; un maquis ocre et torride, saturé de poussière et d'empuantissement, greffé aux remparts de la ville telle une tumeur maligne. La mouise, en ces lieux indéfinissables, dépassait les bornes. Quant aux hommes – ces drames itinérants –, ils se diluaient carrément dans leurs ombres. On aurait dit des damnés évincés de l'enfer, sans jugement et sans préavis, et largués dans cette galère par défaut ; ils incar-naient, à eux seuls, les peines perdues de la terre entière.

Mon oncle nous présenta un petit bonhomme rabougri, au regard instable et à la nuque courte. C'était un courtier surnommé Bliss, une espèce de charognard à l'affût d'une détresse à féconder. À l'époque, les prédateurs de son acabit étaient légion ; les exodes dysentériques qui sub-mergeaient les villes les rendaient aussi inéluctables qu'un sortilège. Le nôtre ne dérogeait pas à la règle. Il était conscient de notre naufrage et nous savait à sa merci. Je me souviens, il portait une barbiche de lutin qui semblait allonger démesurément son menton et une chéchia pour-rie par-dessus un grand crâne chauve et cabossé. Il me déplut d'emblée, à cause de son sourire vipérin et de sa manière de se frotter les mains comme s'il s'apprêtait à nous bouffer crus.

Il salua mon père d'un hochement de la tête tout en écoutant mon oncle lui expliquer notre situation.

— Je crois que j'ai quelque chose pour votre frère, docteur, dit le courtier qui avait l'air de bien connaître mon oncle. Si c'est à titre provisoire, vous ne trouverez pas mieux. Ce n'est pas un palace, mais l'endroit est peinard et les voisins honnêtes.

Il nous conduisit jusqu'à un patio aux allures d'écurie, tapi au fond d'un semblant de pertuis pestilentiel. Le courtier nous pria de l'attendre dans la rue, se racla fortement la gorge sur le seuil du patio pour sommer les femmes de s'éclipser – comme il était d'usage dès qu'un homme entrait dans une habitation. Une fois la voie libre, il nous fit signe de le suivre.

Le patio était constitué d'une cour intérieure avec, de part et d'autre, des chambres séparées où s'entassaient des familles déboussolées fuyant la famine et le typhus qui sévissaient dans la campagne.

— C'est ici, dit le courtier en écartant une tenture donnant sur une salle vacante.

Nue et sans fenêtre, la pièce était à peine plus large qu'une tombe et tout aussi frustrante. Elle sentait le pipi de chat, la volaille crevée et le vomi. Les murs tenaient debout par miracle, noirâtres et suintants d'humidité ; d'épaisses couches de fientes et de crottes de rat tapissaient le parterre.

— Vous ne trouverez pas loyer plus modeste, par ici, nous certifia le courtier.

Mon père s'attarda sur une colonie de blattes qui avait pris possession d'un souillard dégoulinant de saletés, leva la tête sur les toiles d'araignée ornées de moucherons morts – le courtier le surveillait du coin de l'œil, pareil à un reptile observant sa proie.

— Je prends, dit mon père au grand soulagement de l'homme.

Il se mit aussitôt à entasser nos affaires dans un coin de la pièce.

— Les latrines collectives sont au fond de la cour, s'enthousiasma le courtier. Il y a un puits aussi, sauf qu'il est à sec. Il faut veiller à ce que les gosses ne s'approchent pas trop de la margelle. On a déploré la perte d'une gamine, l'an dernier, parce qu'un étourdi avait omis de remettre le couvercle sur le trou. À part ça, R.A.S. Mes locataires sont des gens corrects, sans histoires. Ils viennent tous de l'arrière-pays pour trimer et ils ne se plaignent jamais. Si vous avez besoin de quoi que ce soit, adressez-vous à moi, et à moi seul, insista-t-il avec zèle. Je connais du monde et je suis capable de dégotter n'importe quoi, de jour comme de nuit, si on a de quoi payer. Au cas où vous l'ignoreriez, je loue des nattes, des couvertures, des quinquets et des réchauds à pétrole. Il suffit de demander. Je vous apporterais la source dans mon poing si vous y mettiez le prix.

Mon père ne l'écoutait pas ; il le détestait déjà. Pendant qu'il mettait de l'ordre dans notre nouvelle habitation, je vis mon oncle éloigner le courtier et lui glisser discrètement quelque chose dans la main.

— Voilà de quoi leur fiche la paix pendant un bon bout de temps.

Le courtier exposa le billet de banque au soleil et le mira avec une jubilation malsaine. Il le porta ensuite à son front puis à sa bouche et glapit :

— L'argent n'a peut-être pas d'odeur, mais Dieu ! c'qu'il sent bon.

2.

Mon père n'avait pas de temps à perdre. Il voulait remonter la pente sans tarder. Dès le lendemain, à l'aube, il me prit avec lui à la recherche d'une corvée susceptible de lui rapporter deux ou trois sous. Sauf qu'il ne connaissait pas grand-chose à la ville et ne savait pas par où commencer. Nous rentrâmes à la tombée de la nuit, bredouilles et épuisés. Entre-temps, ma mère avait nettoyé notre antre et mis un peu d'ordre dans nos affaires. Nous dînâmes comme des brutes et nous nous endormîmes sitôt après.

Le jour suivant, avant les aurores, nous repartîmes, mon père et moi, à la recherche d'un travail. Au bout d'une longue marche forcée, une bousculade attira notre attention.

— Qu'est-ce que c'est ? demanda mon père à un mendiant emballé dans ses chiffons.

— On cherche des bêtes de somme pour décharger une cargaison dans le port.

Mon père crut saisir la chance de sa vie. Il m'ordonna de l'attendre sur la terrasse d'une gargote antédiluvienne et fonça dans le tas. Je le vis donner du coude à droite et à gauche avant de disparaître dans la mêlée. Quand le camion surchargé de galériens partit, mon père ne réapparut pas ; il avait réussi à se faire embarquer.

Je l'avais attendu des heures entières, sous un soleil de plomb. Autour de moi, des gens haillonneux s'agglutinaient au pied des baraques, à croupetons, incroyablement immobiles à l'ombre de leur abri de fortune. Tous avaient le regard inexpressif et un morceau de la nuit sur la figure. Ils semblaient guetter, avec une patience obscure, quelque chose qui ne se manifesterait nulle part. Le soir, las de ronger leur frein, la plupart d'entre eux se dispersèrent en silence. Il ne resta dans les parages que les clochards, quelques fous braillards et des individus louches aux prunelles reptiliennes. Soudain, quelqu'un cria au voleur et ce fut comme si l'on ouvrait la boîte de Pandore : les têtes se relevèrent et les corps se décomprimèrent tels des ressorts ; et je vis, de mes propres yeux, une poignée d'énergumènes hirsutes piquer droit sur un garçon loqueteux qui tentait de battre en retraite. C'était le voleur. Il fut lynché en un tournemain, dans des cris qui hantèrent mes sommeils des semaines durant. Quand le châtiment fut exécuté, il ne resta au milieu de la poussière que le corps disloqué de l'adolescent baignant dans son sang. Choqué, j'avais sauté au plafond lorsqu'un homme s'était penché sur moi.

— J'voulais pas t'effrayer, petit, me dit l'homme en levant ses deux mains pour me rassurer. T'es là depuis le matin. Maintenant, il faut rentrer chez toi. C'est pas un endroit pour toi, ici.

— J'attends mon père, lui dis-je. Il est parti avec le camion.

— Et où est-ce qu'il est, ton abruti de père ? On n'a pas idée d'oublier un mioche dans un coin pareil… Tu habites loin ?

— Je ne sais pas…

L'homme parut embarrassé. C'était un énorme gaillard aux bras poilus, avec un visage brûlé par le soleil et un œil amoché. Il regarda autour de lui, les mains sur les hanches, puis, à contrecœur, il poussa vers moi un banc et m'invita à prendre place à une table noire de crasse.

— Il va bientôt faire nuit, et je dois fermer. Tu peux pas traîner ici, tu piges ? C'est pas bon. Y a que des cinglés autour de toi… T'as bouffé ?

Je lui fis non de la tête.

— Je m'en doutais un peu.

Il entra dans la gargote et m'apporta une assiette métallique dans laquelle s'était coagulée une soupe épaisse.

— J'ai plus de pain…

Il prit place à côté de moi et me regarda tristement laper dans la gamelle.

— C'est vraiment un abruti, ton père ! dit-il en soupirant.

La nuit tomba. Le gargotier ferma boutique, mais ne s'en alla pas. Il accrocha une lanterne à une poutrelle et me tint compagnie, la mine renfrognée. Sur la place plongée dans l'obscurité, des ombres s'agitaient çà et là. Un contingent de sans-logis prenait possession des lieux, certains autour d'un feu de bois, d'autres s'allongeant à même le sol pour dormir. Les heures passèrent, les bruits s'atténuèrent ; mon père n'était toujours pas là. La colère du gargotier enflait au fur et à mesure que le temps passait. Il lui tardait de rentrer chez lui, en même temps il était certain que s'il venait à me laisser seul une minute, je serais foutu. Quand mon père réapparut enfin, livide d'inquiétude, le gargotier le tança vertement :

— Tu te crois où, abruti ? À La Mecque ? Qu'est-ce qui t'a pris d'oublier ton mioche dans un coin comme çui-là ? Ici, même les durs à cuire ne sont pas à l'abri d'un coup fourré.

Mon père était tellement soulagé de me retrouver qu'il but les reproches du gargotier comme un élixir béni. Il comprenait qu'il avait gravement fauté et que si le gargotier m'avait abandonné à mon sort, jamais il ne m'aurait retrouvé.

— J'étais parti avec le camion, bredouilla-t-il, éperdu.

Je pensais qu'on allait nous ramener ici après. Je me trompais. Je ne suis pas de la ville, et le port, ce n'est pas la porte à côté. Je me suis égaré. J'ignorais où je me trouvais et comment remonter jusqu'ici. Ça fait des heures que je tourne en rond.

— C'est dans ta tête que ça ne tourne pas rond, mon gars, lui cria le gargotier en décrochant la lanterne. Quand on cherche du boulot, on laisse son gosse à la maison... Maintenant, suivez-moi tous les deux, et attention où vous mettez les pieds. Nous allons traverser la pire des fosses aux vipères que le bon Dieu ait jamais creusée sur terre.

— Merci beaucoup, mon frère, lui dit mon père.

— J'ai rien fait de sorcier. J'aime pas qu'on touche aux gamins, c'est tout. Je serais resté auprès de lui jusqu'au matin. Il n'aurait pas survécu, dans ce foutoir, et j'aurais pas eu la conscience tranquille.

Il nous aida à sortir du coupe-gorge sans accroc, nous expliqua comment contourner les quartiers mal famés pour rentrer entiers chez nous et disparut dans les ténèbres.

Mon père appliqua à la lettre les recommandations du gargotier. Il me confia à ma mère. Le matin, quand je me réveillais, il était parti. Le soir, lorsqu'il rentrait, je dormais.

Je ne le voyais plus.

Il me manquait.

Il n'y avait rien pour moi, dans le patio. Je m'ennuyais. Élevé seul, avec pour unique compagnon un chien vieillissant, je ne savais pas comment me joindre aux gamins qui se chamaillaient sans trêve dans la cour. On aurait dit des esprits frappeurs en transe. Ils étaient plus jeunes que moi, certains à peine plus hauts que trois pommes, mais ils faisaient un boucan de tous les diables. Assis sur le pas de notre porte, je me contentais de les observer, tenu en respect par leurs jeux ahurissants qui se terminaient immanquablement par une arcade ouverte ou un genou pelé.

Notre patio était partagé par cinq familles, toutes venues de l'arrière-pays ; des paysans ruinés ou des « khammès » en rupture de bail. En l'absence des hommes, partis aux aurores se tuer à la tâche, les femmes se retrouvaient autour de la margelle et tentaient de donner une âme à notre trou à rats, nullement tarabustées par les échauffourées auxquelles se livraient leurs rejetons. Pour elles, les moutards s'initiaient aux vacheries de la vie. Et le plus tôt serait le mieux. Elles étaient presque ravies de les voir se péter copieusement la gueule puis, après une bonne séance de larmes, se réconcilier avant de reprendre les hostilités avec une étonnante pugnacité... Les femmes s'entendaient bien entre elles, se serraient les coudes. Quand l'une d'elles tombait malade, elles s'arrangeaient pour mettre quelque chose dans son chaudron, s'occuper de son nourrisson et se relayer à son chevet. Il leur arrivait de partager entre elles un bout de sucrerie et elles semblaient s'accommoder de leurs petits malheurs avec une touchante sobriété. Je les trouvais admirables. Il y avait Badra, une amazone éléphantesque, qui adorait raconter des grivoiseries. Elle était notre bouffée d'oxygène. La crudité de ses propos mettait ma mère mal à l'aise, mais les autres en raffolaient. Badra était mère de cinq mouflets et de deux adolescents difficiles. Elle avait été mariée, une première fois, à un berger bouché à l'émeri, quasiment autiste, dont elle disait qu'il était monté comme un âne sauf qu'il ne connaissait absolument rien à la chose... Il y avait Batoul, maigre et brune comme un clou de girofle, chenue à quarante ans, des tatouages plein la figure, qui se tordait de rire avant même que Badra n'ouvre la bouche. Mariée de force à un vieillard de l'âge de son grand-père, elle prétendait avoir des dons extralucides – elle lisait dans les lignes de la main et interprétait les rêves. Des femmes du voisinage et d'ailleurs venaient régulièrement la consulter. Elle leur prédisait leur avenir en échange de quelques patates, d'un sou ou d'un morceau de savon. Pour les locataires du patio, c'était gratuit... Il y avait Yezza, une rondouillarde rousse à la poitrine opulente, que son soûlard d'époux battait une nuit sur deux. Elle avait la tronche ratatinée par les raclées successives qu'elle subissait, et presque plus de dents. Son tort était de ne pas procréer, ce qui rendait son mari particulièrement odieux. Il y avait Mama, empêtrée jusqu'au cou dans sa tripotée de diablotins, vaillante comme dix bonniches, prête à n'importe quelle concession pour empêcher que son toit ne s'écroule sur sa tête... Et puis il y avait Hadda, belle comme une houri, à peine adolescente que déjà flanquée de deux gosses. Son mari était sorti un matin chercher du travail et n'était plus revenu. Livrée à elle-même, sans repères ni ressources, elle ne devait sa survivance qu'à la solidarité de ses colocataires.

Tous les jours, ces dames se retrouvaient autour du puits et passaient le plus clair de leur temps à remuer le passé comme on retourne le couteau dans la plaie. Elles parlaient de leurs vergers confisqués, de leurs tendres collines à jamais perdues, des proches laissés là-bas, au pays de toutes les infortunes, et qu'elles n'étaient pas près de revoir un jour. Leur visage alors se flétrissait de chagrin et leur voix se lézardait. Quand le chagrin menaçait de les emporter, Badra rebondissait sur les délirants cafouillages coïtaux de son premier époux et, comme sous l'effet d'une formule magique, les tristes souvenirs desserraient leur morsure et les femmes se répandaient par terre en tressautant de rire ; la bonne humeur reprenait le dessus sur les évocations assassines et le patio recouvrait un bout de son âme.

Les plaisanteries se poursuivaient jusqu'à la tombée de la nuit. Parfois, ragaillardi par l'absence des hommes,

Bliss le courtier venait dans le patio rouler des mécaniques. Dès qu'on l'entendait se racler fortement la gorge dans le couloir, les femmes se volatilisaient. Le courtier fonçait sur la cour désertée, engueulait les marmots qu'il ne blairait pas, traquait des broutilles et se mettait à nous traiter de ploucs ingrats et de vermine pour la moindre éraflure relevée sur le mur. Il se dressait ostensiblement face au logis de la belle Hadda et, aussi perfide qu'un pou borgne, il nous menaçait de nous jeter *tous* à la rue. Lorsqu'il s'en allait, les femmes ressortaient de leur tanière, en gloussant, plus diverties qu'intimidées par les fanfaronnades du courtier. Bliss en faisait des tonnes, mais il n'était pas de taille. Jamais il n'aurait osé montrer sa face de rat s'il y avait un homme, même alité ou mourant, au patio. Badra était persuadée que Bliss en avait après Hadda. La jeune femme était une proie facile, démunie et vulnérable, fragilisée par ses retards de loyer ; le courtier lui mettait la pression pour la faire fléchir.

Pour m'épargner les grossièretés de Badra, ma mère m'autorisa à sortir dans la rue – enfin, si on pouvait appeler cela une rue. C'était un sentier battu, bordé de part et d'autre d'une rangée de bicoques en zinc et de baraques putrescentes. Il y avait seulement deux maisons en dur : notre patio et une sorte d'étable où s'entassaient plusieurs familles. À l'angle officiait le barbier, un freluquet sans âge précis, à peine plus haut qu'une asperge, tellement chétif que les gros bras refusaient de le payer. Son cabinet à ciel ouvert était constitué d'un caisson de munitions de guerre, rapporté d'une décharge militaire, d'un morceau de miroir récupéré d'une armoire à glace et d'une planche ramollie sur laquelle trônaient une casserole, un blaireau effiloché, une paire de ciseaux tordue et un assortiment de lames inutilisables. Quand il ne rasait pas les vieillards assis à même le sol, il s'accroupissait contre son caisson et chantait. Sa voix était éraillée, les paroles pas toujours exactes, mais il y avait dans sa façon de conjurer sa peine quelque chose qui faisait mouche. Je ne me lassais pas de l'écouter.

À côté du barbier s'élevait un amas de bizarreries qui se faisait passer pour une épicerie. Le boutiquier s'appelait Jambe-de-bois ; un vieux goumier réformé qui avait laissé une partie de son corps sur un champ de mines. C'était la première fois que je voyais une jambe de bois. Cela m'avait fait un drôle d'effet. Le boutiquier en paraissait fier ; il adorait la brandir au nez des galopins qui furetaient autour de ses bocaux.

Jambe-de-bois n'était pas satisfait de son commerce. L'odeur du baroud et l'ambiance des casernes lui manquaient. Il rêvait de réintégrer les rangs et d'en découdre avec l'ennemi. En attendant que sa jambe mutilée repousse, il vendait des conserves de marché noir, des pains de sucre et de l'huile frelatée. À ses heures perdues, il exerçait la fonction d'arracheur de dents – je l'avais vu à maintes reprises extraire des chicots pourris à des gamins avec une pince rouillée ; c'était comme s'il leur arrachait le cœur.

Puis il y avait le terrain vague qui donnait sur un maquis. Je m'y étais aventuré un matin, distrait par les batailles rangées que se livraient deux bandes de galopins, l'une dirigée par Daho, un sauvageon au crâne rasé avec juste une touffe de cheveux crépus sur le front, et l'autre par un jeune adulte, probablement un attardé, qui se prenait pour un conquérant. Ce fut comme si la terre s'était dérobée sous mes pieds. En une fraction de seconde, je fus happé par une tornade de bras, délesté, dans la foulée, de mes savates, de ma gandoura et de ma chéchia avant que j'aie le temps de comprendre ce qu'il m'arrivait. On avait même essayé de me traîner derrière les buissons pour me *déshonorer*. J'ignore comment j'avais réussi à échapper à la meute ; traumatisé au plus profond de mon être, je n'avais plus remis les pieds dans ces territoires maudits.

Mon père ramait comme un galérien, mais il n'en menait pas large. Les lève-tôt étaient légion, et l'embauche une denrée rarissime. Trop de misérables crevaient sur les dépotoirs, le nombril scotché aux vertèbres, et les survivants n'hésitaient pas à s'étriper pour un croûton ranci. Les temps étaient durs, et la ville, qui de loin faisait miroiter tant d'espoirs, se révélait être un effroyable attrape-nigaud. Une fois sur dix, mon père parvenait à dégotter un travail à la tâche qui ne lui rapportait même pas de quoi s'acheter un morceau de savon pour se débarbouiller. Certains soirs, il rentrait en chavirant, la mine fondue et le dos tailladé par les innombrables fardeaux qu'il chargeait ou déchargeait à longueur de journée, tellement mal en point qu'il dormait sur le ventre. Il était usé, désespéré surtout. Son entêtement se fissurait sous le poids du doute.

Des semaines passèrent. Mon père maigrissait à vue d'œil. Il devenait de plus en plus irascible et trouvait toujours un prétexte pour déverser sa colère sur ma mère. Il ne la battait pas ; il se contentait de lui crier après, et ma mère, stoïque, baissait une tête coupable et ne disait rien. Les choses nous échappaient et nos nuits s'enfiellaient. Mon père ne dormait plus. Il n'arrêtait pas de grogner et de se frapper dans les mains. Je l'entendais arpenter la pièce, perdu dans le noir ; parfois, il sortait dans la cour et s'asseyait par terre, le menton entre les genoux et les bras autour des jambes jusqu'au lever du jour.

Un matin, il m'ordonna d'enfiler une gandoura moins abîmée et m'emmena chez son frère. Mon oncle était dans sa pharmacie, à ranger ses boîtiers et ses flacons sur les étagères.

Mon père avait hésité avant d'entrer dans l'officine. Fier et embarrassé, il tourna longtemps autour du pot

avant d'en venir à la raison de sa visite : il avait besoin
d'argent... Mon oncle porta aussitôt la main à son tiroir-
caisse, comme s'il s'y attendait, et en sortit un large billet
de banque. Mon père fixa la coupure d'un air tourmenté.
Mon oncle comprit que son frère ne tendrait pas la main.
Il contourna le comptoir et lui mit l'argent dans la poche.
Mon père était pétrifié, la nuque basse. Sa voix était tas-
sée, sourde, à peine audible quand il dit « merci ».

Mon oncle retourna derrière son comptoir. On voyait
bien qu'il avait quelque chose sur le cœur, mais il n'osait
pas crever l'abcès. Son regard n'arrêtait pas de jauger
celui de mon père et ses doigts blancs et propres tambou-
rinaient nerveusement sur la planche. Après avoir pesé
consciencieusement le pour et le contre, il prit son courage à deux mains et dit :

— Je sais que c'est dur, Issa. Mais je sais que tu pourrais t'en sortir... si tu me laissais t'aider un peu.

— Je te rembourserai jusqu'au dernier sou, promit
mon père.

— Il ne s'agit pas de ça, Issa. Tu me rembourseras quand
tu voudras. Si ça ne tenait qu'à moi, tu n'as même pas
besoin de le faire. Je suis prêt à t'avancer plus. Ça ne me
pose aucun problème. Je suis ton frère, disponible à n'importe quel moment et pour n'importe quoi... Je ne sais
pas comment te le dire, ajouta-t-il en se raclant la gorge...
J'ai toujours eu beaucoup de difficulté à discuter avec toi.
J'ai peur de t'offenser alors que j'essaye seulement d'être
ton frère. Mais il est temps d'apprendre à écouter, Issa. Il
n'y a pas de mal à écouter. La vie est un apprentissage
permanent ; plus on croit savoir, moins on sait, tant les
choses changent, et avec elles les mentalités.

— Je me débrouillerai...

— Je n'en doute pas, Issa. Pas une seconde. Sauf que
les bonnes volontés exigent les moyens de leur détermi-
nation. Croire dur comme fer ne suffit pas.

— Qu'essayes-tu d'insinuer, Mahi ?

Mon oncle se pétrit les doigts avec une extrême nervosité. Il chercha ses mots, les tourna et retourna dans son esprit puis, après une forte inspiration, il dit :

— Tu as une femme et deux enfants. C'est encombrant pour un homme démuni. Ça te lie les poignets, te rogne les ailes.

— C'est *ma* famille.

— Moi aussi, je suis ta famille.

— Ce n'est pas la même chose.

— C'est la même chose, Issa. Ton fils est mon neveu. Il est de mon sang. Confie-le-moi. Tu sais très bien qu'il n'arrivera pas à grand-chose dans ton sillage. Que comptes-tu en faire ? Un portefaix, un cireur, un montreur d'ânes ? Il faut regarder la réalité en face. Avec toi, il n'ira nulle part. Ce garçon a besoin de fréquenter l'école, d'apprendre à lire et à écrire, de grandir correctement. Je sais, les petits Arabes ne sont pas faits pour les études. Ils sont plutôt destinés aux champs et aux troupeaux. Mais moi, je peux l'envoyer à l'école et en faire un homme instruit… Je t'en supplie, ne le prends pas mal. Réfléchis juste une minute. Ce garçon n'a aucun avenir, avec toi.

Mon père médita longuement les propos de son frère, les yeux baissés et les mâchoires soudées. Quand il releva la tête, il n'avait plus de visage ; un masque blafard s'était substitué à ses traits.

Il dit, la mort dans l'âme :

— Décidément, tu ne comprendras jamais rien, mon frère.

— Tu as tort de réagir de la sorte, Issa.

— Tais-toi… S'il te plaît, n'en rajoute pas… Je n'ai pas ton savoir, et je le regrette. Mais si le savoir consiste à rabaisser les autres au ras du sol, je n'en veux pas.

Mon oncle tenta de dire quelque chose ; mon père le

freina d'une main ferme. Il sortit le billet de banque de sa poche et le posa sur le comptoir.

— Je ne veux pas de ton argent, non plus.

Sur ce, il me saisit par le bras avec une hargne telle qu'il faillit me déboîter l'épaule et me poussa dans la rue. Mon oncle tenta de nous rattraper; il n'osa pas nous rejoindre et resta planté devant sa boutique, certain que la faute qu'il venait de commettre ne serait jamais, jamais pardonnée.

Mon père ne marchait pas, il déboulait tel un rocher sur le flanc d'une colline. Je ne lui avais pas connu d'accès de colère semblable. Il était à deux doigts d'imploser. Son visage tressautait de tics; ses yeux cherchaient à faire rentrer le monde sous terre. Il ne disait rien, et son silence en ébullition ajoutait à son allure une tension qui me faisait craindre le pire.

Quand nous fûmes loin, il me plaqua contre un mur et plongea son regard dément dans mes yeux apeurés; une décharge de chevrotine ne m'aurait pas secoué de la tête aux pieds avec une brutalité pareille.

— Tu crois que je suis un moins-que-rien? me dit-il, la gorge torsadée. Tu crois que j'ai mis au monde un gosse pour le voir crever à petit feu?... Eh bien, tu te trompes. Et ton faux jeton d'oncle se trompe. Et le sort qui croit m'avilir se fout le doigt dans l'œil jusqu'au coude... Tu sais pourquoi?... Parce que j'ai peut-être rendu le tablier, mais je n'ai pas rendu l'âme. Je suis encore vivant, et je pète le feu. J'ai une santé de fer, des bras à soulever les montagnes et une fierté à toute épreuve.

Ses doigts s'enfonçaient dans mes épaules, me faisaient mal. Il ne s'en rendait pas compte. Ses yeux roulaient dans sa figure comme des billes chauffées à blanc.

— C'est vrai, je n'ai pas été foutu de sauver nos terres,

mais, souviens-toi, j'en ai fait pousser du blé!... Ce qui est arrivé ensuite, ce n'était pas de ma faute. Les prières et les efforts s'émiettent souvent contre la cupidité des hommes. J'ai été naïf. Je ne le suis plus, maintenant. Plus personne ne me frappera dans le dos... Je repars à zéro. Mais je repars averti. Je vais bosser comme aucun nègre n'a bossé, tenir tête aux sortilèges, et tu verras, de tes propres yeux, combien ton père est digne. Je vais nous sortir du trou qui nous a ingurgités, je m'en vais lui faire cracher le morceau, je te le jure. Est-ce que tu me crois, toi, au moins?

— Oui, papa.

— Regarde-moi bien dans les yeux et dis-moi que tu me crois.

Ce n'étaient plus des yeux qu'il avait, mais deux poches de larmes et de sang qui menaçaient de nous engloutir tous les deux.

— Regarde-moi!

Sa main s'empara violemment de mon menton et m'obligea à relever la tête.

— Tu ne me crois pas, c'est ça?

J'avais un énorme caillot dans la gorge. Je ne pouvais ni parler ni soutenir son regard. C'était sa main qui me tenait debout.

Soudain, son autre main s'abattit sur ma joue.

— Tu ne dis rien parce que tu penses que je divague. Espèce de sale morveux! Tu n'as pas le droit de douter de moi, tu entends? Personne n'a le droit de douter de moi. Si ton fumier d'oncle ne donne pas cher de ma peau, c'est qu'il ne vaut guère plus que moi.

C'était la première fois qu'il levait la main sur moi. Je ne comprenais plus, ignorais où j'avais fauté, pourquoi il s'acharnait sur moi. J'avais honte de le mettre en rogne, et peur qu'il me reniât, lui qui comptait plus que tout au monde à mes yeux.

Mon père leva encore la main. La laissa suspendue dans le vide. Ses doigts vibraient. Ses paupières turgescentes défiguraient son visage. Il poussa un râle de bête blessée, m'attira contre sa poitrine en sanglotant, et me serra contre lui, si fort et si longtemps que je me sentis mourir.

3.

Les femmes s'étaient installées dans un coin du patio, autour d'une table basse. Elles buvaient du thé en se dorant au soleil. Ma mère était parmi elles, réservée, Zahra sur les bras. Elle avait fini par se joindre au groupe sans toutefois prendre part aux discussions. Elle était timide et souvent, quand Badra se lançait dans ses histoires salaces, ma mère rougissait en suffoquant de gêne. Cet après-midi, on sautait du coq à l'âne, juste pour lutter contre la chaleur qui étuvait la cour. Yezza la rousse arborait un œil au beurre noir ; son mari était encore rentré ivre la veille. Les autres faisaient comme si de rien n'était. Par décence. Yezza était fière ; elle endurait les lâchetés de son mari avec dignité.

— Je fais un drôle de rêve, depuis quelques nuits, dit Mama à Batoul la voyante. Le même rêve : je suis dans le noir, étendue sur le ventre, et quelqu'un me plante un couteau dans le dos.

Les femmes se retournèrent vers Batoul, guettant l'interprétation. La voyante ébaucha une moue, se gratta les cheveux ; elle ne voyait rien.

— Le même rêve, dis-tu ?

— Exactement le même.

— Tu es étendue sur le ventre, dans le noir, et quelqu'un te poignarde dans le dos ? demanda Badra.

— Tout à fait, confirma Mama.

— Tu es sûre que c'est bien d'un couteau qu'il s'agit ?
lui fit encore Badra en roulant des yeux amusés.

Les femmes mirent quelques secondes à déchiffrer les
insinuations de Badra avant d'éclater de rire. Comme
Mama ne comprenait pas ce qui faisait se marrer ses compagnes, Badra l'aida un peu :

— Tu devrais dire à ton mari d'y aller mollo.

— Ce que tu peux être obsédée, toi ! s'énerva Mama.
Je suis sérieuse, voyons.

— Et moi aussi, figure-toi.

Les femmes repartirent de plus belle, la bouche grande
ouverte sur des hennissements spasmodiques. Mama les
bouda un instant, écœurée par leur manque de retenue,
mais, les voyant pliées en deux, elle se mit à sourire à son
tour, puis à rigoler par petits hoquets.

Seule Hadda ne riait pas. Elle était recroquevillée sur
elle-même, toute menue mais belle à ravir, avec ses grands
yeux de sirène et ses jolies fossettes dans les joues. Elle
semblait triste et n'avait rien dit depuis qu'elle avait pris
place au milieu des autres. Soudain, elle tendit le bras
par-dessus la table basse et présenta le plat de sa main à
Batoul.

— Dis-moi ce que tu vois ?

Il y avait un énorme chagrin dans sa voix.

Batoul hésita. Devant le regard aux abois de la jeune
femme, elle prit la petite main par le bout des doigts et
effleura de son ongle les lignes qui parcheminaient la
paume translucide.

— Tu as une main de fée, Hadda.

— Dis-moi ce que tu y lis, ma bonne voisine. J'ai
besoin de savoir. Je n'en peux plus.

Batoul scruta longuement la paume. En silence.

— Est-ce que tu vois mon époux ? l'empressa Hadda,
à bout. Où est-il ? Que fait-il ? A-t-il pris une autre femme

ou est-il mort ? Je t'en supplie, dis-moi ce que tu vois. Je suis prête à affronter la vérité quelle qu'elle soit.

Batoul poussa un soupir ; ses épaules s'affaissèrent :

— Je ne vois pas ton mari sur cette main, ma pauvre chérie. Nulle part. Je ne sens ni sa présence ni la moindre de ses traces. Ou il est parti très loin, si loin qu'il t'a oubliée, ou bien il n'est plus de ce monde. Une chose est certaine, il ne reviendra pas.

Hadda déglutit, mais tint bon. Ses yeux s'agrippèrent à ceux de la voyante.

— Que me réserve l'avenir, ma bonne voisine ? Que vais-je devenir, seule avec deux gamins en bas âge, sans famille, sans personne ?

— Nous ne te laisserons pas tomber, lui promit Badra.

— Si mon mari m'a laissée tomber, aucun dos ne me portera, dit Hadda. Dis-moi, Batoul, que va-t-il advenir de moi ? Il faut que je le sache. Quand on est préparée au pire, on en amortit les coups.

Batoul se pencha sur la main de sa voisine, passa et repassa son ongle sur les lignes qui s'y croisaient.

— Je vois beaucoup d'hommes autour de toi, Hadda. Mais très peu de joie. Le bonheur n'est pas une affaire pour toi. Je vois de petites éclaircies, vite avalées par la crue des ans, des zones d'ombre et de chagrin, et pourtant tu ne cèdes pas.

— Beaucoup d'hommes ? Serai-je plusieurs fois veuve ou plusieurs fois répudiée ?

— C'est flou. Y a trop de monde autour de toi, et trop de bruit. Ça ressemble à un rêve, et c'en est pas un. C'est... c'est très curieux. Peut-être suis-je en train de radoter... Je me sens un peu fatiguée, aujourd'hui. Excuse-moi...

Batoul se leva et regagna son logis d'un pas accablé.

Ma mère profita du départ de la voyante pour se retirer à son tour.

— Tu n'as pas honte de te joindre aux femmes ? m'apostropha-t-elle à voix basse derrière la tenture de notre réduit. Combien de fois faudra-t-il te rappeler qu'un garçon ne doit pas écouter ce que les mères se racontent ?… Va dans la rue, et tâche de ne pas trop t'éloigner.

— Il n'y a rien pour moi, dans la rue.

— Il n'y a rien pour toi auprès des femmes non plus.

— On va encore me taper dessus.

— Tu n'as qu'à te défendre. Tu n'es pas une fille. Tôt ou tard, il va falloir te débrouiller seul, et ce n'est pas en prêtant l'oreille aux commérages que tu vas y arriver.

Je n'aimais pas sortir. Ma mésaventure, au terrain vague, m'avait marqué au fer rouge. Je ne me hasardais au-dehors qu'après avoir passé au peigne fin les alentours, un œil devant, l'autre derrière, prêt à déguerpir au moindre mouvement suspect. J'avais une frousse bleue des garnements, en particulier d'un certain Daho, un galopin courtaud, moche et malin comme un djinn. Il m'épouvantait. Dès qu'il montrait le bout du nez au coin de la rue, je me sentais partir en mille morceaux ; j'aurais traversé les murs pour le fuir. C'était un garçon enténébré, aussi imprévisible que la foudre. Il écumait les parages à la tête d'une bande de jeunes hyènes aussi fourbes et cruelles que lui. Personne ne savait d'où il sortait ni qui étaient ses parents, mais tout le monde s'accordait à dire qu'il finirait au bout d'une corde ou la caboche sur un piquet.

Et puis, il y avait El Moro – un ancien taulard qui avait survécu à dix-sept ans de bagne. Il était grand, presque un géant, avec un front massif et des bras herculéens. Il portait des tatouages sur l'ensemble du corps et un bandeau en cuir sur son œil crevé. Une balafre lui fissurait la figure du sourcil droit au menton, lui fendant la bouche en bec-de-lièvre. El Moro, c'était la terreur grandeur nature. Lorsqu'il se manifestait quelque part, les bruits se suspendaient d'un coup et les gens se débinaient en rasant les murs. Je l'avais vu de très près, un matin. Nous étions une ribambelle de mioches rassemblés autour de Jambe-de-bois, notre épicier. Le vieux goumier nous racontait ses faits d'armes dans le Rif marocain – il avait guerroyé contre l'insurgé berbère Abd el-Krim. Nous nous abreuvions aux sources de ses lèvres, quand notre héros devint livide. On aurait dit qu'il était en train de choper une crise cardiaque. Ce n'était pas ça : El Moro était debout derrière nous, campé sur ses solides jarrets, les mains sur les hanches. Il toisait l'épicier en ricanant.

— Tu veux envoyer ces gosses au casse-pipe, tête de bois ? C'est pour ça que tu leur bourres le crâne avec tes boniments de paumé ? Pourquoi tu ne leur dis pas comment, après des années de loyaux services, tes officiers t'ont jeté aux chiens, avec une patte en moins ?

Jambe-de-bois avait subitement perdu l'usage de la parole ; sa bouche clapotait dans le vide comme la gueule d'un poisson hors de l'eau.

El Moro avait poursuivi, de plus en plus en rogne :

— Tu enfumes les douars, massacres le cheptel, charges de pauvres diables à coups de mousqueton, puis tu viens étaler tes trophées de salopard sur la place publique. Et tu appelles ça la guerre ?… Tu veux que je te dise ? T'es qu'un lâche, et tu me dégoûtes. Tu me donnes envie de t'embrocher sur le gourdin qui te tient lieu de jambe jusqu'à c'que tes yeux te sortent par les oreilles… Les héros dans ton genre n'auront pas de monument, pas même une épitaphe sur la fosse commune qui leur servira de tombe. T'es qu'un fumier de vendu qui pense se voiler la face en se mouchant dans l'étendard de ses maîtres.

Le pauvre goumier verdissait et tremblait ; sa pomme d'Adam montait et descendait follement dans sa gorge. Soudain, il se mit à sentir mauvais – il avait fait dans son froc.

Cependant, il n'y avait pas que les galopins et les gros

bras, à Jenane Jato. Les gens, dans leur majorité, n'étaient pas mauvais. Leur misère n'avait pas réussi à vicier leur âme, ni leurs peines à éradiquer leur bonhomie. Ils se savaient mal barrés, mais ils n'avaient pas renoncé à la manne céleste, persuadés qu'un jour ou l'autre la déconvenue qui leur collait au train allait finir par s'essouffler, et l'espoir par renaître de ses cendres. C'étaient des gens bien, par endroits attachants et drôles ; ils gardaient la foi en toute chose, et cela leur insufflait une patience inouïe. Le jour de souk, à Jenane Jato, c'était une sorte de fête foraine, et chacun y mettait du sien pour en entretenir l'illusion. La louche aussi vaillante qu'un gourdin, les vendeurs de soupe bataillaient ferme pour se défaire des mendiants. Pour un demi-doro, on avait droit à un breuvage à base de pois chiches, d'eau bouillie et de cumin. Sinon, il y avait quelques gargotes obscures autour desquelles fantasmaient des grappes d'affamés qui en humaient à pleins poumons le fumet. Bien sûr, les prédateurs ne manquaient guère à l'appel ; ils rappliquaient des quatre coins de la ville, en quête d'un malentendu ou d'une imprudence à rentabiliser. Les gens de Jenane Jato ne cédaient pas aux provocations. Ils comprenaient qu'on ne redresse pas les esprits retors et leur préféraient les baladins. Tout le monde, grands et petits, en raffolait. Parmi les coqueluches de la « foire » figuraient les *gouals*. Ces derniers occasionnaient des attroupements tumultueux autour de leur tribune. On n'assimilait pas tout à fait ce qu'ils racontaient – leurs histoires étant aussi décousues que leur accoutrement –, mais ils avaient le don de bluffer leur auditoire et de le maintenir en haleine d'un bout à l'autre de leurs élucubrations. Ils étaient un peu notre opéra de paumés, notre théâtre en plein air. C'était par eux que j'avais appris, par exemple, que l'eau de la mer avait été douce avant que les veuves des marins n'y déversent leurs larmes… Après les *gouals*, venaient les charmeurs de serpents. Ils nous effrayaient en nous balançant leurs reptiles dans les pattes. J'en avais vu qui avalaient à moitié des vipères frétillantes avant de les escamoter subrepticement dans les manches de leurs gandouras – un spectacle répugnant et hypnotique à la fois ; la nuit, j'en cauchemardais… Les plus fourbes étaient les charlatans, de tout poil, gesticulant derrière leurs étals encombrés de fioles au breuvage mystérieux, de gris-gris, de pochettes talismaniques et de cadavres de bestioles desséchés célèbres pour leurs vertus aphrodisiaques. Ils proposaient des remèdes à toutes sortes de maladies ; surdité, carie dentaire, goutte, paralysie, angoisses, stérilité, teigne, insomnie, sortilège, guigne, frigidité, et les gens mordaient à l'hameçon avec une ahurissante crédulité. Il y en avait même qui, trois secondes après avoir ingurgité un philtre, se mettaient à crier au miracle en se roulant dans la poussière. C'était sidérant. Des illuminés venaient parfois haranguer la foule, le geste grave et la voix sépulcrale. Ils se dressaient sur leur piédestal de fortune et se laissaient aller à des envolées lyriques, dénonçant la dépravation des esprits et l'approche inexorable du Jugement dernier. Ils parlaient de l'Apocalypse, de la colère des hommes, de la fatalité et des femmes impures ; montraient les passants du doigt et les fustigeaient à bout portant ou se lançaient dans des théories ésotériques dont on n'entrevoyait pas la fin… « Combien d'esclaves se sont soulevés contre des empires avant de finir sur des croix ? tonitruait l'un d'eux en agitant sa barbe embroussaillée. Combien de rois ont cru changer le cours de l'histoire avant de pourrir au fond des cachots ? Combien de prophètes ont tenté de bonifier nos mentalités avant de nous rendre plus fous qu'avant ? » « Combien de fois faut-il te répéter que t'es chiant comme la mort ? lui rétorquait la foule. Enfile une cagoule sur ta gueule de hibou et montrenous comment tu danses du ventre, au lieu de nous casser

les pieds avec tes sornettes de demeuré...» Parmi nos
centres d'attraction, il y avait Slimane avec son orgue de
Barbarie en bandoulière et son ouistiti sur l'épaule ; il
arpentait la place en tournant la manivelle de sa boîte à
musique tandis que son minuscule singe tendait son képi
de groom aux curieux ; quand ces derniers lui jetaient
des pièces de monnaie, il les gratifiait de grimaces hilarantes... Un peu à l'écart, du côté des enclos à bestiaux,
officiaient les montreurs d'ânes, habiles racoleurs et
redoutables maquignons au baratin si convaincant qu'ils
étaient capables de faire passer une mule pour un pur-
sang. J'adorais les écouter vanter leurs bêtes ; c'était presque un plaisir de se faire embobiner par eux tant on avait
l'impression d'être traité avec une diligence que l'on
croyait réservée aux seuls bachaghas... Parfois, au beau
milieu du charivari, débarquaient les Karcabo, une troupe
de Noirs bardés d'amulettes, qui dansaient comme des
dieux en écarquillant des yeux laiteux. On les entendait
de loin claquer leurs castagnettes métalliques et rouler
leur tambour dans un raffut endiablé. Les Karcabo ne se
manifestaient qu'à l'occasion des fêtes maraboutiques de
Sidi Blal, leur saint patron. Ils conduisaient un taurillon
expiatoire drapé aux couleurs de la confrérie et faisaient
du porte-à-porte pour collecter les fonds nécessaires à
l'accomplissement du rite sacrificiel. Leur passage à Jenane
Jato chamboulait systématiquement les foyers ; les femmes
accouraient aux portes, en dépit des interdictions, et les
gosses giclaient telles des gerboises de leurs terriers pour
se joindre à la troupe ; le tohu-bohu n'en devenait que
plus vertigineux.

De tous ces personnages fabuleux, c'était Slimane qui
raflait la mise. Sa musique était belle et douce comme
coulant d'une source, et son ouistiti adorablement facé-
tieux. On racontait que Slimane était né chrétien, dans
une famille française prospère et savante, et qu'il s'était

épris d'une bédouine de Tadmaït avant de se convertir à l'islam. On disait aussi qu'il aurait pu mener la grande vie, car sa famille ne l'avait pas renié, mais qu'il avait choisi de rester auprès de son peuple d'adoption et de partager ses peines et ses joies. Cela nous touchait beaucoup. Pas un Arabe, pas un Berbère, même parmi les moins recommandables, ne lui manquait de respect ni ne portait une main malveillante sur lui. J'ai énormément aimé cet homme. Aussi loin qu'il m'en souvienne, au plus profond des convictions du vieillard que je suis devenu, aucun être ne m'a renvoyé, avec une aussi splendide clarté, ce que j'estime être la plus accomplie des maturités : le *discernement* – cette valeur, si orpheline de nos jours, qui grandissait mon peuple du temps où l'on ne donnait pas cher de sa peau.

Entre-temps, j'avais réussi à m'inventer un ami de quelques années mon aîné. Il s'appelait Ouari. Il était frêle, voire famélique, blond, presque rouquin, les sourcils fournis et le nez en bec d'oiseau aussi tranchant qu'une serpe. Ce n'était pas tout à fait un ami ; ma présence ne semblait pas le déranger, et comme j'avais besoin de la sienne, je m'escrimais à la mériter. Ouari était probablement un orphelin – ou peut-être un fugueur, car pas une fois je ne l'avais surpris à sortir ou entrer dans une maison. Il végétait derrière un gigantesque amas de ferraille, dans une sorte de volière tapissée de déjections. Il passait son temps à chasser les chardonnerets pour les vendre.

Ouari ne disait jamais rien. Je pouvais lui parler pendant des heures, il ne me prêtait aucune attention. C'était un garçon mystérieux et solitaire, le seul dans le quartier à porter un pantalon de ville et un béret alors que nous autres étions emmitouflés dans des gandouras et coiffés de chéchias. Le soir, il confectionnait ses pièges à base de rameau d'olivier qu'il trempait dans de la glu. Le matin, je partais avec lui au maquis et l'aidais à dissimuler ses leurres dans la broussaille. Chaque fois qu'un oiseau se posait dessus et qu'il se mettait à battre des ailes affolées, nous nous jetions sur lui et le mettions dans une cage en attendant d'en attraper d'autres. Après, nous allions dans les rues proposer nos trophées de chasse aux apprentis oiseleurs.

C'était avec Ouari que j'avais gagné mes tout premiers sous. Ouari ne trichait pas. À la fin de notre tournée, qui s'étalait sur plusieurs jours, il m'invitait à le suivre dans un coin tranquille et déversait par terre le contenu de la gibecière qui lui servait de bourse. Il prenait un sou pour lui, poussait un autre vers moi, et ainsi de suite jusqu'à ce qu'il n'y ait plus rien à partager. Après, il me ramenait au patio et s'éclipsait. Le lendemain, c'était moi qui allais le trouver dans sa volière. Je pense qu'il ne serait jamais venu me chercher, tant il paraissait en mesure de se passer de mon aide et de celle de n'importe qui.

J'étais bien avec Ouari. Confiant et serein. Même ce diable de Daho nous fichait la paix. Ouari avait un regard sombre, métallique, impénétrable qui faisait reculer les casse-pieds. C'est vrai, il ne disait pas grand-chose, mais quand il fronçait les sourcils, les galopins décrochaient si vite que leurs ombres mettaient un certain temps à les rattraper. Je crois que j'étais heureux avec Ouari. J'avais pris goût à la chasse aux chardonnerets et appris pas mal de choses sur les pièges et l'art du camouflage.

Puis, un soir, alors que je pensais rendre mon père fier de moi, tout s'effondra. J'avais attendu la fin du souper pour sortir ma bourse de sa cachette. D'une main tremblante d'émotion, j'avais tendu le fruit de mon labeur à mon géniteur.

— C'est quoi ? avait-il demandé, méfiant.

— Je ne sais pas compter… C'est l'argent que j'ai gagné en vendant des oiseaux.

— Quels oiseaux ?

— Des chardonnerets. Je les attrape avec des branches enduites de colle…

Mon père s'empara avec hargne de ma main pour m'interrompre. De nouveau, ses yeux évoquèrent des billes chauffées à blanc. Des trémolos faussèrent sa voix quand il me dit :

— Ouvre bien les oreilles, mon enfant. Je n'ai besoin ni de ton argent ni d'un imam à mon chevet.

Son étreinte s'accentuait au fur et à mesure que la douleur étirait mes grimaces.

— Tu vois ?… je te fais mal. Ta souffrance, je la ressens au plus profond de mon être. Je ne cherche pas à t'écrabouiller la main ; j'essaye seulement de te faire rentrer dans ta petite tête que je ne suis pas un fantôme, que je suis de chair et de sang, que je suis bel et bien vivant.

Je sentais mes phalanges fondre dans son poing. Mes larmes brouillaient ma vue. Je suffoquais de douleur, mais pas question de gémir ou de pleurer. Entre mon père et moi, tout était une question d'honneur ; et l'honneur ne se mesurait qu'en fonction de notre aptitude à surmonter les épreuves.

— Qu'est-ce que tu vois, là, sous ton nez ? me demanda-t-il en me montrant la table basse jonchée de restes de nourriture.

— Notre souper, papa.

— Ce n'est pas un festin, mais tu as mangé à ta faim, n'est-ce pas ?

— Oui, papa.

— Depuis que nous avons atterri dans ce patio, t'est-il arrivé de te coucher le ventre vide ?

— Non, papa.

— Cette table basse, sur laquelle tu manges, nous l'avions à notre arrivée ?

— Non, papa.

— Et le réchaud à pétrole, là-bas dans son coin, quelqu'un nous l'a-t-il offert ? L'avons-nous ramassé dans la rue ?

— Tu nous l'as acheté, papa.

— À notre arrivée, on s'éclairait à la *marepoza*, n'est-ce pas ? Une pitoyable mèche flottante sur une tache d'huile, tu t'en souviens ?... Avec quoi nous nous éclairons ce soir ?

— Avec un quinquet.

— Et les nattes, les couvertures, les oreillers, le seau, le balai ?

— Tu les as tous achetés, papa.

— Alors, pourquoi n'essayes-tu pas de comprendre, mon enfant ? Je te l'ai dit, l'autre jour : j'ai rendu le tablier, mais je n'ai pas rendu l'âme. Je n'ai pas été foutu de te léguer la terre de tes ancêtres, et je le regrette. Tu ne peux pas imaginer combien je le regrette. Il ne se passe pas un instant sans que je me le reproche. Mais je ne baisse pas les bras. Je me tue à la tâche pour me rattraper. Car c'est à moi, *et à moi seul*, de remonter la pente. Est-ce que tu me suis, mon enfant ? Je ne veux pas que tu te sentes coupable de ce qui nous arrive. Tu n'y es pour rien. Tu ne me dois rien. Je ne t'enverrai pas galérer pour me permettre de joindre les deux bouts. Je ne mange pas de ce pain. Je tombe et me relève, c'est le prix à payer, et je n'en veux à personne. Parce que j'y arriverai, je te le promets. J'ai des bras à soulever les montagnes, as-tu oublié ? Alors, au nom de nos morts et de nos vivants, si tu veux soulager ma conscience, ne refais jamais ce que tu viens de me faire là, et dis-toi que chaque sou que tu rapporterais à la maison m'enfoncerait d'un cran dans la honte.

Il me relâcha. Ma main et ma bourse s'étaient fondues l'une dans l'autre – j'étais incapable de remuer les doigts. Leur engourdissement s'étendait jusqu'à mon coude.

Le lendemain, j'étais allé rendre mes gains à Ouari.

Ouari avait accusé un léger froncement de sourcils en me voyant glisser ma bourse dans sa gibecière. Sa stupeur s'estompa aussitôt après. Il s'était remis à s'occuper de ses pièges, comme si mon geste n'avait pas eu lieu.

La réaction de mon père me troublait. Comment avait-il pu prendre mal ma modeste contribution ? N'étais-je pas son garçon, la chair de sa chair ? Par quelle tournure saugrenue une bonne intention se mue-t-elle en offense ? J'aurais été tellement fier s'il avait accepté mon argent. Au lieu de cela, je l'avais blessé.

C'est à partir de cette nuit-là, je crois, que j'ai commencé à me méfier de la justesse de mes bonnes intentions. Le doute prenait possession de mon être, l'investissait en entier.

Je ne comprenais pas.

Je n'étais plus sûr de rien.

Mon père reprenait les choses en main. Il cherchait surtout à me prouver que mon oncle se trompait grossièrement sur son compte. Il trimait sans trêve, et ne nous le cachait point. Lui qui, d'habitude, taisait ses projets pour les préserver du mauvais œil, le voilà qui racontait à ma mère, dans le détail, les démarches qu'il entreprenait pour élargir ses champs de manœuvre et gagner des sous – il haussait exprès la voix pour que je l'entende. Il nous promettait monts et merveilles, faisait tinter ses pièces de monnaie en rentrant, l'œil étincelant, parlait de notre future maison, une vraie, avec des volets aux fenêtres, une porte en bois à l'entrée et, qui sait ? un petit potager où il planterait de la coriandre, de la menthe, de la tomate et un tas de tubercules succulents qui fondraient sur le bout de la langue plus vite qu'une friandise. Ma mère l'écoutait ; elle était heureuse de voir son mari échafauder des rêves à perdre haleine et, même si elle ne prenait pas pour argent comptant ce qu'il disait, elle feignait de le croire et se pâmait d'aise lorsqu'il lui prenait la main – chose que je ne l'avais jamais vu faire avant.

Mon père se dépensait tous azimuts. Il voulait redresser la barre, s'en sortir sans tarder. La matinée, il assistait un herboriste ; l'après-midi, il doublait un marchand de légumes ambulant ; le soir, il était masseur dans un bain turc. Il envisageait même de monter sa propre affaire.

De mon côté, je traînaillais dans les rues, seul et désemparé.

Un matin, Daho le voyou me surprit errant loin de chez moi. Il avait un reptile autour du bras ; un serpent verdâtre et hideux. Il m'accula dans un coin et se mit à agiter la gueule du reptile sous mon nez en roulant des yeux voraces. Je ne supportais pas la vue des serpents ; j'en avais une frousse bleue. Daho s'en donnait à cœur joie, amusé par ma panique ; il me traitait de chiffe molle, de fillette… J'allais tourner de l'œil quand Ouari me tomba du ciel. Daho avait immédiatement arrêté sa petite torture, prêt à détaler si mon ami était venu à mon secours. Ouari ne vint pas à mon secours ; il nous fixa juste un instant et passa son chemin comme si de rien n'était. Je n'en revenais pas. Rassuré, Daho se remit à me faire peur avec son serpent en s'esclaffant exagérément ; il pouvait rire à dégueuler, cela ne m'importait guère. Mon chagrin supplantait ma frayeur : je n'avais plus d'ami.

4.

Jambe-de-bois somnolait derrière son comptoir, le turban sur la figure, sa prothèse rudimentaire à portée de la main, prêt à s'en emparer au cas où un esprit fureteur s'aviserait de graviter autour de ses sucreries. L'humiliation que lui avait infligée El Moro n'était qu'un vague souvenir. Sa longue carrière de goumier lui avait appris à faire la part des choses. Je suppose qu'ayant passé son existence à essuyer les brimades des sous-officiers, auxquelles il opposait une soumission obtuse, il considérait les excès de zèle des gros bras de Jenane Jato comme autant d'abus d'autorité. Pour lui, la vie était faite de hauts et de bas, de moments de bravoure et de moments de fléchissement ; ce qui importait était de se relever après les culbutes et de se ressaisir quand on reçoit des coups... Si on ne se gaussait pas de lui, après sa « débâcle » devant El Moro, c'était la preuve que personne n'aurait négocié une telle confrontation sans y perdre un pan de son âme. El Moro, ce n'était pas un duel régulier ; El Moro, c'était la mort en marche, le peloton d'exécution. Avoir affaire à lui et s'en tirer avec quelques plumes en moins était une prouesse ; quant à s'en sortir indemne, avec juste un fond de culotte souillé, cela relevait du miracle.

Le barbier, lui, finissait de raser le crâne d'un vieillard. Ce dernier était assis en fakir, les mains sur les genoux, la bouche ouverte sur un chicot corrodé. Le raclement du rasoir sur son cuir semblait lui prodiguer énormément de plaisir. Le barbier lui racontait ses déboires ; le vieillard ne l'écoutait pas ; il tenait ses yeux fermés et se délectait chaque fois que la lame revenait patiner sur sa tête polie comme un galet.

— Voilà, s'écria le barbier à la fin de son récit. Tu as le crâne si dégagé qu'on pourrait lire dans tes arrière-pensées.

— Tu es sûr que tu n'as rien oublié ? fit le vieillard. Je perçois encore de l'ombre dans mes idées.

— Quelles idées, vieux bougre ? Tu ne vas pas me faire croire qu'il t'arrive de gamberger.

— J'suis peut-être vieux, mais pas encore sénile, je te préviens. Regarde bien, y a sûrement un poil ou deux qui manquent à l'appel et ça me dérange.

— Y a rien, je t'assure. C'est aussi net qu'un œuf.

— S'il te plaît, insista le vieillard, regarde bien.

Le barbier n'était pas dupe. Il savait que le vieillard prenait son pied. Il contempla son travail, vérifia minutieusement s'il n'avait pas oublié un cheveu sur la nuque vergetée du vieillard avant de reposer son rasoir, signifiant à son client que la séance de détente était terminée.

— Allez ouste, du vent, oncle Jabori. Va retrouver tes chèvres, maintenant.

— S'il te plaît…

— Assez ronronné, je te dis. J'ai pas que ça à faire, moi.

Le vieillard se leva à contrecœur, se contempla dans le bout de miroir, ensuite il farfouilla laborieusement dans ses poches.

— Je crains d'avoir encore oublié mes sous à la maison, dit-il en feignant de s'en vouloir.

Le barbier sourit ; il le voyait venir.

— C'est ça, oncle Jabori.

— Je pensais bien les avoir mis dans mes poches, ce matin, je le jure. Je les ai peut-être perdus en route.

— C'est pas grave, fit le barbier résigné. Dieu me le rendra.

— Il n'en est pas question, glapit le vieillard avec papelardise. Je m'en vais de ce pas te les chercher.

— Comme c'est touchant. Tâche seulement de ne pas te perdre en route, à ton tour.

Le vieillard enroula son turban autour de sa tête et se dépêcha de prendre le large.

Le barbier le regarda s'éloigner, blasé, et s'accroupit devant sa caisse à munitions.

— Toujours la même histoire. Ils croient que je bosse pour le plaisir ou quoi? grommela-t-il. C'est mon gagne-pain, putain! Je vais me nourrir comment, ce soir?

Il disait cela dans l'espoir de faire réagir Jambe-de-bois.

Jambe-de-bois l'ignorait.

Le barbier attendit de longues minutes; le goumier ne réagissant pas, il respira un bon coup et, fixant un nuage dans le ciel, se mit à chanter:

> *Tes yeux me manquent*
> *Et je deviens aveugle*
> *Dès que tu regardes ailleurs*
> *Tous les jours je meurs*
> *Quand parmi les vivants*
> *Je ne te vois nulle part*
> *Qu'est-ce que vivre mon amour*
> *Quand toute chose en ce monde*
> *Me raconte ton absence*
> *À quoi me serviraient mes mains*
> *Si ce n'était pas ton corps*
> *Le pouls du Seigneur...*

— À te torcher, tiens! lui lança Jambe-de-bois.

C'était comme si on avait déversé un seau d'eau glacée

sur le barbier. Il était révulsé par la vulgarité du boutiquier qui rompit et la magie de l'instant et la beauté de la
chanson. Moi-même en étais peiné ; on venait de m'éjec-
ter du haut d'un songe.

Le barbier tenta de ne pas faire cas de l'épicier. Après
avoir dodeliné de la tête, il se racla de nouveau la gorge
pour reprendre son chant, mais ses cordes vocales refusèrent de se décontracter ; le cœur n'y était plus.

— C'que tu peux être chiant, toi.

— Tu me casses les oreilles avec tes mélodies à la con,
maugréa Jambe-de-bois en se trémoussant paresseusement.

— M'enfin, regarde autour de toi, protesta le barbier.
Y a rien. On s'ennuie, on s'emmerde, on se meurt. Les
taudis nous bouffent, les mauvaises odeurs nous gazent,
et pas une gueule n'est fichue d'arborer un sourire. Si,
avec tout ça, on ne peut plus chanter, qu'est-ce qu'il nous
reste, bon sang ?

Jambe-de-bois montra du pouce un rouleau de corde-
lettes en chanvre suspendu à un crochet au-dessus de sa
tête.

— Il te reste ça. T'en choisis une, tu l'attaches à la
branche d'un arbre, puis tu l'enroules autour de ton cou et
tu plies d'un coup sec tes deux jambes. Après, t'es peinard pour l'éternité et aucune saloperie ne vient perturber
ton sommeil.

— Pourquoi tu ne le fais pas toi en premier, tiens,
puisque t'es le plus dégoûté d'entre nous ?

— J'peux pas. J'ai une prothèse, et elle ne se plie pas.

Le barbier jeta l'éponge. Il se ramassa sous son caisson
et se prit la tête entre les mains, probablement pour continuer de fredonner en son for intérieur... Il savait qu'il
chantait pour des prunes. Son égérie n'existait pas. Il l'inventait au gré de ses soupirs, parfaitement conscient de
son inaptitude à la mériter un jour. Son bout de glace était
là pour lui renvoyer l'absurdité de son physique, indisso-

ciable de l'incongruité de ses espérances. Il était petit, presque bossu, maigrichon, moche et aussi pauvre que Job ; il n'avait pas de toit, pas de famille et aucune chance d'améliorer sa chienne d'existence d'un iota. Aussi se contentait-il d'incarner son propre rêve, juste pour s'accrocher quelque part tandis que le reste du monde lui échappait – un rêve réprimé, impossible, difficile à revendiquer sans se couvrir de ridicule et qu'il rongeait, dans son coin, comme un os savoureux et désespérément nu.

Il me fendait le cœur.

— Approche, petit, me lança Jambe-de-bois en dévissant le couvercle d'un bocal de bonbons.

Il me tendit une sucrerie, m'invita à m'asseoir à côté de lui et me dévisagea longuement.

— Montre voir un peu la bouille que t'as, fiston, me dit-il en me relevant le menton du bout du doigt. Hum ! On dirait que le bon Dieu était particulièrement inspiré pendant qu'il te sculptait, mon garçon. Vraiment. Quel talent !… Comment ça s'fait que t'as les yeux bleus ? Ta mère est française ?

— Non.

— Ta grand-mère alors ?

— Non.

Sa main rugueuse fourragea dans mes cheveux avant de glisser lentement sur ma joue.

— T'as vraiment une frimousse d'ange, petit.

— Tu lui fous la paix au môme, menaça Bliss le courtier en surgissant du coin de la rue.

Le vieux goumier retira vivement sa main.

— Je fais rien de mal, grogna-t-il.

— Tu sais très bien de quoi je parle, dit Bliss. Je te préviens, son père n'est pas commode. Il t'arracherait l'autre jambe sans que tu t'en aperçoives, et il me déplairait d'avoir un cul-de-jatte dans *ma* rue. Paraît que ça porte la poisse.

— Qu'est-ce que tu racontes, mon bon Bliss ?

— À d'autres, vicelard. Pourquoi tu n'irais pas en Espagne, toi qui aimes tellement en découdre, au lieu de moisir dans ton trou en salivant sur des gamins ? Ça barde toujours là-bas, et on réclame de la chair à canon.

— Il ne peut pas y aller, dit le barbier. Il a une prothèse, et ça se plie pas.

— Toi, la blatte, tu écrases, fit Jambe-de-bois pour sauver la face. Sinon, je te ferai avaler une à une toutes tes dégueulasseries de rasoirs infectés.

— Faudrait que tu me rattrapes d'abord. Et puis, j'suis pas une blatte. J'sors pas d'un caniveau et j'ai pas d'antennes sur le front, moi.

Bliss le courtier me fit signe de déguerpir.

Au moment où je me levais, mon père déboucha d'un pertuis. Je courus à sa rencontre. Il rentrait plus tôt que d'habitude ; à sa mine radieuse et à l'emballage qu'il serrait sous son aisselle, je devinai qu'il était content. Il me demanda d'où je détenais le bonbon et retourna aussitôt auprès du boutiquier pour le payer. Jambe-de-bois tenta de repousser l'argent, prétextant qu'il s'agissait d'une simple sucrerie et que ça venait du cœur ; mon père ne l'entendit pas de cette oreille et insista pour que le boutiquier prenne son dû.

Ensuite, nous rentrâmes à la maison.

Mon père déballa, sous nos yeux, un large papier brun, et nous remit, à chacun, un cadeau : un foulard pour ma mère, une robe pour ma petite sœur et une paire de bottes en caoutchouc flambant neuve pour moi.

— C'est de la folie, dit ma mère.

— Pourquoi ?

— C'est beaucoup d'argent, et tu en as besoin ?

— Ce n'est qu'un début, s'enthousiasma mon père. Je vous promets que dans pas longtemps on va déménager. Je travaille dur, et j'y arrive. Les choses ont l'air de marcher, alors pourquoi ne pas en profiter ? Jeudi, j'ai rendez-vous avec un commerçant qui a pignon sur rue. C'est un gars sérieux, il s'y connaît en affaires. Il va me prendre comme associé.

— Je t'en prie, Issa. Ne parle pas de tes projets si tu veux les réaliser. Tu n'as jamais eu de chance.

— Je ne te dévoile pas tout, voyons. Ça va être une sacrée surprise. Mon futur associé a exigé une somme d'argent précise pour m'embarquer, et cette somme... *je l'ai !*

— Je t'en supplie, n'en dis pas plus, s'effaroucha ma mère en crachant sous son giron pour éloigner les influences malfaisantes. Laissons les choses se faire dans la discrétion. Le mauvais œil ne pardonne pas aux bavards.

Mon père se tut, ce qui n'empêcha pas ses yeux de briller d'une jubilation que je ne lui connaissais pas. Cette nuit-là, il tint à fêter sa réconciliation avec le sort ; il égorgea un coq chez le volailler, le dépluma et le vida sur place avant de le rapporter à la maison au fond d'un couffin ; nous dînâmes tard dans la soirée, en catimini, par respect pour les gens du patio qui souvent n'avaient pas grand-chose à manger.

Mon père exultait. Une bande de copains lâchée au beau milieu d'une kermesse n'aurait pas été plus enjouée que lui. Il comptait les jours sur ses doigts. Encore cinq, encore quatre ; encore trois...

Il continuait de se rendre à son travail, sauf qu'il rentrait plus tôt. Pour me voir courir à sa rencontre... Me trouver endormi aurait gâché son plaisir. Il préférait que je sois debout à son retour ; de cette façon il s'assurait que j'étais bel et bien conscient que le vent tournait, que notre ciel se dégageait, que *mon père à moi* était aussi solide qu'un chêne, capable de soulever les montagnes rien qu'avec la force de ses poignets…

Et vint ce jeudi tant attendu.

Il est des jours que les saisons renient. La fatalité s'en préserve, et les démons aussi. Les saints patrons s'y inscrivent aux abonnés absents, et les hommes livrés à eux-mêmes s'y perdent à jamais. Ce jeudi-là en était un. Mon père l'avait reconnu tout de suite. Dès l'aube, il en portait le signe sur la figure. Je m'en souviendrai le restant de ma vie. C'était un jour laid, misérable, violent, qui n'arrêtait pas de se lamenter à coups d'averses et de tonnerres aux accents d'anathème. Le ciel broyait du noir à ne savoir comment s'en sortir, les nuages cuivrés comme autant d'humeurs massacrantes.

— Tu ne vas pas sortir par un temps pareil, dit ma mère.

Mon père était sur le pas de notre pièce, les yeux rivés sur ces ecchymoses obscures pavant le ciel tel un mauvais présage. Il se demandait s'il ne lui fallait pas reporter son rendez-vous. Mais la chance ne sourit pas aux indécis. Il le savait, et supposait que le pressentiment qui le tourmentait n'était que le Malin qui tentait de l'en détourner. Soudain, il se retourna vers moi et me somma de l'accompagner. Peut-être avait-il cru qu'en m'emmenant avec lui, il attendrirait le sort, en atténuerait les coups bas.

J'enfilai ma gandoura à capuchon, mes bottes en caoutchouc et me dépêchai de le rattraper.

Nous atteignîmes les lieux du rendez-vous trempés jusqu'aux os. Mes pieds chuintaient dans mes bottes gorgées d'eau et mon capuchon pesait sur mes épaules tel un carcan. La rue était déserte. Hormis une charrette renversée sur le trottoir, il n'y avait personne… ou presque. Car El Moro était là ; on aurait dit un oiseau de proie perché sur le destin d'un homme. Dès qu'il nous vit arriver, il surgit de son abri. Ses yeux rappelaient le canon d'un fusil de chasse ; ils couvaient la mort au fond de leurs orbites. Mon père ne s'attendait pas à le trouver là. El Moro n'y alla pas par quatre chemins ; il lança son coup de boule, puis son pied, ensuite son poing. Surpris, mon père mit un certain temps à se ressaisir. Il se défendit vaillamment, rendit coup pour coup, décidé à vendre cher sa peau. Mais El Moro était habile ; ses feintes et ses esquives de voyou aguerri eurent raison du courage de mon père, peu habitué à en venir aux mains, lui le paysan effacé et taciturne. Il tomba, fauché par un croc-en-jambe. El Moro s'acharna sur lui, ne lui laissant aucune chance de se relever. Il continua de le rouer de coups dans l'intention manifeste de l'achever. J'étais pétrifié. Comme dans un mauvais rêve. Je voulais crier, me porter au secours de mon père ; pas une veine, pas un muscle ne répondait à l'appel. Le sang de mon père se mêlait à l'eau de pluie, ruisselait vers le caniveau. El Moro n'en avait cure. Il savait exactement ce qu'il voulait. Quand mon père cessa de se débattre, le prédateur s'accroupit devant sa proie, lui retroussa la gandoura ; son visage s'illumina comme la nuit sous l'éclair en découvrant la bourse bourrée d'argent dissimulée sous une aisselle. D'un coup de couteau, il sectionna les sangles qui la retenaient à l'épaule de mon père, et la soupesa avec satisfaction avant de s'éloigner sans un regard pour moi.

Mon père resta longtemps étendu sur le sol, la figure en marmelade, sa gandoura retroussée sur son ventre nu. Je ne pouvais rien faire pour lui. J'étais sur une autre planète. Je ne me souviens pas de la façon dont nous sommes rentrés chez nous.

« J'ai été vendu, pestait mon père. Ce chien était là pour moi. Il m'attendait. Il savait que j'avais de l'argent sur moi. Il le savait, il le savait... Ce n'est pas un coup du hasard, non ; ce fumier était là pour moi. »

Puis il se tut.

Durant des jours et des jours, il ne prononça plus un traître mot.

J'ai vu se fendre des cierges, s'effriter des mottes de terre sous l'ondée ; c'était le même spectacle que m'offrait mon père. Il se démaillait fibre par fibre, inexorablement, enfoui dans son coin, sans boire ni manger. Le visage contre les genoux et les doigts croisés sur la nuque, ruminant en silence son fiel et son dépit. Il se rendait compte que, quoi qu'il fasse, quoi qu'il dise, le mauvais sort aurait toujours le dernier mot, et ni les serments sur la montagne ni les vœux les plus pieux n'étaient en mesure de changer le cours du destin.

Une nuit, il y eut ce soûlard qui gueulait ses colères dans la rue. Ses invectives obscènes tourbillonnaient furieusement au milieu du patio, tel un vent maléfique s'engouffrant dans un tombeau. C'était une voix féroce, faite de rage et de mépris, qui traitait les hommes de chiens et les femmes de truies et qui promettait des jours sombres aux misérables et aux lâches ; une voix souveraine, tyrannique, parfaitement consciente de son impunité, ce qui la rendait plus vile encore ; une voix que les petites gens avaient appris à identifier entre mille rumeurs apocalyptiques : la voix d'El Moro !... En la reconnaissant, mon père redressa si fort la tête que l'arrière de son crâne heurta violemment le mur. Pendant plusieurs secondes, il demeura pétrifié ; ensuite, semblable à un fantôme émergeant de sa pénombre, il se leva, alluma le quinquet, fouilla dans le tas de lingerie qui encombrait une encoignure, en extirpa une vieille sacoche en cuir élimée, l'ouvrit. Ses yeux luisaient dans les reflets du lumignon. Il retint sa respiration, médita, puis, d'un geste ferme, plongea la main dans la sacoche. La lame d'un couteau de boucher étincela dans son poing. Il se releva, enfila sa gandoura et glissa l'arme blanche dans son capuchon. Je vis ma mère remuer dans son coin. Elle comprit que son mari était devenu fou, mais elle n'osa pas le rappeler à la raison. Ce genre d'histoire ne concernait pas les femmes.

Mon père sortit dans les ténèbres. J'entendis son pas se perdre dans la cour, semblable à une prière dans les rafales du vent. La porte du patio grinça avant de se refermer; ensuite, le silence… un silence abyssal qui me tint en joue jusqu'au matin.

Mon père rentra à l'aube. Furtivement. Il se défit de sa gandoura, la jeta au hasard, remit le couteau dans sa sacoche et retourna dans l'angle de la pièce qu'il occupait depuis ce maudit jeudi. Il s'y recroquevilla et ne bougea plus.

La nouvelle se répandit tel un feu de paille sur Jenane Jato. Bliss le courtier jubilait. Il passait d'une porte à l'autre en criant : « El Moro est mort, détendez-vous braves gens. El Moro ne sévira plus ; quelqu'un l'a crevé en lui pétant le cœur d'un coup de poignard. »

Deux jours plus tard, mon père m'emmena dans la pharmacie de mon oncle. Il tremblait comme un fiévreux, avec ses yeux rouges et sa barbe folle.

Mon oncle ne contourna pas son comptoir pour s'approcher de nous. Notre intrusion matinale, à une heure où les boutiquiers commençaient à peine à lever leur rideau de fer, ne lui disait rien qui vaille. Il pensait que mon père était revenu laver l'offense de l'autre jour, et grand fut son soulagement quand il l'entendit dire, d'une voix atone :

— Tu avais raison, Mahi. Mon fils n'a aucun avenir avec moi.

Mon oncle resta bouche bée.

Mon père se mit à croupetons devant moi. Ses doigts

me firent mal lorsqu'il me prit par les épaules. Il me regarda droit dans les yeux et me dit :

— C'est pour ton bien, mon enfant. Je ne t'abandonne pas, je ne te renie pas ; je cherche seulement à te donner ta chance.

Il m'embrassa sur la tête – usage réservé aux doyens révérés –, tenta de me sourire, n'y parvint pas, se releva et quitta brusquement l'officine en courant presque, sans doute pour cacher ses larmes.

5.

Mon oncle habitait dans la ville européenne, à l'extrémité d'une rue asphaltée, bordée de maisons en dur, coquettes et paisibles, avec des grilles en fer forgé et des volets aux fenêtres. C'était une belle rue aux trottoirs propres parés de ficus taillés avec soin. Il y avait des bancs par endroits sur lesquels des vieillards s'asseyaient pour voir passer le temps. Des enfants gambadaient dans les squares. Ils ne portaient pas les guenilles des gosses de Jenane Jato, ni de signes fatidiques sur leurs minois, et semblaient pomper la vie à pleins poumons avec une franche délectation. Il régnait, dans le quartier, une quiétude inimaginable ; on n'entendait que le glapissement des bambins et le gazouillis des oiseaux.

La maison de mon oncle était haute d'un étage, parée d'un petit jardin à l'entrée et d'une courte allée sur le côté. Le bougainvillier débordait le muret qui servait de clôture et se laissait tomber dans le vide, saupoudré de fleurs violettes. Par-dessus la véranda, une treille n'en finissait pas de s'enchevêtrer.

— En été, les grappes de raisin pendent partout, me dit mon oncle en poussant le portillon. Tu n'auras qu'à te hisser sur la pointe des pieds pour les cueillir.

Ses yeux brillaient de mille feux. Il était aux anges.

— Tu vas te plaire, ici, mon garçon.

Une femme rousse, d'une quarantaine d'années, nous

ouvrit. Elle était belle, le visage rond avec deux grands yeux d'un vert d'eau. Quand elle me vit debout sur le perron, elle porta ses mains jointes à son cœur et resta quelques instants sans voix, subjuguée. Puis son regard courut interroger celui de mon oncle, et grand fut son soulagement lorsque ce dernier opina du chef.

— Mon Dieu ! Qu'il est beau, s'écria-t-elle en s'accroupissant devant moi pour me regarder de plus près.

Ses bras me happèrent si vite que je faillis tomber à la renverse. C'était une femme robuste aux gestes parfois brusques, presque virils. Elle me serra très fort contre sa poitrine ; je perçus jusqu'aux battements de son cœur. Elle sentait bon comme un champ de lavande et les larmes qui hésitaient sur le bord de ses paupières accentuaient le vert de ses yeux.

— Chère Germaine, dit mon oncle d'une voix frémissante, je te présente Younes, hier mon neveu, aujourd'hui *notre* fils.

Je sentis un frisson traverser le corps de la femme ; la larme qui miroitait d'émotion sur le bord de ses cils roula d'une traite sur sa joue.

— Jonas, dit-elle en essayant d'étouffer un sanglot, Jonas, si tu savais combien je suis heureuse !

— Parle-lui en arabe. Il n'a pas fait d'école.

— Ce n'est pas grave. Nous allons remédier à ça.

Elle se leva, tremblotante, me prit par la main et me fit entrer dans une salle qui me parut plus vaste qu'une étable, parée de mobilier imposant. La lumière du jour pénétrait drue par une immense porte-fenêtre flanquée de rideaux donnant sur la véranda où se délassaient deux chaises à bascule autour d'un guéridon.

— C'est ta nouvelle maison, Jonas, me dit Germaine.

Mon oncle suivait, le sourire d'un lobe à l'autre, un paquet sous l'aisselle.

— Je lui ai acheté quelques vêtements. Tu lui en achèteras d'autres, demain.

— Très bien, je m'en occupe. Tes clients doivent s'impatienter.

— Tiens, tiens, tu le veux pour toi seule ?

Germaine s'accroupit de nouveau pour me contempler.

— Je crois que nous allons bien nous entendre, n'est-ce pas, Jonas ? me dit-elle en arabe.

Mon oncle posa le paquet de vêtements sur une commode et s'installa confortablement sur un divan, les mains sur les genoux, le fez rejeté en arrière.

— Tu n'as pas l'intention de rester là à nous espionner ? lui fit Germaine. Retourne à ton travail.

— Il n'en est pas question, ma chère moitié. Aujourd'hui, c'est jour férié pour moi. J'ai un enfant à la maison.

— Tu n'es pas sérieux ?

— Je n'ai jamais été aussi sérieux de ma vie.

— Bon, concéda Germaine, Jonas et moi allons prendre un bon bain.

— Je m'appelle Younes, lui rappelai-je.

Elle me gratifia d'un sourire attendri, glissa la paume de sa main sur ma joue et me souffla à l'oreille :

— Plus maintenant, mon chéri…

Et, s'adressant à mon oncle :

— Puisque tu es là, rends-toi utile et va me chauffer de l'eau.

Elle me poussa dans une petite pièce où se dressait une sorte de chaudron en fonte, ouvrit un robinet et, pendant que la cuve se remplissait, elle se mit à me déshabiller.

— Nous allons d'abord nous débarrasser de ces hardes, n'est-ce pas, Jonas ?

Je ne savais quoi dire. Je suivais des yeux ses mains blanches en train de courir sur mon corps, de me défaire de ma chéchia, de ma gandoura, de mon tricot élimé, de mes bottes en caoutchouc. J'avais le sentiment qu'elle m'effeuillait.

Mon oncle arriva avec un seau en fer fumant. Il se tint dans le couloir, pudiquement. Germaine m'aida à glisser dans la cuve, me savonna de la tête aux pieds, me lava plusieurs fois en me frictionnant vigoureusement avec une lotion parfumée, m'épongea dans une large serviette et alla chercher mes nouveaux vêtements. Une fois rhabillé, elle me présenta devant une grande glace ; j'étais devenu quelqu'un d'autre. Je portais une tunique composée d'une vareuse de matelot surmontée d'un large col et rehaussée de quatre gros boutons en cuivre sur le devant, une culotte courte avec des poches sur les côtés, et un béret identique à celui d'Ouari.

Mon oncle se leva pour m'accueillir à mon retour dans le salon. Il était tellement heureux que cela me troublait.

— Il n'est pas magnifique, mon petit prince aux pieds nus ? s'exclama-t-il.

— Arrête, tu vas attirer le mauvais œil sur lui... À propos de pieds nus, tu as omis de lui acheter des chaussures.

Mon oncle se frappa le front du plat de la main.

— C'est vrai, où avais-je la tête ?

— Dans les nuages, assurément.

Mon oncle sortit sur-le-champ. Il revint quelque temps plus tard, avec trois paires de chaussures de différentes pointures. Les plus petites me convinrent. C'étaient des souliers à lacets, noirs et souples, qui me taquinaient aux chevilles, mais qui enveloppaient admirablement mes pieds. Mon oncle ne rendit pas les autres ; il me les garda *pour les années à venir*...

Ils ne me quittèrent pas d'une semelle, gravitant autour de moi comme deux papillons autour d'une source de lumière, me firent visiter la maison dont les vastes chambres au plafond haut auraient pu héberger l'ensemble des locataires de Bliss le courtier. Des rideaux cascadaient de part et d'autre des fenêtres aux vitres immaculées et aux volets peints en vert. C'était une belle demeure ensoleillée, un peu dédaléenne au début, avec ses corridors, ses portes dérobées, ses escaliers en colimaçon et ses armoires murales que je prenais pour des pièces. Je pensai à mon père, à notre gourbi sur nos terres perdues, à notre trou à rats de Jenane Jato ; l'écart me parut si grand que j'en eus le vertige.

Germaine me souriait chaque fois que je levais les yeux sur elle. Elle me gâtait déjà. Mon oncle ne savait pas par quel bout me prendre, mais refusait de me lâcher une seconde. Ils me montraient tout à la fois, riaient à propos de n'importe quoi ; parfois, ils se tenaient par la main et se contentaient de m'observer, attendris aux larmes, tandis que je découvrais, ébahi, les choses des temps modernes.

Le soir, nous dînâmes dans le salon. Autre curiosité, mon oncle n'avait pas besoin de quinquet pour éclairer ses nuits ; il suffisait d'appuyer sur un commutateur pour qu'une poignée d'ampoules s'allumât au plafond. J'étais très mal à l'aise, à table. Habitué à manger dans le même plat que le reste de ma famille, je me sentais dépaysé en disposant d'une assiette individuelle. Je n'avais presque rien avalé, gêné par le regard constant qui traquait mes faits et gestes, et par les mains qui revenaient sans répit me lisser les cheveux ou me pincer une joue.

— Ne le brusque pas, répétait sans cesse Germaine à mon oncle. Laissons-lui le temps de se familiariser avec ses nouveaux repères.

Mon oncle se retenait quelques instants, puis il s'emballait encore et encore, aussi maladroit qu'enthousiaste.

Après le dîner, nous montâmes à l'étage.

— C'est ta chambre, Jonas, m'annonça Germaine.

Ma chambre… Elle se trouvait au fond du couloir, deux fois plus grande que celle que se partageait ma famille à

Jenane Jato. Un grand lit occupait le centre, sous la garde rapprochée de deux tables de chevet. Des tableaux recouvraient les murs, certains représentant des paysages de rêve, d'autres des personnages en prière, les mains jointes sous le menton et la tête auréolée d'or. La statuette en bronze d'un enfant ailé trônait sur un socle, au-dessus de la cheminée, surplombée à son tour par un crucifix. Un peu à l'écart, un petit bureau tenait compagnie à une chaise rembourrée. Une étrange odeur flottait dans la pièce, douceâtre et fugitive. Par la fenêtre, on pouvait voir les arbres de la rue et les toits des maisons d'en face.

— Elle te plaît ?

Je ne répondis pas. Le faste brutal, qui me cernait, m'effarouchait. Je craignais de tout flanquer par terre au moindre faux pas, tant l'ordre spartiate alentour semblait en équilibre sur le moindre détail, ne tenir qu'à un fil.

Germaine pria mon oncle de nous laisser. Elle attendit de le voir sortir avant de se mettre à me déshabiller, m'allongea sur le lit, comme si j'étais incapable de me coucher sans son aide ; ma tête disparut parmi les oreillers.

— Fais de beaux rêves, mon garçon.

Elle ramena les couvertures sur mon corps, posa un baiser interminable sur mon front, éteignit la lampe de chevet et me quitta sur la pointe des pieds en refermant précautionneusement la porte derrière elle.

Le noir ne me dérangeait pas ; j'étais un garçon solitaire, sans trop d'imagination, et j'avais le sommeil facile. Mais dans cette chambre oppressante, un malaise insondable me saisit aux tripes. Mes parents me manquaient. Pourtant, ce n'était pas leur absence qui me froissait le ventre. Il y avait quelque chose d'étrange dans la pièce que je n'arrivais pas à localiser et que je sentais dans l'air, invisible et pesant à la fois. Était-ce l'odeur des couvertures, ou celle qui flottait dans les recoins qui me montait à la tête ? Était-ce cette respiration haletante qui résonnait çà et là, parfois dans la cheminée? J'avais la certitude que je n'étais pas seul, qu'une présence tapie dans la pénombre m'épiait. La nuque hérissée et le souffle coupé, je sentis une main froide frôler mon visage. Dehors, une lune pleine éclairait la rue. Le vent sifflait contre les grilles tandis que les arbres s'arrachaient les cheveux sous les rafales. Je fermai les yeux avec force en m'agrippant à mes draps. La main glaciale ne se retira pas. Et la présence devenait de plus en plus envahissante. Je la sentais debout au pied de mon lit, prête à me sauter dessus. L'air commençait à se raréfier; mon cœur était sur le point d'imploser. Je rouvris les yeux et surpris la statue en train de pivoter lentement sur la cheminée. Elle me fixait de ses yeux aveugles, la bouche figée dans un sourire triste… Terrifié, je sautai hors du lit et me barricadai derrière le sommier. La statue de l'enfant ailé tordit le cou pour me faire face; son ombre monstrueuse couvrit entièrement le mur. Je plongeai sous le lit, me ramassai dans un bout de drap et, le cœur battant la chamade, je me fis tout petit et refermai les yeux, certain que si je venais à les rouvrir, je surprendrais la statue à quatre pattes en train de me dévisager.

J'avais tellement peur que j'ignore si je m'étais assoupi ou évanoui…

— Mahi!

Le cri me fit bondir; ma tête heurta les lames du sommier.

— Jonas n'est pas dans sa chambre, hurla Germaine.

— Comment ça, il n'est pas dans sa chambre? s'emporta mon oncle.

Je les entendis courir dans le couloir, claquer des portes, dévaler les escaliers. *Il n'est pas sorti de la maison. La porte est fermée à double tour*, dit mon oncle. *La porte-fenêtre de la véranda est fermée aussi. Tu as regardé dans les toilettes?… – J'en sors, il n'y est pas,* paniquait

Germaine... – *Tu es sûre qu'il n'est pas dans sa chambre ?...* – *Puisque je te dis que son lit était vide...* Ils cherchèrent au rez-de-chaussée, remuèrent quelques meubles, ensuite ils remontèrent les escaliers et revinrent dans ma chambre.

— Mon Dieu ! Jonas, s'écria Germaine en me découvrant assis sur le bord du lit. Où étais-tu passé ?

J'avais le flanc droit ankylosé et mal aux articulations. Mon oncle se pencha sur la petite bosse qui venait de pousser sur mon front.

— Tu es tombé du lit ?

Je tendis un bras perclus vers la statuette :

— Elle a bougé toute la nuit.

Germaine me couva aussitôt.

— Jonas, mon doux Jonas, pourquoi tu ne m'as pas appelée ? Tu es tout pâle, et je m'en veux.

Le soir suivant, la statue de l'enfant ailé n'était plus dans ma chambre ; le crucifix et les icônes, non plus. Germaine resta à mon chevet, à me raconter des histoires dans un mélange d'arabe et de français et à me caresser les cheveux jusqu'à ce que le marchand de sable vînt la relayer.

Des semaines passèrent ; je me languissais de mes parents. Germaine ne ménageait aucun effort pour me rendre la vie agréable. Le matin, en allant faire ses courses, elle m'emmenait dans des magasins et ne me ramenait à la maison qu'avec une sucrerie ou un jouet dans la main. L'après-midi, elle m'apprenait à lire et à écrire. Elle voulait m'inscrire à l'école, mais mon oncle ne tenait pas à précipiter les choses. Parfois, il m'autorisait à l'accompagner dans sa pharmacie. Il m'installait derrière un petit bureau, dans l'arrière-boutique, et, pendant qu'il s'occupait de ses clients, il me faisait recopier des lettres d'alphabet sur un cahier. Germaine trouvait que j'assimilais vite et ne comprenait pas pourquoi mon oncle hésitait à me confier à un vrai instituteur. Au bout de deux mois, je savais déjà lire les mots sans trop trébucher sur les syllabes. Mon oncle demeura intraitable ; il refusait d'entendre parler de l'école avant d'être absolument certain que mon père n'allait pas se rétracter et venir me reprendre.

Un soir, alors que j'errais dans les couloirs de la maison, il m'invita à le rejoindre dans son bureau. C'était une pièce austère, avec juste une petite lucarne qui l'éclairait chichement. Les murs étaient submergés de livres aux couvertures cartonnées ; il y en avait partout, sur les étagères, sur les commodes, sur la table. Mon oncle était assis sur une chaise, penché sur un volumineux ouvrage, des lunettes en équilibre sur l'arête du nez. Il me prit sur ses genoux et m'orienta vers le portrait d'une dame accroché au mur.

— Il faut que tu saches une chose, mon garçon. Tu n'es pas tombé d'un arbre droit dans le fossé… Tu vois cette dame, sur la photo ?… Un général l'avait surnommée Jeanne d'*Arch*. C'était une sorte de douairière, aussi autoritaire que fortunée. Elle s'appelait Lalla Fatna, et avait des terres aussi vastes qu'un pays. Son bétail peuplait les plaines, et les notables de la région venaient laper dans le creux de sa main. Même les officiers français la courtisaient. On raconte que si l'émir Abd el-Kader l'avait connue, il aurait changé le cours de l'histoire… Regarde-la bien, mon garçon. Cette dame, cette figure de légende, eh bien, c'est ton arrière-grand-mère.

Elle était belle, Lalla Fatna. Répandue sur ses coussins, le cou droit et la tête altière par-dessus son caftan brodé d'or et de gemmes, elle semblait régner aussi bien sur les hommes que sur leurs rêves.

Mon oncle passa à une deuxième photo réunissant trois hommes en burnous de seigneurs, le visage massif dans une barbe soignée, le regard si intense qu'il jaillissait presque du cadre.

— Celui du milieu est mon père, c'est-à-dire ton grand-père. Les deux autres sont ses frères. À droite, Sidi Abbas. Il est parti en Syrie et n'est jamais revenu. À gauche, Abdelmoumène, brillant lettré. Il aurait pu devenir la cheville ouvrière des Oulémas, tant son érudition dépassait l'entendement, mais il avait cédé très vite à l'appel des tentations. Il fréquentait la bourgeoisie européenne, délaissait ses terres et ses bêtes et claquait son argent dans les maisons galantes. On l'a retrouvé mort dans une ruelle, poignardé dans le dos.

Il me fit pivoter face à un troisième portrait, plus grand que les deux précédents.

— Ici posent, au centre, ton grand-père, et ses cinq fils. Il avait eu trois filles d'un premier mariage et n'en parlait jamais. À sa droite, c'est l'aîné de la fratrie, Kaddour. Il ne s'entendait pas trop avec le patriarche et fut déshérité lorsqu'il rejoignit la métropole pour s'exercer à la politique… Sur la gauche, Hassan ; il menait la grande vie, fréquentait les femmes de petite vertu qu'il inondait de pierres précieuses et négociait, dans le dos de la tribu, des marchés qui engloutirent une bonne partie de nos fermes et de notre haras. Quand ton grand-père fut traîné devant les tribunaux, il ne put que constater les dégâts. Il ne s'en est jamais remis. À côté d'Hassan, Abdessamad, un dur à la tâche qui dut claquer la porte parce que le patriarche lui avait interdit d'épouser une cousine dont la tribu avait fait allégeance aux Français. Il est mort en soldat, quelque part en Europe, vers la fin de la guerre 14-18… Et les deux marmousets, que tu vois assis aux pieds du patriarche, ce sont ton père Issa, le benjamin, et moi, de deux ans son aîné. Nous nous aimions beaucoup… Puis, je suis tombé gravement malade, et ni les médecins ni les guérisseurs ne purent me soigner. J'avais à peu près ton âge. Ton grand-père était désespéré. Quand quelqu'un lui recommanda les bonnes sœurs, il refusa catégoriquement. Comme je dépérissais à vue d'œil, il se surprit un matin en train de frapper à la porte des religieuses...

Il me montra un portrait sur lequel posait un groupe de nonnes :

— Ce sont les bonnes sœurs qui m'ont sauvé. Ça a duré des années au bout desquelles j'ai décroché mon baccalauréat. Ton grand-père, ruiné par les hypothèques et les épidémies, accepta de me payer mes études de pharmacie. Peut-être avait-il compris que j'avais plus de chances de m'en sortir avec les livres qu'avec ses créanciers. Quand j'ai rencontré Germaine à la faculté de chimie où elle faisait biologie, ton grand-père, qui avait sûrement un œil sur une cousine ou la fille d'un allié, ne s'opposa pas à notre union. Une fois diplômé, il me demanda ce que je comptais faire de ma vie. Je choisis de vivre en ville et de disposer d'une pharmacie. Il opina sans m'imposer de conditions. C'est ainsi que j'ai acheté cette maison et le magasin... Ton grand-père n'est jamais venu me voir en ville. Pas même lorsque j'ai épousé Germaine. Il ne m'avait pas renié, il avait voulu *me donner ma chance*. Comme ton père lorsqu'il t'a confié à moi... Ton père est un brave, honnête et travailleur. Il a essayé de sauver ce qu'il pouvait, mais il était seul. Ce n'est pas de sa faute. Il a seulement été la dernière roue d'une charrette qui dérivait déjà. À deux, pense-t-il encore, nous aurions réussi à redresser la barre, sauf que le destin en avait décidé autrement.

Il me prit le menton entre le pouce et l'index et me regarda droit dans les yeux :

— Tu te demandes sûrement pourquoi je te raconte tout ça, mon garçon... Eh bien, pour que tu saches que tu as de qui tenir. Dans tes veines coule le sang de Lalla Fatna. Tu peux réussir là où ton père a échoué, et remonter la pente jusqu'au sommet d'où tu viens.

Il m'embrassa sur le front.

— Maintenant, va rejoindre Germaine. Elle doit se languir de toi dans le salon.

Je glissai de ses genoux et courus vers la porte.

Il haussa les sourcils quand il me vit m'arrêter brusquement.

— Oui, mon garçon ?…

Je le regardai à mon tour droit dans les yeux et m'enquis :

— Quand vas-tu m'emmener voir ma petite sœur ?

Il sourit.

— Après-demain, c'est promis.

Mon oncle rentra plus tôt que d'habitude. Germaine et moi étions sur la véranda, elle à lire dans le rocking-chair, moi à tenter de retrouver une tortue surprise la veille parmi les plantes du jardin. Germaine posa le livre sur le guéridon et fronça les sourcils ; mon oncle n'était pas venu l'embrasser comme il le faisait tous les jours. Elle attendit quelques minutes ; mon oncle ne réapparaissant pas, elle se leva et alla le rejoindre.

Mon oncle était dans la cuisine, assis sur une chaise, les deux coudes sur la table, la tête dans les mains. Germaine comprit que quelque chose de grave était arrivé. Je la vis s'asseoir en face de lui et lui prendre le poignet.

— Des problèmes avec des clients ?

— Pourquoi veux-tu que j'aie des problèmes avec mes clients ? s'énerva mon oncle. Ce n'est pas moi qui leur prescris ce qu'ils doivent prendre comme médicaments…

— Tu es tout retourné.

— C'est normal, je reviens de Jenane Jato.

Germaine accusa un léger soubresaut :

— Tu ne devais pas y emmener le petit demain ?

— J'ai préféré tâter le terrain, avant.

Germaine alla chercher un carafon d'eau et servit un verre à son mari qui le vida d'un trait.

Elle me vit debout au milieu du salon et me montra le plafond :

— Attends-moi dans ta chambre, Jonas. Nous allons réviser les cours de tout à l'heure.

Je fis semblant de grimper les escaliers, patientai un instant sur le palier, redescendis quelques marches et tendis l'oreille. Le nom de Jenane Jato m'avait mis la puce à l'oreille. Je voulais savoir ce qu'il y avait derrière la mine décatie de mon oncle. Était-il arrivé malheur chez mes parents ? Mon père avait-il été identifié et arrêté pour le meurtre d'El Moro ?

— Alors ? demanda Germaine à voix basse.

— Alors quoi ? fit mon oncle avec lassitude.

— Tu as revu ton frère ?

— Il ne paie pas de mine, mais pas du tout.

— Tu lui as donné de l'argent ?

— Tu parles ! Quand j'ai porté la main à ma poche, il s'est raidi comme si j'allais sortir une arme. « Je ne t'ai pas vendu mon enfant, qu'il a dit. Je te l'ai confié. » Ça m'a secoué comme ce n'est pas possible. Issa est sur la pente. Il me fait craindre le pire.

— C'est-à-dire ?

— C'est pourtant clair. Si tu voyais ses yeux ! On aurait dit un zombie.

— Et Jonas, tu vas l'emmener demain voir sa mère ?

— Non.

— Tu le lui as promis.

— J'ai changé d'avis. Il commence à peine à sortir le nez de la vase ; je n'ai pas l'intention de le repousser dedans.

— Mahi…

— N'insiste pas. Je sais ce qu'il ne faut pas faire. Notre

garçon doit regarder devant lui, désormais. Derrière, il n'y a que la désolation.

J'entendis Germaine s'agiter nerveusement sur sa chaise.

— Tu baisses trop vite les bras, Mahi. Ton frère a besoin de toi.

— Tu crois que je n'ai pas essayé ? Issa est un détonateur, il suffit de l'effleurer pour qu'il explose. Il ne me laisse aucune chance. Il me couperait le bras si je lui tendais la main. Pour lui, tout ce qui lui vient des autres est de l'aumône.

— Tu n'es pas les autres, tu es son frère.

— Crois-tu qu'il l'ignore ?… Dans sa petite tête, c'est du pareil au même. Son problème, il refuse d'admettre qu'il est tombé bien bas. Maintenant qu'il n'est plus que l'ombre de lui-même, tout ce qui brille le brûle. Et puis, il m'en veut. Tu ne peux pas mesurer combien il m'en veut. Si j'étais resté auprès de lui, pense-t-il, nous aurions, à nous deux, pu sauver nos terres. Il en est persuadé. Aujourd'hui plus que jamais. Je suis certain qu'il en fait une fixation.

— C'est toi qui te culpabilises…

— Peut-être, mais lui en est obsédé. Je le connais. Il se tait pour mieux ruminer ses colères. Il me méprise. Pour lui, j'ai vendu mon âme au diable. J'ai renié les miens, épousé une mécréante, bradé mes terres pour une maison de la ville, troqué ma gandoura contre un costume européen et même si j'ai un fez sur la tête, il me reproche d'avoir jeté mon turban aux orties. Entre lui et moi, le courant ne passera jamais.

— Tu aurais dû glisser quelques billets à sa femme.

— Elle ne les aurait pas pris. Elle sait qu'Issa la tuerait.

Je remontai précipitamment dans ma chambre et m'y enfermai à double tour.

Le lendemain à midi, mon oncle baissa le rideau de fer de son magasin et revint me chercher. Il avait dû réfléchir à tête reposée ou peut-être Germaine l'avait-elle convaincu. De toutes les façons, il tenait à en avoir le cœur net. Il était fatigué de vivre dans l'angoisse de voir mon père se rétracter. L'incertitude hypothéquait son bonheur; il avait des projets pour moi, mais l'éventualité d'un revirement de situation le tarabustait. Mon père était capable de débarquer sans crier gare, de me prendre par la main et de m'emporter sans même daigner s'expliquer.

Mon oncle m'emmena à Jenane Jato. Et Jenane Jato me parut plus atroce qu'avant. Ici, le temps tournait en rond. Sans suite dans les idées. Les mêmes visages bistre dardaient leur regard opaque sur les alentours, les mêmes ombres chinoises se confondaient avec la pénombre. Jambe-de-bois remonta d'un geste sec son turban sur le sommet de son crâne en nous voyant arriver. Le barbier faillit couper l'oreille du vieillard dont il rasait le crâne. Les gamins suspendirent leurs faits et gestes et s'alignèrent le long du sentier pour nous dévisager. Leurs guenilles juraient sur leurs corps décharnés.

Mon oncle évitait de s'attarder sur la misère ambiante; il marchait droit, le menton haut, le regard insaisissable.

Il n'entra pas avec moi dans le patio, préférant m'attendre dehors.

— Prends tout ton temps, mon garçon.

Je fonçai dans la cour. Deux rejetons de Badra se disputaient à côté de la margelle, les bras enchevêtrés dans une lutte haletante. Le plus petit tenait fermement son aîné au sol et tentait de lui déboîter le coude. Dans un coin, à proximité des latrines, Hadda lavait son linge, accroupie par-dessus une bassine taillée dans un fût. Sa robe retroussée à mi-cuisses livrait ses belles jambes nues aux caresses du soleil. Elle me tournait le dos et ne semblait

aucunement dérangée par la partie de catch que négo-
ciaient avec une rare férocité les deux garnements de sa
voisine.

Je soulevai la tenture de notre réduit et dus attendre
quelques secondes pour que mes yeux s'habituent à l'obscurité qui régnait dans la pièce. Je vis ma mère étendue
sur un grabat, une couverture sur le corps, la tête enserrée
dans un foulard.

— C'est toi, Younes ? gémit-elle.

Je courus vers elle, lui tombai dessus. Ses bras me cein-
turèrent et me pressèrent contre sa poitrine ; leur étreinte
était molle. Ma mère brûlait de fièvre.

Elle me repoussa faiblement ; mon poids devait l'empêcher de respirer.

— Pourquoi tu es revenu ? me fit-elle.

Ma sœur se tenait près de la table basse. Je ne l'avais
pas remarquée tout de suite, tant elle était silencieuse
et effacée. Ses grands yeux vides m'observaient en se
demandant où ils avaient bien pu me voir. Je ne m'étais
absenté que depuis quelques mois et déjà elle ne se souvenait plus de moi. Ma sœur ne parlait toujours pas. Elle
ne ressemblait pas aux autres enfants de son âge et semblait refuser de grandir.

Je sortis d'un petit sac le jouet que j'avais acheté pour
elle, le posai sur la table. Ma sœur ne le prit pas ; elle se
contenta de l'effleurer des yeux avant de se remettre à me
dévisager. Je repris le jouet – c'était une petite poupée de
chiffon – et le lui mis entre les mains. Elle ne s'en aperçut
même pas.

— Comment tu as fait pour retrouver le patio ? me
demanda ma mère.

— Mon oncle m'attend dans la rue.

Ma mère poussa un cri strident pour s'asseoir sur son
séant. De nouveau, ses bras m'enlacèrent et m'attirèrent
contre sa poitrine.

— Je suis contente de te revoir. C'est comment, chez ton oncle ?

— Germaine est très gentille. Elle me lave tous les jours et m'achète tout ce que je veux. J'ai plein de jouets, et des pots de confiture, et des souliers... Tu sais, maman, la maison est grande. Il y a beaucoup de chambres et de la place pour tout le monde. Pourquoi vous ne venez pas vivre avec nous ?

Ma mère sourit, et toute la souffrance qui froissait ses traits disparut comme par enchantement. Elle était belle, ma mère, avec ses cheveux noirs qui lui arrivaient au renflement des hanches et ses yeux grands comme des soucoupes. Souvent, quand nous étions encore sur nos terres et que je la voyais contempler nos champs du haut d'une butte, je la prenais pour une sultane. Elle avait de l'allure, de la grâce, et lorsqu'elle dévalait le flanc du tertre, la misère qui s'accrochait à l'ourlet de sa robe telle une meute de chiens ne parvenait pas à la rattraper.

— C'est vrai, insistai-je, pourquoi ne pas venir vivre avec nous dans la maison de mon oncle ?

— Ça ne se passe pas comme ça, chez les gens adultes, mon garçon, me dit-elle en essuyant quelque chose sur ma joue. Et puis, ton père ne voudra jamais habiter chez quelqu'un. Il veut se reconstruire par lui-même et ne devoir rien à personne... Tu as bonne mine, ajouta-t-elle. J'ai l'impression que tu as grossi... Et puis, comme tu es beau dans tes habits ! On dirait un petit roumi.

— Germaine m'appelle Jonas.

— Qui est-ce ?

— La femme de mon oncle.

— Ce n'est pas grave. Les Français prononcent mal nos noms. Ils ne le font pas exprès.

— Je sais lire et écrire...

Ses doigts fourragèrent dans mes cheveux.

— C'est très bien. Ton père ne t'aurait jamais laissé à

ton oncle s'il n'attendait pas de lui ce qu'il lui est impossible de t'offrir.

— Où est-il ?

— Il travaille. Sans arrêt… Tu verras, un jour il reviendra te chercher pour t'emmener dans la maison de ses rêves… Sais-tu que tu es né dans une belle maison ? Le gourbi où tu as grandi appartenait à une famille de paysans que ton père employait. Au début, nous étions presque riches. Tout un village avait fêté notre mariage. Une semaine de chants et de festin. Notre maison était en dur, et nous avions des jardins autour. Tes trois premiers frères sont nés comme des princes. Ils n'ont pas survécu. Toi, tu es venu après, et tu as joué dans ces jardins à perdre haleine. Puis Dieu a décidé que l'hiver se substitue au printemps, et nos jardins ont dépéri. C'est la vie, mon enfant. Ce qu'elle nous donne d'une main, elle nous le reprend de l'autre. Mais rien ne nous empêche d'aller le récupérer. Et toi, tu vas réussir. J'ai demandé à Batoul la voyante. Elle a lu dans les zébrures de l'eau que tu vas t'en sortir. C'est pour ça que chaque fois que tu me manques, je me traite d'égoïste et je me dis : Il est très bien, là où il est. Il est sauvé.

6.

Je n'étais pas resté longtemps avec ma mère. Ou peut-être une éternité. Je ne me rappelle pas. Le temps ne comptait pas ; il y avait quelque chose d'autre, plus dense et essentiel. Comme au parloir des prisons, ce qui importe, c'est ce que l'on retient de l'instant partagé avec l'être qui nous manque. À mon âge, je ne me rendais pas compte des dégâts que mon départ infligeait aux miens, de la mutilation que j'étais devenu. Ma mère n'avait pas versé une seule larme. Elle pleurerait plus tard. Sans me lâcher la main, elle me parlait en souriant. Le sourire de ma mère était une absolution.

Nous nous étions dit à peu près ce que nous avions à nous dire, c'est-à-dire pas grand-chose, rien que nous ne sachions déjà.

Ce n'est pas bon pour toi, ici, avait-elle décrété.

Sur le coup, ses propos ne m'interpellèrent pas outre mesure. Je n'étais qu'un gamin pour qui les mots ne dépassaient que rarement les contours des lèvres. Les avais-je assimilés, m'étais-je attardé dessus ?… Et puis, quelle importance ? De toutes les façons, j'étais déjà ailleurs.

C'était elle qui m'avait rappelé qu'on m'attendait dans la rue, qu'il me fallait partir ; et l'éternité avait rompu comme s'éclipsent les lampes quand on appuie sur le commutateur, si vite que j'en fus pris de court.

Dehors, le patio se taisait. Pas de chahut, pas de bruits de lutte. Le patio se taisait ; écoutait-il à notre porte ? En sortant dans la cour, je surpris l'ensemble de nos voisins autour de la margelle. Badra, Mama, Batoul la voyante, Hadda la belle, Yezza et leur marmaille me dévisageaient à distance. On aurait dit qu'ils craignaient de m'abîmer en m'approchant. Les diablotins de Badra ne respiraient presque plus. Eux qui fourraient leurs doigts partout gardaient leurs mains collées à leurs flancs. Il m'avait suffi de changer de vêtements pour les déboussoler. Aujourd'hui encore, je me demande si, tout compte fait, le monde n'était qu'apparences. Vous avez une bouille en papier mâché et un sac de jute par-dessus votre ventre creux, et vous êtes un pauvre. Vous vous lavez la figure, donnez un coup de peigne dans vos cheveux, enfilez un pantalon propre, et vous êtes quelqu'un d'autre. Cela tenait à si peu de chose. À onze ans, ce sont des éveils qui vous désarçonnent. Les questions ne vous apportant pas de réponses, vous vous accommodez de celles qui vous conviennent. J'étais persuadé que la misère ne relevait pas de la fatalité, qu'elle s'inspirait exclusivement des mentalités. Tout se façonne dans la tête. Ce que les yeux découvrent, l'esprit l'adopte, et on pense que c'est là la réalité immuable des êtres et des choses. Pourtant, il suffit de détourner un instant son attention de la mauvaise passe pour déceler un autre chemin, neuf comme un sou, et si mystérieux que l'on se surprend à rêver… À Jenane Jato, on ne rêvait pas. Les gens avaient décidé que leur destin était scellé et qu'il n'y avait rien d'autre autour, ni derrière ni en dessous. À force de regarder la vie du côté où le bât blesse, ils avaient fini par faire corps et âme avec leur strabisme.

Mon oncle me tendit sa main. Je la saisis au vol. Quand ses doigts se refermèrent autour de mon poignet, je cessai de regarder derrière moi.

J'étais déjà ailleurs.

Je n'ai pas relevé grand-chose de ma première année d'adoption. Rassuré, mon oncle m'avait inscrit dans une école à deux pâtés de maisons de notre rue. C'était un établissement banal, avec des couloirs sans attrait et deux immenses platanes dans la cour. Il me semble qu'il y faisait sombre, que les lumières du jour n'éraflaient que les hauteurs du bâtiment. Contrairement à l'instituteur, un homme rugueux et sévère, qui nous enseignait le français avec un fort accent auvergnat que certains élèves imitaient à la perfection, l'institutrice était patiente et tendre. Légèrement enrobée, elle portait le même tablier terne et, quand elle passait au milieu des rangées, son parfum la suivait comme une ombre.

Il n'y avait que deux Arabes dans ma classe, Abdelkader et Brahim, des fils de dignitaires que des domestiques venaient récupérer à la sortie de l'école.

Mon oncle veillait sur moi comme sur la prunelle de ses yeux. Sa bonne humeur m'enhardissait. Il m'invitait de temps à autre dans son bureau et me racontait des histoires dont je ne saisissais ni le sens ni la portée.

Oran était une ville magnifique. Elle avait un ton singulier qui ajoutait à sa jovialité méditerranéenne un charme immarcescible. Tout ce qu'elle entreprenait lui allait comme un gant. Elle savait vivre et ne le cachait pas. Le soir, c'était magique. Après la canicule, l'air se rafraîchissait et les gens sortaient leurs chaises sur le trottoir et passaient de longues heures à bavarder autour d'un verre d'anisette. De notre véranda, nous pouvions les voir griller des cigarettes et entendre ce qu'ils se racontaient. Leurs grivoiseries sibyllines fusaient dans le noir telles des étoiles filantes et leurs rires gras roulaient jusqu'à nos pieds, pareils aux vagues qui viennent vous lécher les orteils au bord de la mer.

Germaine était heureuse. Elle ne pouvait lever les yeux

sur moi sans gratifier le ciel d'une prière. J'étais conscient du bonheur que je leur prodiguais, à elle et à son mari, et cela me flattait.

Parfois, mon oncle recevait des gens dont certains venaient de très loin ; des Arabes et des Berbères, les uns vêtus à l'européenne, les autres arborant des costumes traditionnels. C'étaient des gens importants, très distingués. Ils parlaient tous d'un pays qui s'appelait l'Algérie ; pas celui que l'on enseignait à l'école ni celui des quartiers huppés, mais d'un autre pays spolié, assujetti, muselé et qui ruminait ses colères comme un aliment avarié – l'Algérie des Jenane Jato, des fractures ouvertes et des terres brûlées, des souffre-douleur et des portefaix... un pays qu'il restait à redéfinir et où tous les paradoxes du monde semblaient avoir choisi de vivre en rentiers.

Je crois que j'étais heureux chez mon oncle. Jenane Jato ne me manquait pas outre mesure. Je m'étais fait une copine qui habitait en face. Elle s'appelait Lucette. Nous étions dans la même classe et son père l'autorisait à jouer avec moi. Elle avait neuf ans, n'était pas très jolie, mais elle était amène et généreuse et j'aimais beaucoup sa compagnie.

À l'école, les choses se normalisèrent à partir de ma deuxième année. J'avais réussi à me fondre dans les rangs. C'est vrai, les petits roumis étaient des enfants étranges. Ils pouvaient vous accueillir à bras ouverts et vous rejeter tout de suite après l'accolade. Ils s'entendaient très bien entre eux. Il leur arrivait de se chamailler à la récré, de se vouer des haines implacables mais dès qu'un intrus se déclarait quelque part – généralement un Arabe ou un «parent pauvre» de leur propre communauté – ils se liguaient en bloc contre lui. Ils le mettaient en quarantaine, se payaient sa tête et le montraient systématiquement du doigt quand un coupable était recherché. Au début, ils avaient chargé Maurice, un grand cancre belliqueux, de me persécuter. Quand ils s'aperçurent que je n'étais qu'une « chiffe molle » incapable de rendre les coups ou de geindre, ils me fichèrent la paix. Cependant, lorsqu'ils se découvraient d'autres souffre-douleur, ils me toléraient à la périphérie de leur groupe. Je n'étais pas tout à fait un des leurs et ils ne manquaient aucune occasion de me le rappeler. Curieusement, il me suffisait de sortir mon goûter de mon cartable pour les assagir ; ils devenaient d'un coup mes amis et me témoignaient un respect désarmant. Une fois le goûter partagé et la dernière miette avalée, ils me reniaient si vite que leurs volte-face me donnaient le tournis.

Un soir, j'étais rentré à la maison fou de rage. Il me fallait des explications, et sur-le-champ. J'étais en colère contre Maurice, contre l'instituteur et contre l'ensemble de ma classe. J'avais été blessé dans mon amour-propre et, pour la première fois, je comprenais que ma douleur ne se limitait pas à celle de ma famille et qu'elle pouvait s'étendre à des gens que je ne connaissais ni d'Ève ni d'Adam mais qui devenaient, l'espace d'un affront, aussi proches de moi que mon père et ma mère. L'incident s'était produit durant le cours. Nous avions rendu nos devoirs, et Abdelkader était confus. Il avait omis de s'acquitter du sien. L'instituteur l'avait saisi par l'oreille, fait monter sur l'estrade et présenté à la classe. « Pouvez-vous nous dire pourquoi vous n'avez pas de copie à me soumettre à l'instar de vos camarades, monsieur Abdelkader ? » L'élève pris en faute gardait la tête basse, écarlate de honte. « Pourquoi, monsieur Abdelkader ? Pourquoi n'avez-vous pas fait votre devoir ? » N'obtenant pas de réponse, l'instituteur s'était adressé au reste de la classe : « Quelqu'un peut-il nous dire pourquoi M. Abdelkader n'a pas fait son devoir ? » Sans lever le doigt, Maurice avait répondu dans la foulée : « Parce que les Arabes sont paresseux, monsieur. » L'hilarité qu'il avait déclenchée autour de lui m'avait broyé.

De retour à la maison, j'étais allé directement trouver mon oncle dans son bureau.

— C'est vrai que les Arabes sont paresseux ?

Mon oncle était surpris par l'agressivité de mon ton.

Il avait reposé le livre qu'il était en train de parcourir et s'était retourné vers moi. Ce qu'il avait lu sur ma figure l'avait attendri.

— Viens un peu par ici, mon garçon, m'avait-il dit en m'ouvrant ses bras.

— Non… Je veux savoir si c'est vrai. Est-ce que les Arabes sont des paresseux ?

Mon oncle s'était pris le menton entre le pouce et l'index en me dévisageant. L'heure était grave ; il me *devait* des explications.

Après avoir réfléchi, il s'était mis en face de moi et m'avait dit :

— Nous ne sommes pas paresseux. Nous prenons seulement le temps de vivre. Ce qui n'est pas le cas des Occidentaux. Pour eux, le temps, c'est de l'argent. Pour nous, le temps, ça n'a pas de prix. Un verre de thé suffit à notre bonheur, alors qu'aucun bonheur ne leur suffit. Toute la différence est là, mon garçon.

Je n'avais plus adressé la parole à Maurice, et j'avais cessé de le craindre.

Et puis, il y eut ce jour – encore un – qui, parce que j'apprenais à rêver, me prit totalement au dépourvu.

J'avais raccompagné Lucette chez sa tante, une pantalonnière dont l'atelier se trouvait à Choupot, deux quartiers plus haut que le nôtre, et je rentrais à la maison à pied. C'était un matin d'octobre, et un soleil grand comme une citrouille ornait le ciel. L'automne dépouillait les arbres de leurs derniers haillons tandis qu'un vent en transe faisait tourner en bourrique des brassées de feuilles mortes. Sur le boulevard, où Lucette et moi aimions lécher les vitrines, il y avait un bar. Je ne me rappelle pas l'enseigne accrochée à son fronton, mais je me souviens encore des ivrognes qui le fréquentaient ; des gens bruyants et irascibles que souvent la police assagissait à coups de matraque. À l'instant où j'arrivais à sa hauteur, une violente dispute éclata. Aux jurons succéda un fracas de tables et de chaises et je vis un gros bonhomme en rogne saisir un mendiant par le cou et le fond de culotte et le catapulter par-dessus le perron. Le pauvre bougre atterrit à mes pieds dans le bruit d'une botte de foin. Il était ivre mort.

— Ne t'avise pas de traîner dans les parages, le pouilleux ! lui intima le barman debout sur les marches. C'est pas un endroit pour toi.

Le barman retourna dans l'établissement et revint avec une savate.

— Et reprends ta babouche, Joha de mes deux. Tu courras beaucoup mieux et plus vite à ta perte.

Le mendiant rentra le cou quand la savate lui talocha la tête. Comme il me barrait le chemin, étendu de tout son long sur le trottoir, et ne sachant pas s'il me fallait le contourner ou traverser la chaussée, je restai cloué sur place.

Le mendiant renifla le parterre, la joue écrasée au sol, le turban sur la nuque. Il me tournait le dos. Ses mains fiévreuses tentaient de s'arc-bouter contre quelque chose, mais il était trop bourré pour se trouver des marques. Après plusieurs trébuchements, il parvint à se mettre sur son séant, chercha à tâtons sa savate, l'enfila, puis il ramassa son turban et l'enroula grossièrement autour de son crâne.

Il ne sentait pas bon ; je crois qu'il avait uriné sur lui.

Vacillant sur son postérieur, une main contre le sol

pour éviter de s'affaisser, il chercha de l'autre sa canne, l'aperçut à proximité d'un caniveau et se traîna à plat ventre pour l'atteindre. Soudain, il se rendit compte de ma présence et se figea. En relevant la tête sur moi, son visage se désintégra.

C'était mon père !

Mon père... qui était capable de soulever les montagnes, de mettre à genoux les incertitudes, de tordre le cou au destin !... Il était là, à mes pieds, sur le trottoir, empêtré dans des guêtres malodorantes, le visage tuméfié, les commissures des lèvres dégoulinantes de bave, le bleu de ses yeux aussi tragique que les bleus sur sa figure !... Une épave... une loque... une tragédie !

Il me regarda comme si j'étais un revenant. Ses yeux chassieux et bouffis se voilèrent de je ne sais quoi et sa face se froissa comme un vieux papier d'emballage entre les mains d'un chiffonnier.

— Younes ? lâcha-t-il.

Ce n'était pas un cri... à peine un gargouillis suspendu entre l'exclamation atone et le sanglot...

J'étais abasourdi.

Brusquement, réalisant la gravité de la situation, il tenta de se relever. Sans me quitter des yeux, les traits tendus sous l'effort, il s'appuya sur sa canne et se hissa en veillant à ce qu'aucun gémissement ne lui échappât. Ses genoux le trahirent et il retomba lamentablement dans le caniveau. Pour moi, c'était un peu mon château de sable qui s'écroulait, les promesses d'hier et mes vœux les plus chers qui s'écaillaient dans le souffle du sirocco. Ma peine était immense. J'aurais voulu me pencher sur lui, passer son bras autour de mon cou et le soulever. J'aurais voulu qu'il me tende la main, qu'il s'agrippe à moi. J'aurais voulu mille autres choses, mille tremplins, mille perches, mais je n'avais que mes yeux pour refuser d'admettre ce que je voyais puisque aucun de mes membres ne répondait à l'appel. J'aimais trop mon père pour l'imaginer à mes pieds, fagoté tel un épouvantail, les ongles noirâtres et les narines fuyantes…

Ne pouvant surmonter son ébriété, il cessa de se dépenser inutilement et, d'une main laminée, il me demanda de m'en aller.

Dans un ultime sursaut d'orgueil, mon père respira un bon coup et s'appuya de nouveau sur sa canne. Il dut aller au plus profond de ce qu'il lui restait de dignité puiser la force de se ressaisir, pencha de l'avant, tituba vers l'arrière, s'appuya contre le mur, les mollets ramollis ; il luttait de tout son être et de toutes ses tripes pour tenir debout. Il se cramponna à son hypothétique support, évoquant un vieux cheval malade sur le point de s'écraser au sol. Puis, un pied devant l'autre, l'épaule raclant la façade du bar, il entreprit de s'éloigner. À chaque pas, il s'efforçait de corriger sa démarche, de s'écarter un peu du mur pour me prouver qu'il était capable de marcher droit ; il y avait, dans cette bataille pathétique qu'il livrait à lui-même, ce que la détresse avait de plus vaillant et de plus grotesque à la fois. Trop ivre pour aller bien loin, il s'essouffla au bout de quelques mètres et se retourna pour voir si j'étais parti. J'étais toujours là, les bras ballants, aussi soûl que lui. Alors, il me jeta ce regard qui me poursuivra ma vie entière ; ce regard déchu dans lequel se noierait n'importe quel serment, y compris celui que ferait le plus brave des pères au meilleur des fils… Un regard que l'on jette une seule fois dans son existence car, derrière ou après, il n'y a plus rien… Je compris qu'il me le destinait pour la dernière fois ; que ces yeux, qui m'avaient fasciné et terrifié, couvé et mis en garde, aimé et attendri, ne se lèveraient jamais plus sur moi.

— Il est comme ça depuis quand ? demanda le médecin en rangeant son stéthoscope dans sa sacoche.

— Il est rentré à midi, dit Germaine. Il avait l'air normal. Puis, on est passés à table. Il a mangé un peu et d'un coup, il a couru vomir dans le bidet.

Le médecin était un grand monsieur osseux, au visage effilé et blême. Son costume anthracite lui conférait quelque chose de maraboutique. Il referma les sangles de sa sacoche d'une main autoritaire tout en me dévisageant.

— Je ne vois pas ce qu'il a, avoua-t-il. Il n'a pas de fièvre, il ne transpire pas et ne présente aucun symptôme de refroidissement.

Mon oncle, qui se tenait avec Germaine au pied de mon lit, ne disait rien. Il avait suivi avec attention l'auscultation, jetant de temps à autre un œil inquiet au médecin. Ce dernier avait regardé dans ma bouche, promené une petite torche sur mes pupilles, passé et repassé ses doigts sous mes oreilles, écouté ma respiration. En se relevant, il avait ébauché une moue circonspecte.

— Je vais lui prescrire des médicaments pour contenir les nausées. Il doit garder le lit, aujourd'hui. Normalement, ça va se tasser. Il a dû avaler quelque chose que son organisme n'a pas supporté. Si ça ne lui passe pas, vous m'appelez.

Après le départ du médecin, Germaine était restée avec moi. Elle n'était pas tranquille.

— Tu as mangé quelque chose dans la rue ?

— Non.

— Tu as mal au ventre ?

— Non.

— Alors, qu'est-ce que tu as ?

J'ignorais ce que j'avais. Je me sentais partir dans tous les sens. J'avais le vertige dès que je relevais la tête. Il me semblait que mes tripes s'enchevêtraient, que mon âme s'engourdissait...

Il faisait nuit à mon réveil. Les bruits de la rue avaient disparu. Une lune pleine éclairait ma chambre et un petit vent s'amusait à tirer les arbres par les tresses. Il devait être très tard. D'habitude, les voisins ne se couchaient qu'après avoir compté toutes les étoiles. Ma bouche était remplie d'un arrière-goût bilieux et ma gorge me brûlait. Je repoussai mes couvertures et me mis debout. Mes jambes frissonnaient. Je m'approchai de la fenêtre et attendis, le nez sur la vitre, de voir passer une silhouette. Je voulais reconnaître mon père en chaque noctambule.

Germaine me surprit ainsi, la figure auréolée de buée, le corps gelé. Elle s'empressa de me remettre au lit. Je n'entendais pas ce qu'elle me disait. Par intermittences, son visage disparaissait derrière celui de ma mère ; ensuite, celui de mon père les supplantait tous les deux, déclenchant des spasmes fulgurants dans mon ventre.

J'ignore combien de temps je suis resté souffrant. Quand je repris le chemin de l'école, Lucette m'avoua que j'avais changé, que je n'étais plus le même. Quelque chose avait rompu en moi.

Bliss le courtier vint voir mon oncle dans sa pharmacie. Je l'avais reconnu dès qu'il s'était mis à se racler la gorge. Il avait une façon de s'éclaircir la voix qu'on ne trouvait chez personne d'autre. J'étais dans l'arrière-boutique en train de réviser quand il était arrivé. Par l'entrebâillement de la tenture, qui séparait l'officine, je pouvais l'observer. Trempé jusqu'aux os, il portait un vieux burnous rafistolé trop grand pour lui, un saroual gris maculé de boue et des sandales en caoutchouc qui laissaient des empreintes fangeuses sur le sol.

Mon oncle cessa d'éplucher ses comptes et leva la tête. La visite du courtier ne lui disait rien qui vaille. Bliss ne s'aventurait que rarement dans le quartier européen. À son regard de bête aux abois, mon oncle devina qu'un vent funeste soufflait dans sa direction.

— Oui?…

Bliss plongea sa main sous sa chéchia et se gratta énergiquement le sommet du crâne; c'était, chez lui, un signe de grand embarras:

— C'est à propos de ton frère, docteur.

Mon oncle referma d'un coup sec son registre et se retourna vers moi. Il se rendit compte que je les observais. Il contourna son comptoir, prit Bliss par le coude et l'éloigna dans un coin. Je quittai mon tabouret et m'approchai de la tenture pour écouter.

— Qu'est-ce qu'il a, mon frère?

— Il a disparu…

— Quoi?… Qu'est-ce que ça veut dire, disparu?

— Ben, il n'est pas rentré à la maison.

— Depuis quand?

— Depuis trois semaines.

— Trois semaines? Et ce n'est que maintenant que tu me l'annonces?

— C'est la faute à sa femme. Tu sais comment elles sont, nos femmes, en l'absence de leurs hommes. Elles préfèrent que leur demeure prenne feu plutôt que demander de l'aide au voisin. D'ailleurs, c'est par Batoul la voyante que je l'ai appris ce matin. La femme de ton frère l'a consultée hier. Elle lui a demandé de lire dans les signes de sa main ce qu'il était advenu de son mari, et c'est comme ça que Batoul a su que ton frère n'a plus donné signe de vie depuis trois semaines.

— Mon Dieu!

Je retournai précipitamment à ma table de travail.

Mon oncle écarta la tenture et me trouva penché sur mon cahier de récitations.

— Va dire à Germaine de venir me remplacer à la pharmacie. J'ai des choses urgentes à régler.

Je ramassai mon cahier et sortis dans la rue. J'avais essayé de lire au passage dans le regard de Bliss, mais il avait détourné les yeux. Je me mis à courir comme un forcené à travers les rues.

Germaine ne tenait pas en place. Dès qu'elle libérait un client, elle se postait derrière la tenture de séparation et me surveillait. Mon calme l'inquiétait. De temps à autre, ne parvenant pas à se retenir, elle me rejoignait sur la pointe des pieds et restait penchée par-dessus mes épaules tandis que j'apprenais par cœur mes récitations. Sa main caressait mes cheveux avant de glisser sur mon front pour prendre ma température.

— Tu es sûr que ça va ?

Je ne lui répondais pas.

Le dernier regard que mon père m'avait décoché l'autre jour, alors qu'il titubait d'ébriété et de honte, s'était remis à me ronger avec la voracité d'un ver.

La nuit était tombée depuis des heures, et mon oncle tardait à rentrer. Dans la rue déserte sous le déluge, un cheval s'était effondré, entraînant dans sa chute la charrette qu'il tractait. Le chargement de charbon s'était répandu sur la chaussée et le charretier, pestant contre sa bête et le mauvais temps, tentait vainement de trouver une solution à son problème.

À travers la vitrine, Germaine et moi regardions le cheval étalé sur le sol, les pattes de devant repliées et l'encolure désarticulée. L'eau de pluie faisait ondoyer sa crinière sur les pavés.

Le charretier alla chercher du secours et revint avec une poignée de volontaires bravant l'averse et la foudre.

L'un d'eux s'accroupit devant le cheval.

— Ton canasson est mort, dit-il en arabe.

— Mais non, il a seulement glissé.

— Je te dis qu'il est raide.

Le charretier refusa de l'admettre. À son tour, il s'accroupit devant sa bête sans oser porter la main sur elle.

— C'est pas possible. Il se portait bien.

— Les bêtes ne savent pas se plaindre, dit le volontaire. Tu as dû forcer sur le fouet, mon gars.

Germaine s'empara d'une manivelle et baissa à moitié le rideau de fer de la pharmacie ; ensuite, elle me confia son parapluie, éteignit dans la salle et me poussa dehors. Après avoir mis les cadenas, elle me reprit le parapluie, me serra contre elle et nous nous dépêchâmes de rentrer à la maison.

Mon oncle ne nous rejoignit que tard dans la nuit. Il dégoulinait de pluie. Germaine le débarrassa de son manteau et de ses chaussures dans le vestibule.

— Pourquoi il n'est pas couché ? grogna-t-il en me montrant du menton.

Germaine haussa les épaules et gravit rapidement les marches qui menaient à l'étage. Mon oncle me considéra avec attention. Ses cheveux mouillés luisaient sous le plafonnier, mais son regard était sombre.

— Tu devrais être dans ta chambre en train de dormir. Demain, tu as école, je te rappelle.

Germaine revint avec une robe de chambre que mon oncle enfila sur-le-champ. Il glissa ses pieds nus dans des pantoufles et s'avança vers moi.

— Fais-moi plaisir, mon garçon. Monte dans ta chambre.

— Il sait, pour son père, crut l'informer Germaine.

— Il l'a su avant toi, et ce n'est pas une raison.

— De toutes les façons, il ne fermera pas l'œil avant de t'entendre. Il s'agit de son père.

Mon oncle n'apprécia pas les derniers propos de Germaine. Il la menaça des yeux. Germaine ne se détourna pas. Elle était inquiète et comprenait qu'il serait déraisonnable de me cacher la vérité.

Mon oncle posa ses deux mains sur mes épaules :

— Nous l'avons cherché partout, dit-il. Personne ne l'a vu. Aux endroits qu'il fréquentait, on ne se souvient pas de l'avoir aperçu dans les parages ces derniers temps. Ta mère ignore où il est. Elle ne comprend pas pourquoi il est parti... Nous allons encore chercher. J'ai chargé le courtier et trois hommes de confiance de parcourir la ville pour retrouver sa trace...

— Moi, je sais où il est, dis-je. Il est parti faire fortune, et il va revenir dans une belle voiture.

Mon oncle consulta Germaine du regard, craignant que je ne divague. Elle le rassura d'un léger battement de cils.

Une fois dans ma chambre, je fixai le plafond et imaginai mon père quelque part en train d'amasser des fortunes à tour de bras, comme dans les films auxquels me conviait le père de Lucette, les dimanches après-midi. Germaine vint à plusieurs reprises dans ma chambre s'assurer que je m'étais assoupi. Je feignais de dormir. Elle furetait à mon chevet, tâtait subrepticement mon front, rajustait mes oreillers et s'en allait après m'avoir bien couvert. Au cliquetis de la porte, je rejetais mes couvertures et, les yeux fixés sur le plafond, pareil à un gamin envoûté par une vision extraordinaire, je suivais les aventures de mon père comme sur un écran.

Bliss le courtier et les trois hommes de confiance que mon oncle avait chargés de retrouver mon père revinrent bredouilles. Ils avaient cherché dans les commissariats, à l'hôpital, dans les maisons closes, sur les dépotoirs, dans les souks, auprès des fossoyeurs et des truands, des ivrognes et des maquignons... Mon père s'était volatilisé.

Plusieurs semaines après sa disparition, j'étais allé à Jenane Jato sans rien dire à personne. J'avais appris à connaître la ville et je tenais à rendre visite à ma mère sans demander la permission à Germaine et sans être accompagné par mon oncle. Ma mère me sermonna vertement. Elle trouva mon initiative stupide et me fit promettre de ne plus la renouveler. Les faubourgs étaient infestés de gens peu recommandables, et un garçon bien habillé pourrait très bien se faire tailler en pièces par les fripons qui opéraient dans les coupe-gorge. Je lui expliquai que j'étais venu pour voir si mon père était rentré. Ma mère m'informa que mon père n'avait pas besoin que l'on se tracasse pour lui et que, d'après Batoul la voyante, il se portait comme un charme et qu'il était déjà en train de faire fortune. « Quand il reviendra, il passera d'abord te récupérer chez ton oncle avant de passer nous prendre, ta sœur et moi, pour nous conduire *tous ensemble* dans une grande maison entourée de jardins et d'innombrables arbres fruitiers. »

Sur ce, elle envoya le fils aîné de Badra chercher Bliss le courtier pour qu'il me ramène sur-le-champ auprès de mon oncle.

Le rejet péremptoire de ma mère me travailla longtemps.

J'avais le sentiment d'être à l'origine de tous les malheurs de la terre.

7.

Durant des mois, la nuit, je ne fermai l'œil qu'après avoir minutieusement scruté le plafond. D'un bout à l'autre. De long en large. Je m'allongeais sur le dos et, le crâne fiché dans l'oreiller, je faisais et défaisais les tribulations de mon père dont le film décousu se déroulait au-dessus de mon lit. Je l'imaginais nabab hiératique au milieu de ses courtisans, brigand écumant les contrées lointaines, chercheur d'or déterrant d'un coup de pioche la pépite du siècle ou encore gangster sanglé dans un costume trois-pièces impeccable, un gros cigare au coin de la bouche. Parfois, au détour d'une angoisse insondable, je le surprenais dérivant dans les faubourgs interlopes, ivre et débraillé, pourchassé par des galopins lyncheurs. Ces nuits-là, un étau me broyait le poignet – un étau identique à celui qui avait failli faire rentrer mes sous dans mes chairs le soir où j'avais pensé rendre mon père heureux en lui remettant l'argent que j'avais gagné en vendant des chardonnerets.

La disparition de mon père me restait en travers de la gorge ; je n'arrivais ni à l'ingurgiter ni à l'expectorer. Je me tenais pour responsable de sa défection. Mon père n'aurait pas osé abandonner ma mère et ma sœur dans le dénuement s'il ne m'avait pas trouvé sur son chemin, l'autre jour. Il serait rentré à Jenane Jato à la tombée de la nuit et aurait cuvé son vin dans un coin sans éveiller le soupçon des voisins. C'était un homme de principes ; il s'escrimait à toujours faire la part des choses et veillait à ce qu'elles ne se rejoignent pas. Il disait qu'on pouvait perdre sa fortune, ses terres et ses amis, ses chances et ses repères, il demeurerait toujours une possibilité, aussi infime soit-elle, de se reconstruire quelque part ; en revanche, si on venait à perdre la face, il ne serait plus nécessaire de chercher à sauver le reste.

Mon père avait dû perdre la face, ce jour-là. À cause de moi. Je l'avais surpris au plus bas de sa décrépitude et cela, il ne pouvait le supporter. Il s'était tant évertué à me prouver qu'il mettait un point d'honneur à ne pas laisser les mauvaises passes ternir son image... Le regard qu'il m'avait décoché près du bar, à Choupot, tandis qu'il tentait ridiculement de tenir droit sur ses jambes, en avait décidé autrement... Il est des regards qui en disent long sur la détresse des gens ; celui de mon père était sans appel.

Je m'en voulais d'avoir emprunté cette rue, d'être passé devant ce bar à l'instant où le « videur » jetait par terre et mon père et mon monde ; m'en voulais d'avoir quitté trop vite Lucette, d'avoir léché un peu plus longuement que d'habitude les vitrines...

Dans le noir de ma chambre, je ne faisais que ruminer ma peine, ne sachant quelle circonstance atténuante implorer. J'étais si malheureux qu'un soir j'étais allé dans le débarras chercher la statue de l'ange qui, la première nuit chez mon oncle, m'avait terrorisé. Je l'avais dénichée au fond d'un caisson bourré de vieilleries, l'avais dépoussiérée et réinstallée sur la cheminée, face à mon lit. Et je ne l'avais plus quittée des yeux, certain de finir par la voir déployer ses ailes et pivoter le menton dans ma direction... Rien. Elle était restée interdite sur son socle, impénétrable et lamentablement inutile, et j'avais dû la remettre avant le lever du soleil dans son caisson pourri.

— Dieu est méchant !...

— Dieu n'y est pour rien, mon garçon, m'avait rétorqué mon oncle. Ton père est parti, un point, c'est tout. Ce n'est pas le Malin qui lui a mis la pression ni l'ange Gabriel qui l'a pris par la main. Il a essayé de s'accrocher du mieux qu'il pouvait, puis il a craqué. C'est aussi simple que cela. La vie est faite de hauts et de bas, et personne ne saurait en situer le juste milieu. On n'est même pas obligé de ne s'en tenir qu'à soi-même. Le malheur qui nous frappe ne prémédite pas son coup. Comme la foudre il nous tombe dessus, comme la foudre il se retire, sans s'attarder sur les drames qu'il nous inflige et sans les soupçonner. Si tu veux pleurer, pleure ; si tu veux espérer, prie, mais, de grâce, ne cherche pas de coupable là où tu ne trouves pas de sens à ta douleur.

J'avais pleuré et prié ; ensuite, au fil des saisons, l'écran par-dessus ma tête s'éteignit et le plafond recouvra sa platitude. Cela ne servait à rien de se substituer à ses fantômes. Je repris le chemin de l'école, et la main de Lucette au passage. Les légions de gamins autour de moi n'avaient pas fauté, elles non plus. C'étaient des gamins, rien que des gamins livrés aux infortunes, qui purgeaient des peines arbitraires et s'en accommodaient. S'ils ne se posaient pas trop de questions, c'était parce que souvent les réponses n'apportaient rien de bon.

Mon oncle continua de recevoir ses mystérieux convives. Ils débarquaient séparément, au beau milieu de la nuit, s'enfermaient dans le salon pendant des heures en fumant comme des usines. L'odeur de leurs cigarettes empestait la maison. Leur conciliabule commençait et finissait toujours de la même façon, feutré au début, entrecoupé de silences méditatifs ensuite, il s'enflammait et menaçait d'ameuter le voisinage. J'entendais mon oncle user de son rang de maître de céans pour concilier les humeurs. Lorsque les divergences ne trouvaient pas de terrain d'entente, les invités sortaient prendre l'air dans le jardin. Leurs bouts de cigarettes brasillaient furieusement dans l'obscurité. La réunion finie, ils se retiraient sur la pointe des pieds, les uns après les autres, en scrutant les parages, et s'évanouissaient dans la nuit.

Le lendemain, je surprenais mon oncle dans son bureau en train de consigner d'interminables notes sur un registre cartonné.

Un soir, qui ne ressemblait pas aux précédents, mon oncle m'autorisa à rejoindre ses invités dans le salon. Il me présenta à eux avec fierté. Je reconnaissais quelques têtes, mais l'ambiance était moins tendue, presque solennelle. Une seule personne se permettait de discourir. Lorsqu'elle ouvrait la bouche, ses compagnons s'agrippaient à ses lèvres et buvaient ses paroles avec infiniment de délectation. Il s'agissait d'un invité de marque, charismatique, devant lequel mon oncle était en admiration... Ce ne fut que beaucoup plus tard, en parcourant un magazine politique, que je pus mettre un nom sur son visage : Messali Hadj, figure de proue du nationalisme algérien.

La guerre éclata en Europe. Tel un abcès.

La Pologne tomba sous les ruades nazies avec une facilité déconcertante. Les gens s'attendaient à une résistance farouche et n'eurent droit qu'à des escarmouches pathétiques, vite écrasées par les panzers frappés de croix gammées. Le succès fulgurant des troupes allemandes suscitait autant d'effroi que de fascination. L'attention du commun des mortels se tourna d'un bloc vers le nord et se focalisa sur ce qui se déroulait de l'autre côté de la Méditerranée. Les nouvelles n'étaient pas bonnes ; le spectre d'un embrasement général hantait les esprits. Il n'y avait pas un seul badaud attablé à une terrasse de café sans un journal ouvert sur ses inquiétudes. Les passants s'arrêtaient, s'interpellaient, essaimaient au comptoir des bars ou sur les bancs des jardins publics pour prendre le pouls d'un Occident en perdition accélérée. À l'école, nos instituteurs nous délaissaient un peu. Ils rappliquaient le matin avec des tas de nouvelles et des tas de questions et repartaient le soir avec les mêmes interrogations et les mêmes anxiétés. Le directeur avait carrément installé une radio TSF dans son bureau et consacrait le plus clair de ses journées aux informations, négligeant les chenapans qui, curieusement en ces temps troubles, proliféraient dans la cour de l'école.

Le dimanche, après la messe, Germaine ne m'emmenait plus nulle part. Elle se calfeutrait dans sa chambre, à genoux devant un crucifix, et psalmodiait d'interminables litanies. Elle n'avait pas de famille en Europe, mais elle priait de toutes ses forces pour que la sagesse l'emportât sur la folie.

Mon oncle se mettant à nous fausser compagnie à son tour, la sacoche engrossée de tracts et des manifestes sous le manteau, je me rabattis sur Lucette. Nous nous oubliions dans nos jeux jusqu'à ce qu'une voix nous signalât qu'il était l'heure de passer à table ou de se mettre au lit.

Le père de Lucette s'appelait Jérôme et était ingénieur dans une fabrique non loin de notre quartier. Tantôt plongé dans un livre technique, tantôt enfoui dans un vieux canapé face à un gramophone égrenant du Schubert à satiété, il ne se donnait même pas la peine de venir jeter un œil sur ce que nous faisions. Grand et maigre, embusqué derrière des lunettes cerclées, il semblait évoluer dans une bulle taillée à sa juste mesure, gardant scrupuleusement ses distances vis-à-vis de tout et de tous, y compris de la guerre qui s'apprêtait à dévorer crue la planète. Il portait hiver comme été la même chemise kaki surmontée d'épaulettes et flanquée de grandes poches débordantes de crayons. Jérôme ne parlait que lorsqu'on lui posait des questions

auxquelles il répondait invariablement avec une pointe
d'agacement. Sa femme l'avait quitté quelques années
après la naissance de Lucette et cela l'avait sévèrement
affecté. Certes, il ne refusait rien à Lucette, mais je ne
l'avais jamais vu la prendre dans ses bras et la serrer
contre lui. Au cinéma, où il nous gavait de films muets à
épisodes, on aurait juré qu'il s'effaçait dès l'extinction
des lumières. Par moments, il m'effrayait, en particulier
depuis qu'il avait déclaré à mon oncle, sur un ton déta-
ché, qu'il était athée. À l'époque, je ne pensais pas que ce
genre de personnes existait. Il n'y avait que des croyants
autour de moi ; mon oncle était musulman, Germaine
catholique, nos voisins ou juifs ou chrétiens. À l'école
comme dans le quartier, Dieu était sur toutes les langues
et dans tous les cœurs, et j'étais étonné de voir Jérôme se
débrouiller sans Lui. Je l'avais entendu dire à un évangéliste venu porter la bonne parole : «Chaque homme est
son propre dieu. C'est en s'en choisissant un autre qu'il
se renie et devient aveugle et injuste.» L'évangéliste
l'avait toisé comme s'il était Satan en personne.

Le jour de l'Ascension, il nous emmena, Lucette et
moi, contempler la ville du haut de la montagne Murd-
jadjo. Nous étions d'abord montés visiter la forteresse
médiévale avant de nous joindre aux contingents de pèlerins gravitant autour de la chapelle Santa Cruz. Ils étaient
des centaines de femmes, de vieillards et d'enfants à se
bousculer au pied de la Vierge. Certains avaient gravi les
flancs de la montagne pieds nus, en s'agrippant aux genêts
et aux broussailles, d'autres à genoux, les rotules tailla-
dées et en sang. Tout ce beau monde chavirait sous un
soleil de plomb, les yeux révulsés et la figure exsangue,
en implorant les saints patrons et en suppliant le Seigneur
d'épargner leurs misérables vies. Lucette m'expliqua que
les fidèles étaient des Espagnols qui, chaque année à
l'Ascension, s'infligeaient cette épreuve pour remercier

la Vierge d'avoir épargné le Vieil Oran de l'épidémie de choléra qui avait endeuillé des milliers de familles en 1849.

— Mais ils se font un mal atroce, lui dis-je choqué par l'ampleur du martyre.

— Ils font ça pour Dieu, me fit Lucette avec ferveur.

— Dieu ne leur a rien demandé, trancha Jérôme.

Sa voix avait claqué comme un coup de fouet, anéantissant mon enthousiasme. Je ne voyais plus des pèlerins, mais des damnés en transe, et jamais l'enfer ne m'avait paru si proche qu'en ce jour de grandes prières. Depuis ma naissance, on m'avait mis en garde contre le blasphème. Il ne suffisait pas de le proférer pour en pâtir ; le seul fait de l'entendre était en lui-même un péché. Lucette percevait mon trouble. Je la sentais en colère contre son père, pourtant je m'interdisais de répondre à ses sourires gênés. Je voulais rentrer à la maison.

Nous prîmes l'autobus pour retourner en ville. La corniche en lacets serrés qui menait au Vieil Oran accentua mon malaise. J'avais envie de vomir à chaque virage. D'habitude, Lucette et moi aimions traîner dans la Scalera, déguster une paella ou un caldero dans une gargote espagnole et acheter des bricoles à des artisans séfarades dans le Derb. Ce jour-là, le cœur n'y était pas. La haute stature de Jérôme jetait son ombre sur mes soucis. Je redoutais que son « blasphème » n'attirât sur moi le malheur.

Nous avions pris le tramway jusqu'à la ville européenne et continué à pied, droit sur notre quartier. Il faisait beau. Le soleil oranais se surpassait, pourtant je me sentais étranger aux lumières alentour et aux boutades qui giclaient. La main de Lucette avait beau étreindre la mienne, elle ne parvenait pas à m'éveiller à moi-même…

Et ce que je craignais me tomba dessus telle une tuile : il y avait du monde dans notre rue. Nos voisins étaient debout de part et d'autre de la chaussée, les bras croisés sur la poitrine, le doigt contre la joue.

Jérôme interrogea du regard un homme en short coincé dans l'embrasure de sa porte. Ce dernier, qui était en train d'arroser son jardin, ferma le robinet, posa le tuyau sur l'allée, essuya ses mains sur le devant de son tricot de peau puis écarta les bras en signe d'ignorance :

— Il y a sûrement une erreur. La police a arrêté M. Mahi le pharmacien. On vient juste de l'embarquer dans un panier à salade. Les condés n'avaient pas l'air commode.

Mon oncle fut relâché après une semaine de détention. Il dut attendre la nuit pour rentrer à la maison. En rasant les murs. Les joues affaissées et le regard morne. Quelques jours de geôle avaient suffi à le transformer de fond en comble. Il était méconnaissable. Une barbe naissante accentuait le froissement de ses traits et ajoutait à son air perdu une touche spectrale. À croire qu'on l'avait affamé et empêché de dormir jour et nuit.

Le soulagement de Germaine ne dura que le temps des retrouvailles. Elle s'aperçut bientôt que son mari ne lui avait pas été rendu en entier. Mon oncle était comme hébété. Il ne comprenait pas tout de suite ce qu'on lui disait, et sautait au plafond lorsque Germaine lui demandait s'il avait besoin de quelque chose. La nuit, je l'entendais arpenter la pièce en maugréant des imprécations inintelligibles. Parfois, dans le jardin, en levant les yeux sur la fenêtre au premier, je devinais sa silhouette derrière les rideaux. Mon oncle surveillait sans relâche la rue comme s'il s'attendait à voir débarquer chez lui les démons de l'enfer.

Germaine reprit en main les affaires de la famille et s'occupa personnellement de la gestion de la pharmacie. Au four et au moulin, elle ne tarda pas à me négliger. L'état mental de son mari se délabrait à vue d'œil, et son refus catégorique de se faire examiner par un médecin la terrifiait. Parfois, elle craquait et éclatait en sanglots au beau milieu du salon.

Jérôme se chargea de m'accompagner à l'école. Chaque matin, Lucette m'attendait devant le pas de notre porte, enthousiaste, les tresses fleuronnées de rubans. Elle me prenait par la main et m'obligeait à courir pour rattraper son père au bas de la rue.

Je pensais que mon oncle allait se ressaisir au bout de quelques semaines ; son cas empirait. Il s'emmurait dans sa chambre et refusait d'ouvrir quand on frappait à sa porte. C'était comme si un mauvais esprit officiait dans la maison. Germaine était désespérée. Je ne comprenais pas. Pourquoi avait-on arrêté mon oncle ? Que s'était-il passé au poste de police ? Pourquoi s'obstinait-il à ne rien révéler de son séjour carcéral, pas même à Germaine ?... Mais ce que les maisons se tuent à taire, la rue finit tôt ou tard par le crier sur les toits : homme de culture, lecteur assidu et attentif aux bouleversements qui agitaient le monde arabe, mon oncle était intellectuellement solidaire de la cause nationale en train de se propager dans les milieux lettrés musulmans. Il avait appris par cœur les textes de Chakib Arslane et découpait l'ensemble des articles militants parus dans la presse ; articles qu'il répertoriait, annotait et commentait à travers d'interminables dissertations. Absorbé par le côté théorique des convulsions politiques, il ne paraissait pas mesurer concrètement les risques de ses engagements et ne connaissait du militantisme que les envolées verbales, le financement des ateliers clandestins auquel il contribuait et les réunions secrètes que les responsables du mouvement organisaient chez lui. Nationaliste de cœur, plus proche des préceptes que de l'action radicale qui était celle des adhérents du Parti populaire algérien, à aucun moment il ne s'était imaginé en train de franchir le parvis d'un commissariat ou de passer la nuit dans une cellule nauséabonde, en compagnie de rats et de malfrats. En réalité, mon oncle était un pacifiste, un démocrate abstrait, un cérébral qui croyait aux discours, aux manifestes, aux slogans en nourrissant une hostilité viscérale à l'encontre de la violence. Citoyen respectueux des lois, conscient du rang social que lui conféraient ses diplômes universitaires et son statut de pharmacien, il était à mille lieues de s'attendre à ce que la police le surprenne chez lui, confortablement installé dans son fauteuil, les pieds sur un pouf et la tête dans *El Ouma*, la revue de son parti.

On racontait qu'il était dans un piteux état avant même de monter dans le panier à salade et qu'il était passé aux aveux dès les premiers interrogatoires, tellement coopératif qu'il avait été relâché sans charges contre lui – chose qu'il nierait jusqu'à la fin de sa vie. Parce qu'il ne supportait pas d'être l'objet d'une telle infamie, il en perdit plusieurs fois la raison.

En recouvrant un soupçon de lucidité, mon oncle fit part de son projet à Germaine : il n'était plus question, pour nous, de rester à Oran ; il nous fallait impérativement changer d'horizon.

— La police veut me retourner contre les miens, lui confia-t-il la mort dans l'âme. Tu te rends compte ? Comment ont-ils pu s'imaginer faire de moi un mouchard ? Ai-je l'air d'un traître, Germaine ? Pour l'amour du ciel, est-ce que je suis capable de donner mes compagnons de convictions ?

Il lui expliqua que, désormais, il était fiché, en sursis ; qu'on allait le surveiller de très près et que, de cette façon, il mettrait en danger ses proches et ses amis.

— Tu as une destination précise au moins ? lui demanda Germaine, affligée de devoir quitter sa ville natale.

— Nous irons nous établir à Río Salado.

— Pourquoi Río Salado ?

— C'est un patelin rangé. J'y suis allé, l'autre jour, pour étudier la possibilité d'y ouvrir une pharmacie. J'en ai trouvé une, au rez-de-chaussée d'une grande maison…

— Tu vas tout vendre, ici, à Oran ? Notre maison, la pharmacie ?…

— On n'a pas le choix.

— Tu ne nous laisses donc aucune chance de revenir là où nous avons tant rêvé…

— Je suis désolé.

— Et si les choses tournaient mal à Río Salado ?

— Nous irions à Tlemcen, sinon à Sidi Bel-Abbès, ou dans le Sahara. La terre de Dieu est vaste. Germaine, as-tu oublié ?

Il était écrit, quelque part, qu'il me fallait partir, toujours partir, et laisser derrière moi une part de moi-même.

Lucette était debout devant la porte de sa maison, les mains derrière le dos, l'épaule contre le mur. Elle n'avait pas voulu me croire quand je lui avais dit qu'on déménageait. Maintenant que le camion était là, elle m'en voulait.

Je n'avais pas osé traverser la chaussée pour aller lui dire combien j'avais du chagrin, moi aussi. Je me contentais de regarder les déménageurs placer nos meubles et nos caissons sur l'engin. C'était comme s'ils désossaient mes dieux et mes anges gardiens.

Germaine me poussa dans la cabine. Le camion barrit. Je me penchai pour voir Lucette. J'espérai que sa main se libère, qu'elle m'adresse un petit signe d'adieu ; Lucette ne fit rien. Elle semblait ne pas réaliser vraiment que je partais. Ou peut-être refusait-elle de l'admettre.

Le camion démarra, et le chauffeur me cacha mon amie. Je tordis le cou à me briser les vertèbres pour tenter d'emporter avec moi ne serait-ce que l'illusion d'un sourire, la preuve qu'elle reconnaissait que je n'y étais pour rien, que j'étais aussi malheureux qu'elle. En vain. La rue défila dans un rugissement de ferraille, ensuite elle disparut...

Adieu, Lucette !

Longtemps, j'avais cru que c'étaient ses yeux qui remplissaient mon âme d'une tendre quiétude. Aujourd'hui, je me rends compte que ce n'étaient pas ses yeux, mais son regard – un regard doux et bon, à peine éclos que déjà maternel, et qui, lorsqu'il se posait sur moi...

Río Salado se trouvait à une soixantaine de kilomètres à l'ouest d'Oran. Jamais voyage ne m'avait paru si long. Le camion se gargarisait sur la route comme un vieux chameau au bout du rouleau. Son moteur cafouillait à chaque changement de vitesse. Le chauffeur portait un pantalon maculé de cambouis et une chemise qui avait connu de meilleurs jours. Court sur pattes, les épaules vastes ornées d'une trogne de lutteur convalescent, il conduisait en silence, ses mains velues telles des tarentules autour du volant. Germaine se taisait, scotchée à la portière, inattentive aux vergers qui paradaient de part et d'autre de la cabine. À ses doigts croisés discrètement dans le creux de sa jupe, je compris qu'elle priait.

Nous traversâmes Misserghine avec difficulté à cause des charrettes encombrant la chaussée. C'était jour de marché, et les ménagères s'affairaient autour des étals où de rares bédouins, reconnaissables à leurs turbans, proposaient leurs services de portefaix. Un agent de l'ordre se pavanait sur la place en faisant tournoyer sa matraque d'une main désinvolte. Il saluait obséquieusement les dames, la visière du képi au ras des sourcils, et se retournait sur leur passage pour se rincer l'œil sur leur croupe.

— Je m'appelle Costa, dit soudain le chauffeur. Coco, pour les intimes.

Il coula un regard vers Germaine. Comme elle lui souriait poliment, il s'enhardit :

— Je suis grec.

Il se mit subitement à se dandiner sur son siège.

— Ce camion m'appartient à moitié. J'en ai pas l'air, hein ? Pourtant, c'est la vérité. Dans pas longtemps, je serai mon propre patron et ne bougerai plus de mon bureau... Les deux gars qui sont derrière, ils sont italiens. Ils déchargeraient un paquebot en moins d'une journée. Ils sont déménageurs depuis qu'ils étaient dans le ventre de leur mère.

Ses yeux pétillèrent au fond de leurs bourrelets de graisse.

— Est-ce que vous savez que vous ressemblez à ma cousine Mélina, madame ?... Tout à l'heure, en arrivant, j'ai cru avoir des visions. C'est fou comme vous lui ressemblez. Mêmes cheveux, même couleur des yeux, même taille. Vous n'êtes pas d'origine grecque, des fois, madame ?

— Non, monsieur.

— Vous êtes de quel coin, alors ?

— D'Oran. Quatrième génération.

— Waouh ! Si ça se trouve, votre ancêtre a croisé le fer avec le saint patron des Arabes... Moi, j'suis en Algérie depuis quinze ans seulement. J'étais matelot. On a fait escale par ici. Dans un fondouk, j'ai rencontré Berte. Tout de suite, j'ai dit terminus. J'ai épousé Berte et nous nous sommes installés à la Scalera... C'est une très belle ville, Oran.

— Oui, dit Germaine avec chagrin, c'est une très très belle ville.

Le chauffeur donna un coup de volant pour éviter un couple d'ânes planté au milieu de la voie. Les meubles grincèrent violemment à l'arrière, et les deux déménageurs proférèrent des jurons dans un jargon élastique.

Le chauffeur redressa le camion et accéléra à faire péter les durits sous le capot.

— Tu ferais mieux de surveiller la route au lieu de papoter, Coco, lui cria-t-on derrière.

Le chauffeur opina du chef et se tut.

Les vergers reprirent leur défilé. Les orangeraies et les vignes se donnaient du coude pour conquérir les collines et les plaines. De superbes fermes émergeaient çà et là, le plus souvent sur un promontoire pour dominer le bled, encadrées d'arbres majestueux et de jardins. Les chemins qui menaient jusqu'à elles étaient jalonnés d'oliviers ou de palmiers élancés. Par moments, on voyait un colon remonter de ses champs à pied ou sur un cheval galopant ventre à terre vers on ne sait quel bonheur. Puis, sans crier gare, comme pour indisposer les féeries alentour, des taudis surgissaient parmi les tertres, incroyablement sordides, écrasés sous le poids des misères et des sortilèges. Certains se barricadaient derrière des murailles de nopals, par pudeur – on distinguait à peine leurs toitures à deux doigts de s'écrouler sur leur monde ; d'autres s'agrippaient à flanc de rochers, la porte aussi hideuse qu'une gueule édentée, le torchis sur leurs murs tel un masque mortuaire.

De nouveau, le chauffeur se retourna vers Germaine et dit :

— C'est fou comme vous ressemblez à ma cousine Mélina, madame.

II. Río Salado

8.

J'ai beaucoup aimé Río Salado – Fulmen Salsum, pour les Romains ; El-Maleh, de nos jours. D'ailleurs, je n'ai pas cessé de l'aimer, incapable de m'imaginer en train de vieillir sous un ciel qui ne soit pas le sien ou de mourir loin de ses fantômes. C'était un superbe village colonial aux rues verdoyantes et aux maisons cossues. La place, où s'organisaient les bals et défilaient les troupes musicales les plus prestigieuses, déroulait son tapis dallé à deux doigts du parvis de la mairie, encadrée de palmiers arrogants que reliaient les uns aux autres des guirlandes serties de lampions. Se produiront sur cette place Aimé Barelli, Xavier Cugat avec son fameux chihuahua caché dans la poche, Jacques Hélian, Pérez Prado, des noms et des orchestres de légende qu'Oran, avec son chiqué et son statut de capitale de l'Ouest, ne pouvait s'offrir. Río Salado adorait taper dans l'œil, prendre sa revanche sur les pronostics qui l'avaient donné perdant sur toute la ligne. Les manoirs, qu'il arborait avec une insolence zélée le long de l'avenue principale, étaient sa façon de signifier aux voyageurs qui transitaient par là que l'ostentation est une vertu quand elle consiste à damer le pion aux sentences arbitraires, à recenser les chemins de croix qu'il avait fallu braver pour décrocher la lune. Jadis, c'était un territoire sinistré, livré aux lézards et aux cailloux, où de rares bergers s'aventuraient une fois par hasard et ne remettaient plus les pieds ; un territoire de broussailles et de rivières mortes, où les hyènes et les sangliers régnaient en maîtres absolus – bref, une terre reniée par les hommes et les anges que les pèlerins traversaient en coup de vent comme s'il s'agissait de cimetières maudits… Puis, des laissés-pour-compte et des trimardeurs en fin de parcours, en majorité des Espagnols, avaient jeté leur dévolu sur cette contrée teigneuse qui ressemblait à leur misère. Ils retroussèrent leurs manches et entreprirent de dompter les plaines fauves, n'arrachant un lentisque que pour le remplacer par un cep, ne sarclant un terrain vague que pour y tracer les contours d'une ferme. Et Río Salado naquit de ces gageures faramineuses comme éclosent les pousses sur les charniers.

Assis en tailleur au milieu de ses vignes et caves viticoles – il en comptait une centaine –, Río se laissait déguster à la manière de ses crus, guettant, entre deux vendanges, l'ivresse des lendemains qui chantent. Malgré un mois de janvier plutôt frileux, avec son ciel battu en neige, il émanait de ses recoins une perpétuelle senteur estivale. Les gens vaquaient à leurs occupations, la foulée gaillarde, quand les échoppes ne les rassemblaient pas, au coucher du soleil, autour d'un verre ou d'un fait divers ; on pouvait les entendre s'esclaffer ou s'indigner à des lieues à la ronde.

— Tu vas te plaire dans ce village, me promit mon oncle en nous accueillant, Germaine et moi, sur le seuil de notre nouvelle demeure.

La majorité des habitants de Río Salado étaient des Espagnols et des Juifs fiers d'avoir bâti de leurs mains chaque édifice et arraché à une terre criblée de terriers des grappes de raisin à soûler les dieux de l'Olympe. C'étaient des gens agréables, spontanés et entiers ; ils adoraient s'interpeller de loin, les mains en entonnoir autour de la bouche. On les aurait crus issus d'une même fonderie tant ils avaient l'air de se connaître sur le bout des doigts. Rien à voir avec Oran où l'on passait d'un quartier à un autre avec le sentiment de remonter les âges, de changer de planète. Río Salado fleurait bon la convivialité, festif jusque derrière les vitraux de son église debout à droite de la mairie, un tantinet en retrait pour ne pas indisposer les noceurs.

Mon oncle avait vu juste. Río Salado était un bon endroit pour se reconstruire. Notre maison s'élevait sur le flanc est du village, assortie d'un jardin magnifique et d'un balcon donnant sur un océan de vignes. C'était une grande maison, vaste et aérée, avec un rez-de-chaussée au plafond haut réaménagé en pharmacie que prolongeait une arrière-boutique mystérieuse truffée d'étagères et de placards secrets. Un escalier en colimaçon menait à l'étage et débouchait sur un immense salon autour duquel s'articulaient trois grandes chambres et une salle de bains recouverte de faïences dont la baignoire en fonte reposait sur des pattes de lion en bronze. Je me sentis dans mon élément à l'instant où, penché sur la balustrade inondée de soleil, mon regard fut happé par le vol d'une perdrix et faillit ne plus revenir.

J'étais ébloui. Né au cœur des champs, je retrouvais un à un mes repères d'antan, l'odeur des labours et le silence des tertres. Je renaissais dans ma peau de paysan, heureux de constater que mes habits de citadin n'avaient pas dénaturé mon âme. Si la ville était une illusion, la campagne serait une émotion sans cesse grandissante ; chaque jour qui s'y lève rappelle l'aube de l'humanité, chaque soir s'y amène comme une paix définitive. J'ai aimé Río d'emblée. C'était un pays de grâce. On aurait juré que les dieux et les titans avaient trouvé en ces lieux de l'apaisement. Tout paraissait rasséréné, délivré de ses vieux démons. Et la nuit, lorsque les chacals venaient chahuter le sommeil des hommes, ils donnaient envie de les suivre au fin fond des forêts. Il m'arrivait parfois de sortir sur le balcon pour tenter d'entrevoir leurs silhouettes furtives parmi les feuillages frisés des vignobles. Je m'oubliais des heures durant à tendre l'oreille aux moindres bruissements et à contempler la lune, à l'effleurer de mes cils...

... Puis il y eut Émilie.

La première fois que je l'avais vue, elle était assise dans la porte cochère de notre pharmacie, la tête dans le capuchon de son manteau, les doigts triturant les lacets de ses bottines. C'était une belle petite fille aux yeux craintifs, d'un noir minéral. Je l'aurais volontiers prise pour un ange tombé du ciel si sa frimousse, d'une pâleur marmoréenne, ne portait l'empreinte d'une méchante maladie.

— Bonjour, lui fis-je. Je peux t'aider ?

— J'attends mon père, dit-elle en se poussant sur le côté pour me céder le passage.

— Tu peux l'attendre à l'intérieur. Il gèle dans la rue.

Elle fit non de la tête.

Quelques jours après, elle revint, escortée par un colosse taillé dans un menhir. C'était son père. Il la confia à Germaine et attendit devant le comptoir, à l'intérieur de la pharmacie, aussi droit et impénétrable qu'une balise. Germaine conduisit la fille dans l'arrière-boutique puis la rendit à son père quelques minutes plus tard. L'homme posa un billet de banque sur le comptoir, prit la fille par la main et ils sortirent tous les deux dans la rue.

— Qu'est-ce que tu lui as fait ? demandai-je à Germaine.

— Sa piqûre... comme tous les mercredis.

— C'est grave, sa maladie ?

— Dieu seul le sait.

Le mercredi d'après, je fis exprès de me dépêcher à la sortie de l'école pour la revoir. Et elle était là, dans la pharmacie, assise sur le banc en face du comptoir encombré de fioles et de boîtiers. Elle feuilletait distraitement un livre à la couverture cartonnée.

— Qu'est-ce que tu lis ?

— Un illustré sur la Guadeloupe.

— C'est quoi, la Guadeloupe ?

— Une grande île française dans les Caraïbes.

Je m'approchai d'elle, sur la pointe des pieds pour ne pas l'incommoder. Elle paraissait tellement fragile et vulnérable.

— Je m'appelle Younes.

— Moi, Émilie.

— J'aurai treize ans dans trois semaines.

— J'ai fêté mes neuf ans en novembre dernier.

— Tu souffres beaucoup ?

— Pas trop, mais c'est gênant.

— Qu'est-ce que tu as ?

— Je ne sais pas. À l'hôpital, ils ne comprennent pas. Les médicaments qu'on m'a prescrits ne donnent rien.

Germaine vint la chercher pour la piqûre. Émilie laissa son illustré sur le banc. Il y avait un pot de fleurs sur la commode à côté ; j'en cueillis une rose et la glissai à l'intérieur du livre avant de monter dans ma chambre.

À mon retour, Émilie était partie.

Le mercredi suivant, Émilie ne revint pas pour la piqûre. Les mercredis d'après non plus.

— On l'a sûrement gardée à l'hôpital, supposa Germaine.

Au bout de quelques semaines, Émilie ne donnant plus signe de vie, je perdis l'espoir de la revoir.

Ensuite, j'ai rencontré Isabelle, la nièce de Pépé Rucillio, la plus grosse fortune de Río. Isabelle était un joli brin de fille avec de grands yeux pervenche et des longs cheveux raides qui lui arrivaient au fessier. Mais Dieu ! ce qu'elle était sophistiquée. Elle prenait son monde de haut. Pourtant, quand elle posait les yeux sur moi, elle devenait toute menue, et malheur à l'imprudente qui oserait me coller de près. Isabelle me voulait pour elle seule. Ses parents, de redoutables négociants en vin, travaillaient pour le compte de Pépé qui était un peu leur patriarche. Ils habitaient une vaste villa non loin du cimetière israélite, dans une rue aux façades cascadant de bougainvilliers.

Isabelle n'avait pas hérité grand-chose de sa mère, une Française compliquée – qu'on disait issue d'une famille désargentée et qui ne manquait aucune occasion pour rappeler à ses détracteurs qu'elle avait du sang bleu dans les veines –, sauf peut-être un goût prononcé pour l'ordre et la discipline ; en revanche, elle était le portrait craché de son père – un Catalan au teint hâlé, presque basané. Elle avait son visage aux pommettes saillantes, sa bouche incisive et son regard perçant. À treize ans, le nez haut perché et le geste souverain, elle savait exactement ce qu'elle voulait et comment l'obtenir, veillant sur ses fréquentations avec autant de rigueur que sur l'image qu'elle voulait donner d'elle-même. Elle me confia que, dans une vie antérieure, elle avait été châtelaine.

C'est elle qui m'avait repéré sur la place un jour de fête patronale. Elle s'était approchée de moi et m'avait demandé : « C'est *vous*, Jonas ? » Elle vouvoyait tout le monde, grand et petit, et tenait à ce que l'on se conduise de même avec elle... Sans attendre de réponse, elle avait ajouté sur un ton ferme : « Jeudi, c'est mon jour d'anniversaire. Vous y êtes cordialement invité. » Difficile de savoir s'il s'agissait d'une prière ou d'un ordre. Le jeudi, dans un patio effervescent de cousins et de cousines, alors que je me sentais un peu perdu dans le charivari, Isabelle m'avait saisi par le coude et présenté aux siens : « C'est mon camarade préféré ! »

Mon premier baiser, c'est à elle que je le dois. Nous étions dans le grand salon, chez elle, au fond d'une alcôve coincée entre deux portes-fenêtres. Isabelle jouait du piano, le dos roide et le menton droit. Assis à côté d'elle sur le banc, je contemplais ses doigts fuselés qui couraient comme des feux follets sur les touches du clavier. Elle avait un talent fou. Soudain, elle s'était arrêtée et, avec infiniment de délicatesse, avait rabattu le couvercle sur le clavier. Après une courte tergiversation, ou bien une courte méditation, elle s'était retournée vers moi, m'avait pris le visage entre ses mains et avait posé ses lèvres sur les miennes en fermant les yeux d'un air inspiré.

Le baiser m'avait paru interminable.

Isabelle avait rouvert les yeux avant de se retirer.

— Vous avez senti quelque chose, monsieur Jonas?

— Non, lui répondis-je.

— Moi non plus. C'est curieux, au cinéma, ça m'a semblé grandiose... Je suppose qu'il faudra attendre d'être adultes pour ressentir vraiment les choses.

Plongeant son regard dans le mien, elle avait décrété :

— Qu'importe! Nous attendrons le temps qu'il faudra.

Isabelle avait la patience de ceux qui sont persuadés que les lendemains se font pour eux. Elle disait que j'étais le plus beau garçon de la terre, que j'avais été à coup sûr un prince charmant dans une autre vie et que si elle m'avait choisi pour fiancé, c'était parce que j'en *valais la chandelle*.

Nous ne nous étions plus embrassés, mais nous nous retrouvions presque tous les jours pour échafauder, à l'abri du mauvais œil, des projets pharaoniques.

Et d'un coup, sans crier gare, notre amourette rompit comme sous l'effet d'un sortilège. C'était un dimanche matin ; je me morfondais à la maison. Mon oncle, qui s'était remis à s'enfermer dans sa chambre, faisait le mort, et Germaine était allée à l'église. Je n'arrêtais pas de tourner en rond, sautant sans enthousiasme d'un jeu solitaire à un livre. Il faisait beau. Le printemps s'annonçait lustral. Les hirondelles étaient en avance, et Río, célèbre pour ses fleurs, sentait le jasmin à tout bout de champ.

Je sortis traîner dans la rue, les mains derrière le dos et la tête ailleurs. Sans m'en rendre compte, je me surpris devant la maison des Rucillio. J'appelai Isabelle par la fenêtre. Comme d'habitude. Isabelle ne descendit pas m'ouvrir. Après m'avoir longuement épié à travers les persiennes, elle ouvrit les volets dans un claquement courroucé et me cria :

— Menteur !

Je compris, à la sécheresse de son ton et à l'incandescence de son regard, qu'elle m'en voulait à mort. Isabelle usait toujours de ce ton et de ce regard quand elle s'apprêtait à déployer ses inimitiés.

Ignorant ce qu'elle me reprochait et ne m'attendant pas à être accueilli à froid de cette façon, je restai sans voix.

— Je ne veux plus *te* revoir, lâcha-t-elle sentencieusement.

C'était la première fois que je l'entendais tutoyer quelqu'un.

— Pourquoi ?... s'écria-t-elle, horripilée par ma perplexité. Pourquoi m'as-tu menti ?...

— Je ne vous ai jamais menti.

— Ah oui ?... Ton nom est Younes, n'est-ce pas ? *You-nes* ?... Alors pourquoi tu te fais appeler Jonas ?

— Tout le monde m'appelle Jonas... Qu'est-ce que ça change ?

— Tout ! hurla-t-elle en manquant de s'étouffer.

Son visage congestionné frétillait de dépit :

— Ça change tout !...

Après avoir repris son souffle, elle me dit, sans appel :

— Nous ne sommes pas du même monde, monsieur *Younes.* Et le bleu de tes yeux ne suffit pas.

Avant de me claquer les volets de la fenêtre au nez, elle émit un hoquet de mépris et ajouta :

— Je suis une Rucillio, as-tu oublié ?... Tu m'imagines mariée à un Arabe ?... Plutôt crever !

À un âge où l'éveil est aussi douloureux que les premiers saignements chez une fille, ça vous stigmatise au fer rouge. J'étais choqué, troublé comme au sortir d'un sommeil artificiel. Désormais, je n'allais plus percevoir les choses de la même façon. Certains détails, que la naïveté de l'enfance atténue au point de les occulter, reprennent du poil de la bête et se mettent à vous tirer vers le bas, à vous harceler sans répit, si bien que lorsque vous fermez solidement les paupières, ils ressurgissent dans votre esprit, tenaces et voraces, semblables à des remords.

Isabelle m'avait sorti d'une cage dorée pour me jeter dans un puits.

Adam éjecté de son paradis n'aurait pas été aussi dépaysé que moi, et sa pomme moins dure que le caillot qui m'était resté en travers de la gorge.

À partir de ce rappel à l'ordre, je me mis à faire plus attention où je mettais les pieds. Je remarquai surtout qu'aucun haïk de Mauresque ne flottait dans les rues de notre village, que les loques enturbannées, qui galéraient dans les vergers des aurores à la tombée de la nuit, n'osaient même pas s'approcher de la périphérie d'un Río jalousement colonial où seul mon oncle – que beaucoup prenaient pour un Turc de Tlemcen – avait réussi, à la faveur d'on ne sait quelle mégarde, à se greffer.

Isabelle m'avait terrassé.

Plusieurs fois, nos chemins s'étaient croisés. Elle passait devant moi sans me voir, le nez aussi haut qu'une esse de boucher, et faisait comme si je n'avais jamais existé… Et ça ne s'arrêtait pas là. Isabelle avait le défaut d'imposer aux autres ses goûts et ses aigreurs. Quand elle ne portait pas quelqu'un dans son cœur, elle exigeait que tout son entourage le vomisse. Je vis alors mes aires de jeu rétrécir, mes camarades de classe m'éviter ostensiblement… Ce fut d'ailleurs pour la venger que Jean-Christophe Lamy me chercha noise dans la cour de l'école et m'arrangea copieusement le portrait.

Jean-Christophe était mon aîné d'un an. Fils d'un couple de concierges, sa condition sociale ne lui permettait pas de plastronner, mais il était follement épris de l'inexpugnable nièce de Pépé Rucillio. S'il m'avait cogné dur et juste, c'était pour lui montrer combien il l'aimait et jusqu'où il était capable d'aller pour elle.

Horrifié par ma figure ratatinée, l'instituteur me fit monter sur l'estrade et m'intima l'ordre de lui montrer le « sauvageon » qui m'avait dérouillé de la sorte. N'obtenant pas d'aveu, il m'esquinta les doigts avec sa règle et me mit au piquet jusqu'à la fin du cours. En me gardant en classe après le départ des élèves, il espérait m'arracher le nom de la brute. Au bout de quelques menaces, il comprit que je ne céderais pas et me congédia en me promettant d'en toucher deux mots à mes parents.

Germaine frôla l'attaque en me voyant rentrer de l'école avec la bouille en marmelade. Elle aussi voulut savoir qui m'avait mis en si mauvais état et n'obtint de moi qu'un mutisme résigné. Elle décida de me ramener sur-le-champ à l'école afin de tirer au clair cette histoire. Mon oncle, qui s'étiolait dans un coin du salon, l'en dissuada : « Tu ne l'emmèneras nulle part. Il est grand temps, pour lui, d'apprendre à se défendre. »

Quelques jours plus tard, tandis que je flânais à la lisière des vignes, Jean-Christophe Lamy ainsi que Simon Benyamin et Fabrice Scamaroni, ses deux inséparables comparses, coupèrent à travers champs pour m'intercepter. Leur allure n'était pas agressive, mais je pris peur. Ils ne venaient jamais traîner à cet endroit, préférant de loin le chahut de la place municipale et les clameurs des terrains vagues où ils jouaient au foot. Leur présence dans les parages ne me disait rien de bon. Je connaissais un peu Fabrice, qui me dépassait d'une classe et que je voyais dans la cour de récréation régulièrement plongé dans un livre illustré. C'était un garçon sans histoires, sauf qu'il se tenait prêt à servir d'alibi à son chenapan de Jean-Christophe. Il n'était pas exclu qu'il lui prêtât main-forte en cas de coup dur. Jean-Christophe n'avait pas besoin de renfort ; il savait cogner et esquiver les coups avec adresse ; comme personne ne l'avait jeté à terre, je n'étais pas sûr que son compagnon s'abstînt d'intervenir si les choses tournaient à son désavantage. Simon, lui, ne m'inspirait pas confiance du tout. Imprévisible, il pouvait sans crier gare donner un coup de boule à un camarade, juste pour couper court à un débat barbant. Il était dans ma classe, lui, à faire le pitre au dernier rang et à enquiquiner les bûcheurs et les élèves trop sages. Il était l'un des rares cancres à protester lorsque l'instituteur lui collait une mauvaise note, et cultivait une franche aversion pour les filles, surtout lorsqu'elles étaient jolies et travailleuses. J'ai eu affaire à lui dès mon arrivée à l'école. Il avait rassemblé les cancres autour de moi et s'était ouvertement gaussé de mes genoux pelés, de ma bouille de « fillette stupide » et de mes chaussures pourtant neuves et auxquelles il trouvait quelque chose de batracien. Comme je n'avais pas réagi à ses moqueries, il m'avait traité de « frimoussette » et m'avait ignoré.

Jean-Christophe portait un paquet sous l'aisselle. Je surveillais son regard, à l'affût d'un signe codé en direction de ses compagnons. Il n'avait pas l'air malin que je lui connaissais, ni cette tension qui accentuait ses traits quand il s'apprêtait à tabasser quelqu'un.

— On ne te veut pas de mal, me rassura de loin Fabrice.

Jean-Christophe s'approcha de moi. D'un pas timide. Il était confus, voire contrit, et ses épaules semblaient écrasées sous un fardeau invisible.

Il me tendit le paquet d'un geste humble.

— Je te demande pardon, me dit-il.

Comme j'hésitais à prendre le paquet, redoutant une farce, il me le mit entre les mains.

— C'est un cheval de bois. Il a beaucoup de valeur à mes yeux. Aujourd'hui, je te l'offre. Si tu me pardonnes, accepte-le.

Fabrice m'encourageait des yeux.

Quand Jean-Christophe retira sa main et constata que son cadeau tenait bon dans la mienne, il me chuchota :

— Et merci de ne pas m'avoir dénoncé.

Nous venions de sceller, tous les quatre, l'une des plus belles amitiés qu'il m'ait été donné de partager.

Plus tard, j'appris que c'était Isabelle qui, outrée par la malheureuse initiative de Jean-Christophe, avait exigé de ce dernier qu'il me fasse des excuses, et en présence de témoins.

Notre premier été à Río Salado débuta mal. Le 3 juillet 1940, le pays fut ébranlé par l'opération *Catapult* qui vit l'escadre britannique « Force H » bombarder les vaisseaux de guerre français amarrés en rade à la base navale de Mers el-Kébir. Trois jours après, ne nous laissant même pas le temps de mesurer l'ampleur de la catastrophe, les avions de Sa Majesté revinrent achever leur travail de sape.

Le neveu de Germaine, cuistot sur le cuirassé *Dunkerque*, figurait parmi les mille deux cent quatre-vingt-dix-sept marins tués lors de ces raids. Mon oncle, sombrant progressivement dans une sorte d'autisme chronique, refusa de nous accompagner aux funérailles, et nous dûmes partir sans lui, Germaine et moi.

Nous trouvâmes Oran en état de choc. Toute la ville se bousculait sur le Front de mer, sidérée par l'agitation cauchemardesque autour de la base en flammes. Certains bateaux et édifices brûlaient depuis la première attaque ; leurs fumées noires asphyxiaient la cité et noyaient la montagne. Les gens étaient horrifiés et outrés, d'autant plus que les navires ciblés étaient en cours de désarmement en vertu de la convention d'armistice signée deux semaines plus tôt. La guerre, que l'on supposait incapable de longer la Méditerranée, était désormais aux portes de la ville. Après l'effroi et l'émoi, le délire. Les spéculations se déclenchèrent tous azimuts et donnèrent libre cours aux élucubrations les plus alarmantes. On se mit à parler d'incursions allemandes, de parachutages opérés nuitamment dans l'arrière-pays, de débarquements imminents, de nouveaux bombardements massifs qui viseraient cette fois la population civile et plongeraient l'Algérie dans la tourmente abyssale en train de renvoyer l'Europe à l'âge de pierre.

J'avais hâte de retourner à Río.

Après les obsèques, Germaine me confia un peu d'argent et m'autorisa à me rendre à Jenane Jato, m'adjoignant Bertrand, un de ses neveux, afin qu'il me ramenât sain et sauf de l'« expédition ».

De prime abord, Jenane Jato me parut changé. L'extension de la ville avait repoussé plus loin vers Petit Lac les bidonvilles et les camps en toile des nomades. Les maquis reculaient devant l'avancée du béton armé et, à la place des clairières gorgées de détritus et des coupe-gorge à ciel ouvert, des chantiers déployaient leur arsenal tentaculaire. À l'endroit du souk, les remparts d'une garnison militaire ou d'une prison civile émergeaient au milieu des fourrés. D'inextricables cohues assiégeaient les postes d'embauche dont certains étaient réduits à une table orpheline dressée au pied d'une montagne de ferraille… Pourtant, la misère était toujours là, inébranlable ; elle tenait tête à tout, y compris aux projets municipaux les plus enthousiasmants. Les mêmes silhouettes cacochymes rasaient les murs, les mêmes loques se faisandaient au fond de leurs cartons ; les plus abîmées se tenaient en faction devant des gargotes putrescentes pour tremper leur pain nu dans les odeurs de cuisson, la figure cendreuse, le regard coagulé, ficelées dans leurs burnous pareils à des momies. Elles nous regardaient passer comme si nous étions le temps en personne, comme si nous surgissions d'un monde parallèle. Bertrand, qui avait l'air aguerri, pressait le pas dès qu'un quolibet nous visait ou qu'un œil torve s'attardait sur nos beaux habits. Il y avait quelques roumis qui se démenaient çà et là, des musulmans en costume européen, le fez sur l'oreille, mais on sentait dans l'air la fermentation inexorable des orages en sursis. De temps à autre, nous débouchions sur des chahuts qui se prolongeaient en rixes ou bien qui s'interrompaient d'un coup, cédant la place à un silence dérangeant. Le malaise était énorme, et les attentes à bout de souffle. La danse tintinnabulante des marchands d'eau, pirouettant dans leurs harnachements multicolores dentelés de clochettes, ne parvenait pas à conjurer les influences malsaines.

Il y avait trop, beaucoup trop de souffrance…

Jenane Jato croulait sous le poids des rêves crevés. Des gamins livrés à eux-mêmes tanguaient à l'ombre de leurs aînés, ivres de faim et d'insolation ; ils étaient des drames naissants lâchés dans la nature, repoussants de crasse et d'agressivité, courant pieds nus pour s'accrocher à l'arrière des camions, slalomant sur leur *caricou* au milieu des charrettes, hilares et inconscients, flirtant avec la mort au gré des accélérations. Par endroits, ils se regroupaient autour d'un ballon en chiffons ou d'une partie musclée ; il y avait dans leurs jeux terrifiants des élans exaltés, suicidaires à donner le vertige.

— Ça te change de Río, pas vrai ? me dit Bertrand pour se donner de l'entrain.

Son sourire ne tenait pas la route ; la peur ruisselait sur

son visage telle une rinçure. J'avais peur, moi aussi, mais la boule qui m'incendiait les tripes s'évanouit au moment où je reconnus Jambe-de-bois sur le pas de sa boutique. Le pauvre diable avait maigri et pris un sacré coup de vieux.

Il eut, pour moi, le même froncement de sourcils avec lequel il m'avait accueilli lors de ma dernière visite, éberlué et ravi à la fois.

— Tu peux pas me refiler les coordonnées de ta bonne étoile, Z'yeux bleus ? me lança-t-il en s'appuyant sur un coude. S'il y a vraiment un dieu, pourquoi il ne regarde jamais de ce côté ?

— Blasphème pas, l'apostropha le barbier que je n'avais pas vu tant il faisait corps avec son attirail de fortune. C'est peut-être à cause de ta gueule dégoûtante qu'Il nous tourne le dos.

Le barbier n'avait pas changé, lui. Sauf qu'il portait un vilain coup de rasoir en travers de la figure.

Il ne fit pas attention à moi.

Jenane Jato bougeait, mais j'ignorais dans quel sens. Les baraques en zinc qui s'embusquaient derrière les haies de jujubiers arborescents avaient disparu. À leur place, au milieu d'une vaste surface pelée, d'un rouge sombre, on avait creusé des crevasses grillagées. Il s'agissait des fondations d'un grand pont qui allait bientôt enjamber la voie ferrée. Derrière notre patio, là où finissaient de s'émietter les ruines d'un poste cantonnier séculaire, une gigantesque fabrique commençait à se dresser dans le ciel, arc-boutée contre les palissades de son enceinte.

Jambe-de-bois me montra du pouce son bocal de bonbons :

— T'en veux un, petit ?

— Non, merci.

Tapi sous un bec de gaz antédiluvien, un bidon de récupération en bandoulière, un marchand d'oublies faisait claquer ses sortes de clapets métalliques. Il nous proposa ses gaufres en cornets ; la lueur dans son regard nous fit froid dans le dos.

Bertrand me poussa prudemment devant lui. Aucun visage alentour, aucune ombre ne lui semblait digne de confiance.

— Je t'attends dehors, me dit-il à hauteur du patio. Et surtout, prends ton temps.

En face du patio, là où se dressait autrefois la volière d'Ouari, une maison en dur avait poussé, et un muret de pierres, qui partait de son flanc gauche, remontait le sentier qui nous tenait lieu de ruelle jusqu'au terrain vague où des galopins avaient failli me lyncher, naguère.

Le souvenir d'Ouari me traversa l'esprit. Je le revis m'initiant à la chasse aux chardonnerets et me demandai ce qu'il était devenu.

Badra plissa les yeux en me voyant avancer dans la cour. Elle était en train d'étendre son linge, l'ourlet de sa robe accroché au cordage bigarré qui lui servait de ceinture, les jambes nues jusqu'à la naissance des cuisses. Elle porta ses mains à ses hanches éléphantesques et écarta les jambes à la manière d'un policier interdisant l'accès à un édifice.

— C'est maintenant que tu t'rappelles que t'as une famille !

Elle s'était métamorphosée, Badra. Son obésité s'était ramollie et son visage, autrefois volontaire, lui avait fondu sur le menton. Elle n'était plus qu'un tas de flaccidités, sans vigueur et sans relief.

Je ne sus pas si elle me taquinait ou me tançait.

— Ta mère est sortie avec ta sœur, me signala-t-elle en me montrant la porte close de notre réduit. Mais elle ne va pas tarder à rentrer.

De son pied, elle écarta la bassine remplie de lessive

pour dégager un tabouret et le pousser dans ma direction.

— Assieds-toi, va, me dit-elle. Vous êtes tous les mêmes, vous, les rejetons. Vous nous tétez jusqu'à nous assécher puis, dès que vous apprenez à tenir sur vos pattes, vous vous débinez en nous laissant sur la paille. Comme vos pères, vous vous barrez sur la pointe des pieds et vous vous fichez de ce qui va advenir de nous.

Elle me tourna le dos, occupée à accrocher son linge. Je voyais juste ses épaules tombantes qui remuaient lourdement. Elle suspendit ses gestes pour se moucher ou essuyer une larme, dodelina de la tête et se remit à étaler ses habits essorés sur une vieille corde de chanvre qui coupait la cour en deux.

— Elle est pas bien, ta maman, me dit-elle. Vraiment pas bien du tout. J'suis certaine qu'il est arrivé malheur à ton père, et elle, elle refuse de l'envisager. Y a beaucoup d'hommes qui faussent compagnie à leur famille pour s'établir ailleurs et repartir à zéro, c'est vrai, mais y a pas que ça. Les agressions sont monnaie courante de nos jours. J'ai le sentiment que ton pauvre père, il s'est fait zigouiller quelque part et jeter dans le fossé. Ton père, c'était quelqu'un de brave. Ce n'est pas son genre de fausser compagnie à ses gosses. Il a sûrement été zigouillé. Comme mon pauvre mari. Tué pour trois *soldies*, trois misérables centimes. En pleine rue. Paf! D'un coup de couteau dans le flanc. Un seul coup, et tout s'est arrêté. Tout. Comment peut-on mourir si facilement quand on a une flopée de bouches à nourrir? Comment peut-on se laisser doubler par un gamin à peine plus haut qu'une asperge?...

Et Badra parlait, parlait... sans reprendre son souffle. On aurait dit que la boîte de Pandore s'était subitement ouverte à l'intérieur d'elle. Elle parlait comme si c'était tout ce qu'il lui restait à faire, sautait d'un drame à l'autre dans la foulée, ébauchant par-ci un geste blasé, observant par-là un silence brusque. Je voyais ses épaules vibrer derrière la première rangée de linge, ses mollets nus en dessous, de temps à autre les bourrelets difformes de sa hanche dans l'échancrure des vêtements suspendus. Elle m'apprit que Hadda la belle avait été chassée du patio par Bliss le courtier, avec ses deux mioches sur les bras et juste un maigre balluchon sur le dos; me raconta comment, par une nuit d'orage, sévèrement tabassée par son ivrogne de mari, la malheureuse Yezza s'était jetée dans le puits pour en finir; Batoul la voyante qui avait réussi à soutirer assez d'argent aux misérables qui venaient la consulter pour s'offrir un bain maure et une maison au Village nègre; la nouvelle locataire qui débarquait d'on ne savait quel enfer et qui, à l'heure où tous les volets sont clos, ouvrait sa chambre aux dépravés; Bliss qui, maintenant qu'il n'y avait plus d'hommes dans le patio, se découvrait des manières de maquereau.

Après avoir fini d'étendre son linge, elle vida les eaux usées de la bassine dans la rigole, rabattit l'ourlet de sa robe et rentra chez elle. Elle continua de pester et de s'indigner au fond de son trou à rats jusqu'au retour de ma mère.

Ma mère ne fut pas surprise en me découvrant assis sur le tabouret dans la cour. À peine si elle m'avait reconnu. Quand je m'étais levé pour l'embrasser, elle avait accusé un léger recul. Ce ne fut qu'en me blottissant fortement contre elle que ses bras, après avoir flotté dans le vide, consentirent à m'envelopper.

— Pourquoi tu es revenu? me dit-elle encore, et encore.

Je sortis l'argent que m'avait confié Germaine pour elle et n'eus pas le temps de le lui tendre. La main de ma mère fondit tel un éclair sur les quelques fafiots et les escamota aussi vite qu'un prestidigitateur. Elle me poussa dans notre réduit et, une fois à l'abri, elle ressortit de son giron l'argent et le compta à maintes reprises pour s'assurer qu'elle ne rêvait pas. J'avais honte de sa fébrilité, honte de ses cheveux hirsutes qui, de toute évidence, n'avaient pas connu un peigne depuis des lustres, honte de son haïk usé jusqu'à la trame qui pendouillait sur ses frêles épaules telle une vieille tenture, honte de la famine et des affres qui la défiguraient, elle qui fut belle comme le lever du jour.

— C'est beaucoup d'argent, me dit-elle. C'est ton oncle qui me l'envoie?

Redoutant une réaction malencontreuse semblable à celles de mon père, je mentis :

— Ce sont mes économies.

— Tu travailles?

— Oui.

— Tu n'es plus à l'école?

— Si.

— Je ne veux pas que tu quittes l'école. Je veux que tu deviennes un savant, que tu vives tranquille jusqu'à la fin de tes jours... Compris?... Je *veux* que tes enfants n'aient pas à crevoter comme des chiots.

Ses yeux brûlèrent de mille feux quand elle me saisit par les épaules.

— Promets-le-moi, Younes. Promets-moi que tu auras autant de diplômes que ton oncle, et une vraie maison, et un métier respectable.

Ses doigts s'enfonçaient si profond dans ma chair qu'ils me broyaient presque les os.

— Je te le promets... Où est Zahra?

Elle recula d'un pas, sur ses gardes, puis, se rappelant que je n'étais que son fils et non une voisine envieuse et maléfique, elle me chuchota dans l'oreille :

— Elle apprend un métier... Elle sera pantalonnière.

Je l'ai inscrite chez une couturière, dans la ville euro-péenne. Je veux qu'elle réussisse, elle aussi.

— Elle a guéri ?

— Elle n'était pas malade. Elle n'était pas folle. Elle est seulement sourde et muette. Mais elle comprend et apprend vite, m'a dit la couturière. C'est une brave femme, la couturière. Elle me fait travailler chez elle trois fois par semaine. Je fais le ménage. Ici ou chez les autres, c'est du pareil au même. Et puis, il faut bien survivre.

— Pourquoi ne pas venir vivre avec nous, à Río Salado ?

— Non, cria-t-elle comme si je venais de proférer une obscénité. Je ne bougerai pas d'ici tant que ton père ne sera pas rentré. Imagine qu'il revienne et qu'il ne nous trouve pas là où il nous a laissées. Il nous chercherait où ? Nous n'avons pas de famille, pas d'amis dans cette ogresse de ville. Et puis, ça se trouve où Río Salado ? Il ne viendrait pas à l'esprit de ton père que nous ayons quitté Oran... Non, je vais rester dans ce patio jusqu'à son retour.

— Il est peut-être mort...

Sa main me saisit à la gorge et me heurta le crâne contre le mur derrière moi.

— Pauvre fou ! Comment oses-tu ?... Batoul la voyante est catégorique. Elle l'a lu plusieurs fois et dans les signes de ma main et sur les zébrures de l'eau. Ton père est sain et sauf. Il est en train de faire fortune et il va nous revenir riche. Nous aurons une belle maison, avec un joli perron et un potager, et un garage pour la voiture, et il nous ven-gera des misères d'hier et d'aujourd'hui. Qui sait ? Nous retournerons peut-être sur nos terres récupérer empan par empan toutes les joies qu'on nous a forcés d'hypothéquer.

Elle parlait vite, ma mère. Elle parlait très très vite. Avec des trémolos dans la voix. Et des flammèches bizarres dans les yeux. Ses mains fiévreuses dessinaient dans l'air d'immenses illusions. Si j'avais su qu'elle était en train de me parler pour la dernière fois de notre vie, j'aurais cru à l'ensemble de ses chimères et serais resté auprès d'elle. Mais comment l'aurais-je su ?

De nouveau, ce fut encore elle qui me pressa de m'en aller, de rejoindre mes parents adoptifs sans tarder.

9.

On nous appelait les *doigts de la fourche*.

Nous étions inséparables.

Il y avait Jean-Christophe Lamy, seize ans et déjà un géant. Parce qu'il était l'aîné, il était le chef. Blond comme une botte de foin, un sourire d'éternel prétendant sur les lèvres ; la plupart des filles de Río Salado fantasmaient sur lui. Mais depuis qu'Isabelle Rucillio avait consenti à le prendre provisoirement pour « fiancé », il se tenait à carreau.

Il y avait Fabrice Scamaroni, de deux mois mon cadet, un garçon sublime, le cœur sur la main et la tête dans les nuages ; il ambitionnait de devenir romancier. Sa mère, une jeune veuve un peu déjantée, possédait des boutiques à Río et à Oran. Elle menait sa vie comme elle l'entendait et était la seule femme de la région à conduire une voiture. Les mauvaises langues salivaient à son sujet à se déshydrater ; Mme Scamaroni s'en moquait. Elle était belle. Riche. Indépendante. Que demander de plus ?... L'été, elle nous bousculait tous les quatre sur la banquette arrière de sa robuste traction avant six cylindres de quinze chevaux et nous emmenait à Terga-plage. Après la baignade, elle improvisait un barbecue et nous gavait d'olives noires, de brochettes d'agneau et de sardines grillées sur la braise.

Puis il y avait Simon Benyamin, Juif autochtone, quinze

ans comme moi ; court sur pattes, bedonnant, voire ron-douillard, et des coups tordus à en revendre. C'était un joyeux drille, un peu désabusé à cause de ses revers affectifs, mais attachant quand il voulait bien s'en donner la peine. Il rêvait de faire carrière dans le théâtre ou le cinéma. À Río, sa famille n'avait pas la cote. Son père portait la scoumoune ; il ne montait une affaire que pour se casser les dents dessus, si bien qu'il devait de l'argent à tout le monde, y compris aux saisonniers.

Simon et moi étions le plus souvent ensemble. Nous habitions à une portée de fronde l'un de l'autre, et il passait tous les jours me prendre avant de rejoindre Jean-Christophe sur la colline. C'était notre garnison à nous, la colline. Nous aimions nous retrouver sous l'olivier centenaire qui trônait à son sommet et regarder Río miroiter de chaleur à nos pieds. Fabrice nous rejoignait en dernier, un couffin rempli de sandwiches au saucisson casher, de piments marinés et de fruits de saison. Nous restions là jusque tard dans la nuit, à échafauder des projets improbables et à écouter Jean-Christophe nous raconter dans le détail les petites misères que lui faisait subir Isabelle Rucillio. Quant à Fabrice, il nous soûlait avec ses poèmes et sa prose dysentérique, alignant des vocables qu'il était le seul à savoir dénicher dans le dictionnaire.

Parfois, au gré des humeurs, nous tolérions l'intrusion d'autres camarades, notamment les cousins Sosa : José, le parent pauvre du clan, qui partageait une chambre de bonne avec sa mère et qui se nourrissait de gaspacho matin et soir ; et André, dit Dédé, digne fils de son père, l'inflexible Jaime Jiménez Sosa qui possédait l'une des plus importantes fermes du pays. André était une sorte de tyran ordinaire, très dur avec ses employés, mais attachant avec les copains. Enfant gâté, il disait souvent des énormités dont il ne mesurait pas la portée. Je n'ai jamais réussi à lui en vouloir, malgré les propos blessants qu'il tenait à l'encontre des *Arabes*. Avec moi, il était plutôt prévenant. Il me conviait chez lui autant de fois qu'il conviait mes amis, sans distinction aucune, sauf qu'il ne se gênait pas de molester les musulmans en ma présence comme s'il s'agissait de pratiques naturelles. Son père faisait la pluie et le beau temps sur son fief où il parquait comme des bêtes les innombrables familles musulmanes qui trimaient pour lui. Le casque colonial vissé au crâne, la cravache contre ses bottes d'équitation, Jaime Jiménez Sosa, quatrième du nom, était le premier debout et le dernier à se mettre au lit, faisant travailler ses « forçats » jusqu'à tomber dans les pommes, et malheur aux simulateurs ! Il avait pour ses vignes une vénération absolue et considérait toute intrusion non autorisée dans ses champs comme une profanation. On racontait qu'il avait abattu une chèvre qui avait osé brouter dans le cépage et tiré sur la bergère étourdie qui avait tenté de la récupérer.

C'était une drôle d'époque.

De mon côté, le destin suivait son cours. Je devenais un homme : j'avais poussé d'une trentaine de centimètres et commençais à sentir des poils follets sous ma langue en me pourléchant les lèvres.

L'été 1942 nous trouva sur la plage, à nous dorer au soleil. La mer était magnifique et l'horizon si clair qu'on pouvait voir les îles Habibas. Fabrice et moi nous prélassions sous le parasol tandis que Simon, content de son short grotesque, amusait la galerie en effectuant des plongeons loufoques dans l'eau. Il espérait ainsi taper dans l'œil d'une fille, mais ses cris d'Apache effarouchaient les marmots et agaçaient les vieilles dames effondrées sur leurs chaises longues. Jean-Christophe, lui, roulait des mécaniques en arpentant la plage, le ventre rentré sous les pectoraux et les mains sur les hanches pour souligner le V de son dos. À proximité de nous, les cousins Sosa avaient dressé une tente. André adorait s'exhiber. Quand les autres apportaient des chaises pliantes, il rappliquait avec une guitoune ; s'ils plantaient des tentes sur le sable, lui y déployait un caravansérail. À dix-huit ans, il disposait de deux voitures, dont une décapotable avec laquelle il frimait à Oran quand il ne traversait pas Río dans un vrombissement assourdissant, à l'heure tapante de la sieste. Ce jour-là, il n'avait rien trouvé de mieux à faire que de rudoyer Jelloul, son factotum. Il venait de l'expédier à trois reprises au village sous un soleil de plomb. La première, pour lui acheter des cigarettes ; la deuxième, des allumettes ; la troisième parce que Monsieur avait demandé des Bastos et non des cigarettes de charpentier. Le village était à une trotte. Le pauvre Jelloul fondait comme un glaçon.

Fabrice et moi suivions ce manège depuis le début. André devinait que sa façon de traiter son domestique nous vexait et éprouvait un malin plaisir à nous exacerber. À peine Jelloul revenu, il le chargea pour la quatrième fois de retourner au village lui chercher un ouvre-boîte. Le factotum, un adolescent chétif, pivota stoïquement sur ses talons et remonta le talus incandescent à cette heure de l'après-midi.

— Ménage-le un peu, Dédé, protesta son cousin José.

— C'est le seul moyen de le tenir éveillé, fit André en croisant les mains derrière sa nuque. Tu lui lâches du lest un instant, et tu l'entendras ronfler dans la minute qui suit.

— Il fait au moins 37 degrés, plaida Fabrice. Le pauvre diable est de chair et de sang comme toi et moi. Il va choper une insolation.

José se leva et s'apprêta à rappeler Jelloul. André le saisit par le poignet et l'obligea à se rasseoir.

— T'occupe pas de ça, José. Tu n'as pas de valets, toi, et tu sais pas ce que c'est… Les Arabes, c'est comme les poulpes ; il faut les battre pour les détendre.

Se rendant compte que j'en étais un, il rectifia :

— Enfin… certains Arabes.

Et, prenant conscience de l'intolérable abjection de ses dires, il bondit sur ses jambes et courut se jeter à la mer.

Nous le regardâmes nager en soulevant d'énormes gerbes d'eau dans son sillage. Une gêne s'était installée sous la tente. José avait du mal à contenir son indignation ; ses mâchoires roulaient furieusement dans sa figure. Fabrice referma le livre qu'il était en train de lire et me fixa avec sévérité.

— Tu aurais dû lui clouer le bec, Jonas.

— À quel sujet ? fis-je, dégoûté.

— Des Arabes. J'ai trouvé ses propos inadmissibles et je m'attendais à ce que tu le remettes à sa place.

— Il y est déjà, Fabrice. C'est moi qui ignore où est la mienne.

Sur ce, je ramassai ma serviette et regagnai la route, le pouce orienté sur Río. Fabrice me rejoignit. Il tenta de me dissuader de rentrer si tôt. J'étais écœuré, et la plage me paraissait subitement aussi inhospitalière qu'une île sauvage… Ce fut alors qu'un avion quadrimoteur fracassa la tranquillité des baigneurs en rasant la colline. Une écharpe de fumée s'échappait de son flanc.

— Il est en feu, s'écria José, catastrophé. Il va s'écraser…

L'avion en détresse disparut derrière les crêtes. Sur la plage, tout le monde était debout, la main en visière. On guettait une déflagration, ou un nuage de feu indiquant l'endroit du crash… Rien. L'avion poursuivit sa dérive dans le cafouillis de ses moteurs, mais ne s'écrasa pas, au grand soulagement général.

Était-ce un mauvais présage ?

Quelques mois plus tard, le 7 novembre, tandis que le soir s'installait sur la plage dépeuplée, des ombres monstrueuses émergèrent du fond de l'horizon... Le débarquement sur les côtes oranaises avait commencé.

— Trois coups de feu tirés, pestait Pépé Rucillio debout sur la place municipale, lui qui, d'habitude, ne s'affichait guère en public. Où est donc passée notre valeureuse armée ?

À Río Salado, la nouvelle du débarquement avait été accueillie comme la grêle sur le cépage. Tous les hommes du village s'étaient donné rendez-vous sur le parvis de la mairie. L'incrédulité et la colère se lisaient sur les visages. Les plus affolés s'étaient assis à même le trottoir et se tapaient dans les mains en signe de désespoir. Le maire avait regagné en catastrophe son bureau, et ses proches collaborateurs le disaient en contact téléphonique permanent avec les autorités militaires de la garnison d'Oran.

— Les Américains se sont payé notre tronche, fulminait la plus grosse fortune de la région. Alors que nos soldats attendaient dans les bunkers, les navires ennemis ont contourné nos lignes de défense par la montagne des Lions et ont accosté sur les plages d'Arzew sans encombre. Ensuite, ils ont fait une percée jusqu'à Tlélat sans rencontrer âme qui vive avant de foncer sur Oran à revers... Les Américains défilaient sur le boulevard Mascara tandis que les nôtres les guettaient encore sur les falaises. Et attention, pas un semblant d'escarmouche ! L'ennemi est entré à Oran comme dans un moulin... Qu'est-ce qu'on va devenir maintenant ?

Toute la journée, les nouvelles et les commentaires se faisaient et se défaisaient à une allure démentielle. La nuit tomba sans que personne ne s'en aperçût et beaucoup ne rentrèrent chez eux qu'au lever du jour, déboussolés – certains jurèrent avoir entendu rugir des tanks au milieu des vignobles.

— Qu'est-ce qui t'a pris de rester si tard dans la rue ?

me sermonna Germaine en m'ouvrant la porte. J'étais morte d'inquiétude. Où étais-tu passé?... Le pays est à feu et à sang, et toi tu traînes dehors.

Mon oncle avait quitté sa chambre. Il était enfoncé dans un fauteuil, au salon, et ne savait quoi faire de ses doigts.

— C'est vrai que les Allemands ont débarqué? me demanda-t-il.

— Pas les Allemands, les Américains...

Il fronça les sourcils :

— Pourquoi les Américains? Qu'est-ce qu'ils viennent faire chez nous?

Il se dressa d'un bloc, retroussa le nez sur un dédain incommensurable et tonna :

— Je vais dans ma chambre. Quand ils seront là, dites-leur que je ne veux pas les voir et qu'ils peuvent mettre le feu à la maison.

Personne ne vint mettre le feu à notre maison, et aucun raid aérien ne troubla la quiétude de nos champs. Une seule fois, deux motards, qui s'étaient trompés de route, avaient été aperçus du côté de Bouhdjar, un village voisin. Après avoir tourné en rond, ils avaient rebroussé chemin. Certains parlèrent de soldats allemands, d'autres de patrouille américaine; comme pas un spéculateur n'avait vu de près les deux armées ennemies, on mit une croix sur le malentendu et on retourna aux corvées.

Ce fut André Sosa qui se rendit le premier à Oran.

Il nous revint complètement chamboulé.

— Ces Américains achètent tout, nous déclara-t-il. Guerre ou pas, ils se conduisent en touristes. Ils sont partout, dans les bars, dans les boxons, dans les quartiers juifs et même au Village nègre malgré les interdictions de leur hiérarchie. Tout les intéresse : tapis, nattes, chéchias, burnous, peintures sur étoffe, et sans discuter les prix. J'en ai vu un mettre le paquet pour déposséder un goumier d'une vieille baïonnette rouillée datant de la Première Guerre mondiale.

En guise d'argument, il extirpa un billet de banque de la poche arrière de son pantalon et l'étala sur la table.

— Visez-moi comment ils traitent leur monnaie. C'est un billet de cent dollars. Vous avez déjà vu un billet français aussi chargé de gribouillages? Ce sont des signatures. C'est idiot, mais c'est le jeu préféré des Amerloques. Ils appellent ça *Short Snorter*. Tu peux y ajouter d'autres billets dans des monnaies différentes. Y en a qui ont des rouleaux de billets de cette nature. Pas pour s'enrichir. Juste pour les collectionner… Vous voyez ces deux autographes-là? Ils sont de Laurel et Hardy. Je vous jure que c'est vrai. Et celui-là, il est d'Errol Flynn, notre Zorro planétaire… Joe m'en a fait cadeau contre un caisson de vin de chez nous.

Il ramassa son billet, le remit dans sa poche et, se frottant les mains, il promit de retourner à Oran avant la fin de la semaine traiter des affaires avec les GI.

Lorsque la méfiance se modéra et que l'on comprit que les Américains n'étaient pas venus en conquérants, mais en sauveurs, d'autres gens de Río partirent à Oran voir de quoi il retournait. Petit à petit, les derniers foyers de tension se tempérèrent et il y eut de moins en moins de vigiles autour des fermes et des maisons.

André était surexcité. Tous les jours, il sautait dans sa voiture et mettait le cap sur de nouveaux trocs. Après chaque tournée des popotes, il revenait avec ses butins nous en mettre plein la vue. Il nous fallait nous rendre à Oran, nous aussi, vérifier par nous-mêmes la teneur des histoires qui circulaient au village à propos de ces fameux Yanks. Jean-Christophe pressa Fabrice, et Fabrice pressa sa mère de nous conduire à Oran. Mme Scamaroni résista, puis elle finit par céder.

Nous partîmes à l'aube. Le soleil commençait à peine

à poindre quand nous atteignîmes Misserghine. Sur la
route, que sillonnaient des jeeps nerveuses, des troufions
débraillés faisaient leur toilette dans les champs, le torse
nu et le chant haut ; des camions étaient en panne sur le
bas-côté, le capot ouvert, entourés de mécaniciens indo-
lents ; des convois attendaient aux portes de la ville. Oran
avait changé. La fièvre soldatesque qui s'était emparée de
ses quartiers lui donnait un air forain. André n'exagérait
pas ; les Américains étaient partout, sur les boulevards
comme sur les chantiers, promenant leurs half-tracks au
milieu des dromadaires et des tombereaux, déployant
leurs unités à proximité des douars nomades, saturant
l'atmosphère de poussière et de vacarme. Leurs officiers,
décontractés à bord de leurs minuscules jeeps, se taillaient
des passages dans les cohues à coups de klaxon. D'autres,
sapés comme des dieux, se délassaient sur les terrasses en
galante compagnie tandis qu'un phonographe diffusait
des morceaux de Dina Shore. Oran s'était mise à l'heure
américaine. Uncle Sam n'avait pas débarqué que ses
troupes, il s'était amené avec sa culture aussi : boîtes de
rations garnies de lait concentré, de barres de chocolat, de
corned-beef ; chewing-gum, Coca-Cola, bonbons Kindy,
fromage rouge, cigarettes blondes, pain de mie. Les bars
s'initiaient à la musique yankee, et les *yaouled*, petits
cireurs reconvertis en marchands de journaux, couraient
d'une place publique à un arrêt de tramway en criant *Stars
and Stripes* dans une langue indéchiffrable. Sur les trottoirs, ébouriffés par le vent, froufroutaient des revues et
des hebdomadaires tels *Esquire*, le *New Yorker* et *Life*.
Déjà, les amateurs de films hollywoodiens commençaient
à s'identifier à leurs acteurs fétiches en empruntant leur
dégaine et en tordant les lèvres sur le côté ; et les com-
merçants à mentir sans vergogne sur les prix en anglais…

D'un coup, Río Salado nous parut négligeable. Oran
venait de prendre possession de notre âme. Son charivari

vibrait dans nos veines, son culot nous ragaillardissait. Nous étions comme ivres, littéralement emballés par la vitalité des avenues aux boutiques rutilantes et aux bars grouillants de monde. Les calèches, les voitures, les tramways qui caracolaient dans tous les sens nous donnaient le tournis, et les filles aux foulées envoûtantes, effrontées sans être frivoles, voltigeaient autour de nous, semblables à des houris.

Pas question de rentrer à Río, le soir. Mme Scamaroni retournerait seule au village. Elle nous prêta une piaule au-dessus de l'une de ses boutiques, boulevard des Chasseurs, et nous fit jurer de ne pas faire de bêtises en son absence. À peine sa voiture avait-elle disparu au coin de la rue que nous prîmes d'assaut la ville. À nous la place d'Armes, avec son théâtre style rococo et sa mairie flanquée de deux lions en bronze hiératiques et colossaux ; la promenade de l'Étang ; la place de la Bastille ; le passage Clauzel où se donnaient rendez-vous les amours naissantes ; les kiosques glaciers où l'on servait les plus rafraîchissantes citronnades de la terre ; les cinémas fastueux et les grands magasins Darmon… Oran ne manquait de rien, ni de charmes ni d'audace. Elle s'éclatait comme autant de feux d'artifice, faisant d'une boutade une clameur et d'une bonne cuite une liesse. Généreuse et spontanée, il n'était pas question, pour elle, de se découvrir une joie sans songer à la partager. Oran avait horreur de ce qui ne l'amusait pas. La mine défaite lèserait sa superbe, les pisse-vinaigre terniraient ses humeurs ; elle ne supportait pas qu'un nuage voilât sa bonhomie. Elle se voulait rencontre heureuse à chaque coin de rue, et kermesse sur ses esplanades, et là où portait sa voix fleurissait l'hymne à la vie. Elle faisait de la jovialité une mentalité, une règle fondamentale, la condition sans laquelle toute chose en ce monde serait un gâchis. Belle, coquette, consciente de la fascination qu'elle exerçait sur les étrangers, elle s'embourgeoisait en catimini, sans fard ni fanfare, convaincue qu'aucune bourrasque – pas même la guerre en train de l'éclabousser – ne saurait freiner son essor. Née d'un besoin de séduire, Oran, c'était d'abord *le chiqué*. On l'appelait la *Ville américaine*, et toutes les fantaisies du monde seyaient à ses états d'âme. Debout sur sa falaise, elle regardait la mer, faussement languissante, rappelant une belle captive guettant du haut de sa tour son prince charmant. Pourtant, Oran ne croyait pas trop au large, ni au prince charmant. Elle regardait la mer juste pour la tenir à distance. Le bonheur était en elle, et tout lui réussissait.

Nous étions sous le charme.

— Hé! les culs-terreux, nous cria André Sosa.

Il était attablé à la terrasse d'un glacier, en compagnie d'un soldat américain. À ses grands gestes, nous comprîmes qu'il cherchait à nous épater. Il était fringant, les cheveux brossés vers l'arrière et plaqués sur les tempes sous une épaisse couche de brillantine, les souliers cirés de frais et les lunettes de soleil sur la moitié de la figure.

— Venez vous joindre à nous, nous invita-t-il en se levant pour aller chercher des chaises supplémentaires. Ils font le meilleur double chocolat malté, ici, et les plus délicieux escargots à la sauce piquante.

Le soldat se trémoussa pour nous faire de la place et nous regarda le cerner d'un œil confiant.

— C'est mon ami Joe, fit André ravi de nous présenter son Yank qu'il devait exhiber partout telle une pièce de musée. Notre cousin d'Amérique. Il vient d'un patelin identique au nôtre. Salt Lake City, qui signifie Lac Salé. Comme chez nous, Salt River, Rivière Salée.

Et il rejeta la tête en arrière dans un rire discutable, excessivement flatté par sa «trouvaille».

— Il parle français? lui demanda Jean-Christophe.

— Vaguement. Joe dit que son arrière-grand-mère était une Française de Haute-Savoie, mais qu'il n'a jamais pratiqué notre langue. Il a appris sur le tas depuis qu'il est en Afrique du Nord. Joe est caporal. Il a été sur tous les fronts.

Joe secouait la tête pour ponctuer les dires enthousiasmés de son copain, amusé par le remuement admiratif de nos sourcils. Il nous serra la main à tous les quatre pendant qu'André nous présentait à lui comme étant ses meilleurs amis et les plus beaux étalons de *Salt River*. Malgré la trentaine et les séquelles des batailles, Joe conservait un visage juvénile aux lèvres minces et aux pommettes trop fines pour un grand gabarit dans son genre. Son regard vif, sans réelle acuité, lui donnait un air simplet quand il souriait d'un lobe à l'autre ; et il souriait toutes les fois qu'on levait les yeux sur lui.

— Joe a un problème, nous annonça André.

— Il est en désertion ? s'enquit Fabrice.

— Joe, c'est pas un trouillard. En découdre, c'est son dada, sauf qu'il n'a pas tiré son coup depuis six mois et ses testicules sont si gorgés de semence qu'il n'arrive plus à mettre un pied devant l'autre.

— Pourquoi ? demanda Simon. On ne leur distribue plus de savon au régiment ?

— C'est pas ça, fit André en tapant amicalement sur le poignet du caporal. Joe a envie d'un vrai plumard, avec des abat-jour rouge sang de chaque côté du lit, et d'une bonne femme bien en chair sachant lui roucouler des cochonneries dans le creux de l'oreille.

Nous éclatâmes de rire, et Joe en fit autant en hochant la tête avec insistance. Son sourire lui fendait le visage en deux.

— Alors, j'ai décidé de l'emmener au boxon, déclara André en écartant les bras en signe d'extrême générosité.

— On ne te laisserait pas entrer, l'avertit Jean-Christophe.

— Qui oserait empêcher André Jiménez Sosa d'aller où il veut? C'est à peine si on ne me déroulait pas le tapis rouge, au Camélia. La tenancière est une amie. Je lui ai tellement graissé la patte qu'elle fond comme du beurre dès qu'elle me voit. Je vais conduire mon ami Joe là-bas, et on va brouter dans les toisons d'or jusqu'à dégueuler, pas vrai, Joe?

— *Yeh! Yeh!* dit Joe en tordant son bonnet entre ses mains replètes.

— Ça me botterait de vous accompagner, s'enhardit Jean-Christophe. Je n'ai encore jamais touché sérieusement une femme. Tu penses pouvoir arranger ça?

— T'es maboul? s'étonna Simon. Tu irais dans ces pissoirs, avec toutes les maladies honteuses que les putains trimballent?

— Je suis d'accord avec Simon, dit Fabrice. Ce n'est pas un endroit pour nous. Et puis, nous avons promis à ma mère de bien nous conduire.

Jean-Christophe haussa les épaules. Il se pencha sur André et lui susurra dans l'oreille. André retroussa le nez par-dessus une moue hautaine et lui dit :

— Je te ferai entrer en enfer, si ça t'amuse.

Soulagé et emballé, Jean-Christophe se retourna vers moi.

— Tu viendrais avec nous, Jonas?

— Et comment!

Je fus le premier surpris par ma spontanéité.

Le quartier réservé d'Oran se trouvait derrière le théâtre, rue de l'Aqueduc, une venelle mal famée desservie par deux escaliers puant l'urine et squattés par les ivrognes... À peine dans la «gueule du loup», je me sentis mal à l'aise et dus fournir un grand effort sur moi pour ne pas rebrousser chemin. Joe et André fonçaient devant, pressés d'arriver. Jean-Christophe leur emboîtait le pas ; il était intimidé et la désinvolture qu'il arborait n'était pas convaincante. Il se retournait de temps à autre pour me décocher un clin d'œil passablement hardi auquel je répondais par un sourire crispé, mais dès qu'un individu louche surgissait sur notre chemin, nous nous déportions d'un bond sur le côté, prêts à décamper. Les bordels s'alignaient sur une même aile, les uns après les autres, derrière des portes cochères badigeonnées de couleurs criardes. Il y avait du monde, rue de l'Aqueduc ; des soldats, des matelots, des Arabes furtifs craignant d'être reconnus par des proches ou des voisins, des garçonnets aux pieds nus et aux narines fuyantes en quête de commissions, des Américains et des Sénégalais, des maquereaux au regard éclaté veillant sur leur cheptel, le cran d'arrêt dissimulé sous le ceinturon, des troupiers « indigènes » en hautes chéchias rouges ; toute une agitation fébrile et étrangement feutrée.

La tenancière du Camélia était une gigantesque dame aux cris sismiques. Elle gérait sa boîte d'une main de fer, intraitable aussi bien avec ses habitués qu'avec ses filles. Elle était justement en train de savonner un client indélicat sur le pas du boxon quand nous débarquâmes.

— T'as encore merdé, Gégé, et ce n'est pas bien. Est-ce que tu veux revenir coucher avec mes filles ?... Ça dépend de toi, Gégé, tu sais ? Continue de te conduire comme un abruti, et tu ne remettras plus les pieds chez moi... Tu me connais, Gégé. Quand je mets une croix sur quelqu'un, je pourrais tout aussi bien lui jeter de la terre dessus. T'as pigé, Gégé, ou faut-il que je te fasse un dessin ?

— Tu me fais pas la charité, protesta Gégé. Je viens ici avec mon pognon, et ta garce, elle a qu'à s'exécuter.

— Ton pognon, tu t'en torches, Gégé. On est dans une maison close, pas dans une salle de torture. Si le service ne te convient pas, cherche ailleurs. Parce que si jamais tu remets ça, je t'arracherai le cœur à mains nues.

Gégé, qui était presque nain, se souleva sur la pointe de ses chaussures pour affronter le regard de la tenancière, gonfla les joues, se retint ; son visage cramoisi vibrait de colère. Il retomba sur ses talons et, furieux de se faire savonner en public par une femme, il nous bouscula et fila se dissoudre dans la foule déambulant dans la rue.

— C'est bien fait pour sa gueule, s'écria un soldat. Si le service ne lui convient pas, l'a qu'à aller chercher ailleurs.

— C'est valable pour toi aussi, sergent, lui fit la tenancière. T'as pas plus d'odeur de sainteté qu'un trou de cul, et tu le sais très bien.

Le sergent rentra le cou dans ses épaules et se fit tout petit.

La tenancière étant de mauvaise humeur, André comprit que les négociations ne tourneraient pas à son avantage. Il réussit à faire admettre Jean-Christophe en tablant sur sa haute corpulence, mais ne put rien pour moi.

— C'est qu'un gamin, Dédé, lui dit-elle, intransigeante. Il a encore le lait de sa mère sur les dents. Pour le blond, je ferme les yeux, mais pour ce chérubin aux yeux bleus, pas question. Il se ferait violer dans le couloir avant d'atteindre la chambre la plus proche.

André n'insista pas. La tenancière n'était pas du genre à revenir sur ses décisions. Elle accepta de me laisser attendre mes amis derrière le comptoir et m'intima l'ordre de ne toucher à rien et de ne parler à personne... J'étais soulagé. Maintenant que je découvrais le boxon, je n'avais plus envie d'aller plus loin. J'en avais le ventre retourné.

Dans la grande salle voilée de fumée de cigarettes, des clients guettaient leurs proies, tassés comme des brutes. Certains étaient soûls et n'arrêtaient pas de bougonner ou de se bousculer. Les prostituées étaient exhibées sur un banc matelassé, au fond d'une alcôve creusée à même le corridor menant aux chambres. Elles faisaient face aux clients, les unes sommairement vêtues, les autres saucissonnées dans des châles transparents. On aurait dit la toile d'un Eugène Delacroix dépressif représentant des odalisques déchues. Il y avait des grosses dégoulinantes de bourrelets, la poitrine enserrée dans des soutiens-gorge aussi vastes que des hamacs ; des maigres extirpées droit d'un mouroir, les yeux ténébreux ; des brunes avec de vulgaires perruques blondes ; des blondes fardées comme des clowns, un bout de nichon négligemment dévoilé ; toutes fumaient en silence et toisaient le cheptel d'en face en se grattant patiemment l'entrejambe.

Assis derrière le comptoir, je contemplais cet univers en regrettant de m'y être aventuré. On aurait dit un repaire de brigands. Ça sentait le vin frelaté et les effluves des corps en rut. Une tension insondable, comme un relent funeste, oppressait l'endroit. Il suffirait d'une étincelle, d'un mot déplacé, peut-être d'un simple regard pour faire sauter la baraque… Pourtant, le décor, bien qu'artificiel et d'inspiration naïve, se voulait distrayant avec ses tentures légères, quasi vaporeuses, encadrées de rideaux de velours, ses miroirs dorés, ses tableaux à deux sous représentant des nymphes en tenue d'Ève, ses appliques assorties aux murs recouverts de mosaïque, ses petits sièges vides dans les recoins. Mais les clients ne paraissaient pas très regardants de ce côté-là. Ils ne voyaient que les filles dénudées sur le banc matelassé et piaffaient d'impatience de passer à l'abordage, le cou sillonné de veines frémissantes.

Je commençais à trouver le temps long. Jean-Christophe était parti avec une énorme rombière, Joe avec deux filles suintantes de maquillage, et André s'était éclipsé.

La tenancière m'offrit une assiettée d'amandes grillées et me promit sa meilleure fille pour fêter ma majorité.

— Sans rancune, petit?

— Sans rancune, madame.

— Comme c'est touchant... Et puis, arrête de me broder avec tes «madame», ça me constipe.

Calmée, la patronne se voulait conciliante; je redoutais qu'elle ne me fît une faveur et ne m'autorisât à choisir dans le *tas de chair* exposé sur le banc.

— Sûr que tu ne m'en veux pas?

— Pas du tout, m'écriai-je, terrorisé à l'idée qu'elle passe l'éponge sur mon âge et me désigne une fille. Pour être franc, me dépêchai-je d'ajouter afin de parer à toute éventualité, je ne voulais pas venir. Je ne suis pas prêt.

— Tu as raison, petit. On n'est jamais prêt quand il s'agit d'affronter une femme... Il y a de la limonade derrière toi, si tu as soif. C'est moi qui offre.

Elle m'abandonna à mon sort et partit par le corridor voir si tout allait bien.

Ce fut alors que je *la* vis. Elle venait de libérer un client et de rejoindre ses compagnes sur le banc. Son retour sur la scène provoqua aussitôt un ressac dans la salle d'attente. Un soldat herculéen rappela aux autres qu'il était là avant tout le monde, déclenchant une vague de grognements. Je ne fis pas attention à l'agitation en train de s'emparer des clients. D'un coup, le brouhaha s'éteignit, et tout dans la grande salle s'évanouit. Je ne voyais qu'*elle*. À croire qu'un fuseau lumineux, jaillissant je ne savais d'où, se focalisait sur elle, reléguant le reste. Je l'avais reconnue tout de suite, malgré l'endroit où j'étais à mille lieues de l'imaginer. Elle n'avait pas pris une seule ride, avec son corps d'adolescente gainé dans un châle échancré, ses cheveux de jais cascadant sur sa poitrine et les deux fossettes picorant dans ses joues: Hadda!... Hadda la belle; mon amour secret d'autrefois, mon premier fantasme de mioche... Comment avait-elle échoué dans un cloaque aussi laid, elle qui, en sortant dans le patio, l'illuminait comme un soleil ?

J'étais bouleversé, choqué, pétrifié d'incrédulité...

Cette apparition inattendue me catapulta des années en arrière et j'atterris dans la cour intérieure de notre habitation, à Jenane Jato, au milieu des voisines riant aux éclats dans le tohu-bohu de leur marmaille... Hadda ne riait pas, ce matin-là...Elle était triste... Je la revis tendant brusquement sa main par-dessus la table basse, la paume tournée vers le ciel... «Dis-moi ce que tu y lis, ma bonne voisine. J'ai besoin de savoir. Je n'en peux plus...» Et Batoul la voyante : «Je vois beaucoup d'hommes autour de toi, Hadda. Mais très peu de joie... Ça ressemble à un rêve, et c'en est pas un...»

Batoul avait vu juste. Il y avait beaucoup trop d'hommes autour de la belle Hadda et si peu de joie. Son nouveau patio, avec ses paillettes de pacotille, ses lumières tamisées, ses décors fantasmagoriques, ses beuveries, ressemblait à un rêve, mais ce n'en était pas un... Je me surpris debout derrière le comptoir, les bras ballants, la bouche ouverte, incapable de dire cette chose terrible qui me gagnait telle une brume et qui me donnait envie de sortir de mes gonds.

Dans la salle, un grand gaillard au crâne rasé attrapa deux hommes par le cou et les écrasa contre le mur, calmant soudain les esprits. Il promena son regard d'ogre sur l'assistance en faisant papilloter ses narines. Quand il s'aperçut qu'aucun client ne contestait l'irrégularité de son jeu, il relâcha les deux bougres et marcha vaillamment sur Hadda. Il la prit brutalement par le coude et la bouscula devant lui. Le silence qui les accompagna le long du corridor était à découper au couteau.

Je me dépêchai de retourner dans la rue retrouver une bouffée d'air moins altéré et remettre de l'ordre dans mon souffle.

André, Jean-Christophe et Joe me trouvèrent effondré sur une marche. Ils pensèrent que c'était à cause du refus de la tenancière et ne jugèrent pas nécessaire d'en débattre. Jean-Christophe était écarlate de gêne. Apparemment, cela s'était mal passé. André, lui, n'avait d'yeux que pour son Yank et semblait disposé à exaucer l'ensemble de ses vœux. Il nous proposa, à Jean-Christophe et à moi, d'aller chercher Simon et Fabrice et de le retrouver au Majestic, l'une des brasseries les plus huppées de la ville européenne.

Nous finîmes, tous les six, la soirée dans un grand restaurant chic, aux frais d'un André excessivement généreux. Joe avait le vin difficile. Après le repas, il se mit à faire des siennes. Il commença par embêter un journaliste américain qui peaufinait tranquillement sa dépêche au fond de la salle. Joe alla le trouver pour lui raconter ses faits d'armes et lui décrire dans le détail les fronts sur lesquels il avait risqué sa peau. Le journaliste, un homme courtois, attendait gentiment de se remettre au travail, fort contrarié mais trop timide pour l'avouer, et fut soulagé quand André vint chercher son militaire. Joe revint parmi nous, agité et épais comme une houle ; de temps à autre, il se retournait vers le journaliste et lui criait par-dessus les tables et les têtes : « Tâche de me dégotter la une, John. J'veux mon blaze sur la première page. Si tu veux ma photo, pas de problème. Hein, John ? Je compte sur toi. » Le journaliste comprit qu'il ne pouvait finir son papier avec un énergumène pareil après lui ; il ramassa son brouillon, laissa un billet de banque sur la table et quitta le restaurant.

— Vous savez qui c'est ? nous fit Joe, le pouce par-dessus l'épaule. C'est John Steinbeck, le romancier. Il fait le reporter de guerre pour le *Herald Tribune*. Il a déjà couché un papier sur mon régiment.

Le journaliste parti, Joe se chercha d'autres souffre-douleur. Il se rua sur le comptoir et exigea un morceau de Glenn Miller; ensuite, au garde-à-vous sur la chaise, il entonna *Home on the Range* puis, encouragé par des soldats américains qui étaient en train de dîner sur la terrasse, il força un serveur à répéter après lui la chanson *You'd Be So Nice To Come Home To.* Petit à petit, les rires qu'il soulevait se muèrent en sourires, les sourires en moues, et les gens exaspérés demandèrent à André d'emmener son Yank ailleurs. Joe n'était plus le bonhomme affable de la journée. Bourré, les yeux injectés de sang et les commissures de la bouche ruisselantes d'écume, il poussa le bouchon trop loin et monta carrément sur la table pour exécuter une partie de claquettes. Il balança sa godasse dans les couverts et envoya valdinguer les assiettes, les verres, les bouteilles qui se fracassèrent au sol. Le gérant de la brasserie vint poliment le prier d'arrêter son cirque; Joe ne l'entendit pas de cette oreille et son poing partit ébranler le nez du gérant. Deux garçons accoururent pour prêter main-forte à leur patron; ils furent aussitôt envoyés dans les cordes. Les femmes se levèrent en piaillant. André ceintura son protégé et le supplia de se calmer. Joe n'était plus en mesure d'entendre qui que ce soit. Ses poings partaient dans toutes les directions. La bagarre s'étendit aux clients, puis les militaires sur la terrasse s'en mêlèrent, et les chaises volèrent dans les airs dans une mêlée indescriptible.

Il fallut l'intervention musclée de la *MP* pour neutraliser Joe.

Le restaurant ne recouvra un soupçon d'apaisement que lorsque la jeep de la *Military Police* disparut dans la nuit, Joe sévèrement cloué au plancher.

De retour dans notre piaule sur le boulevard des Chasseurs, pas moyen de m'assoupir. Toute la nuit, je m'agitai sous mon drap, l'image de Hadda en prostituée plein la tête. La voix spectrale de Batoul ricochait contre mes tempes, obsédante, farfouillait dans mes pensées, tisonnait mes angoisses, déterrait les silences enfouis au plus profond de mon être. J'avais l'impression d'assister à la naissance d'un mauvais présage, que j'allais bientôt le subir de plein fouet. J'avais beau me cacher sous l'oreiller, beau m'étouffer avec, l'image de Hadda dévêtue dans l'alcôve du boxon pivotait doucement sur elle-même, rappelant une ballerine de piano mécanique, tandis que la voix de la voyante soufflait sur elle telle une brise maléfique.

Le lendemain, je demandai à Fabrice de m'avancer un peu d'argent et je me rendis seul à Jenane Jato, c'est-à-dire le revers de la ville, là où pas un uniforme ne paradait et où les prières et les soupirs ne cessaient de s'empuantir. Je voulais revoir ma mère et ma sœur, les toucher de mes mains, dans l'espoir de semer le pressentiment qui m'avait tenu en haleine jusqu'au matin et qui continuait de me coller de près...

Mon intuition ne m'avait pas trompé. Il s'en était passé des choses à Jenane Jato depuis ma dernière visite. Le patio était désert. On aurait dit qu'une bourrasque l'avait dégarni en emportant ses occupants. Un grillage barbelé était posé sur le portail pour en interdire l'accès, mais des mains téméraires avaient réussi à y tailler une brèche par laquelle j'avais pu me glisser à l'intérieur de l'habitation. La cour était jonchée de débris calcinés, de fientes et de crottes de chat. Le couvercle du puits reposait sur la margelle, tordu. Les portes et les fenêtres des chambrées avaient disparu. Le feu avait détruit entièrement l'aile gauche du patio ; les parois s'étaient écroulées et de rares poutres noircies restaient encore accrochées au plafond ouvert sur un ciel désespérément bleu. Notre cagibi n'était plus qu'un tas de ruines au milieu duquel traînaient çà et là des ustensiles de cuisine abîmés et des balluchons à moitié brûlés.

— Y a personne, claqua une voix dans mon dos.

C'était Jambe-de-bois. Il chavirait derrière moi, enveloppé dans une gandoura trop courte, la main contre le mur. Sa bouche édentée rentrait dans son visage décharné, y creusait un vilain trou qu'une barbe blanche tentait vainement de dissimuler. Son bras tremblait, et il avait du mal à tenir droit sur sa jambe blanchâtre criblée de taches cuivrées.

— Que s'est-il passé ? lui demandai-je.

— Des choses terribles…

Il clopina jusqu'à moi, ramassa au passage un bidon, le retourna pour voir s'il ne contenait pas quelque chose de récupérable avant de le balancer par-dessus son épaule.

Son bras décrivit un arc :

— Vise-moi le gâchis… Si c'est pas triste !

Comme je demeurais sans voix, à l'affût d'explications, il poursuivit :

— J'avais mis en garde Bliss. C'est un patio honorable, que je lui ai dit. Ne mets pas cette putain avec ces braves femmes ; ça va mal tourner. Bliss n'a rien voulu entendre. Une nuit, deux soûlards étaient venus tirer leur coup. Comme la putain avait déjà un client, ils se sont rabattus sur la chambre à Badra. J'te raconte pas. Une vraie boucherie. Les deux soûlards n'ont rien compris à leur malheur. Saignés à blanc par les deux garçons de la veuve. Puis ça a été le tour de la putain. Elle s'était mieux défendue que ses clients, sauf qu'elle ne faisait pas le poids. Quelqu'un a renversé le quinquet sur ses affaires et le feu a pris plus vite que la foudre. Une chance que ça ne s'est pas étendu aux autres maisons… La police a arrêté Badra et ses fils et a mis le patio sous scellés. Ça fait deux ans qu'il est fermé. Certains pensent qu'il est hanté.

— Et ma mère ?

— Aucune idée. Une chose est sûre, elle avait échappé au feu. Je l'ai vue, le lendemain matin, avec ta petite sœur au coin de la rue. Elles n'étaient pas blessées.

— Et Bliss ?

— Volatilisé.

— Il y avait d'autres locataires. Ils peuvent me renseigner.

— J'ignore où ils sont allés. J'suis désolé.

J'étais retourné boulevard des Chasseurs, la mort dans l'âme. Mes compagnons ne firent que m'exaspérer avec leurs questions. Excédé, j'étais ressorti dans la rue et j'avais erré, erré. Mille fois, je m'étais arrêté au beau milieu de la chaussée pour me prendre les tempes à deux mains, et mille fois j'avais tenté de me ressaisir en me répétant que ma mère et ma sœur étaient sans doute à l'abri et mieux loties qu'avant. Batoul la voyante ne se trompait pas. Elle détenait de vrais pouvoirs extralucides. N'avait-elle pas prédit le destin de Hadda ?… Mon père allait revenir – c'était écrit sur les zébrures de l'eau, et ma mère n'aurait plus à se ronger d'incertitudes.

J'étais en train de me dire tout ça quand je crus l'apercevoir…

Mon père !

C'était bien lui. Je l'aurais reconnu entre cent mille spectres se découpant dans la nuit, entre cent mille bougres courant à leur perte… Mon père ! Il était revenu… Il traversait la place du Village nègre, au milieu de la foule, ployé sous un épais paletot malgré la canicule. Il marchait droit devant lui, en traînant le pied. Je lui courus après, dans une jungle de bras et de jambes. Je n'avançais d'un pas que pour être repoussé de deux, luttant pour forcer le passage, les yeux rivés sur sa silhouette qui s'éloignait inexorablement, ployée sous son paletot vert. Je ne voulais pas le perdre de vue, de peur de ne plus retrouver sa trace… Quand je parvins à me soustraire à la cohue et à atteindre l'autre bout de l'esplanade, mon père s'était volatilisé.

Je l'avais cherché dans les gargotes, dans les cafés, dans les bains maures... En vain.

Je n'ai jamais revu ma mère ni ma sœur. J'ignore ce qu'elles sont devenues, si elles sont encore de ce monde ou si elles ne sont plus que poussière parmi la poussière. Mais j'ai revu plusieurs fois mon père. À peu près tous les dix ans. Tantôt au milieu d'un souk ou bien sur un chantier ; tantôt seul, au coin d'une ruelle ou sur le pas d'un hangar désaffecté... Jamais je n'ai réussi à l'approcher... Une fois, je l'avais suivi jusque dans une impasse, certain de le coincer, et quelle n'a été ma stupeur en ne trouvant personne au pied de la palissade... C'était parce qu'il portait le même paletot vert, qui échappait à l'usure du temps et aux inclémences des saisons, que j'avais fini par comprendre qu'il n'était pas de chair et de sang...

Jusqu'au jour d'aujourd'hui, à mon âge finissant, il m'arrive encore de l'entrevoir au loin, le dos voûté sous son éternel paletot vert, clopinant lentement vers son propre effacement.

10.

La mer était si plate qu'on aurait marché dessus. Pas une vaguelette ne clapotait sur le sable, pas un frisson ne ridait la surface de l'eau. C'était un jour de semaine, et la plage appartenait à notre bande. Fabrice somnolait à côté de moi, étendu sur le dos, un roman ouvert sur la figure. Jean-Christophe roulait des mécaniques au bord de l'eau, narcissique à se noyer dans un verre. André et son cousin José avaient dressé leur tente et leur barbecue à une centaine de mètres de notre emplacement ; ils attendaient sagement des copines de Lourmel. De rares familles lézardaient au soleil, dispersées d'un bout à l'autre de la baie. Sans les pitreries de Simon, on se serait cru sur une île perdue.

Les rayons du soleil tombaient droit, pareils à une coulée de plomb. Dans le ciel lustral, des mouettes voltigeaient, ivres d'espace et de liberté. De temps à autre, elles piquaient sur les flots, se pourchassaient en rase-mottes puis remontaient en flèche se confondre dans la toile azurée. Très loin, un chalutier regagnait son port, une nuée d'oiseaux dans son sillage ; la pêche était bonne.

C'était une belle journée.

Une dame solitaire contemplait l'horizon, assise sous un parasol. Elle portait un vaste chapeau enrubanné de rouge et des lunettes de soleil. Son maillot blanc collait à son corps bronzé comme une seconde peau...

Les choses se seraient arrêtées là s'il n'y avait pas eu ce coup de vent.

Si on m'avait dit qu'un simple coup de vent pouvait changer le cours d'une vie, j'aurais peut-être pris les devants. Mais à dix-sept ans, on se sent en mesure de retomber sur ses pattes quoi qu'il arrive...

La brise de midi venait de se déclencher et, embusqué derrière, le coup de vent en profita pour se ruer sur la plage. Il leva quelques tourbillons de poussière, arrachant dans la foulée le parasol de la dame qui n'eut que le temps de porter sa main à son chapeau pour l'empêcher de s'envoler. Le parasol pirouetta dans les airs, roula sur le sable, effectua une multitude de tonneaux. Jean-Christophe tenta de l'attraper, sans succès. S'il avait réussi, ma vie aurait poursuivi son cours. Mais le sort en avait décidé autrement : le parasol échoua à mes pieds et je tendis la main pour le ramasser.

La dame apprécia le geste. Elle me regarda me diriger sur elle, le parasol sous le bras, se leva pour m'accueillir.

— Merci, me dit-elle.

— Pas de quoi, madame.

Je m'agenouillai à ses pieds, élargis le trou où se tenait le parasol avant de s'envoler, l'approfondis de mes mains vigoureuses, y replantai le manche et tassai des pieds le sable autour de façon qu'il résistât à un autre coup de vent.

— Vous êtes trop aimable, monsieur Jonas, me fit-elle... Pardon, ajouta-t-elle, j'ai entendu vos camarades vous appeler ainsi.

Elle retira ses lunettes ; ses yeux étaient une splendeur.

— Vous êtes de Terga-village ?

— De Río Salado, madame.

Ses yeux intenses me troublaient. Je voyais mes camarades rire sous cape en m'observant. Ils devaient se payer ma tronche. Je me dépêchai de prendre congé de la dame et de les rejoindre.

— Tu es rouge comme une pivoine, me taquina Jean-Christophe.

— S'il te plaît, lui dis-je.

Simon, qui était sorti de l'eau, se frottait énergiquement dans une serviette éponge, un rictus fripon sur les lèvres. Il me laissa tomber dans mon siège avant de me demander :

— Elle te voulait quoi, Mme Cazenave ?

— Tu la connais ?

— Et comment ! Son mari était directeur d'un bagne en Guyane. Il paraît qu'il aurait disparu en forêt au cours d'une traque de forçats évadés. Comme il n'a plus redonné signe de vie, elle est rentrée au bercail. C'est une amie à ma tante. Ma tante pense plutôt que monsieur le directeur a dû céder aux charmes d'une belle amazone bien fessue avant de filer à l'anglaise avec elle.

— Je n'aimerais pas avoir ta tante pour amie.

Simon éclata de rire. Il me balança la serviette à la figure, se frappa la poitrine avec ses poings à la manière des gorilles et fonça de nouveau droit sur la mer en poussant un horrible cri de guerre.

— Complètement cinglé, soupira Fabrice en se dressant sur ses coudes pour le voir exécuter un plongeon clownesque.

Les petites copines d'André arrivèrent sur le coup de deux heures. La plus jeune devait avoir quatre ou cinq ans de plus que l'aîné des deux cousins. Elles embrassèrent les Sosa sur les joues et s'installèrent sur les chaises en toile qui les attendaient. Jelloul le factotum s'affairait autour du barbecue ; il avait allumé le feu et agitait un large éventail sur les braises tandis qu'un nuage de fumée blanche se répandait sur les dunes environnantes. José extirpa un caisson d'au milieu des sacs amoncelés au pied du mât central de la tente, en sortit des chapelets de merguez et alla les étendre sur le gril. L'odeur de graisse brûlée ne tarda pas à embaumer la plage.

J'ignore pourquoi je m'étais levé pour me diriger sur la guitoune d'André. Peut-être avais-je seulement voulu attirer l'attention de la dame sur moi, revoir ses yeux magnifiques. On aurait dit qu'elle lisait dans mes pensées. Lorsque j'arrivai à sa hauteur, elle ôta ses lunettes et j'eus soudain l'impression d'avancer sur du sable mouvant.

Je l'avais revue quelques jours plus tard, sur l'avenue principale de Río. Elle sortait d'une boutique, son chapeau blanc telle une couronne sur son beau visage. Les gens se retournaient sur son passage ; elle ne les remarquait même pas. Raffinée, le port noble, elle ne marchait pas ; elle cadençait la foulée du temps.

J'étais hypnotisé.

Elle me rappelait ces héroïnes mystérieuses qui remplissaient de leur charisme les salles de cinéma, si crédibles que notre réalité à nous nous paraissait dérisoire.

J'étais attablé avec Simon Benyamin sur la terrasse du café de la place. Elle passa à côté de nous sans nous voir, nous léguant son parfum en guise de consolation.

— Tout doux, Jonas ! me souffla Simon.

— Hein ?

— Il y a un miroir au bar. Va jeter un œil sur la betterave qui te tient lieu de trogne. Serais-tu amoureux de cette respectable mère de famille ?

— Qu'est-ce que tu racontes ?

— Ce que je vois. Tu es à deux doigts de piquer une crise.

Simon exagérait. Ce n'était pas de l'amour ; j'avais pour Mme Cazenave une profonde admiration. Mes pensées pour elle étaient saines.

À la fin de la semaine, elle vint dans notre pharmacie. Affairé derrière le comptoir, j'aidais Germaine à s'acquitter des innombrables commandes qu'elle avait reçues depuis qu'une épidémie gastrique s'était déclarée dans le village. En levant la tête et en la découvrant en face de moi, je faillis tomber à la renverse.

Je m'attendais à ce qu'elle retirât ses lunettes de soleil ; elle les garda sur son joli nez, et je ne sus si elle me dévisageait à l'abri de ses verres opaques ou si elle m'ignorait.

Elle tendit une ordonnance à Germaine. D'un geste gracieux, comme pour un baisemain.

— La préparation de votre médicament demande du temps, lui dit Germaine après avoir déchiffré le gribouillage du médecin sur le feuillet. En ce moment, je suis un peu débordée, ajouta-t-elle en montrant les paquets amoncelés sur le comptoir.

— Vous l'aurez quand ?

— Avec un peu de chance, dans l'après-midi. Mais pas avant quinze heures.

— Ce n'est pas grave. Sauf que je ne pourrai pas revenir le chercher. J'ai été absente pendant longtemps et ma maison a besoin d'un sérieux coup de balai. Auriez-vous la gentillesse de m'expédier le médicament par porteur ? Je paierai la commission.

— Il ne s'agit pas d'argent, madame ?…

— Cazenave.

— Enchantée… Vous habitez loin ?

— Derrière le cimetière israélite, la maison en retrait sur la piste du marabout.

— Je vois où c'est… Aucun problème, madame Cazenave. Votre médicament vous sera livré, cet après-midi, entre quinze et seize heures.

— Ce serait parfait pour moi.

Elle se retira après un imperceptible hochement de la tête dans ma direction.

Je ne tins pas en place, guettant Germaine qui se démenait derrière la porte dérobée donnant sur l'arrière-boutique qui lui servait de laboratoire. Les aiguilles de l'horloge murale refusaient d'avancer ; je craignais que la nuit ne tombât avant l'heure de la délivrance. Et l'heure de la délivrance arriva enfin, semblable à une bouffée d'air à l'issue d'une apnée. À quinze heures pile, Germaine sortit de son laboratoire, un flacon enveloppé dans un morceau de papier d'emballage. Elle n'eut pas le temps de me le confier, encore moins de me décrire le mode d'emploi ; je le lui arrachai des mains et enfourchai ma bicyclette.

Agrippé au guidon, la chemise gonflée de vent, je ne pédalais pas ; je volais. Je contournai le cimetière israélite, coupai par un verger et gagnai la piste du marabout à toute vitesse, en slalomant entre les nids-de-poule.

La maison des Cazenave trônait sur un terrain surélevé, à trois cents mètres du village. Grande et peinte en blanc, elle dominait la plaine, tournée vers le sud. L'écurie, sur sa gauche, était déserte et légèrement délabrée, mais la maison gardait intacte sa superbe. Un petit raidillon y menait à partir de la piste, bordé de palmiers nains. La grille en fer forgé reposait sur un muret de pierres soigneusement ciselées qu'une treille variqueuse tentait de ficeler. Sur le fronton voûté par-dessus deux colonnes dallées, on pouvait lire un grand « C » gravé dans la roche avec, en guise de support, la date de 1912, année de l'achèvement des travaux de construction.

Je mis pied à terre, abandonnai ma bicyclette à l'entrée de la propriété et poussai la grille qui grinça fortement. Il n'y avait personne dans la courette ornée d'un jet d'eau. Les jardins alentour avaient dépéri.

— Madame Cazenave, appelai-je.

Les volets aux fenêtres étaient fermés ; la porte en bois qui donnait accès à l'habitation était close. J'attendis près du jet d'eau, à l'ombre d'une Diane en stuc, le médicament à la main. Pas âme qui vive. Je n'entendais que la brise couiner au fond de la treille.

Au bout d'une longue attente, dont je ne voyais pas le bout, je décidai d'aller frapper à la porte. Mes coups de poing résonnèrent à l'intérieur de la demeure comme à travers des douves souterraines. Il était évident qu'il n'y avait personne, mais je refusais de l'admettre.

Je revins m'asseoir sur la margelle du jet d'eau. À l'affût d'un crissement sur le cailloutis. Impatient de la voir surgir du néant. Au moment où je commençais à perdre espoir, un « Bonjour ! » fusa dans mon dos.

Elle était derrière moi, gainée dans une robe blanche, son chapeau enrubanné de rouge délicatement rejeté sur la nuque.

— J'étais dans le verger, en bas. J'aime marcher dans le silence des arbres… Vous êtes là depuis longtemps ?

— Non, non, mentis-je, je viens juste d'arriver.

— Je ne vous ai pas vu sur la piste en remontant.

— C'est votre médicament, madame, lui dis-je en lui tendant le paquet.

Elle hésita avant de le prendre, comme si elle avait oublié son passage dans notre pharmacie puis, avec élégance, elle extirpa le flacon de son emballage, dévissa le couvercle et huma le contenu qui avait l'aspect d'une préparation cosmétique.

— Le baume sent bon. Pourvu que ça calme mes courbatures. J'ai trouvé la maison dans un désordre tel que je passe le plus clair de mes journées à essayer de lui redonner l'allure qu'elle avait avant.

— S'il y a des choses à transporter ou à réparer, je me tiens à votre disposition.

— Vous êtes adorable, monsieur Jonas.

Elle me désigna une chaise en osier près d'une table sur la véranda, attendit que j'y prenne place et occupa le siège en face de moi.

— Je suppose que vous avez soif, avec cette chaleur, me dit-elle en me proposant un carafon rempli de citronnade.

Elle me versa un grand verre et le poussa doucement vers moi. Le mouvement de son bras la fit grimacer de douleur ; elle se mordit délicieusement la lèvre.

— Vous avez mal, madame ?

— J'ai dû soulever quelque chose de très lourd.

Et elle retira ses lunettes.

Je sentis mes tripes se liquéfier.

— Vous avez quel âge, monsieur Jonas ? me demanda-t-elle en plongeant son regard souverain jusqu'au plus profond de mon être.

— Dix-sept ans, madame.

— Je suppose que vous avez déjà une fiancée.

— Non, madame.

— Comment ça, « Non, madame » ? Une si belle frimousse, et des yeux aussi limpides. Je refuse de croire que vous n'ayez pas tout un harem qui languit de vous à l'heure qu'il est.

Son parfum m'enivrait.

De nouveau, elle se mordit la lèvre et porta la main à son cou.

— Vous souffrez beaucoup, madame ?

— C'est pénible.

Elle me prit la main dans la sienne.

— Vous avez des doigts de prince.

J'avais honte qu'elle perçoive le trouble en train de m'envahir.

— Que comptez-vous faire plus tard, monsieur Jonas ?

— Apothicaire, madame.

Elle médita mon choix avant d'acquiescer :

— C'est un noble métier.

Pour la troisième fois, elle eut mal au cou et se plia presque de douleur.

— Il faut que j'essaye tout de suite la pommade.

Elle se leva. Avec beaucoup de dignité.

— Si vous voulez, madame, je peux... je peux vous masser les épaules...

— J'y compte bien, monsieur Jonas.

Je ne sais pas pourquoi, d'un coup, quelque chose rompit la solennité des lieux. Mais cela ne dura qu'une fraction de seconde. Lorsque ses yeux revinrent sur moi, tout rentra dans l'ordre.

Nous restâmes debout de part et d'autre de la table. Mon cœur battait si fort que je me demandai si elle ne l'entendait pas. Elle ôta son chapeau, et ses cheveux dégringolèrent sur ses épaules, me tétanisant presque.

— Venez avec moi, jeune homme.

Elle poussa la porte de la demeure et m'invita à la suivre à l'intérieur. Une légère pénombre entoilait le vestibule. Il me semblait que je revivais un déjà-vu, que le couloir qui filait devant moi ne m'était pas étranger. L'avais-je rêvé, ou était-ce moi qui perdais le fil de l'histoire? Mme Cazenave me devançait. L'espace d'une fulgurance, je la confondis avec mon destin.

Nous gravîmes un escalier. Mes pieds butaient contre les marches. Je me cramponnais à la rampe, ne voyais que le vallonnement de son corps ondoyer devant moi, majestueux, ensorceleur, presque irréel tant sa grâce dépassait l'entendement. Arrivée sur le palier, elle passa dans la lumière éblouissante d'une lucarne ; ce fut comme si sa robe s'était désintégrée, me livrant jusqu'aux moindres détails la parfaite configuration de sa silhouette.

En se retournant subitement, elle me surprit en état de choc. Elle comprit aussitôt que je n'étais plus en mesure de la suivre plus loin, que mes jambes allaient se dérober

sous le poids de mes vertiges, que j'étais comme un char-
donneret pris au piège. Son sourire m'acheva. Elle revint
vers moi, d'un pas souple, aérien ; me dit quelque chose
que je ne perçus pas. Mon sang martelait mes tempes,
m'empêchait de reprendre mes esprits. *Qu'est-ce qu'il y
a, monsieur Jonas ?...* Sa main me prit le menton, me
releva la tête... *Ça va ?...* L'écho de sa voix se perdit
dans le chahut de mes tempes... *C'est moi qui vous mets
dans cet état ?...* Ce n'était peut-être pas elle qui me parlait ainsi. C'était peut-être moi, même si je ne reconnaissais pas ma voix. Ses doigts se répandirent sur mon visage.
Je sentis le mur contre mon dos tel un rempart me barrant
toute retraite. *Monsieur Jonas ?...* Ses yeux m'envelop-
pèrent, m'escamotèrent en un tour de passe-passe. Je me
diluais dans son regard. Son souffle voleta autour de mon
halètement, l'aspira ; nos visages fusionnaient déjà. Lorsque ses lèvres effleurèrent les miennes, je crus partir en
mille morceaux ; c'était comme si elle m'effaçait pour me
réinventer du bout de ses doigts. Ce n'était pas encore un
baiser, à peine un attouchement, furtif, vigilant – tâtait-
elle le terrain ? Elle se recula ; pour moi, c'était une vague
qui se retirait, dévoilant ma nudité et mon émoi. Sa bouche revint, plus rassurée, plus conquérante ; une source ne
m'aurait pas désaltéré autant. Ma bouche se livra à la
sienne, se fondit dans la sienne, devint eau à son tour, et
Mme Cazenave me but jusqu'à la lie, dans une gorgée qui
n'en finissait pas de se renouveler. J'avais la tête dans un
nuage, les pieds sur un tapis volant. Effrayé par tant de
bonheur, peut-être avais-je tenté de me soustraire à son
emprise, car sa main me retint très fort par la nuque.
Alors, je me laissai faire. Sans opposer la moindre résistance. Ravi d'être pris au piège, fébrile et consentant, et,
émerveillé par ma capitulation, je fis corps avec la langue
en train d'absorber la mienne. Avec infiniment de tendresse, elle déboutonna ma chemise, la laissa tomber

quelque part. Je ne respirais plus que par son souffle, ne vivais plus qu'à travers son pouls. J'avais le vague senti- ment que l'on m'effeuillait, que l'on me poussait dans une chambre, que l'on me renversait sur un lit aussi pro- fond qu'une rivière. Mille doigts s'éparpillaient sur ma chair comme autant de feux d'artifice ; j'étais la fête, j'étais la joie, j'étais l'extase dans son ivresse absolue ; je me sentais mourir et renaître en même temps.

— Reviens un peu sur terre, me tança Germaine dans la cuisine. Tu as cassé la moitié de ma vaisselle en deux jours.

Je me rendis compte que l'assiette que je rinçais dans l'évier m'avait échappé et qu'elle s'était brisée à mes pieds.

— Tu es trop distrait...

— Je suis désolé...

Germaine me considéra avec curiosité, essuya ses mains sur son tablier et les posa sur mes épaules.

— Qu'est-ce qui ne va pas ?

— Rien. Ça m'a échappé.

— Oui... Le problème est que ça n'arrête pas.

— Germaine ! cria mon oncle de sa chambre.

Sauvé par le gong. Germaine m'oublia aussitôt et fila en courant dans la chambre au bout du couloir.

Je ne me reconnaissais plus. Depuis mon aventure avec Mme Cazenave, je ne savais plus où donner de la tête, errant à travers les méandres d'une euphorie qui refusait de tomber. C'était ma première expérience d'homme, ma première découverte intime, et ça me grisait. Il me suffi- sait d'être seul une seconde pour me retrouver dans l'ex- quise tourmente du désir. Mon corps se tendait tel un arc ; je sentais les doigts de Mme Cazenave courir sur ma chair, ses caresses pareilles à des morsures rédemptrices se substituer à mes fibres, se muer en frissons, devenir le sang battant à mes tempes. En fermant les yeux, je percevais jusqu'à son halètement, et mon univers se remplissait de son haleine capiteuse. La nuit, impossible de renouer avec le sommeil. Mon lit chargé d'ébats platoniques me tenait en transe jusqu'au matin.

Simon me trouvait une mine barbante. Ses boutades ne m'atteignaient pas. Pendant que Jean-Christophe et Fabrice se tordaient de rire à chacune de ses blagues, je demeurais de marbre. Je les regardais se marrer sans saisir de quoi il retournait. Combien de fois Simon avait-il agité sa main devant mes yeux pour vérifier si j'étais toujours de ce monde ? Je m'éveillais à moi-même quelques instants, puis je retombais dans une sorte de catalepsie, et les bruits alentour s'estompaient d'un coup.

Sur la colline, au pied de l'olivier séculaire, comme sur la plage, je n'étais plus qu'une absence parmi mes camarades.

J'avais attendu deux semaines avant de prendre mon courage à deux mains et de retourner dans la grande maison blanche sur la piste du marabout. Il était tard, et le soleil s'apprêtait à rendre les armes. Je laissai ma bicyclette à côté de la grille et entrai dans la cour... Et elle était là, accroupie sous un arbuste, une cisaille à la main ; elle remettait de l'ordre dans son jardin.

— Monsieur Jonas, dit-elle en se levant.

Elle posa la cisaille sur un monceau de galets, se frappa les mains pour les épousseter. Elle portait le même chapeau enrubanné de rouge et la même robe blanche qui, dans la lumière du couchant, faisait ressortir avec une généreuse fidélité les contours ensorceleurs de sa silhouette.

Nous nous regardâmes sans rien dire.

Dans le silence qui m'oppressait, les cigales grésillaient à me fissurer les tempes.

— Bonjour, madame.

Elle sourit, les yeux plus vastes que l'horizon.

— Qu'est-ce que je peux faire pour vous, monsieur Jonas ?

Quelque chose, dans sa voix, me fit craindre le pire.

— Je passais par là, mentis-je. J'ai tenu à venir vous saluer.

— C'est gentil.

Son laconisme me clouait sur place.

Elle me regardait fixement. Comme si je me devais de justifier ma présence sur les lieux. Elle n'avait pas l'air d'apprécier mon *intrusion*. On aurait dit que je la dérangeais.

— Vous n'avez pas besoin de… Je me suis dit que… Enfin, s'il y a des choses à réparer ou à déplacer ?…

— Il y a des domestiques pour ça.

À court d'excuses, ridicule, je m'en voulais à mort. N'étais-je pas en train de tout gâcher ?

Elle s'avança vers moi, s'arrêta à ma hauteur et, sans se défaire de son sourire, elle m'écrasa de ses yeux.

— Monsieur Jonas, il ne faut pas débarquer chez les gens sur un coup de tête.

— J'ai pensé…

Elle posa son doigt sur ma bouche pour m'interrompre.

— Il ne faut pas penser n'importe quoi.

Ma gêne se transforma en une colère obscure. Pourquoi me traitait-elle ainsi ? Comment croire qu'il ne s'était rien passé entre nous ? Elle devait deviner pourquoi j'étais venu la voir.

Comme si elle lisait dans mes pensées, elle me dit :

— Je vous ferai signe si j'ai besoin de vous. Il faut laisser les choses se faire d'elles-mêmes, vous comprenez ? Les bousculer ne servirait qu'à les bâcler.

Son doigt suivit tendrement la ligne de mes lèvres, les écarta et se faufila entre mes dents. Il s'attarda sur le bout de ma langue puis se retira doucement et revint peser sur ma bouche.

— Il faut que vous sachiez ceci, Jonas : chez les femmes, ça se passe dans la tête. Elles ne sont prêtes que lorsque tout est rangé dans leur esprit. Elles sont maîtresses de leurs émotions.

Elle ne me quittait pas des yeux, inflexible et souveraine. J'avais l'impression de n'être que le fruit de son imagination, qu'un objet entre ses mains, un petit chiot qu'elle allait bientôt retourner sur le dos pour lui caresser le ventre du bout de son doigt. Je ne tenais pas à *bousculer les choses*, à gâcher mes chances de *lui passer par la tête*. Quand elle retira sa main, je compris qu'il était temps pour moi de disposer... et d'attendre qu'elle me fasse signe.

Elle ne me raccompagna pas à la grille.

J'avais attendu des semaines. L'été 1944 tirait à sa fin, et pas un signe. Mme Cazenave ne descendait même plus au village. Quand Jean-Christophe nous réunissait sur la colline, tandis que Fabrice nous lisait ses poèmes, je n'avais d'yeux que pour la grande maison blanche sur la piste du marabout. Quelquefois, il me semblait que je la voyais s'affairer dans la cour, que je reconnaissais sa robe blanche dans les réverbérations de la plaine. Le soir, chez moi, je sortais sur le balcon et j'écoutais hurler les chacals dans l'espoir d'apaiser *son* silence à elle.

Mme Scamaroni emmenait régulièrement notre bande à Oran, boulevard des Chasseurs, pourtant je ne me rappelais ni les films vus ni les filles rencontrées là-bas. Simon commençait à être fatigué de me voir tout le temps distrait. Un jour, sur la plage, il déversa un seau d'eau sur mon costume pour me ramener sur terre. Sans Jean-Christophe, la plaisanterie aurait viré à la bagarre.

Tarabusté par mon irascibilité, Fabrice vint chez moi

s'enquérir de ce qui ne tournait pas rond. Il n'obtint aucune réponse.

À bout, laminé par l'attente, un dimanche à midi pile, je sautai sur ma bicyclette et fonçai sur la grande maison blanche. Mme Cazenave avait engagé un vieux jardinier et une femme de ménage que je surpris à l'ombre d'un caroubier en train de casser la croûte. Mon vélo contre moi, j'attendis dans la cour. Tremblant de la tête aux pieds. Mme Cazenave accusa un imperceptible soubresaut en me découvrant près du jet d'eau. Son regard chercha les deux domestiques, les vit à l'autre bout du jardin et revint sur moi. Elle me dévisagea en silence. Je la sentais agacée derrière son sourire.

— Je n'ai pas pu, lui avouai-je.

Elle descendit le petit perron et marcha d'un pas tranquille sur moi.

— Et pourtant, il le faut, me dit-elle d'un ton ferme.

Elle m'invita à la suivre jusqu'à la grille d'entrée. Et là, sans se soucier des indiscrétions, comme si nous étions seuls au monde, elle me saisit par la nuque et m'embrassa fortement sur les lèvres. La voracité de son baiser était telle que j'y avais perçu quelque chose de définitif, comme un irrévocable signe d'adieu.

— Vous avez rêvé, Jonas, me dit-elle. Ce n'était qu'un rêve d'adolescent.

Ses doigts se desserrèrent, et elle se recula.

— Il ne s'est jamais rien passé entre nous… Pas même ce baiser.

Ses yeux m'acculaient :

— Est-ce que vous me comprenez ?

— Oui, madame, m'entendis-je bredouiller.

— Bien.

Elle me tapota la joue, brusquement maternelle :

— Je savais que vous étiez un garçon sensé.

Il me fallut attendre la nuit pour rentrer chez moi.

11.

J'osais espérer un miracle ; il n'eut pas lieu.

L'automne délestait les arbres de leurs feuilles ; il était temps de me rendre à l'évidence. Ce n'était qu'un fantasme. Entre Mme Cazenave et moi, il ne s'était rien passé.

Je retrouvai mes camarades, les cocasseries de Simon et le romantisme fiévreux de Fabrice. Jean-Christophe subissait Isabelle Rucillio avec talent. Il nous disait que l'important était de trouver son compte dans les concessions, que la vie était un investissement à long terme et que la réussite finit immanquablement par sourire à ceux qui savent miser sur la patience. Il avait l'air de savoir ce qu'il voulait, et si ses théories ne s'embarrassaient guère d'arguments, nous lui accordions largement notre indulgence.

L'année 1945 s'amena avec ses vagues d'informations contradictoires et ses élucubrations. À Río Salado, on adorait fabuler en dégustant son anisette. La moindre escarmouche était amplifiée, brodée de faits d'armes rocambolesques et attribuée à des protagonistes qui souvent n'étaient pas de la partie. Sur la terrasse des cafés, les diagnostics allaient bon train. Les noms de Staline, de Roosevelt et de Churchill sonnaient comme le clairon des charges finales ; certains plaisantins, qui déploraient la silhouette filiforme de de Gaulle, promettaient de lui envoyer le meilleur couscous du pays afin qu'il ait l'embonpoint sans lequel son charisme manquerait de crédibilité aux yeux des Algériens qui ne pouvaient dissocier l'autorité d'une bedaine imposante. On s'était remis à rire et à se soûler jusqu'à prendre un âne pour une licorne. L'ambiance était à l'optimisme. Les familles juives, parties se réfugier sous d'autres cieux suite aux déportations massives qui avaient ciblé leur communauté en France, commençaient à rentrer au bercail. Le retour à la normale se mettait en place, progressivement, sûrement. Les vendanges furent faramineuses et le bal, qui en clôtura la saison, pharaonique. Pépé Rucillio maria le benjamin de ses rejetons, et le bled vibra sept jours et sept nuits au son des guitares et des castagnettes d'une célèbre troupe ramenée de Séville. On nous gratifia même d'une fantasia grandiose qui vit les cavaliers émérites de la région se mesurer sans complexe aux fabuleux guerriers des Ouled N'har.

En Europe, l'empire hitlérien prenait l'eau. Les nouvelles du front en annonçaient le naufrage tous les jours, et tous les jours les torpilles ripostaient aux bombes. Des villes entières disparaissaient sous des déluges de flammes et de cendres. Le ciel était défiguré par les batailles aériennes et les tranchées s'effondraient sous les chenilles des tanks... À Río Salado, la salle de cinéma ne désemplissait pas. Beaucoup ne s'y rendaient que pour les *Pathé Actualités* que l'on projetait en début de séance. Les Alliés avaient libéré une bonne partie des territoires occupés et avançaient inexorablement sur l'Allemagne. L'Italie n'était plus que l'ombre d'elle-même. Les résistants et les partisans déroutaient l'ennemi pris en étau entre le rouleau compresseur de l'Armée rouge et la déferlante américaine.

Mon oncle était scotché à sa TSF. Emmailloté dans son tricot de peau qui trahissait son extrême maigreur, il faisait corps avec sa chaise. Du matin à la tombée de la nuit, il se tenait penché sur sa radio, les doigts tripotant le bouton en quête de stations moins brouillées. Le bruit de friture et les sifflements stridents des ondes remplissaient la maison de rumeurs galactiques. Germaine avait depuis longtemps baissé les bras. Son mari n'en faisait qu'à sa tête ; il exigeait qu'on lui servît ses repas au salon, près de la TSF, pour qu'il ne loupât aucune bribe d'information.

Et arriva le 8 mai 1945. Alors que la planète fêtait la fin du Cauchemar, en Algérie un autre cauchemar se déclara, aussi foudroyant qu'une pandémie, aussi monstrueux que l'Apocalypse. Les liesses populaires virèrent à la tragédie. Tout près de Río Salado, à Aïn Témouchent, les marches pour l'indépendance de l'Algérie furent réprimées par la police. À Mostaganem, les émeutes s'étendirent aux douars limitrophes. Mais l'horreur atteignit son paroxysme dans les Aurès et dans le nord-Constantinois où des milliers de musulmans furent massacrés par les services d'ordre renforcés par des colons reconvertis en miliciens.

— Ce n'est pas possible, chevrotait mon oncle en tremblant dans son pyjama de grabataire. Comment ont-ils osé ? Comment peut-on massacrer un peuple qui n'a pas encore fini de pleurer ses enfants morts pour libérer la France ? Pourquoi nous abat-on comme du bétail simplement parce que nous réclamons notre part de liberté ?

Il était dans tous ses états. Livide, le ventre plaqué contre sa colonne vertébrale, il butait dans ses pantoufles en arpentant le salon.

La station arabe de sa TSF racontait la répression sanglante qui frappait les musulmans de Guelma, Kherrata et Sétif, les charniers où pourrissaient des dépouilles par milliers, la chasse à *l'Arabe* à travers les champs et les vergers, le lâcher des molosses et le lynchage sur les places publiques. Les nouvelles étaient tellement épouvantables que ni moi ni mon oncle n'eûmes la force de nous solidariser avec la marche pacifique qui défila sur l'avenue principale de Río Salado.

Mon oncle finit par flancher sous l'ampleur de la catastrophe qui endeuilla le peuple musulman. Un soir, il porta sa main à son cœur et s'écroula face contre sol. Mme Scamaroni nous aida à le transporter dans sa voiture à l'hôpital et le confia aux bons soins d'un médecin de sa connaissance. Devant la panique grandissante de Germaine, elle jugea prudent de rester auprès d'elle dans la salle d'attente. Fabrice et Jean-Christophe vinrent nous tenir compagnie tard dans la nuit et Simon dut emprunter la motocyclette de son voisin pour nous rejoindre à son tour.

— Votre mari a eu une attaque cardiaque, madame, expliqua le médecin à Germaine. Il n'a pas repris connaissance.

— Va-t-il s'en sortir, docteur ?

— Nous avons fait le nécessaire. La suite dépendra de lui.

Germaine ne savait quoi dire. Elle n'avait pas proféré un mot depuis l'admission de son mari. Ses yeux hébétés roulaient dans son visage blême. Elle joignit les mains sous son menton et baissa les paupières sur une prière.

Mon oncle émergea de son coma le lendemain, à l'aube. Il réclama de l'eau et exigea d'être reconduit chez lui sur-le-champ. Le médecin le garda en observation quelques jours avant de consentir à nous le remettre. Mme Scamaroni nous proposa une infirmière de son entourage pour s'occuper à plein temps de notre patient. Germaine refusa poliment, lui promettant de s'en occuper personnellement, et la remercia pour ce qu'elle avait fait pour nous.

Deux jours plus tard, pendant que je me tenais au chevet de mon oncle, j'entendis quelqu'un m'appeler dehors. Je m'approchai de la fenêtre et aperçus une silhouette accroupie derrière une butte. Elle se leva et me fit signe. C'était Jelloul, le factotum d'André.

Il sortit de sa cachette au moment où j'atteignis la piste qui séparait notre maison des vignes.

— Mon Dieu! m'écriai-je.

Jelloul boitait. Il avait le visage tuméfié, les lèvres éclatées et un œil poché. Sa chemise était vergetée de zébrures rougeâtres, probablement des traces de coups de fouet.

— Qui t'a mis dans cet état?

Jelloul regarda d'abord autour de lui, comme s'il avait peur que quelqu'un l'entende; ensuite, me fixant droit dans les yeux, il laissa tomber tel un couperet:

— André.

— Pourquoi? Qu'est-ce que tu as fait?

Il sourit, jugeant ma question saugrenue:

— Je n'ai pas besoin de fauter avec lui. Il trouve toujours un prétexte pour me marcher dessus. Cette fois, c'est à cause de la grogne des musulmans dans les Aurès. André se méfie des Arabes, maintenant. Hier, il est rentré ivre de la ville et m'a tabassé.

Il souleva sa chemise et se retourna pour me montrer les écorchures sur son dos. André n'y était pas allé avec le dos de la cuillère.

Il me refit face, glissa les pans de sa chemise sous son pantalon poussiéreux, renifla fortement et ajouta:

— Il a dit que c'était pour me mettre en garde contre les fausses idées, pour me faire rentrer dans la tête une fois pour toutes que le maître, c'était lui, et qu'il ne tolérerait pas d'insubordination parmi sa valetaille.

Jelloul attendit de moi quelque chose qui ne se déclara pas. Il ôta sa chéchia et entreprit de la froisser dans ses mains noirâtres:

— Je ne suis pas venu te raconter ma vie, Jonas. André m'a foutu dehors sans me verser un sou. Je ne peux pas rentrer chez moi fauché. Ma famille n'a que moi pour ne pas crever de faim.

— Tu as besoin de combien ?

— De quoi nous mettre quelque chose sous la dent pendant trois ou quatre jours.

— Je suis à toi dans deux minutes.

Je remontai dans ma chambre et revins avec deux billets de cinquante francs. Jelloul les prit sans empressement, les tourna et retourna entre ses doigts, indécis :

— C'est trop d'argent. Je ne pourrai pas te rembourser.

— Tu n'auras pas à me rembourser.

Ma générosité le fit tiquer. Il dodelina de la tête, réfléchit puis, serrant ses lèvres autour d'une moue embarrassée, il dit :

— Dans ce cas, je me contenterai d'un seul billet.

— Prends les deux, je t'assure, c'est de bon cœur.

— Je n'en doute pas, mais ce n'est pas nécessaire.

— Tu as un travail en vue ?

Sa moue se changea en un sourire énigmatique :

— Non, mais André ne peut pas se passer de moi. Il va venir me chercher avant la fin de la semaine. Il ne trouvera pas meilleur chien que moi sur le marché.

— Pourquoi es-tu si sévère avec toi-même ?

— Tu ne peux pas comprendre, toi. Tu es des *nôtres*, mais tu mènes *leur* vie… Quand on est l'unique gagne-pain d'une famille composée d'une mère à moitié folle, un père amputé des deux bras, six frères et sœurs, une grand-mère, deux tantes répudiées avec leur progéniture, et un oncle souffreteux à longueur d'année, on cesse d'être un être humain… Entre le chien et le chacal, la bête amoindrie choisit d'avoir un maître.

J'étais sidéré par la violence de ses propos. Jelloul n'avait pas vingt ans, cependant il émanait de sa personne une force secrète et une maturité qui m'impressionnaient.

Ce matin-là, il avait cessé d'être le larbin rampant auquel il nous avait habitués. Le garçon qui se tenait devant moi était quelqu'un d'autre. Curieusement, je lui découvrais des traits que je n'avais jamais remarqués avant. Il avait un visage solide aux pommettes saillantes, un regard dérangeant, et il affichait une dignité dont je ne l'imaginais pas capable.

— Merci, Jonas, me dit-il. Je te revaudrai ça un jour ou l'autre.

Il pivota sur ses talons et s'éloigna en boitant douloureusement.

— Attends, lui criai-je. Tu n'iras pas loin avec un pied aussi amoché.

— J'ai bien réussi à me traîner jusqu'ici.

— Peut-être, mais tu n'as fait qu'aggraver la blessure... Tu habites où, exactement ?

— Pas très loin, je t'assure. Derrière la colline aux deux marabouts. Je me débrouillerai.

— Je ne te laisserai pas esquinter ton pied. Je cours chercher mon vélo et je reviens.

— Ah ! non, Jonas. Tu as d'autres choses plus utiles à faire que me raccompagner chez moi.

— J'insiste !...

Je pensais avoir touché le fond de la misère, à Jenane Jato ; je me trompais. La misère du douar où habitait Jelloul et sa famille dépassait les bornes. Le hameau comptait une dizaine de gourbis sordides, au creux d'une rivière morte cernée d'enclos où quelques chèvres squelettiques se morfondaient. L'endroit sentait si mauvais que je n'arrivais pas à croire que des gens puissent y survivre deux jours d'affilée. Incapable de m'aventurer plus loin, je rangeai ma bicyclette sur le bas-côté de la piste et aidai le factotum à mettre pied à terre. La colline aux deux marabouts ne se trouvait qu'à quelques encablures de Río

Salado ; pourtant, je ne me souvenais pas d'avoir poussé la randonnée jusque dans les parages. Les gens évitaient de se hasarder par ici. Comme s'il s'agissait d'un territoire maudit. Soudain j'eus peur d'être là, de l'autre côté de la colline ; peur de ne pas m'en sortir indemne, certain que si un accident m'arrivait, personne ne viendrait me chercher là où je n'avais aucune raison de m'aventurer. C'était absurde, mais la crainte était forte, bien réelle. Le hameau, subitement, m'épouvantait. Et cette odeur infernale, si proche de celle des décompositions !

— Viens, me fit Jelloul, je vais te présenter mon père.

— Non, m'écriai-je, effrayé par l'invitation. Il faut que je retourne auprès de mon oncle. Il est très malade.

Des gamins nus jouaient dans la poussière, le ventre ballonné et les narines assiégées de mouches – oui, c'était ça ; en plus de la puanteur, il y avait le bourdonnement des mouches, vorace, obsessionnel ; il n'arrêtait pas d'engrosser l'air vicié d'une litanie funeste, comme un souffle diabolique planant par-dessus une détresse humaine aussi vieille que le monde et tout aussi affligeante. Au pied d'un muret en *toube*, à proximité d'une bourrique assoupie, un groupe de vieillards somnolait, la bouche ouverte. Les bras décharnés levés au ciel, un fou s'adressait à un arbre-marabout bigarré de rubans talismaniques et de coulées de cierges... Puis, plus rien ; on aurait dit le hameau déserté par les personnes valides et livré aux mioches faunesques et aux moribonds.

Une bande de chiens nous repéra et fonça sur moi en aboyant. Jelloul la repoussa à coups de pierres. Une fois le silence rétabli, il se retourna vers moi et m'adressa un sourire étrange.

— C'est comme ça que vivent les nôtres, Jonas. Les nôtres qui sont aussi les tiens. Sauf qu'ils n'évoluent pas là où tu te la coules douce... Qu'est-ce que tu as ? Pourquoi ne dis-tu rien ? Tu es choqué ? Tu n'en reviens pas,

n'est-ce pas?... J'espère que tu me comprends maintenant quand je te parle de chien. Même les bêtes n'accep-
teraient pas de tomber si bas.

J'étais éberlué. La pestilence me retournait les tripes, le
bourdonnement des mouches me vrillait le cerveau.
J'avais envie de dégueuler, mais je craignais que Jelloul le
prît mal.

Jelloul ricanait, amusé par mon malaise.

Il me montra le douar :

— Regarde bien ce trou perdu. C'est notre place dans
ce pays, le pays de nos ancêtres. Regarde bien, Jonas.
Dieu Lui-même n'est jamais passé par ici.

— Pourquoi dis-tu des horreurs pareilles?

— Parce que je le pense. Parce que c'est la vérité.

Ma peur s'accentua. Cette fois, c'était Jelloul qui me
terrifiait, avec son regard affûté et son rictus sardonique.
Je remontai sur ma bicyclette et fis demi-tour.

— C'est ça, *Younes*. Tourne le dos à la vérité des tiens
et cours rejoindre tes amis... *Younes*... J'espère que tu te
souviens encore de ton nom... Hé! *Younes*... Merci pour
l'argent. Je te promets de te le rendre un jour prochain. Le
monde est en train de changer, ne l'as-tu pas remarqué?

Je me mis à pédaler tel un forcené, les cris de Jelloul
pareils à des tirs de sommation sifflant à mes oreilles.

Jelloul n'avait pas tort. Les choses changeaient, mais
pour moi elles s'opéraient dans un monde parallèle. Partagé entre la fidélité à mes amis et la solidarité avec les
miens, je temporisais. Il était évident qu'après ce qui
s'était passé dans le Constantinois et la prise de conscience
des masses musulmanes, je serais contraint d'opter, tôt ou
tard, pour un camp. Quand bien même je refuserais de me
décider, les événements finiraient par choisir pour moi.
La colère était en marche; elle avait débordé les lieux
secrets où se déroulaient les conciliabules militants et

était en train de se déverser dans les rues, de se ramifier à travers les franges défavorisées et de se faufiler vers les villages nègres et les douars enclavés.

Dans la bande à Jean-Christophe, nous restions en dehors de ces mutations. Nous étions désormais de jeunes hommes, ravis de nos vingt ans, et si le duvet sur nos lèvres n'était pas encore assez consistant pour être élevé au rang de moustaches, il soulignait clairement notre volonté d'être adultes et maîtres de nos choix. Inséparables comme les doigts de la fourche, nous vivions pour nous-mêmes, et à quatre nous étions le monde.

Fabrice obtint le premier prix au Concours national de poésie. Mme Scamaroni nous conduisit tous les quatre à Alger pour la cérémonie. Le lauréat était aux anges. En plus d'un cachet substantiel, le jury se chargerait de publier le recueil récompensé chez Edmond Charlot, un important éditeur algérois. Mme Scamaroni nous hébergea dans un petit hôtel propret, non loin de la rue d'Isly. Après la remise du trophée, que Fabrice reçut des mains de Max-Pol Fouchet en personne, la maman du lauréat nous offrit un dîner somptueux, à base de poissons frais et de fruits de mer, dans un superbe restaurant de La Madrague. Le lendemain, impatients de retourner dans notre cher Río Salado où le maire avait prévu une collation en l'honneur de l'enfant prodige du village, nous reprîmes la route, avec une courte escale à Orléansville pour casser la croûte et une deuxième à Perrigault où nous fîmes des provisions d'oranges – les plus belles de la terre.

Quelques mois plus tard, Fabrice nous convia chez un libraire de Lourmel, un village colonial non loin de Río. Sa mère était sur place, ravissante dans son tailleur grenat. Elle portait un grand chapeau à plumes qui lui donnait fière allure. Le libraire et quelques personnalités locales se tenaient au bout d'une grande table en ébène, figés dans une solennité quasi officielle, le sourire bien-veillant. Sur la table, des piles de livres flambant neufs, fraîchement sortis de leurs cartons. Sur la couverture, par-dessus un beau titre en italique, on lisait « Fabrice Scama-roni ».

— La vache ! s'exclama Simon, toujours à une bourde près pour fausser le sérieux des cérémonies.

Les présentations et le discours terminés, Simon, Jean-Christophe et moi sautâmes sur le recueil de poésie et nous mîmes à le feuilleter, à le caresser, à le tourner et retourner dans nos mains avec délectation, si émerveillés que Mme Scamaroni ne put rattraper de son doigt la petite larme qui lui roula sur la joue dans un filament de rim-mel.

— J'ai lu avec énormément de plaisir votre ouvrage, monsieur Scamaroni, dit un sexagénaire. Vous avez un talent réel et toutes les chances de redonner ses lettres de noblesse à la poésie qui a toujours été l'âme secrète de notre chère région.

Le libraire tendit à notre auteur une lettre de félicita-tions signée de la main de Gabriel Audisio, le fondateur de la revue *Rivages*, dans laquelle il lui proposait une belle collaboration.

À Río Salado, le maire promit d'ouvrir une biblio-thèque sur l'avenue principale et Pépé Rucillio acheta, à lui seul, une centaine d'exemplaires du recueil de Fabrice qu'il expédia à ses connaissances oranaises – qu'il soup-çonnait de le traiter de péquenot endimanché dès qu'il avait le dos tourné – pour leur prouver que dans *son* vil-lage, il n'y avait pas que des vignerons argentés et obtus et des pochards.

L'hiver se retira un soir sur la pointe des pieds pour faire place nette au printemps. Au matin, les hirondelles dentelèrent les fils électriques et les rues de Río Salado fleurèrent de mille senteurs. Mon oncle revenait progressivement à la vie. Il avait retrouvé un peu de ses couleurs et une partie de ses habitudes : sa passion pour les livres. Il en consommait sans arrêt, avec boulimie, ne refermant un roman que pour s'attaquer à un essai. Il lisait dans les deux langues, passant d'un El Akkad à un Flaubert sans préavis. Il ne sortait pas encore de la maison, mais il s'était remis à se raser tous les jours et à s'habiller correctement. Il partageait ses repas avec nous, dans la salle à manger, échangeait parfois quelques formules de politesse avec Germaine. Ses exigences s'étaient assagies, et ses cris ne tonnaient plus pour des broutilles. Réglé comme une horloge, il était debout aux aurores, s'acquittait de sa prière matinale, passait à table pour le petit-déjeuner à sept heures tapantes, puis il se retirait dans son bureau jusqu'à ce que je lui apporte le journal. Après les nouvelles, il ouvrait ses carnets à spirale, trempait sa plume dans un encrier et écrivait jusqu'à midi. À treize heures, il s'offrait une petite sieste ; ensuite, il prenait un livre et s'y oubliait jusqu'à la tombée de la nuit.

Un jour, il vint dans ma chambre.

— Il faut que tu lises cet auteur. Il s'appelle Malek Bennabi. Comme bonhomme, il n'est pas clair, mais son esprit l'est.

Il posa un livre sur ma table de chevet et attendit que je le prenne moi-même ; ce que je fis. C'était un bouquin d'une petite centaine de pages qui s'intitulait *Les Conditions de la renaissance algérienne*.

Avant de se retirer, il me fit :

— N'oublie pas ce que dit le Coran : *Qui tue une personne aura tué l'humanité entière.*

Il ne revint pas me demander si j'avais lu le livre de Malek Bennabi, encore moins ce que j'en pensais. À table, il ne s'adressait qu'à Germaine.

La maison recouvrait un semblant d'équilibre. Ce n'était

pas encore la joie ; cependant, le fait de voir mon oncle arranger sa cravate devant la glace de l'armoire était, à lui seul, un enchantement. Nous espérions qu'il franchisse le seuil de la porte extérieure et qu'il retourne dans le monde des vivants. Il avait besoin de renouer avec les bruits de la rue, d'aller dans un café ou de s'asseoir sur un banc dans un jardin public. Germaine faisait exprès d'ouvrir toutes grandes les portes-fenêtres. Elle rêvait de le voir rajuster son fez, lisser le devant de son gilet, jeter un œil sur sa montre gousset et se dépêcher de rejoindre un groupe d'amis pour se changer les idées. Mais mon oncle redoutait la foule. Il avait une peur morbide de la promiscuité et paniquerait s'il venait à croiser des gens sur son chemin. Il ne se sentait à l'abri que chez lui.

Germaine était convaincue que son mari fournirait des efforts titanesques sur lui-même pour se reconstruire.

Hélas ! Un dimanche, alors que nous finissions de manger, mon oncle cogna brusquement sur la table et envoya d'une main les assiettes et les verres se briser au sol. Nous craignîmes une attaque cardiaque ; ce n'en était pas une. Mon oncle se leva en renversant la chaise derrière lui, recula jusqu'au mur et, le doigt pointé sur nous, il cria :

— Personne n'a le droit de me juger !

Germaine me regarda, stupéfaite.

— Tu lui as dit quelque chose ? me fit-elle.

— Non.

Elle examina son mari comme s'il s'agissait d'un inconnu.

— Personne ne te juge, Mahi.

Mon oncle ne s'adressait pas à nous. Son regard, bien que posé sur nous, ne nous voyait pas. Il fronça ses sourcils comme si, soudain, il sortait d'un mauvais rêve, remit la chaise à l'endroit, s'assit dessus, se prit la tête à deux mains et ne bougea plus.

La nuit, vers trois heures, une dispute nous arracha,

Germaine et moi, à nos lits. Mon oncle était aux prises avec un intrus dans son bureau fermé de l'intérieur à double tour. Je descendis en courant voir si la porte extérieure était ouverte, s'il y avait quelqu'un dans la rue. La porte était close, et les verrous mis. Je remontai à l'étage. Germaine tentait de voir ce qui se passait dans le bureau, mais la clef dans la serrure l'en empêchait.

Mon oncle était hors de lui.

— Je ne suis pas un lâche, criait-il. Je n'ai trahi personne, tu entends ? Ne me regarde pas comme ça. Je t'interdis de ricaner. Je n'ai donné personne, moi, personne, personne…

La porte du bureau s'ouvrit. Mon oncle en sortit, livide de colère, les coins de la bouche effervescents de bave. Il nous bouscula et marcha sur sa chambre sans nous remarquer.

Germaine entra la première dans le bureau ; je la suivis.. Il n'y avait personne.

Je revis Mme Cazenave au début de l'automne. Il pleuvait, et Río ne ressemblait à rien. Les cafés, en remballant leurs tables sur les terrasses, évoquaient des foyers pour désœuvrés. Mme Cazenave avait toujours l'allure aérienne, mais mon cœur ne bondit pas dans ma poitrine. Était-ce la pluie qui tempérait les passions ou bien la grisaille qui démythifiait les souvenirs ? Je n'avais pas cherché à le savoir. J'avais traversé la chaussée pour ne pas croiser son chemin.

À Río Salado, qui ne vivait que par son soleil, l'automne était une saison morte. Les masques tombaient comme les feuilles des arbres et les amours se découvraient une frilosité embêtante. Jean-Christophe Lamy en fit les frais. Il me trouva chez Fabrice où nous attendions le retour de

Simon parti à Oran. Sans dire un mot, il occupa un banc sur la véranda et continua de broyer du noir.

Simon Benyamin rentra bredouille d'Oran où il était allé faire prévaloir son talent de comique. Il avait lu dans le journal que l'on recrutait de jeunes humoristes et avait cru saisir la chance de sa vie. L'annonce en poche, il s'était mis sur son trente et un et avait sauté dans le premier autocar en partance pour la gloire. À ses lèvres affaissées sur le menton, nous comprîmes que les choses ne s'étaient pas déroulées comme il l'aurait souhaité.

— Alors ? lui lança Fabrice.

Simon se laissa choir dans une chaise en osier et croisa les bras sur son ventre, l'humeur massacrante.

— Que s'est-il passé ?

— Rien, trancha-t-il. Il ne s'est rien passé. Ils ne m'ont laissé aucune chance, les fumiers... Depuis le début, je sentais que c'était pas mon jour. J'ai poireauté quatre heures dans les coulisses avant de passer sur scène. Première surprise, la salle du théâtre était archivide. Il y avait juste un vieux schnoque assis au premier rang, et une chipie déshydratée à côté de lui, tel un chat-huant derrière ses lunettes cerclées. Et un énorme projecteur dirigé sur ma tronche. On se serait cru dans un interrogatoire. « À vous, monsieur Benyamin », qu'il a dit le vieux schnoque. Je vous jure que j'ai cru entendre mon aïeul m'appeler du fond de sa tombe. Il était glacial, impénétrable ; une chapelle ardente ne l'aurait pas ému. J'ai à peine commencé qu'il m'a interrompu. « Quelle est la différence entre un clown et un pitre, monsieur Benyamin ? qu'il a craché. Eh bien, je vais te le dire, moi. Un clown fait rire parce qu'il est pathétique et drôle ; un pitre fait rire parce qu'il est ridicule. » Et il a fait signe que l'on passe au suivant.

Fabrice était plié en deux.

— J'ai mis deux heures à me calmer dans les vestiaires. Si ce foutu schnoque était venu s'excuser, je l'aurais bouffé cru… Il fallait les voir, tous les deux, dans cette immense salle vide, avec leurs gueules terreuses.

Jean-Christophe était furieux de nous voir rire.

— Un problème ? lui demanda Fabrice.

Jean-Christophe ploya la nuque et lâcha dans un soupir :

— Isabelle commence à me taper sur le système.

— Ce n'est que maintenant que tu t'en aperçois ? lui fit Simon… Je t'avais dit que c'était pas une fille pour toi.

— L'amour est aveugle, dit Fabrice avec philosophie.

— Il rend aveugle, le corrigea Simon.

— C'est sérieux ? demandai-je à Jean-Christophe.

— Pourquoi ? Elle t'intéresse toujours ?

Il me fixa d'une drôle de façon et ajouta :

— Le courant ne s'est jamais coupé entre vous deux, pas vrai, Jonas ?… Eh bien, j'en ai ma claque de cette gourde. Je te la laisse.

— Qui te dit qu'elle m'intéresse ?

— C'est toi qu'elle aime, cria-t-il en cognant sur la table.

Un silence s'abattit sur la pièce. Fabrice et Simon nous regardèrent tour à tour. Jean-Christophe m'en voulait vraiment.

— Qu'est-ce que tu racontes ? demandai-je.

— La vérité… Dès qu'elle apprend que tu es dans les parages, elle devient incontrôlable. Elle te cherche des yeux et ne se calme que lorsqu'elle te localise… Si tu l'avais vue, au dernier bal ! Elle était accrochée à mon bras, puis tu es arrivé, et elle s'est mise à déconner juste pour attirer ton attention. J'ai failli lui coller une gifle pour la rappeler à l'ordre.

— Si l'amour rend aveugle, Chris, la jalousie donne la berlue, lui dis-je.

— Je suis jaloux, c'est exact, mais je n'hallucine pas.

— Holà ! intervint Fabrice qui pressentait dans l'air une odeur de roussi. Isabelle adore manipuler son monde, Chris. Elle te met à l'épreuve, c'est tout. Si elle ne t'aimait pas, elle t'aurait largué.

— En tous les cas, j'en ai ma claque. Si l'élue de mon cœur est capable de regarder par-dessus mon épaule, le mieux serait que je disparaisse de sa vue. Et puis, sincèrement, je ne crois pas avoir des sentiments forts pour elle.

J'étais gêné. C'était la première fois qu'un malentendu mettait notre bande mal à l'aise. À mon grand soulagement, Jean-Christophe me braqua avec son doigt et me fit :

— Pan ! Je t'ai eu, hein ? Et tu as marché à fond.

Personne ne trouva la plaisanterie drôle. Nous étions persuadés que Jean-Christophe était sérieux.

Le lendemain, en remontant la rue avec Simon pour rejoindre la place, nous aperçûmes Isabelle au bras de Jean-Christophe. Ils se rendaient au cinéma. Je ne sais pas pourquoi, je m'étais rabattu aussitôt dans une porte cochère pour qu'ils ne me voient pas. Simon fut surpris par ma réaction, mais il m'avait compris.

III. Émilie

12.

André convia l'ensemble de la jeunesse de Río Salado à l'inauguration de son bar. Personne n'attendait le fils de Jaime J. Sosa à cet endroit. On l'imaginait plutôt bien droit dans ses bottes de féodal, la cravache contre la cuisse et le cri sans appel, à botter le derrière aux saisonniers et à vouloir l'Olympe pour lui tout seul... Le voir patron d'un tripot, à décapsuler des bouteilles de bière, nous laissa sans voix. En réalité, depuis son retour des États-Unis où il avait effectué une époustouflante pérégrination en compagnie de son ami Joe, André avait muté. L'Amérique lui avait fait prendre conscience d'une réalité qui nous échappait et qu'il appelait, avec une vague ferveur mystique, le *rêve américain*. Quand on lui demandait ce qu'il entendait précisément par «rêve américain», il gonflait les joues, se dandinait sur place et répondait en tordant la bouche sur le côté : vivre sa vie comme on l'entend, quitte à foutre en l'air et les tabous et les convenances. André avait certainement une idée claire de ce qu'il essayait de nous transmettre, sauf que sa pédagogie laissait à désirer. Ce qui était perceptible cependant, c'était sa volonté d'actualiser nos petites habitudes de provinciaux élevés à l'ombre de nos aînés. Obéir au doigt et à l'œil, ne s'ébrouer que lorsqu'on nous y autorisait, attendre les fêtes pour sortir de nos trous, pour André, c'était inadmissible. Selon lui, une société se distingue par la fougue de sa jeunesse, se renouvelle grâce à la fraîcheur et à l'insolence de cette dernière ; or, chez nous, la jeunesse n'était qu'un adorable cheptel gentiment enchaîné aux automatismes d'une ère révolue et incompatible avec une modernité conquérante et sans-gêne réclamant de l'audace et exigeant que l'on pète le feu ou qu'on le mette aux poudres – comme à Los Angeles, San Francisco, New York où, depuis la fin de la guerre, les jeunes étaient en train de tordre le cou à cette sacro-sainte piété filiale pour se libérer du joug familial et voler de leurs propres ailes, quitte à se planter comme Icare.

André était convaincu que le vent tournait et qu'il soufflait désormais dans le sens que les Américains donnaient aux êtres et aux choses. Pour lui, la bonne santé d'un pays reposait sur sa soif de conquêtes et de révolutions. Et à Río Salado, les générations se suivaient et se ressemblaient. Il fallait introduire des réformes urgentes dans les mentalités. André n'avait pas trouvé meilleure case départ qu'un *snack* de style californien pour nous soustraire à cette grossière obsolescence qu'était devenue notre subordination grégaire et nous jeter corps et âme dans la fureur de vivre.

Le snack se trouvait derrière la cave R.C. Kraus, sur le terrain vague où, enfants, on jouait au foot, à l'extérieur du village. Une vingtaine de tables étaient dressées sur le cailloutis, encadrées de chaises blanches et de parasols. À la vue des caissons de vins et de limonades, des cageots de fruits et des barbecues dressés aux quatre coins de la cour, nous nous détendîmes un peu.

— On va bouffer jusqu'à dégueuler, s'enthousiasma Simon.

Jelloul et quelques employés s'activaient autour des tables, occupés à les recouvrir de nappes et à les garnir de carafons et de cendriers. André et son cousin José plastronnaient sur le perron du snack, un chapeau de cow-boy rejeté avec désinvolture sur la nuque, les jambes écartées, les pouces sous la boucle du ceinturon.

— Tu devrais t'acheter un troupeau de bœufs, lança Simon à André.

— Il te plaît pas, mon snack ?

— Du moment qu'il y a à boire et à manger.

— Alors régale-toi et écrase...

Il descendit la marche pour nous serrer contre lui, profita de l'accolade pour tripoter Simon dans l'entrejambe.

— Pas les bijoux de famille, protesta Simon en reculant.

— Tu parles d'un trésor ! Je parie qu'ils rapporteraient moins qu'un loquet tordu au marché aux puces, lui dit André en nous poussant tous les trois vers le bar.

— Qu'est-ce qu'on parie ?

— Ce que tu veux... Tiens, de belles demoiselles vont débarquer ce soir. Si tu réussis à taper dans l'œil d'une seule, c'est moi qui paierai la chambre d'hôtel. Et au *Martinez*, s'il te plaît.

— Chiche !

— Dédé, c'est de la chevrotine, tint à nous rappeler solennellement José pour qui son cousin était un monument de droiture et de vaillance. Quand ça part, ça ne revient pas.

Sur ce, conscient d'avoir flatté la fibre la plus sensible de son aîné, il s'écarta pour nous laisser passer.

André nous fit visiter sa « révolution ». Rien à voir avec les cafés de la région. Le snack était plus coloré, avec, derrière le comptoir, un vaste miroir sur lequel en filigrane on devinait la carrure fantomatique du Golden Gate Bridge, et devant, de hauts tabourets capitonnés. Les étagères en laiton croulaient sous les bouteilles et les bibelots, assorties de jolies enseignes lumineuses et de petits gadgets pratiques. Sur les murs, on avait placardé de grands portraits d'acteurs et d'actrices hollywoodiens.

Des plafonniers diffusaient une lumière tamisée sur la salle que des rideaux aux fenêtres plongeaient dans une douce pénombre tandis que, dans les recoins, des appliques rougeâtres bigarraient les alentours d'ombres sanguinolentes. Les sièges étaient fixés au sol et disposés en compartiments semblables aux bancs des wagons avec, pour les départager, une table rectangulaire sur laquelle on pouvait admirer des paysages de l'Amérique sauvage.

Dans une salle concomitante, au beau milieu de la pièce, trônait un billard. Aucun café à Río, ou à Lourmel, n'était équipé de billard. Celui qu'André soumettait à sa clientèle était une véritable œuvre d'art, joliment éclairé par un plafonnier si bas qu'il touchait presque la table.

André s'empara d'une queue dont il frotta la pointe avec un bout de craie, se pencha sur le bord du billard, ajusta la canne sur son poing érigé en support, visa un triangle de boules multicolores rassemblé au centre du tapis vert et assena un coup sec dans le tas. Le triangle éclata et les boules se dispersèrent tous azimuts en allant ricocher sur les rebords de la table.

— À partir d'aujourd'hui, déclara-t-il, on n'ira plus au bar se soûler la gueule. Chez moi, on viendra d'abord jouer au billard. Et attention, il ne s'agit là que d'une première livraison, trois autres sont attendues avant la fin du mois. J'envisage d'organiser un championnat régional.

José nous offrit des bières et un soda pour moi et nous proposa d'occuper une table dans la cour en attendant l'arrivée des convives. Il était dix-sept heures environ. Le soleil glissait lentement derrière les collines, dardant sa lumière rasante sur les vignobles. De la cour, on avait une vue dégagée sur la plaine et sur la route qui filait ventre à terre vers Lourmel. Un autocar déversait ses passagers à l'entrée du village : des gens de Río qui revenaient d'Oran et des paysans arabes qui rentraient des chantiers de la ville. Ces derniers, exténués, coupaient à travers champs pour regagner la piste qui menait à leurs hameaux, leur balluchon sous l'aisselle.

Jelloul suivait mon regard ; quand le dernier ouvrier eut disparu au bout de la piste, il se retourna vers moi et me fixa avec une acuité qui me dérangea.

Le clan des Rucillio investit les lieux à l'instant où le soleil s'embusqua derrière les collines. Il était composé des deux plus jeunes fils de Pépé, de deux de leurs cousins et de leur beau-frère Antonio, chanteur de cabaret à Sidi Bel-Abbès. Ils arrivèrent dans une colossale Citroën rugissante, droit sortie de l'usine, qu'ils rangèrent à l'entrée de la cour de façon qu'elle soit vue par tout le monde.

André les accueillit à coups de tapes sur les épaules et de gros rires de richard avant de les installer aux premières loges.

— On peut être plein aux as et sentir la crotte de cheval à des lieues à la ronde, maugréa Simon qui n'apprécia pas que les Rucillio passent devant nous sans nous saluer.

— Tu sais comment ils sont, lui dis-je afin de l'apaiser.

— Tout de même, ils auraient pu nous dire bonjour. Qu'est-ce que ça leur coûterait, d'être aimables ? Nous ne sommes pas des moins-que-rien. Tu es pharmacien, Fabrice est poète et journaliste et moi, je suis agent d'administration.

La nuit n'était pas tout à fait tombée quand la cour se mit à fourmiller de filles radieuses et de garçons tirés à quatre épingles. D'autres couples, moins jeunes, rappliquaient à bord de voitures étincelantes, les dames en robes de reines et les messieurs en habit, leurs nœuds papillons tel un couteau en travers de la gorge. André avait invité la crème de Río et les bourgeois les plus en vue des environs. On reconnut, dans la mêlée diaprée, le fils de la plus grosse fortune de Hammam Bouhdjar – dont le père disposait d'un avion privé – avec, à son bras, une étoile montante de la chanson judéo-oranaise qu'une meute d'admirateurs assiégeait de compliments quand elle ne s'emmêlait pas carrément les pinceaux en lui tendant qui un briquet qui un paquet de cigarettes.

On alluma les lampions qui survolaient la cour. José frappa dans ses mains pour demander le silence ; le brouhaha cafouilla puis, foyer après foyer, s'éteignit. André monta sur une estrade pour remercier ses invités d'être venus fêter avec lui l'inauguration de son snack. Il commença par une anecdote salace qui embarrassa une galerie habituée à la retenue, déplora que les esprits ne soient pas suffisamment alertes pour l'encourager à poursuivre son speech sur le même ton, abrégea son intervention et céda la place à un groupe de musiciens.

La soirée débuta dans un concert de musique jusque-là inconnue, à base de trompettes et de basses, qui désintéressa immédiatement l'auditoire.

— C'est du jazz, bon sang ! pesta André. Comment peut-on être insensible au jazz sans passer pour un troglodyte ?

Les jazzmen finirent par se rendre à l'évidence : une soixantaine de kilomètres séparait Río Salado d'Oran, mais les distances qui éloignaient les deux mentalités étaient ahurissantes. En professionnels, ils continuèrent de jouer dans le vide puis, en guise de dernier tour d'honneur, ils exécutèrent un morceau qui, dans l'indifférence générale, eut un accent d'anathème.

Ils se retirèrent sans que personne s'en aperçût.

André n'excluait guère cette débâcle ; cependant, il espérait que ses invités fassent montre d'un minimum de correction à l'endroit du groupe de jazz le plus acclamé du pays. On le vit se confondre en excuses devant le trompettiste qui, outré, semblait jurer de ne plus remettre les pieds dans un bled aussi enclavé culturellement qu'un enclos à bestiaux.

Pendant que les choses se décomposaient dans les coulisses, José invita un deuxième orchestre – local celui-là – à monter sur la tribune. Comme par enchantement, dès qu'on donna la mesure, l'auditoire s'emballa dans des cris de soulagement et la piste de danse fut inondée par un ressac de déhanchements frénétiques.

Fabrice Scamaroni demanda à la nièce du maire si elle voulait bien lui accorder une danse et l'entraîna allègrement droit sur la piste. De mon côté, j'essuyai un gentil refus de la part d'une demoiselle pétrifiée de timidité avant de convaincre sa compagne de m'accepter comme cavalier. Simon, lui, était sur un nuage. Ses joues de gros bébé dans le creux de ses mains, il ne voyait rien d'autre que la table dégarnie au bout de la cour.

La musique marquant une pause, je raccompagnai ma cavalière et retournai à ma place. Simon ne fit pas attention à moi. Le visage toujours dans les mains, les sourcils défroncés, il souriait vaguement. J'agitai ma main devant ses yeux ; il ne réagit pas. Je suivis son regard et... je *la* vis.

Elle était assise seule, à une table en retrait – dressée sur le tard puisqu'elle n'avait ni nappe ni couvert – que le mouvement saccadé des danseurs cachait par intermittences... Je compris ce qui rendait Simon si calme lui qui, d'habitude, transformait les bals en cirques désopilants : la fille était d'une beauté à couper le souffle !

Moulée dans une robe lactescente, les cheveux noirs ramassés en chignon, le sourire aussi léger qu'une volute de fumée, elle contemplait les danseurs sans les voir. Elle paraissait absorbée par ses pensées, le menton délicatement posé sur la pointe de ses mains gantées de blanc jusqu'aux coudes. De temps à autre, elle disparaissait derrière les ombres qui se contorsionnaient autour d'elle puis réapparaissait dans toute sa majesté, telle une nymphe sortant du lac.

— N'est-ce pas qu'elle est sublime? haleta Simon, subjugué.

— Elle est magnifique.

— Regarde-moi ces yeux pleins de mystère. Je parie qu'ils sont aussi noirs que ses cheveux. Et son nez! Admire-moi ce nez. On dirait un bout d'éternité.

— Vas-y mollo, mon gars!

— Et sa bouche, Jonas. Tu as vu le bouton de rose qui lui tient lieu de bouche? Comment fait-elle pour se nourrir?

— Attention, Simon, tu décolles. Reviens un peu sur terre, mon ami.

— Pour quoi faire?

— Il y a des trous d'air dans les nuages.

— Je m'en fiche. Une merveille pareille mériterait que l'on se casse la figure pour elle.

— Et tu comptes la séduire avec quoi, après?

Il déporta enfin son regard sur moi et me dit, tandis qu'une expression de tristesse lui crispait les traits:

— Tu sais très bien que je n'ai aucune chance.

L'affaissement subit de son ton me fendit le cœur.

Il se ressaisit aussitôt:

— Tu crois qu'elle est de Río?

— On l'aurait remarquée depuis longtemps.

Simon sourit:

— Tu as raison. On l'aurait remarquée depuis longtemps.

Curieusement, nous retînmes tous les deux notre respiration et redressâmes le dos lorsqu'un jeune homme s'approcha de la fille isolée pour l'inviter à danser. Quel fut notre soulagement quand elle déclina poliment la proposition.

Fabrice revint de la piste de danse en sueur, reprit sa place à notre table et, s'épongeant dans un mouchoir, il se pencha vers nous et nous chuchota:

— Vous avez vu la splendeur esseulée, à droite, au bout de la cour ?

— Tu parles ! lui fit Simon. Apparemment, tout le monde ici ne voit qu'elle.

— Je viens de me faire larguer à cause d'elle, nous confia Fabrice. Ma cavalière a failli me crever les yeux quand elle s'est aperçue que j'avais la tête ailleurs... Vous avez une idée de qui ça pourrait être ?

— Sûrement une citadine de passage chez des proches, dis-je. À sa façon de s'habiller et de se tenir, elle a l'air d'être une fille de la ville. Je n'ai jamais vu une de nos filles se tenir à table de cette façon.

Brusquement, l'inconnue nous regarda, nous tétanisant tous les trois comme si elle venait de nous surprendre la main dans le sac. Son sourire s'épanouit d'un cran et le médaillon ornant l'échancrure de son corsage rappela un phare au bout de la nuit.

— Elle est époustouflante, reconnut Jean-Christophe surgi on ne savait d'où.

Il retourna une chaise libre et s'assit dessus à califourchon.

— Te voilà enfin, lui dit Fabrice. Où t'étais passé ?

— D'après toi ?

— Tu t'es encore chamaillé avec Isabelle ?

— Disons que, pour une fois, je l'ai envoyée valdinguer. Vous vous rendez compte ? Elle n'arrivait pas à décider quel bijou mettre. J'ai attendu dans le salon, attendu dans le vestibule, attendu dans la cour, et mademoiselle n'arrivait toujours pas à choisir son bout de ferraille.

— Tu l'as laissée chez elle ? fit Simon, incrédule.

— Je vais me gêner !

Simon se leva, claqua des talons et porta la main à sa tempe dans un salut militaire :

— Chapeau ! mon grand. Tu as envoyé paître cette

gourde constipée, et à ce titre, je te dois le respect. Je suis fier de toi.

Jean-Christophe tira Simon par le bras pour l'obliger à se rasseoir :

— Tu me caches le clou du spectacle, gros lard, lui dit-il en faisant allusion à la belle inconnue : Qui est-ce ?

— Tu n'as qu'à aller le lui demander.

— Avec le clan des Rucillio dans le coin ? J'suis téméraire, pas fou.

Fabrice froissa sa serviette, respira un bon coup et repoussa sa chaise :

— Eh bien, moi, j'y vais.

Il n'eut pas le temps de quitter la table. Une voiture vint se garer à l'entrée de la cour. La fille se leva et marcha sur elle. Nous la regardâmes monter à côté du conducteur et sursautâmes tous les quatre quand elle claqua la portière derrière elle.

— Je sais que je n'ai aucune chance, dit Simon, mais ça vaut vachement le coup d'essayer. Demain, à la première heure, je vais porter ma savate à toutes les filles du village pour m'en dégotter une à ma pointure.

Nous éclatâmes de rire.

Simon ramassa la cuillère qui traînait sur la table et se remit à touiller son café d'un geste machinal. C'était la troisième fois qu'il remuait ainsi son breuvage, auquel il n'avait pas touché. Nous étions assis à la terrasse du café de la place, à profiter du beau temps. Le ciel était limpide et le soleil de mars braquait ses lumières argentées sur l'avenue. Pas un souffle ne faisait tressaillir les feuilles des arbres. Dans le silence matinal, à peine égratigné par le roucoulement de la fontaine municipale ou le crissement saccadé d'une charrette, le village s'écoutait vivre.

Les manches de sa chemise retroussées aux épaules, le maire surveillait un groupe d'employés en train de badigeonner en rouge et blanc le bord des trottoirs. Devant l'église, le curé aidait un charretier à décharger des sacs de charbon qu'un gamin amoncelait contre le mur d'un patio. De l'autre côté de l'esplanade, des ménagères bavardaient autour des étals d'un marchand de légumes, sous l'œil amusé de Bruno, un policier presque adolescent.

Simon reposa sa cuillère.

— Je n'ai pas fermé l'œil depuis l'autre soir, chez Dédé, dit-il.

— À cause de la fille ?

— On ne peut rien te cacher... Je crois que j'ai un sérieux béguin pour elle.

— Vraiment ?

— Comment te dire ? J'ai jamais senti ce que je ressens pour cette brune aux yeux pleins de mystère.

— Tu as retrouvé sa trace ?

— Tu parles ! Dès le lendemain, j'étais parti à sa recherche. Le problème, j'ai vite remarqué que je n'étais pas le seul à lui courir après. Même ce cervidé de José est de la partie. Tu te rends compte ? On ne peut plus fantasmer sur un bout de chair sans avoir un tas de crétins sur le dos.

Il chassa une mouche invisible ; son geste était chargé d'une froide animosité. De nouveau, il s'empara de la cuillère et entreprit de remuer son café.

— Ah ! si j'avais le bleu de tes yeux, Jonas, et ta face d'ange !...

— Pour quoi faire ?

— Pour tenter le coup, pardi. Vise-moi la tronche que j'ai, et cette bedaine qui frissonne sur mes genoux comme un bloc de gélatine, et ces pattes courtes qui ne savent même pas marcher droit, et mes pieds plats...

— Les filles ne regardent pas uniquement de ce côté.

— C'est possible, mais il se trouve que j'ai pas grand-chose d'autre à leur proposer. J'ai pas de vignobles, pas de caves et pas de compte en banque.

— Tu as d'autres qualités. Ton humour, par exemple. Les filles adorent qu'on les fasse rire. Et puis, tu es quelqu'un de réglo. Tu n'es ni un pochard ni un faux jeton. Et ça, ça compte aussi.

Simon balaya d'une taloche mes propos.

Après un long silence, il tordit ses lèvres en signe d'embarras avant de murmurer :

— Tu penses que l'amour prime l'amitié ?

— C'est-à-dire ?

— J'ai vu Fabrice faire la cour à notre vestale, avant-hier… Je t'assure que c'est vrai. Je l'ai vu comme je te vois, à proximité de la cave Cordona. Ça n'avait pas l'air d'une simple rencontre. Fabrice était adossé contre la voiture de sa mère, les bras croisés sur la poitrine, très détendu… et la fille ne semblait pas pressée de rentrer chez elle.

— Fabrice est la coqueluche de Río. Tout le monde l'arrête dans la rue. Les filles comme les garçons. Et les personnes âgées. C'est normal, il est *notre* poète.

— Oui, sauf que c'est pas l'impression que j'ai eue en les voyant ensemble. Je suis sûr que c'était pas un brin de causette sans lendemain.

— Hé ! les péquenots, nous lança André en rangeant sa voiture contre le trottoir d'en face. Pourquoi vous n'êtes pas dans mon snack à vous initier aux vertus du billard ?

— On attend Fabrice.

— Je pars devant ?

— On arrive.

— Je compte sur vous ?

— Absolument.

André porta deux doigts à sa tempe et démarra sur les

chapeaux de roues, hérissant les poils d'un vieux chien recroquevillé sur le pas d'une boutique.

Simon me saisit par le bout des doigts.

— Je n'ai pas oublié le malentendu qui vous a opposés, Chris et toi, à propos d'Isabelle. Je ne tiens pas à ce que ça nous arrive, à Fabrice et à moi. Notre amitié est essentielle pour moi...

— N'anticipons pas.

— Rien que d'y penser, j'ai honte de mes sentiments pour cette fille.

— Il ne faut pas avoir honte de ses sentiments quand ils sont beaux, même lorsqu'ils nous semblent injustes.

— Tu le penses sérieusement?

— En amour, toutes les chances se valent et on n'a pas le droit de ne pas tenter la sienne.

— Tu crois que j'ai une chance face à Fabrice? Il est riche et célèbre.

— Tu crois, tu crois, tu crois... Tu n'as que ça à la bouche... Tu veux savoir ce que je crois : tu es un trouillard. Tu tournes autour du pot et tu penses que ça t'avance à quelque chose... Et puis, changeons de sujet. Voilà Fabrice qui arrive.

Il y avait du monde chez André et le chahut nous empêchait de savourer nos escargots à la sauce piquante. Et puis, il y avait Simon. Il n'était pas dans son assiette, Simon. Plusieurs fois, je le sentis sur le point d'ouvrir son cœur à Fabrice; il y renonçait dès qu'il écartait les lèvres. Fabrice ne se rendait compte de rien. Il avait extirpé son calepin et, les yeux plissés, griffonnait un poème qu'il tailladait de ratures. Sa mèche blonde pendouillait sur le bout de son nez, semblable à une barrière dressée entre ses idées à lui et les pensées de Simon.

André vint voir si nous manquions de quelque chose. Il

se pencha par-dessus l'épaule du poète pour lire ce que ce dernier était en train d'écrire :

— S'il te plaît, lui fit Fabrice, irrité.

— Un poème d'amour !... On peut savoir qui te met le cœur à l'envers ?

Fabrice referma son calepin, posa dessus ses deux mains et toisa André qui grogna :

— Dois-je comprendre que je fais de l'ombre à tes envolées lyriques ?

— Tu lui casses les pieds, fulmina Simon. Tu te barres, et puis c'est tout.

André repoussa son chapeau de cow-boy sur le sommet de son crâne et porta ses mains à ses hanches :

— Dis donc, toi. Tu as bouffé de la vache enragée ce matin ? Qu'est-ce que tu as à me charrier ?

— Tu vois bien qu'il est en pleine inspiration.

— Baratin !... Ce n'est pas avec de belles phrases que l'on conquiert le cœur d'une fille. La preuve, il me suffit de claquer des doigts pour me faire livrer n'importe laquelle.

La goujaterie d'André révulsa Fabrice qui ramassa son calepin et quitta le snack d'un pas furibond.

André le regarda partir, stupéfait ; ensuite, il nous prit à témoin :

— Je ne lui ai rien dit... Il est devenu allergique à mes plaisanteries ou quoi ?

Le départ précipité de Fabrice nous surprit. Il n'était pas dans ses habitudes de claquer la porte au nez des gens. De nous quatre, il était le plus courtois et le moins susceptible.

— Ce sont là, peut-être, les effets secondaires de l'amour, dit Simon avec amertume.

Il venait de comprendre qu'effectivement, entre son ami et son « fantasme aux yeux pleins de mystère », il ne s'agissait pas d'un simple brin de causette sans lendemain.

Le soir, Jean-Christophe nous invita chez lui. Il avait des choses importantes à nous révéler et avait besoin de nos conseils. Il nous réunit, Fabrice, Simon et moi dans l'atelier de son père, un cagibi au rez-de-chaussée de la vieille bâtisse familiale, et, après nous avoir laissés siroter notre jus de fruits et grignoter nos pommes chips en silence, il nous déclara :

— Voilà... j'ai rompu avec Isabelle !

Nous nous attendions à voir Simon sauter au plafond, revigoré par une telle nouvelle ; il n'en fut rien.

— Vous croyez que j'ai fait une bêtise ?

Fabrice enfonça son menton dans le creux de sa main pour réfléchir.

— Que s'est-il passé ? me surpris-je à lui demander alors que je m'étais juré de ne plus me mêler de *leurs* histoires.

Jean-Christophe n'attendait qu'un prétexte pour vider son sac. Il écarta les bras en signe d'immense ras-le-bol :

— Elle est trop compliquée. Toujours à chercher des poux au chauve, à me corriger pour des sottises, à me rappeler que je ne suis qu'un fils de pauvres et que c'est elle qui me tire vers le haut... Combien de fois l'avais-je menacée de rompre ?... « Chiche ! » qu'elle me lançait... Et ce matin, ça a été la goutte qui a fait déborder le vase. Elle a failli me lyncher. Dans la rue. Au vu et au su de tout le monde... Simplement parce que j'ai regardé la fille de l'autre soir sortir d'une boutique...

Il y eut une infinitésimale secousse tellurique dans le bureau ; la table, autour de laquelle nous étions assis, en frémit. Je vis la pomme d'Adam de Fabrice lui racler la gorge et les doigts de Simon blanchir aux jointures.

— Qu'est-ce qu'il y a ? s'enquit Jean-Christophe, interpellé par la chape de plomb qui venait d'écraser la pièce.

Simon glissa un œil à la dérobée vers Fabrice. Ce dernier toussota dans son poing et, plongeant son regard dans celui de Jean-Christophe, il lui demanda :

— Isabelle t'a-t-elle surpris avec cette fille ?

— Mais non. C'était la première fois que je la voyais depuis la soirée. J'accompagnais Isabelle chez la couturière, et la fille sortait de chez Benhamou le droguiste

Fabrice parut soulagé.

Il se décontracta en disant :

— Tu sais, Chris, personne, ici, n'est en mesure de te montrer ce que tu dois faire. Nous sommes tes amis, mais nous ignorons la nature exacte de vos liens. Tu n'arrêtes pas de crier sur les toits que tu vas la larguer et, le lendemain, on la voit encore et encore à ton bras. À la longue, on n'y croit plus. Et puis, ça vous concerne. C'est votre affaire et ça se règle à votre niveau. Ça fait des années que vous êtes ensemble, depuis le collège. Tu es mieux placé pour savoir où en sont vraiment les choses et quelle est la décision qu'il te faudrait prendre.

— Justement, nous nous connaissons depuis le collège et je n'arrive pas – je le jure –, je n'arrive pas à situer ma part de bonheur dans cette histoire. Isabelle semble avoir pris possession de mon âme. Et des fois, malgré son sale caractère et ses manières de caporal, des fois... bizarrement... je me dis que je suis incapable de me passer d'elle... Je vous assure que c'est la vérité. Des fois, comme ça, tous ses sacrés défauts la magnifient à mes yeux et je me surprends à l'adorer comme un cinglé...

— Oublie cette gourde, dit Simon, les yeux brasillants. Elle n'est pas pour toi. Tu vas passer ta vie à la subir comme une maladie chronique. Quand on a une belle gueule comme la tienne, on ne doit pas désespérer de la vie... Et puis, franchement, vos histoires de cœur commencent à me faire chier.

Sur ce, il se leva – comme s'était levé Fabrice, le matin, chez André – et rentra chez lui en grognant.

— Est-ce que j'ai dit une ânerie ? fit Jean-Christophe, éberlué.

— Il n'est pas bien, ces derniers temps, dit Fabrice.

— Qu'est-ce qu'il a au juste ? me demanda Jean-Christophe. Tu es tout le temps avec lui. Qu'est-ce qu'il lui arrive ?

Je haussai les épaules :

— Je n'en sais rien.

Simon était mal. Ses frustrations prenaient le pas sur sa bonne humeur, la froissaient tel un chiffon. Les complexes qu'il ensevelissait sous des tonnes de pitreries remontaient à la surface. Les évidences qu'il refusait de voir, l'autodérision derrière laquelle il se barricadait contre certaines blessures, enfin toutes ces petites choses qui lui gâchaient en secret l'existence – à cause d'un ventre trop gros, de jambes trop courtes ou encore de potentialités de séduction trop minimes, voire dérisoires et pathétiques – lui renvoyaient une image de lui-même qu'il détestait. L'intrusion de cette brune dans sa vie, quand bien même elle n'en restait qu'à la périphérie, le déstabilisait.

Nos chemins se croisèrent par hasard une semaine plus tard. Il se rendait à la poste retirer des formulaires et ne vit pas d'inconvénient à ce que je l'y accompagne. Les séquelles de son dépit lui brouillaient les traits ; son regard noir semblait en vouloir au monde entier.

Nous traversâmes la moitié du village en silence, pareils à deux ombres chinoises glissant sur les murs. Une fois les documents récupérés, Simon ne sut quoi faire de sa journée. Il était un peu perdu. En sortant de la poste, nous tombâmes nez à nez avec Fabrice... Il n'était pas seul, Fabrice... *Elle* était avec lui, et elle le tenait par le bras.

Le spectacle qu'*ils* nous offrirent, lui dans son costume en tweed et *elle* dans sa robe ample et plissée, nous convainquit. En une fraction de seconde, l'aigreur sur le visage de Simon s'estompa... Comment ne pas se rendre à l'évidence ? *Ils* étaient si beaux !

Avec empressement, Fabrice nous présenta :

— Voici Simon et Jonas dont je vous parlais. Mes meilleurs amis.

La fille était encore plus belle, maintenant que la lumière du jour la mettait en exergue. Elle n'était pas de chair et de sang ; elle était une éclaboussure de soleil.

— Simon, Jonas, je vous présente Émilie, la fille de Mme Cazenave.

Une douche froide me fouetta de la tête aux pieds.

Incapables d'articuler une syllabe, chacun pour une raison personnelle, Simon et moi nous contentâmes de sourire.

Quand nous revînmes à nous, *ils* étaient partis.

Nous demeurâmes un bon bout de temps interdits sur le trottoir de la poste. Comment *leur* en vouloir ? Comment contester une aussi tendre complétude sans passer pour un vandale ou pour un effroyable abruti ?

Simon se devait de jeter l'éponge – ce qu'il fit avec classe.

13.

Le printemps gagnait du terrain. Les collines recouvertes de duvet miroitaient aux aurores comme une mer de rosée. On avait envie de se mettre à poil et de s'y jeter la tête la première, de nager dans l'herbe jusqu'à épuisement, puis d'aller s'étendre au pied d'un arbre et de rêver, une à une, de toutes les belles choses que le bon Dieu faisait. C'était grisant. Chaque matin était un coup de génie ; chaque instant que l'on volait au temps nous livrait une part d'éternité. Río, sous le soleil, était du pain bénit. Là où l'on posait la main, on levait le songe ; nulle part mon âme n'avait été si proche de la paix. Les rumeurs du monde nous parvenaient débarrassées des cacophonies susceptibles de fausser le bruissement thérapeutique de nos vignes. On savait que la situation s'enfiévrait au pays, que les colères couvaient dans les soubassements populaires ; les gens du village n'en avaient cure. Ils élevaient autour de leur bonheur des remparts imprenables en s'interdisant d'y creuser des fenêtres. Ils ne voulaient rien voir d'autre que leur beau reflet dans la glace auquel ils clignaient de l'œil avant de se rendre dans les vergers cueillir des soleils par paniers entiers.

Il n'y avait pas le feu. Le raisin promettait des vins festifs, des bals tourbillonnants et des alliances bien arrosées. Le ciel gardait intact son bleu immaculé, et il n'était pas question de laisser les noirceurs d'ailleurs l'assombrir. Après le déjeuner, je sortais sur le balcon m'oublier une bonne demi-heure sur ma chaise à bascule à contempler le vert échancré tapissant la plaine, l'ocre des terres ardentes qui le sillonnaient et les mirages chamarrés en train de se déhancher au loin. C'était un spectacle enchanteur, d'une quiétude cosmique ; il me suffisait de laisser mon regard vadrouiller à sa guise pour m'assoupir. Tant de fois, Germaine me trouvait la bouche ouverte et la nuque rejetée sur le dossier de mon siège ; elle rebroussait chemin sur la pointe des pieds pour ne pas me réveiller.

À Río Salado, nous guettions l'été, confiants. Nous savions que le temps était notre allié, que bientôt les vendanges et la plage nous insuffleraient une âme supplémentaire pour profiter pleinement des fêtes et des cuites homériques. Déjà les amourettes naissaient au farniente comme éclosent les fleurs au petit matin. Les filles haussaient le ton sur l'avenue, flamboyantes dans leurs robes légères qui dévoilaient leurs bras de sirènes et une partie de leur dos bronzé ; les garçons devenaient de plus en plus distraits sur la terrasse des cafés et s'embrasaient comme une allumette quand on furetait dans leurs petits secrets faits de soupirs et de rêveries torrides.

Mais ce qui fait battre le cœur de certains prend d'autres à la gorge : Jean-Christophe rompit avec Isabelle. Sous les portes cochères, on ne parlait que de leur idylle turbulente. Mon pauvre ami dépérissait à vue d'œil. D'habitude, dans la rue, il trouvait inévitablement le moyen d'attirer l'attention sur lui. Il aimait interpeller une connaissance du bout de la rue, les mains en entonnoir autour de la bouche, arrêter un automobiliste au beau milieu de la chaussée ou commander à tue-tête un demi avant d'atteindre le bar, narcissique et omniprésent, fier de constituer à lui seul le nombril du monde. Et le voilà qui ne supportait plus le regard des gens, feignait de ne pas avoir entendu quand quelqu'un l'appelait d'une boutique ou du trottoir d'en face. Le plus innocent des sourires le tourmentait ; et il tournait et retournait dans tous les sens chaque propos pour vérifier s'il ne cachait pas d'insinuations assassines. Colérique, distant et à moitié fou de chagrin, il m'inquiétait. Un soir, après avoir erré derrière la colline, à l'abri des commérages, il était allé se soûler à mort dans le snack d'André. Au bout de quelques bouteilles sifflées à tire-larigot, il ne tenait plus sur ses mollets. Quand José s'était proposé de le raccompagner à la maison, Jean-Christophe lui avait foutu son poing dans la figure ; ensuite, il s'était emparé d'une barre de fer et avait commencé à fiche la clientèle dehors. Une fois maître à bord, debout parmi les tables et les bancs désertés, Jean-Christophe avait grimpé sur le comptoir et, titubant, les narines ruisselantes, il avait écarté les jambes et irrigué le parterre de jets d'urine torrentiels en criant que c'était ainsi qu'il noierait les «fumiers qui raconteraient des salades dans son dos»... Il avait fallu manœuvrer pour le prendre de revers, le défaire de sa barre, le ligoter et le ramener chez lui sur une civière de fortune. Cet incident suscita à Río une énorme indignation ; on n'avait jamais vu ça, avant. La *hchouma* ! Dans les villages algériens, ça ne pardonnait pas. On avait le droit de fléchir, de trébucher, de s'effondrer et le devoir de se relever, mais quand on tombait bas de cette façon, on perdait d'office l'estime des autres et souvent ces derniers avec. Jean-Christophe comprenait qu'il avait dépassé les bornes. Plus question, pour lui, de se montrer au village. Il se rabattit sur Oran où il perdit ses journées à glander dans les tripots.

Simon, lui, reprenait son destin en main avec pragmatisme. Son statut de sous-fifre moisissant au fond d'un bureau sentant le renfermé et les litiges en suspens avait fini par lui taper sur le système. Sa nature de boute-en-train ne se prêtait guère à ce genre de carrière. Il s'imaginait mal consacrer sa vie à classer des archives et à respirer la paperasse humide et les mégots écrasés. Le métier semi-carcéral de comptable désargenté n'était pas pour lui. Il n'en avait ni le profil ni le stoïcisme. Et s'il était de mauvaise humeur le plus clair de la semaine, c'était en partie à cause de ces murs insipides qui le serraient de très près en ramenant son champ d'action à la stricte surface d'un feuillet jaunâtre désagréable au toucher. Simon suffoquait dans son cagibi ; il refusait de ressembler à sa table, à sa chaise, à son armoire métallique, d'attendre qu'on le siffle pour sortir de sa cage tel un fauve abruti d'inertie, qu'on lui mette la pression pour lui rappeler qu'il était de chair et qu'il pouvait s'angoisser, contrairement aux meubles impénétrables veillant sur son déplaisir. Il démissionna un matin, à l'issue d'une belle engueulade avec son directeur, et se promit de se lancer dans les affaires, d'être son propre patron.

Je ne le voyais presque plus.

De son côté, Fabrice me délaissait un peu, et c'était de bonne guerre. Ses flirts avec Émilie semblaient porter leurs fruits. Ils se retrouvaient tous les jours derrière l'église et, le dimanche, de mon balcon, je les regardais se promener le long des vignes, tantôt à pied, tantôt à bicyclette, lui, avec sa chemise flottante, elle, sa foisonnante crinière dans le vent. Les regarder remonter vers la colline, s'éloigner du village et des qu'en-dira-t-on était un régal et, souvent, je leur collais aux trousses avec mes pensées.

Un matin, il y eut un miracle. J'étais en train de remettre de l'ordre dans les étagères de notre pharmacie lorsque mon oncle descendit les marches de l'escalier d'un pas mesuré, traversa la grande salle du rez-de-chaussée, passa devant moi et, en robe de chambre… sortit dans la rue. Germaine, qui le suivait pas à pas, vigilante, n'en crut pas ses yeux. Mon oncle n'avait pas quitté une seule fois la maison, de son propre gré, depuis des années. Il s'arrêta sur le perron, les mains enfouies dans les grandes poches de sa robe, laissa son regard courir dans la lumière du jour, effleurer les vignes avant de partir chatouiller les collines au fond de l'horizon.

— Belle journée! dit-il, et il sourit. Les coins de sa bouche faillirent s'effriter tant ses lèvres avaient perdu l'élasticité de ce genre de mouvement facial, et nous vîmes une multitude de rides plisser ses joues semblables aux cercles successifs qu'un petit caillou déclenche à la surface de l'eau.

— Tu veux que je t'apporte une chaise? lui suggéra Germaine émue aux larmes.

— Pour quoi faire?

— Pour profiter du soleil. Je t'installe là, sous la fenêtre, avec une petite table et une théière bien pleine. Comme ça, tu peux siroter ton thé en regardant passer les gens.

— Non, dit mon oncle, pas de chaise pour aujourd'hui. J'ai envie de marcher un peu.

— Dans ta robe de chambre?

— Si ça ne tenait qu'à moi, je marcherais nu, dit mon oncle en s'éloignant.

Un prophète marchant sur l'eau ne nous aurait pas émerveillés autant, Germaine et moi.

Mon oncle rejoignit la piste, les mains toujours dans les poches et l'échine redressée. Son pas était juste, presque martial. Il se dirigea vers un petit verger, erra parmi les arbres, rebroussa chemin puis, probablement détourné par le vol en catastrophe d'une perdrix, il suivit la direction prise par l'oiseau et se perdit au milieu des vignobles. Germaine et moi restâmes assis sur le perron, la main dans la main, jusqu'à son retour.

Quelques semaines plus tard, nous achetâmes une voiture d'occasion que Bertrand, le neveu de Germaine, devenu mécanicien, nous livra en personne. C'était une petite automobile vert bouteille, ronde comme la carapace d'une tortue, avec des sièges durs et un volant digne d'un camion. Bertrand nous invita à y prendre place, Germaine et moi, et nous emmena faire un tour, histoire de nous montrer la robustesse du moteur. On se serait cru dans un tank. Plus tard, les gens de Río finirent par la reconnaître de loin. Dès qu'ils entendaient ses rugissements, ils s'écriaient « Attention ! Voilà l'artillerie », et s'alignaient sur le trottoir pour saluer militairement son passage.

André se porta volontaire pour me prodiguer des leçons de conduite. Il m'accompagnait sur un terrain vague et là, pour chaque fausse manœuvre, il me traitait de tous les noms d'oiseaux. Plusieurs fois ses remontrances me désarçonnèrent et nous frôlâmes le désastre. Quand j'appris à contourner un arbre sans le balafrer et à démarrer en côte sans caler, André regagna son snack au galop, content de s'en être tiré sans une égratignure.

Un dimanche, après la messe, Simon me proposa d'aller faire un tour du côté de la mer. Il avait passé une rude semaine et avait besoin d'air frais. Nous optâmes pour le port de Bouzedjar et partîmes après le déjeuner.

— Tu l'as acheté où, ton tacot ? Dans une caserne ?

— C'est vrai, ma voiture ne paie pas de mine, mais elle me conduit où je veux et jusqu'à présent elle ne m'a jamais lâché en cours de route.

— Tu n'as pas mal aux oreilles ?… On dirait le roulis d'un rafiot en fin de carrière.

— On s'y habitue.

Simon baissa la vitre et livra son visage au vent de la course. Ses cheveux, en s'entortillant sur son front, trahirent un début de calvitie. Je remarquai soudain que mon ami avait pris de l'âge et jetai un œil dans le rétroviseur pour voir si j'avais *vieilli*, moi aussi. Nous traversâmes Lourmel en coup de vent et filâmes à toute allure, droit sur la mer. Par endroits, la route rejoignait le faîte des collines et mettait le ciel à portée de nos mains. C'était une belle journée que le mois d'avril en partance voulait d'une limpidité cristalline, avec des horizons olympiens et un sentiment de plénitude sans pareil. C'était toujours ainsi que le printemps tirait sa révérence, chez nous ; il mettait un point d'honneur à finir en beauté. Les vergers se recueillaient dans le grésillement précoce des cigales et les moucherons étincelaient par-dessus les retenues d'eau, semblables à des poignées de poussière d'or. Sans les hameaux sinistrés qui croupissaient çà et là, on se serait cru au paradis.

— Ce n'est pas la bagnole des Scamaroni ? dit Simon en me montrant une voiture rangée sous un eucalyptus solitaire, au fond d'un bout de maquis.

Je me rangeai sur le bas-côté et aperçus Fabrice et deux filles en train de pique-niquer. Intrigué par notre présence, Fabrice se leva et porta ses mains à ses hanches, ostensiblement sur la défensive.

— Je t'avais dit qu'il était myope, me souffla Simon en ouvrant la portière pour descendre.

Fabrice dut marcher sur nous une bonne centaine de mètres avant d'identifier mon véhicule. Soulagé, il s'arrêta et nous fit signe de le rejoindre.

— On t'a foutu la frousse, lui dit Simon après une forte accolade.

— Qu'est-ce que vous fabriquez par ici ?

— On voyait du pays. Tu es sûr qu'on ne te dérange pas ?

— C'est-à-dire que je n'ai pas prévu de couverts supplémentaires. Mais si vous pouvez vous tenir tranquilles pendant que mes amies et moi dégustons nos tartes aux pommes, ça ne me pose aucun problème.

Les deux jeunes filles rajustèrent leurs chemisiers et

rabattirent leurs robes sur les genoux pour nous accueillir décemment. Émilie Cazenave nous gratifia d'un sourire bienveillant ; l'autre préféra interroger du regard Fabrice qui s'empressa de la rassurer :

— Jonas, et Simon, mes meilleurs amis…

Puis, nous présentant l'inconnue :

— Hélène Lefèvre, journaliste à *L'Écho d'Oran*. Elle commet un reportage sur la région.

Hélène nous tendit une main parfumée que Simon saisit au vol.

La fille de Mme Cazenave posa sur moi ses yeux noirs et intenses qui m'obligèrent à détourner le regard.

Fabrice retourna dans sa voiture chercher une natte de plage qu'il coucha sur une langue de terre pour nous permettre de nous asseoir. Simon s'accroupit d'emblée devant un panier en osier, farfouilla dedans, y trouva une tranche de pain ; ensuite, avec un canif qu'il sortit de la poche arrière de son pantalon, il trancha des rondelles dans un saucisson. Les filles échangèrent des regards rapides, amusées par le sans-gêne de mon compagnon.

— Vous alliez où ? me demanda Fabrice.

— Au port voir les pêcheurs décharger leurs cargaisons de poissons, répondit Simon, les joues cabossées. Et toi, qu'est-ce que tu fiches dans un coin pareil avec de si jolis brins de filles ?

De nouveau, Émilie me dévisagea avec insistance. Lisait-elle dans mes pensées ? Si oui, que déchiffrait-elle au juste ? Sa mère lui avait-elle parlé de moi ? Avait-elle retrouvé mon parfum dans la chambre de sa mère, décelé quelque chose que je n'avais pas su effacer à temps, la trace d'un baiser en suspens ou le souvenir d'une étreinte inachevée ? Pourquoi avais-je soudain le sentiment qu'elle lisait en moi comme dans un livre ouvert ? Et ses yeux, mon Dieu ! irrésistibles, comment faisaient-ils pour saturer les miens, se substituer à eux, passer au crible chacune de mes pensées, intercepter la moindre interrogation me traversant l'esprit?... Et pourtant, malgré leur indiscrétion, je ne pouvais m'empêcher d'admettre qu'ils étaient ce que la Beauté réussissait de mieux. L'espace d'un fléchissement, je revis ceux de sa mère, dans cette grande maison sur la piste du marabout – des yeux si radieux qu'on n'avait même plus besoin d'allumer dans la chambre pour voir clair au plus profond de nos choses tues, au plus secret de nos faiblesses refoulées.. J'étais troublé.

— Il me semble que nous nous sommes déjà rencontrés quelque part, il y a longtemps.

— Je ne crois pas, mademoiselle, sinon, je m'en souviendrais.

— C'est curieux, votre visage ne m'est pas étranger, fit-elle.

Elle ajouta aussitôt :

— Qu'est-ce que vous faites dans la vie, monsieur Jonas?

Sa voix avait la douceur d'une source de montagne. Elle avait prononcé «monsieur Jonas» exactement de la même manière que sa mère, en appuyant sur les «s», produisant le même effet sur moi, remuant les mêmes fibres...

— Il s'amenuise dans son coin, dit Simon, jaloux de l'intérêt que je suscitais auprès de son premier coup de foudre. Quant à moi, je suis dans les affaires. J'ai mis sur pied une entreprise d'import-export et dans moins de deux, trois ans je serai plein aux as.

Émilie ne fit pas attention aux plaisanteries de Simon. Je sentis son regard minéral posé sur moi, guettant ma réponse. Elle était si belle qu'il m'était impossible de lever les yeux sur les siens plus de cinq secondes sans rougir.

— Je suis pharmacien, mademoiselle.

Une petite mèche frétilla sur son front; elle la releva d'une main élégante, comme si elle soulevait une tenture sur sa propre splendeur.

— Pharmacien où?

— À Río, mademoiselle.

Quelque chose fulgura sur son visage, et ses sourcils se retroussèrent très haut. Le bout de tarte qu'elle tenait cassa entre ses doigts. Son trouble n'échappa pas à Fabrice qui, confus à son tour, se dépêcha de me verser un verre de vin.

— Tu sais très bien qu'il ne boit pas, lui rappela Simon.

— Oh! pardon.

La journaliste lui prit le verre et le porta à ses lèvres.

Émilie, elle, ne me quitta pas des yeux.

Elle vint à deux reprises me rendre visite à la pharmacie. Je m'arrangeai pour que Germaine restât auprès de moi. Ce que je décodais dans son regard me dérangeait; je ne tenais pas à causer du tort à Fabrice.

Je me mis à l'éviter, à faire dire à Germaine que je n'étais pas là quand elle téléphonait, qu'elle ne savait pas quand j'allais rentrer. Émilie comprit que je vivais très mal son intérêt pour moi, que le genre d'amitié qu'elle me proposait ne me convenait pas. Elle cessa de m'importuner.

L'été 1950 débarqua avec le panache d'un hercule forain. Les routes foisonnaient de vacanciers et les plages étaient en liesse. Simon décrocha son premier gros contrat et nous offrit un dîner dans l'un des plus chic restaurants d'Oran. Notre boute-en-train s'était surpassé, ce soir-là. Sa bonne humeur avait contaminé la salle, et les femmes alentour se trémoussaient d'aise chaque fois qu'il levait son verre pour se lancer dans des tirades hilarantes... C'était une superbe soirée. Il y avait Fabrice et Émilie, et

Jean-Christophe qui n'arrêtait pas d'inviter Hélène à danser. Le voir s'amuser à plein régime après des semaines et des semaines de déprime ajoutait à la fête une guirlande particulière. Nous étions de nouveau ensemble, soudés comme les doigts de la fourche, ravis d'entretenir avec la même ferveur notre joie de vivre. Tout aurait été bien dans le meilleur des mondes s'il n'y avait pas eu ce geste inattendu, malencontreux, déplacé qui faillit me terrasser quand la main d'Émilie glissa sous la table et vint se poser sur ma cuisse. La gorgée de soda me fila de travers et je manquai de mourir de suffocation à quatre pattes sur le sol tandis que l'on me tapait violemment sur le dos afin de dégager ma poitrine... En reprenant mes sens, je trouvai une bonne partie de la clientèle penchée sur moi ; Simon exhala un cri de soulagement quand il me vit m'accrocher au pied d'une table pour me relever. Quant aux yeux d'Émilie, jamais ils ne furent aussi noirs tant elle était livide.

Le lendemain, quelques minutes après la sortie de mon oncle et de Germaine – qui avaient pris le pli d'aller se promener le matin dans les vergers –, Mme Cazenave me surprit dans la pharmacie. Malgré la lumière à contre-jour, je reconnus sa silhouette dunaire, son port altier, sa façon singulière de se tenir droite, le menton haut et les épaules ramassées.

Elle hésita un instant dans l'embrasure, sans doute pour s'assurer que j'étais seul ; ensuite, elle investit la salle dans un mélange diffus d'ombres et de froufrous. Son parfum domina nettement la senteur des étagères.

Elle portait un tailleur gris qui l'enserrait telle une camisole, comme pour interdire à son corps euphorique de se jeter nu dans la rue, et un chapeau garni de bleuets qu'elle tenait imperceptiblement incliné sur son regard orageux.

— Bonjour, monsieur Jonas.

— Bonjour, madame.

Elle enleva ses lunettes de soleil... La magie n'opéra pas. Je demeurai d'airain. Elle n'était qu'une cliente parmi tant d'autres, et moi plus le gamin d'autrefois prêt à tomber dans les pommes au moindre de ses sourires. Ce constat la déstabilisa un peu car elle se mit à tambouriner de ses doigts sur le comptoir qui nous séparait.

— Madame?...

La neutralité de mon ton lui déplut.

La lueur, au fond de ses yeux, chancela.

Mme Cazenave garda son calme. Elle n'était entière qu'en imposant ses règles à elle. Elle était le genre de personne à préparer minutieusement son coup en choisissant le terrain et le moment d'entrer en scène. Telle que je la connaissais, elle aurait passé la nuit à construire geste par geste et mot par mot sa rencontre avec moi, sauf qu'elle avait misé sur un garçon qui n'était plus de ce monde. Mon impassibilité la désarçonnait. Elle ne s'y attendait pas. Dans sa tête, elle essayait de revoir ses plans rapidement, mais il y avait fausse donne, et l'improvisation ne seyait pas à sa nature.

Elle mordit la branche de ses lunettes pour camoufler le tremblement de ses lèvres. Il n'y avait pas grand-chose à camoufler. Les tremblements s'étendaient jusqu'à ses joues et tout son visage semblait s'effriter tel un morceau de craie.

Elle hasarda :

— Si vous êtes occupé, je reviendrai plus tard.

Cherchait-elle à gagner du temps ? Battait-elle en retraite pour revenir à la charge mieux armée ?

— Je n'ai rien de spécial, madame. C'est à quel sujet ?

Son malaise s'aggrava. De quoi avait-elle peur ? Je comprenais qu'elle n'était pas venue acheter des médicaments ; cependant, je ne voyais pas ce qui la rendait si peu sûre d'elle.

— Détrompez-vous, monsieur Jonas ! dit-elle comme si elle lisait dans mes pensées. Je suis en possession de l'ensemble de mes moyens. J'ignore seulement par où commencer.

— Oui ?...

— Je vous trouve bien arrogant... D'après vous, pourquoi suis-je là ?

— C'est à vous de me le dire.

— Vous n'avez pas une petite idée ?

— Non.

— Vraiment ?

— Vraiment.

Sa poitrine monta très haut ; elle retint sa respiration pendant plusieurs secondes. Ensuite, prenant son courage à deux mains, elle dit d'une traite, comme si elle craignait d'être interrompue ou de manquer d'air :

— C'est à propos d'Émilie...

On aurait dit un ballon de baudruche qui se dégonfle d'un coup. Je vis sa gorge se contracter puis ravaler convulsivement sa salive. Elle était soulagée, débarrassée d'un fardeau intenable, en même temps elle avait le sentiment d'avoir engagé ses dernières réserves dans une bataille qui n'avait même pas débuté.

— Émilie, ma fille, précisa-t-elle.

— J'ai compris. Mais je ne vois pas le rapport, madame.

— Ne jouez pas à ce petit jeu avec moi, jeune homme. Vous savez très bien de quoi je veux parler... Quelle est la nature de vos relations avec ma fille ?...

— Vous vous trompez sur la personne, madame. Je n'entretiens pas de rapports avec votre fille.

La branche de ses lunettes se tordit entre ses doigts ; elle ne s'en rendit pas compte. Son regard surveillait le mien, à l'affût d'un fléchissement. Je ne me détournai pas. Elle ne m'impressionnait plus. Ses soupçons m'effleuraient à peine ; cependant, ils éveillaient ma curiosité. Río était un petit village où les murs étaient transparents et les portes vite défoncées. Les secrets les mieux gardés ne résistaient pas longtemps à l'appel des confidences et les ragots y étaient monnaie courante. Que racontait-on à mon sujet, moi qui n'avais pas d'histoire et qui ne suscitais pas d'intérêt ?

— Elle ne parle que de vous, monsieur Jonas.

— Notre bande…

— Je ne parle pas de votre bande. Je parle de vous et de ma fille. Je voudrais connaître la nature des relations que vous entretenez, tous les deux, et dans quelles perspectives ? Savoir si vous avez des projets communs, des intentions sérieuses… s'il *s'est passé des choses* entre vous.

— Il ne s'est rien passé, madame Cazenave. Émilie est éprise de Fabrice, et Fabrice est mon meilleur ami. Il ne me viendrait pas à l'idée de gâcher son bonheur.

— Vous êtes un garçon sensé. Je pense vous l'avoir déjà dit.

Elle joignit ses mains autour de l'arête de son nez, sans me quitter des yeux. Après une courte méditation, elle releva le menton :

— J'irai droit au but, monsieur Jonas… Vous êtes musulman, un bon musulman d'après mes informations, et je suis catholique. Nous avons cédé, dans une vie antérieure, à un moment de faiblesse. J'ose espérer que le Seigneur ne nous en tienne pas rigueur. Il ne s'agissait que d'un dérapage sans lendemain… Toutefois, il existe un péché de la chair qu'Il ne saurait absoudre ou supporter : l'inceste !…

Ses yeux me fusillèrent en lâchant le mot.

— Il est la pire des abominations.

— Je ne vois pas où vous voulez en venir.

— Mais nous sommes en plein dedans, monsieur Jonas. On ne couche pas avec la mère et la fille sans offenser les dieux, leurs saints, les anges et les démons !

Elle redevint cramoisie, et le blanc de ses yeux cailla comme du lait.

Son doigt se voulut glaive quand elle tonna :

— Je vous interdis de vous approcher de ma fille...

— Cela ne m'a pas traversé l'esprit...

— Je crois que vous ne m'avez pas très bien comprise, monsieur Jonas. Je me contrefiche de ce qui vous trotte ou non dans la tête. Vous êtes libre de vous imaginer ce que vous voulez. Ce que *je* veux est que vous vous teniez le plus loin possible de ma fille. Et vous allez me le jurer ici, et tout de suite.

— Mad...

— Jurez-le !

Cela lui avait échappé. Elle aurait tant aimé garder son calme, me montrer combien elle était maîtresse de la situation. Depuis qu'elle était entrée dans l'officine, elle n'avait fait que contenir la colère et la peur qui levaient en elle, n'engageant un mot qu'après s'être assurée qu'elle ne risquerait pas de le recevoir sur la figure tel un boomerang. Et la voilà qui perdait le contrôle à l'instant où il fallait coûte que coûte gagner du terrain. Elle tenta de se ressaisir ; trop tard, elle était au bord de la crise de larmes.

Elle hissa les mains à hauteur de ses tempes, entreprit de mettre de l'ordre dans ses idées, se concentra sur un point fixe, attendit de discipliner sa respiration et me fit d'une voix inaudible :

— Excusez-moi. Je n'ai pas l'habitude de hausser le ton devant les gens... Cette histoire m'épouvante. Au diable les hypocrisies ! Les masques tombent toujours, et je ne souhaite pas que ça m'arrive après avoir perdu la face. Je suis totalement perdue. Je ne dors plus... J'aurais

préféré me montrer ferme, forte, mais il est question de
ma famille, de ma fille, de ma foi et de ma conscience.
C'est trop pour une femme qui était à mille lieues de
soupçonner le précipice à ses pieds... S'il ne s'agissait
que de précipice ! Pour sauver mon âme, je sauterais sans
hésiter dans le vide. Ça ne résoudrait pas le problème...
Cette histoire ne doit pas arriver, monsieur Jonas. L'histoire de ma fille et de vous ne doit pas avoir lieu. Elle n'a
pas le droit ni aucune raison d'être. Il faut que vous le
sachiez de façon catégorique, définitive. Je veux rentrer
chez moi tranquillisée, monsieur Jonas. Je veux retrouver
la paix. Émilie n'est qu'une gamine. Son cœur palpite au
gré de ses humeurs. Elle est capable de s'éprendre de
n'importe quel rire, vous comprenez ? Et je ne tiens pas à
ce qu'elle succombe au vôtre. Aussi, je vous en supplie,
pour l'amour de Dieu, de Ses prophètes Jésus et Maho-
met, promettez-moi de ne pas l'y encourager. Ce serait
horrible, amoral, incroyablement obscène, totalement
inadmissible.

Ses mains s'abattirent sur les miennes, les pétrirent. Ce
n'était plus la dame dont j'avais rêvé, naguère. Mme Cazenave avait renoncé à ses charmes, à la succulence de ses
sortilèges, à son trône aérien. Je n'avais plus devant moi
qu'une mère terrorisée à l'idée de révulser le Seigneur, de
devoir se décomposer dans l'opprobre jusqu'à la fin des
temps. Ses yeux s'accrochaient aux miens ; il me suffirait
de battre des cils pour l'expédier en enfer. J'avais honte
de disposer de tant de pouvoir au point d'être en mesure
de damner un être que j'avais aimé sans à aucun moment
associer la noblesse de sa générosité à un ignoble péché
de chair.

— Il ne se passera rien entre votre fille et moi,
madame.

— Promettez-le.

— Je vous le promets...

— Jurez-le-moi.

— Je le jure.

Alors seulement elle s'affaissa sur le comptoir, délivrée et broyée à la fois, se prit la tête à deux mains et éclata en sanglots.

14.

— C'est pour toi, me fit Germaine en agitant le combiné du téléphone.

Au bout du fil, Fabrice me gronda :

— Tu me reproches quelque chose, Jonas ?

— Non...

— Simon t'a embêté ces derniers temps ?

— Non.

— Tu as une dent contre Jean-Christophe ?

— Bien sûr que non.

— Alors, pourquoi tu nous évites ? Ça fait des jours que tu te morfonds dans ton coin. Et hier, nous t'avons attendu. Tu avais promis de passer, et on a été obligés de manger froid.

— Je n'ai pas un moment à moi...

— Arrête... Il n'y a pas d'épidémie au village pour que ta pharmacie s'emballe. Et, s'il te plaît, ne te cache plus derrière la maladie de ton oncle car je l'ai vu plusieurs fois se balader dans les vergers. Il se porte comme un charme.

Il toussota dans le micro ; son ton s'apaisa :

— Tu me manques, vieux. Tu ne vis qu'à deux pas de chez moi, et j'ai l'impression que tu as disparu de la surface de la terre.

— Je suis en train de remettre de l'ordre dans la boutique. J'ai des registres à actualiser et un inventaire à dresser.

— Tu as besoin d'un coup de main?

— Je m'en sors très bien.

— Alors sors de ton trou... Je t'attends ce soir, à la maison. Pour dîner.

Je n'eus pas le temps de décliner l'invitation; il avait raccroché.

Simon passa me prendre à dix-neuf heures.

Il était d'une humeur exécrable :

— Tu te rends compte? Je me suis tapé une galère de chien pour des prunes. Et ça m'arrive à moi!... J'ai eu tout faux, comme un cancre. En théorie, c'était bénef sur toute la ligne. À l'arrivée, il me faut payer de ma poche la différence. Je n'arrive pas à comprendre comment je me suis fait doubler aussi stupidement.

— C'est le monde des affaires, Simon.

Jean-Christophe nous attendait sur l'avenue, deux pâtés de maisons plus loin. Il était sur son trente et un, rasé de frais, les cheveux plaqués en arrière sous une épaisse couche de brillantine, aussi fébrile qu'un jeune premier, un énorme bouquet de fleurs à la main.

— Tu nous mets dans la gêne, lui reprocha Simon. De quoi on va avoir l'air, Jonas et moi, en débarquant les mains vides?

— C'est pour Émilie, nous avoua Jean-Christophe.

— Elle est invitée? m'écriai-je, désappointé.

— Et comment! fit Simon. Nos deux tourtereaux ne se quittent plus... Cela dit, je ne vois pas pourquoi tu lui apportes des fleurs, Chris. Cette fille appartient à quelqu'un d'autre. Et il se trouve que ce quelqu'un est Fabrice.

— En amour, toutes les chances sont bénies.

Simon fronça les sourcils, choqué par les propos de Jean-Christophe.

— T'es sérieux, là?

Jean-Christophe rejeta la tête en arrière dans un rire de diversion :

— Mais non, crétin. Je plaisante.

— Eh bien, tu n'es pas drôle pour un sou, si tu veux mon avis, lui fit Simon, à cheval sur certains principes.

Mme Scamaroni avait dressé la table sur la véranda. Ce fut elle qui nous ouvrit. Fabrice et sa dulcinée se délassaient dans des chaises en osier au milieu du jardin, sous un filet de treille. Émilie était resplendissante dans sa robe de gitane à la coupe simple. Les cheveux lâchés dans le dos, les épaules dénudées, elle était à croquer. J'eus honte de le penser et chassai cette idée de ma tête.

La pomme d'Adam de Jean-Christophe évoquait un yoyo ; sa cravate était sur le point de se défaire. Encombré par son bouquet, il l'offrit à Mme Scamaroni.

— C'est pour vous, madame.

— Oh ! merci, Chris. Tu es un ange.

— Nous nous sommes cotisés, mentit Simon, jaloux.

— C'est pas vrai, s'en défendit Jean-Christophe.

Nous éclatâmes de rire.

Fabrice referma le manuscrit qu'il était sûrement en train de lire à Émilie et vint nous accueillir. Il me prit dans ses bras et me serra un peu plus fort que les autres. Par-dessus son épaule, je surpris le regard d'Émilie en train de traquer le mien. La voix de Mme Cazenave retentit à travers mes tempes : *Émilie n'est qu'une gamine. Elle est capable de s'éprendre de n'importe quel rire, et je ne tiens pas à ce qu'elle succombe au vôtre.* Une gêne atroce, plus effarante que les précédentes, m'empêcha d'entendre ce que Fabrice me chuchotait dans l'oreille.

Toute la soirée, tandis que Simon désopilait la rate des uns et des autres avec ses histoires tordues, je battis en retraite devant les assauts incessants d'Émilie. Non que sa main me cherchât sous la table ou qu'elle m'adressât la parole ; elle était en face de moi et me cachait le reste du monde.

Elle se tenait tranquille, feignait de s'intéresser aux cocasseries alentour, mais son rire était laborieux. Elle riait pour la forme, par pure courtoisie. Je la voyais croiser les doigts, les triturer, nerveuse et un peu perdue, pareille à une écolière angoissée attendant son tour de passer au tableau. De temps à autre, au beau milieu d'une hilarité, elle levait les yeux sur moi pour voir si j'étais aussi amusé que les autres. Je n'entendais pouffer mes amis que d'une oreille. Comme Émilie, je riais pour la forme. Comme Émilie, mes pensées étaient ailleurs, et cette situation m'incommodait. Je n'aimais pas ce qui me trottait derrière la tête, les idées en train d'y éclore telles des fleurs vénéneuses... J'avais *promis* ; j'avais *juré.* Curieusement, les scrupules me prenaient à la gorge sans m'étrangler. Par je ne savais quel malin plaisir, je me laissais tenter. Dans quel guêpier étais-je en train de me fourrer ? Pourquoi, subitement, les serments ne signifiaient-ils plus grand-chose pour moi ? Je me ressaisis ; me rabattis sur les histoires de Simon, me concentrai dessus – peine perdue. Au bout de quelques bribes, de quelques hoquets, j'en perdais le fil et me retrouvais en train de soutenir le regard d'Émilie. Un silence sidéral me soustrayait aux rumeurs de la nuit et de la véranda ; j'étais suspendu dans un néant infini avec pour tout repère les grands yeux d'Émilie. Cela ne pouvait plus durer. J'étais en train de tricher, de trahir, de sentir mauvais jusqu'au bout des ongles, jusqu'à la racine des cheveux. Il me fallait quitter la table, rentrer chez moi au plus vite ; j'avais peur que Fabrice ne se doutât de quelque chose. Je ne le supporterais pas. Pas plus que le regard d'Émilie. Chaque fois qu'il se posait sur moi, il me dépossédait d'un pan de mon être – vieux rempart sous les coups du pendule, je m'effritais.

Je profitai d'un moment d'inattention pour aller dans le salon téléphoner à Germaine et lui demander de m'appeler ; ce qu'elle fit dix minutes plus tard.

— C'était qui ? me demanda Simon, intrigué par la mine que j'affichais à mon retour sur la véranda.

— Germaine... Mon oncle ne va pas bien.

— Tu veux que je te dépose chez toi ? me proposa Fabrice.

— Ce n'est pas la peine.

— Si c'est grave, tu me fais signe.

Je hochai la tête et m'enfuis.

L'été fut torride, cette année-là. Et les vendanges mirifiques. Les bals battaient leur plein. Le jour, on se ruait sur les plages ; le soir, on allumait les lampions par centaines, on en faisait des guirlandes et on s'éclatait. Les orchestres défilaient sous les chapiteaux et on dansait à ne plus pouvoir mettre un pied devant l'autre. Les mariages succédaient aux anniversaires, les soirées municipales aux fiançailles ; à Río Salado, on était capables de bâtir des festins autour d'un barbecue rudimentaire, de supplanter un ballet impérial rien qu'en actionnant le gramophone.

Je n'aimais pas me rendre aux fêtes, n'y restais que très peu de temps ; j'arrivais en dernier et repartais si vite que personne ne s'en apercevait. En vérité, tout le monde invitant tout le monde, notre bande se retrouvait fréquemment sur la piste de danse et je craignais de fausser le slow d'Émilie et de Fabrice ; ils étaient si beaux, même s'il était évident que leur bonheur boitait d'un côté. Les yeux peuvent mentir, pas le regard ; celui d'Émilie était en perte de vitesse. Il me suffisait d'être à sa portée pour qu'il me lançât des signaux de détresse. J'avais beau me détourner, ses ondes de choc me rattrapaient, me cernaient. Pourquoi moi ? hurlais-je en mon for intérieur.

Pourquoi me harcelait-elle ainsi, de loin, sans mot dire?...
Émilie évoluait sur un terrain qui n'était pas le sien, il n'y
avait pas de doute. Elle évoquait une méprise. Sa beauté
n'avait d'égale que la peine qu'elle taisait derrière l'éclat
de ses yeux et l'étirement charitable de son sourire. C'est
vrai, elle ne le montrait pas, se voulait joyeuse, heureuse
au bras de Fabrice, sauf qu'elle manquait de sérénité. Elle
ne voyait pas les étoiles lorsque le soir, assis tous les deux
sur une dune, Fabrice lui montrait le ciel... Je les avais
vus deux fois, blottis l'un contre l'autre sur la plage, tard
dans la nuit, à peine perceptibles dans le noir; bien qu'il
ne me fût pas possible de lire sur leur visage, j'étais persuadé que lorsque l'un étreignait très fort l'autre, il l'es-
camotait...

Et puis, il y avait Jean-Christophe, avec ses bouquets
de fleurs. Il n'en avait jamais acheté autant. Tous les
jours, il transitait par la fleuriste sur la place du village
avant de se diriger droit sur la maison des Scamaroni.
Simon ne voyait pas d'un bon œil cette galanterie suspecte, mais Jean-Christophe n'en avait cure; il semblait
avoir perdu tout discernement, toute notion de correction.
À la longue, Fabrice se mit à se rendre compte que ses
flirts avec Émilie étaient souvent perturbés, que Jean-
Christophe se montrait de plus en plus entreprenant, de
plus en plus envahissant. Au début, il n'y prenait pas
garde. Ensuite, à force de devoir reporter ses baisers à
plus tard, il se mit à se poser des questions. Jean-Christophe ne *les* lâchait plus; à croire qu'il épiait leurs moindres faits et gestes...

Et ce qui devait arriver arriva.

Nous étions à Terga-plage, un dimanche après-midi.
Les vacanciers sautillaient comme des sauterelles sur le
sable brûlant avant de courir se jeter à l'eau. Simon s'offrait son incontournable sieste postdigestive, le nombril
dégoulinant de sueur; il avait englouti plusieurs chapelets

de merguez et sifflé une bouteille de vin. Son gros ventre poilu rappelait le soufflet d'un maréchal ferrant. Fabrice, lui, gardait les yeux grands ouverts, son bouquin ébouriffé à ses pieds. Il ne lisait pas pour ne pas se distraire. Il était aux aguets, semblable à une proie. Quelque chose dans l'air clochait... Il regardait Jean-Christophe et Émilie se lancer des gerbes d'eau en riant, jouer à celui qui tiendrait le plus longtemps en apnée, puis nager vers le large à s'y confondre ; il les regardait exécuter des cabrioles au milieu des vagues, se tenir à la renverse, les mains sur le sable et les jambes hors des flots ; durant ces exercices, un sourire mélancolique flottait sur ses lèvres et ses yeux brillaient d'interrogations... Et quand il les vit soudain surgir d'entre les ressacs et s'attraper par la taille dans un élan dont la spontanéité les surprit tous les deux, une ride lui balafra le front : il comprit que les beaux projets qu'il échafaudait lui filaient inexorablement entre les doigts comme s'écoulent les grains du temps dans le sablier...

Je n'ai pas aimé cet été-là. Ce fut l'été des malentendus, des chagrins secrets et du désistement ; un été caniculaire qui faisait froid dans le dos tant il mentait aux uns et aux autres. Notre bande continua de retourner sur la plage, mais le cœur était ailleurs, et le regard aussi. Je ne sais pas pourquoi j'appellerai plus tard cet été *la morte saison*. Peut-être à cause du titre que Fabrice donna à son premier roman qui commençait ainsi : *Quand l'Amour vous fait un enfant dans le dos, il est la preuve que vous ne le méritez pas ; la noblesse consisterait à lui rendre sa liberté – ce n'est qu'à ce prix que l'on aime vraiment.* Brave comme toujours, noble jusque dans le jet d'éponge, Fabrice garda le sourire bien que son cœur clopinât dans sa poitrine, aussi malheureux qu'un oiseau en cage.

Simon n'apprécia guère la tournure que prenait la fin de la saison estivale. Il y avait trop d'hypocrisie, trop d'orages refoulés. Il estima que la mauvaise foi d'Émilie était répugnante. Que reprochait-elle à Fabrice ? Sa gentillesse ? Sa courtoisie excessive ? Le poète ne méritait pas d'être largué au détour d'un plongeon. Il s'était investi corps et âme dans cette liaison, et au village tout le monde s'accordait à reconnaître qu'ils formaient un couple de rêve, qu'ils avaient tout pour être heureux. Simon avait de la peine pour Fabrice sans pour autant incriminer ouvertement Jean-Christophe qui avait l'excuse d'avoir été dépressif depuis la perte d'Isabelle et qui ne donnait pas l'impression de se rendre compte du tort qu'il causait à son meilleur ami. Pour Simon, les choses étaient claires : la faute incombait à cette « mante religieuse » élevée ailleurs, ignorante des valeurs et des règles qui conditionnaient la vie à Río Salado.

Je tenais à rester en dehors de cette histoire. Quatre fois sur cinq, je trouvais un prétexte pour ne pas me joindre à la bande, « louper » un gueuleton, « sécher » une soirée.

Ne supportant plus la vue d'Émilie, Simon se mit à se décommander à son tour ; il préférait ma compagnie et m'emmenait dans le snack d'André jouer au billard jusqu'à nous cisailler les jarrets.

Fabrice s'exila à Oran. Reclus dans l'appartement de sa mère, boulevard des Chasseurs, il s'acharna à peaufiner ses chroniques pour son journal et à dresser les grandes lignes de son roman. Il ne rentrait presque plus au village. J'étais allé le trouver une fois ; il avait l'air résigné

Jean-Christophe nous invita chez lui, Simon et moi. Comme chaque fois qu'il avait une importante décision à prendre. Il nous avoua qu'il était totalement épris d'Émilie et qu'il comptait demander sa main. Il avait surtout

remarqué la mine déconcertée de Simon et s'enthousias-
mait pour nous dissuader de compromettre son bonheur.

— Je me sens renaître... Après ce que j'ai traversé,
ajouta-t-il en faisant allusion aux conséquences de sa rupture avec Isabelle, j'avais vraiment besoin d'un miracle
pour me tirer d'affaire. Et le miracle a eu lieu. Cette fille,
c'est le bon Dieu qui me l'envoie.

Simon esquissa un rictus qui n'échappa pas à Jean-
Christophe :

— Qu'est-ce qu'il y a? On dirait que tu n'es pas
convaincu.

— Je ne suis pas obligé.

— Pourquoi tu ricanes, Simon?

— Pour ne pas pleurer, si tu tiens à le savoir... Ouais!
Tu as très bien entendu : pour ne pas pleurer, pour ne pas
gerber, pour ne pas me foutre à poil et me jeter dans la
rue.

Simon était presque debout, le cou parcheminé de veines
saillantes.

— Vas-y, l'invita Jean-Christophe, vide ton sac.

— C'est pas un sac qu'il me faudrait, mais une mont-
golfière. Je vais être franc avec toi. Non seulement je ne
suis pas convaincu, en plus je ne suis pas content du tout.
Ce que tu as fait à Fabrice est inexcusable.

Jean-Christophe accusa le coup avec calme. Il comprenait qu'il nous devait des explications et, apparemment, il
en avait réuni les arguments. Nous étions dans le salon,
assis autour de la table, un carafon de jus de citron et un
autre rempli d'eau teintée au coco sur le plateau. La fenêtre
était ouverte sur la rue, le rideau gonflé de brise. Très loin,
des chiens aboyaient ; leurs jappements se pourchassaient
à travers le silence de la nuit.

Jean-Christophe attendit de voir Simon se rasseoir
avant de porter un verre d'eau à sa bouche. La main trem-

blante, il but en déglutissant; les gorgées crissaient dans sa gorge telle une poulie.

Il reposa le verre, s'essuya les lèvres sur un bout de torchon qu'il lissa machinalement en l'étalant sur la nappe.

Sans lever les yeux sur nous, il dit d'une voix pesante, réfléchie :

— Il s'agit d'amour. Je n'ai rien volé, rien détourné. Un coup de foudre comme il s'en déclare des milliers de par le monde. C'est un moment de grâce, le coup de foudre; l'instant privilégié des dieux. Je ne crois pas ne pas le mériter. Je n'ai pas à en rougir, non plus. J'ai aimé Émilie à l'instant où je l'ai vue. Il n'y a rien d'ignoble là-dedans. Fabrice est toujours mon ami. Je ne sais pas comment dire les choses. Je les prends comme elles viennent.

Ses poings cognèrent brusquement sur la table, nous ébranlant de la tête aux pieds :

— Je suis heureux, bon sang! Est-ce un crime d'être heureux?

Il leva ses yeux enflammés sur Simon :

— Quel mal y a-t-il à aimer et à être aimé? Émilie n'est pas un objet, une œuvre d'art que l'on achète dans un magasin ou une concession que l'on négocie. Elle n'appartient qu'à elle-même. Elle est libre de choisir comme elle est libre de renoncer. Il s'agit de partager une vie, Simon. Il se trouve que mes sentiments pour elle ne l'indiffèrent pas, qu'elle éprouve les mêmes pour moi. Où est l'ignominie là-dedans?

Simon ne se laissa pas intimider. Il tenait ses poings crispés sur la table, les narines dilatées de colère. Il regarda Jean-Christophe droit dans les yeux et, articulant chaque syllabe, il lui dit :

— Alors pourquoi nous as-tu fait venir si tu es convaincu de ta décision? Pourquoi nous sommes là, Jonas et moi, à

subir ta plaidoirie si tu estimes que tu n'as rien à te reprocher? Penses-tu, ainsi, alléger ta conscience ou nous
associer à tes coups bas?

— Hors sujet, Simon. Tu es hors sujet. Je ne vous ai
pas appelés pour voir si j'aurais votre bénédiction, encore
moins pour vous forcer la main. Il est question de *ma* vie,
et je suis assez grand pour savoir ce que je veux et comment l'obtenir... J'ai l'intention d'épouser Émilie avant
Noël. Et j'ai besoin de sous, et non de vos conseils.

Simon réalisa qu'il était allé trop loin, qu'il n'avait pas
le droit de contester la décision de Jean-Christophe. Ses
poings se décrispèrent. Il recula contre le dossier de sa
chaise, grimaça une série de moues en fixant le plafond.
Son souffle résonnait dans la salle.

— Tu ne trouves pas que tu vas un peu trop vite en
besogne?

Jean-Christophe se retourna vers moi :

— Tu trouves que je vais un peu trop vite en besogne,
Jonas?

Je ne lui répondis pas.

— Tu es sûr qu'elle tient vraiment à toi? lui demanda
Simon.

— Pourquoi, tu as des raisons d'en douter?

— C'est une fille de la ville, Chris. Rien à voir avec
les nôtres. Quand je vois de quelle manière elle a laissé
tomber Fabrice...

— Elle n'a pas laissé tomber Fabrice, hurla Jean-Christophe, exaspéré.

Simon le calma des deux mains :

— D'accord, je retire ce que je viens de dire... Est-ce
que tu as parlé à cette fille de ce que tu as l'intention de
faire?

— Pas encore, mais ça ne saurait tarder. Mon problème est que je suis fauché. Les quelques économies que

j'avais, je les ai flambées dans les boxons et les bars à Oran. À cause de ce qui s'est passé entre Isabelle et moi.

— Justement, lui fit Simon. Tu te relèves à peine de cette rupture. Je suis persuadé que tu n'as pas récupéré l'ensemble de ta lucidité et que ton embrasement pour cette citadine n'est qu'un feu de paille. Tu devrais temporiser, ne pas te mettre la corde au cou avant d'être certain de sa teneur. Je me demande d'ailleurs si tu ne serais pas en train de chercher à rendre jalouse Isabelle ?

— Isabelle, c'est de l'histoire ancienne.

— On ne claque pas la porte au nez d'un amour d'enfance aussi facilement que l'on claque des doigts, Chris.

Blessé par les propos de Simon et exacerbé par mon mutisme, Jean-Christophe se leva et marcha vers la porte du salon qu'il ouvrit d'un geste sec.

— Tu nous chasses, Chris ? s'indigna Simon.

— Disons que je vous ai assez vus. Quant à toi, Simon, si tu ne veux pas me prêter des sous, ce n'est pas grave. Mais de grâce ! ne te dérobe pas derrière des considérations qui t'échappent et, surtout, aie l'élégance de ne pas, en plus, m'accabler.

Jean-Christophe savait que ce n'était pas vrai, que Simon donnerait sa dernière chemise pour lui ; il cherchait à être désagréable et vexant et fit mouche car Simon quitta le salon telle une tornade ; je dus lui courir après dans la rue pour le rattraper.

Mon oncle me convoqua dans son bureau et me demanda de m'asseoir sur le canapé où il aimait s'allonger pour lire. Il avait pris des couleurs, un peu de poids et avait rajeuni. L'étreinte de ses doigts conservait encore un léger tremblement, mais son regard s'était éveillé. En tous les cas, j'étais content de retrouver l'homme qui m'enchantait à Oran avant la descente de police. Il lisait, écrivait, souriait, sortait régulièrement flâner, Germaine à son bras. J'adorais les voir marcher côte à côte au milieu de nulle part, si fusionnels qu'ils n'accordaient que très peu d'attention au monde alentour. Il y avait, dans la simplicité de leur rapport, dans la fluidité de leur communion, une tendresse, une profondeur, une authenticité qui les sanctifiait presque. Ils formaient le couple le plus respectable qu'il m'ait été donné d'admirer. Les observer, tandis qu'ils se suffisaient à eux-mêmes, m'insufflait un peu de leur plénitude et me remplissait d'une joie belle comme leur bonheur pudique. Ils étaient l'amour sans concession, l'amour parfait. Dans la *charia*, il est impératif pour une non-musulmane de se convertir à l'islam avant d'épouser un musulman. Mon oncle n'était pas de cet avis. Il lui importait peu que sa femme fût chrétienne ou païenne. Il disait que lorsque deux êtres s'aiment, ils échappent aux contraintes et aux anathèmes ; que l'amour apaise les dieux et qu'il ne se négocie pas puisque tout arrangement ou concession porterait atteinte à ce qu'il a de plus sacré.

Il remit sa plume dans son encrier et me considéra d'un air pensif :

— Qu'est-ce qui ne va pas, mon garçon ?

— C'est-à-dire ?…

— Germaine pense que tu as un problème.

— Je ne vois pas lequel. Me suis-je plaint de quelque chose ?

— Ce n'est pas nécessaire pour celui qui estime que ses problèmes ne regardent que lui… Sache que tu n'es pas seul, Younes. Et ne crois surtout pas m'importuner. Tu es l'être que je chéris le plus au monde. Tu es ce qui reste de mon histoire… Tu as l'âge des grands soucis, maintenant. Tu songes à prendre femme, à disposer d'une maison à toi, à faire ta vie de ton côté. C'est normal. Chaque oiseau est appelé à voler de ses propres ailes, un jour ou l'autre.

— Germaine raconte n'importe quoi.

— Ce n'est pas un tort. Tu sais combien elle t'aime. Toutes ses prières sont pour toi. Aussi, ne lui cache rien. Si tu as besoin d'argent, ou de quoi que ce soit, nous sommes à ton entière disposition.

— Je n'en douterais pas une seconde.

— Voilà qui me rassure.

Avant de me congédier, il reprit sa plume et griffonna sur un bout de papier qu'il me confia :

— Aurais-tu la gentillesse de passer à la librairie me rapporter ce livre ?

— Bien sûr, tout de suite.

Je glissai le bout de papier dans ma poche et rejoignis la rue en me demandant ce qui pouvait bien faire croire à Germaine que j'avais des soucis.

La fournaise des dernières semaines s'était calmée. Dans le ciel épuisé par la canicule, *un gros nuage filait sa laine, le soleil en guise de rouet*; son ombre glissait sur les vignes tel un vaisseau fantôme. Les vieux commençaient à sortir de leurs abris, heureux d'avoir survécu à la vague de chaleur. Assis sur des tabourets, en short et en tricot de peau trempé de sueur, ils dégustaient leur anisette sur le pas de leurs portes, la tronche congestionnée à moitié enfouie sous de vastes chapeaux. Le soir n'était pas loin; la brise en provenance du littoral rafraîchissait jusqu'à nos humeurs... Le bout de papier de mon oncle dans la poche, je me dirigeai vers la librairie aux vitrines truffées de livres et de gouaches naïves signées par des apprentis peintres locaux; et quelle fut ma surprise lorsqu'en poussant la porte je découvris Émilie derrière le comptoir.

— Bonjour, me dit-elle, prise de court elle aussi.

Pendant quelques secondes, je ne sus plus ce que j'étais venu chercher. Mon cœur cognait comme un forgeron fou sur son enclume.

— Mme Lambert est souffrante depuis quelques jours, m'expliqua-t-elle. Elle m'a demandé de la remplacer.

Ma main dut s'y prendre à plusieurs reprises avant de dénicher le bout de papier au fond de ma poche.

— Je peux vous aider ?

Sans voix, je me contentai de lui tendre le bout de papier.

— *La Peste*, d'Albert Camus, lut-elle. Aux éditions Gallimard...

Elle opina du chef et se dépêcha de se retrancher derrière les étagères, probablement pour se remettre de son émotion. J'en profitai, à mon tour, pour reprendre mon souffle. Je l'entendis pousser un escabeau, chercher dans les étagères, répéter « Camus... Camus... », descendre de l'escabeau, arpenter les petites allées au milieu des étals puis s'écrier :

— Ah ! le voilà...

Elle revint, les yeux plus vastes qu'une prairie.

— Il était juste sous mon nez, ajouta-t-elle, de plus en plus confuse.

Ma main effleura la sienne quand je pris le livre. La même foudre, qui m'avait électrocuté au restaurant à Oran quand elle m'avait *interpellé* sous la table, me court-circuita. Nous nous regardâmes comme pour vérifier si nous subissions l'influence d'éléments similaires. Elle était fortement écarlate. Je suppose qu'elle ne faisait que me renvoyer mon propre reflet.

— Comment va votre oncle ? dit-elle pour surmonter sa gêne.

Je ne voyais pas ce qu'elle entendait par là.

— Vous aviez l'air très préoccupé, l'autre soir...

— Ah !... Oui, oui, il va mieux maintenant.

— J'espère que ce n'était pas grave.

— C'était pas méchant.

— Je m'étais beaucoup inquiétée, après votre départ.

— Il y avait eu plus de peur que de mal.

— Je m'étais inquiétée pour vous, monsieur Jonas. Vous étiez si pâle.

— Oh! moi, vous savez...

Sa rougeur s'éclaircit. Elle surmontait son trouble. Ses yeux empoignaient les miens, décidés à ne pas les lâcher.

— J'aurais souhaité que cette alerte n'ait pas eu lieu. Je commençais à peine à m'habituer à vous. On ne vous a pas assez entendu.

— Je suis timide.

— Je le suis aussi. C'est éprouvant, à la longue. Et ça nous pénalise sévèrement... Après votre départ, je me suis beaucoup ennuyée.

— Simon était inspiré, pourtant.

— Pas moi...

Sa main glissa du livre et s'aventura sur mon poignet; je retirai vivement mon bras.

— De quoi avez-vous peur, monsieur Jonas?

Cette voix!... Débarrassée de ses trémolos, elle prenait de l'assurance, s'affermissait, claire, puissante, aussi souveraine que celle de sa mère.

Sa main revint s'emparer de la mienne; je ne la repoussai pas.

— Depuis longtemps, je voulais vous parler, monsieur Jonas. Mais vous me fuyez comme un mirage... Pourquoi me fuyez-vous?

— Je ne vous fuis pas...

— Vous mentez... Il est des choses qui nous trahissent dès la première feinte. On a beau cacher son jeu, ça transparaît à notre corps défendant... Je serais tellement contente si nous pouvions disposer d'un moment. Je suis certaine que nous avons énormément de choses en commun, vous ne croyez pas?...

— ...

— Nous pourrions convenir d'un rendez-vous, si vous voulez ?

— C'est que je suis débordé, ces derniers temps.

— J'aimerais vous parler en privé.

— À quel sujet ?

— Ce n'est pas l'endroit ni le moment... Je serais ravie de vous recevoir chez moi. Notre maison est sur la piste du marabout... Ce ne sera pas long, je vous le promets.

— Oui, mais, je ne vois pas de quoi nous pourrions parler. Et puis, Jean-Christophe...

— Quoi, Jean-Christophe ?

— Nous sommes dans un tout petit village, mademoiselle. Les gens sont indiscrets. Jean-Christophe pourrait ne pas apprécier...

— Ne pas apprécier quoi ?... Nous ne faisons rien de répréhensible. Et puis, ça ne le concerne pas. C'est juste un ami. Il n'y a rien de concret entre lui et moi.

— Ne dites pas ça, je vous en prie. Jean-Christophe est fou de vous.

— Jean-Christophe est un garçon formidable. Je l'aime bien... mais pas suffisamment pour partager ma vie avec lui.

Ses propos m'estomaquèrent.

Ses yeux avaient l'éclat d'une lame de cimeterre.

— Ne me regardez pas comme ça, monsieur Jonas. C'est la vérité. Il n'y a rien entre nous.

— Tout le monde au village vous croit fiancés.

— Ils se trompent... Jean-Christophe est un camarade, pas plus. Mon cœur appartient à quelqu'un d'autre, précisa-t-elle en serrant doucement ma main contre sa poitrine...

— Bravo !

Le cri fit l'effet d'une déflagration, nous pétrifiant, Émilie et moi : Jean-Christophe était debout dans l'embrasure de la porte, son bouquet de fleurs au poing. La haine, qui giclait de son regard telle une lave en éruption, m'immola. Écœuré, incrédule, outré, il vibra sur le seuil de la librairie, littéralement enseveli sous le ciel qui venait de lui tomber dessus, les traits chamboulés et la bouche agitée d'une incommensurable indignation.

— Bravo ! nous lança-t-il.

Il jeta à terre son bouquet, l'écrabouilla sous sa chaussure :

— Je pensais offrir ces roses à l'amour de ma vie, et elles ne sont bonnes qu'à fleurir la tombe de mes rêves... Quel imbécile !... Quel crétin, je suis !... Et toi, Jonas, quel beau salaud !

Il retourna dans la rue en claquant si furieusement la porte vitrée qu'elle se lézarda.

Je lui courus après. Il coupa par des ruelles secondaires en pressant le pas, shootant rageusement dans les objets qu'il trouvait sur son chemin. Quand il s'aperçut que j'étais derrière lui, il me fit face et me menaça du doigt :

— Reste où tu es, Jonas... Ne t'approche pas de moi si tu ne tiens pas à ce que je t'aplatisse comme une crotte.

— C'est un malentendu. Je te jure qu'il n'y a rien, entre elle et moi.

— Va te faire foutre, salopard ! Va au diable avec elle ! Tu n'es qu'un fumier, un sale faux jeton de fumier de merde !

Pris d'une frénésie, il fonça sur moi, me souleva dans son élan et me plaqua contre une palissade. Sa salive m'éclaboussait tandis qu'il m'insultait. Il me frappa violemment dans le creux du ventre. Le souffle coupé, je mis un genou à terre.

— Pourquoi faut-il que tu te mettes toujours dans mes pattes lorsque j'essaye de courir vers mon bonheur ? hurlait-il d'une voix larmoyante, les yeux injectés de sang, la bouche effervescente de bave. Pourquoi, bon sang de bon

Dieu! Pourquoi te dresses-tu sur ma route comme un mauvais présage?

Il m'envoya un coup de pied dans le flanc.

— Je te maudis! Je te maudis et maudis le jour qui t'a mis sur mon chemin! hurlait-il en s'enfuyant. Je ne veux plus te voir, plus entendre parler de toi jusqu'à la fin des temps, faux jeton, minable, ingrat!

Désarticulé au sol, j'étais incapable de savoir si c'était le chagrin ou la violence de mon ami qui me faisait le plus souffrir.

Jean-Christophe ne rentra pas chez lui. André raconta l'avoir aperçu en train de couper à travers champs en courant, pareil à un forcené; puis plus aucun signe de vie. On l'attendit deux jours, une semaine; rien. Ses parents étaient morts d'inquiétude. Jean-Christophe n'avait pas l'habitude de laisser ses proches sans nouvelles. Lorsqu'il avait rompu avec Isabelle, il s'était volatilisé de la même manière, sauf qu'il n'oubliait pas de téléphoner le soir à sa mère pour la rassurer. Simon vint plusieurs fois chez moi s'enquérir de la situation. Il n'était pas tranquille et ne cachait pas sa crainte. Jean-Christophe relevait à peine d'une dépression. Il ne survivrait pas à une rechute. Je redoutais le pire, moi aussi. J'avais si peur que les hypothèses de Simon m'empêchaient de fermer l'œil. Je passais mes nuits à imaginer toutes sortes de scénarios dramatiques et souvent je me levais pour aller chercher une carafe d'eau que je vidais en arpentant le balcon. Je ne voulais rien dire de ce qui s'était passé à la librairie. J'en avais honte; j'essayais de me persuader que ce terrible malentendu n'avait jamais eu lieu.

— Cette garce a dû lui dire un truc pas bon, grognait Simon en faisant allusion à Émilie. J'en mettrais ma main au feu. Cette allumeuse y est pour quelque chose.

Je n'osais pas le regarder dans les yeux.

Le huitième jour, après avoir contacté ses connaissances à Oran et entrepris des recherches discrètes pour ne pas ameuter le village, le père de Jean-Christophe alerta la police. Fabrice rentra à Río en catastrophe dès qu'il eut vent de la disparition de Jean-Christophe.

— Bon sang ! Que s'est-il passé ?

— Je n'en sais rien, lui dit Simon, dépité.

Nous partîmes tous les trois à Oran, cherchâmes notre ami dans les maisons closes, les bars, les fondouks malfamés de la Scalera où, pour quelques billets, on pouvait s'enfermer des jours et des nuits en compagnie de putains vieillissantes, à cuver du mauvais vin et à téter des pipes d'opium ; pas un bout de piste. Nous montrâmes la photo de Jean-Christophe aux tenancières, aux gargotiers, aux videurs des cabarets, aux « moutchos » des hammams ; personne ne l'avait vu dans les parages. Ni à l'hôpital ni dans les commissariats.

Émilie me rendit visite à la pharmacie. Je voulus la jeter dehors sur-le-champ. Sa mère avait raison ; trop d'influences malsaines, trop d'éléments démoniaques se déclenchaient dès que nos regards se croisaient. Curieusement, quand elle pénétra dans l'officine, mes forces m'abandonnèrent. J'étais en colère contre elle, la tenais pour responsable de la fugue de Jean-Christophe et de ce qu'il pourrait lui arriver ; pourtant, je ne lus sur son visage qu'une grande tristesse qui ne tarda pas à m'apitoyer. Ses petits doigts entortillant un bout de mouchoir, les lèvres exsangues, elle s'arrêta contre le comptoir, navrée, impuissante et désespérée.

— Je suis terriblement désolée.

— Et moi, donc !

— Et désolée de vous avoir mêlé à cette histoire.

— Ce qui est fait est fait.

— Je prie toutes les nuits pour qu'il ne soit rien arrivé à Jean-Christophe.

— Si seulement on savait où il est.

— Vous n'avez toujours pas de nouvelles?

— Non.

Elle considéra ses doigts ligotés.

— D'après vous, Jonas, que devais-je faire? J'ai été très honnête avec lui. Depuis le début, je lui avais dit que mon cœur appartenait à un autre. Il n'a pas voulu me croire. Ou peut-être avait-il pensé qu'il avait une chance. Est-ce de ma faute s'il n'en avait aucune?

— Je ne vois pas de quoi vous voulez parler, mademoiselle. Ce n'est d'ailleurs ni l'endroit ni le moment...

— Si, me coupa-t-elle. C'est précisément le moment de dire les choses telles qu'elles se présentent. C'est parce que je n'osais pas, par pudeur, aller au bout de mes certitudes que j'ai brisé deux cœurs. Je ne suis pas une briseuse de cœurs. Il n'a jamais été dans mes intentions de causer du tort à qui que ce soit.

— Je ne vous crois pas.

— Il faut me croire, Jonas.

— Non, ce n'est pas possible. Vous n'avez pas respecté Fabrice; vous avez même osé me frôler sous la table pendant que vous lui souriiez. Ensuite, vous avez blessé Jean-Christophe en me rendant complice de votre petit jeu...

— Ce n'est pas un jeu.

— Qu'est-ce que vous me voulez, à la fin?

— Vous dire que... je vous aime.

Les éléments se déchaînèrent d'un coup. Je sentis la pièce, les étagères derrière moi, le comptoir, les murs se désintégrer.

Émilie ne bronchait pas. Elle me fixait de ses yeux immenses, les doigts coincés dans le bout du mouchoir.

— Je vous en prie, mademoiselle, rentrez chez vous.

— Vous n'avez pas compris?... Je ne me jetais dans les bras d'un autre que pour que vous me voyiez, ne riais aux éclats que pour que vous m'entendiez... Je ne savais pas comment m'y prendre avec vous, comment vous dire que je vous aimais.

— Il ne faut pas le dire.

— Comment peut-on taire le plus bel appel du cœur?

— Je ne sais pas, mademoiselle. Et je ne tiens pas à l'entendre.

— Pourquoi?

— Je vous en prie...

— Non, Jonas. On n'a pas le droit d'exiger une chose pareille. Je vous aime. Il est impératif que vous le sachiez. Vous ne pouvez pas mesurer combien ça me coûte, combien j'ai honte de me dénuder devant vous, d'insister et de me battre pour un sentiment qui ne vous frappe pas de plein fouet pendant qu'il m'anéantit, moi, mais je serais doublement malheureuse si je continuais à taire ce que mes yeux n'arrêtent pas de hurler : je vous aime, je vous aime, je vous aime. Je vous aime toutes les fois que je respire. Je vous ai aimé dès que je vous ai vu... il y a plus de dix ans... dans cette même pharmacie. J'ignore si vous vous en souvenez encore, mais moi je n'ai pas oublié. Il avait plu, ce matin-là, et mes gants de laine étaient tout mouillés. Je venais tous les mercredis faire ma piqûre ici. Et ce jour-là, vous reveniez de l'école. Je me rappelle la couleur de votre cartable aux sangles cloutées, la coupe de votre paletot à capuchon, jusqu'aux lacets défaits de vos chaussures marron. Vous aviez treize ans... Nous avions parlé des Caraïbes... Pendant que votre mère me soignait dans l'arrière-boutique, vous aviez cueilli une rose pour moi et vous l'aviez glissée dans mon livre de géographie.

Un flash zébra mon cerveau, et une nuée de souvenirs virevolta vertigineusement dans mon esprit. Tout me revint d'un trait : *Émilie* !... qu'un grand homme *taillé dans un menhir* accompagnait. Je compris enfin pourquoi, l'autre jour au pique-nique, cette expression singulière avait fulguré sur son visage quand je lui avais dit que j'étais pharmacien. Elle avait vu juste : nous nous étions bel et bien *rencontrés quelque part, il y avait longtemps.*

— Vous vous rappelez ?

— Oui.

— Vous m'aviez demandé ce que c'était, la Guadeloupe. Je vous avais répondu que c'était une île française dans les Caraïbes... Quand j'ai trouvé la rose dans mon livre de géographie, cela m'avait fait quelque chose, et j'ai serré le livre contre moi. Je me rappelle ce jour comme si c'était hier. Il y avait un pot de fleurs juste là, sur une vieille commode ventrue. Derrière le comptoir, à gauche de l'étagère que voici, se tenait une figurine représentant Marie, une figurine en plâtre avec des couleurs claires...

Pendant qu'elle évoquait ces souvenirs qui me revenaient avec une précision inouïe, sa voix tendre et inspirée m'engourdissait. J'avais le sentiment d'être emporté au ralenti par une crue épaisse. Comme pour la contrecarrer, la voix de Mme Cazenave se souleva contre celle de sa fille, se répandit dans ma tête, suppliante, mugissante, semblable à une litanie. Malgré sa densité, la clameur qu'elle agitait, la voix d'Émilie parvenait sans coup férir jusqu'à moi, nette, limpide, aussi pénétrante qu'une aiguille.

— *Younes*, me dit-elle, n'est-ce pas ? Je me rappelle tout.

— Je...

Elle posa un doigt sur ma bouche :

— Je vous en prie, ne dites rien maintenant. J'ai peur de ce que vous allez me dire. Il me faut reprendre mon souffle, vous comprenez ?

Elle me prit la main et la posa sur son sein :

— Voyez comme mon cœur bat, Jonas... Younes...

— Ce que nous faisons est mal, fis-je sans oser retirer ma main, hypnotisé par son regard.

— Et quel est donc ce mal ?

— Jean-Christophe vous aime. Il est follement épris de vous, dis-je pour dominer les voix de la mère et de la fille en train de se livrer un combat titanesque dans ma tête... Il racontait partout que vous alliez l'épouser.

— Pourquoi me parlez-vous de lui ? Il s'agit de nous.

— Je suis désolé, mademoiselle. Jean-Christophe compte beaucoup plus à mes yeux qu'un vieux souvenir d'enfant.

Elle accusa le coup. Avec grâce.

— Je n'ai pas voulu être méchant, tentai-je de me racheter, conscient de ma goujaterie.

Elle reposa son doigt sur ma bouche :

— Vous n'avez pas à vous excuser, Younes. Je comprends. Vous aviez probablement raison, ce n'est pas le moment. Mais je tenais à ce que vous le sachiez. Vous êtes plus qu'un vieux souvenir d'enfant pour moi. Et j'ai le droit de le penser. Il n'y a ni honte ni crime en amour, sauf quand on le sacrifie, y compris pour les bonnes causes.

Sur ce, elle se retira. Sans bruit. Sans se retourner. Jamais je n'avais senti solitude plus profonde qu'à l'instant où elle avait rejoint la rumeur de la rue.

15.

Jean-Christophe était en vie.

Río Salado poussa un grand soupir de soulagement.

Un soir, contre toute attente, il appela sa mère au téléphone pour lui dire qu'il allait bien. D'après Mme Lamy, son fils était *lucide*. Il parlait tranquillement, avec des mots simples et justes, et sa respiration était *normale*. Elle lui avait demandé pourquoi il était parti et d'où il appelait. Jean-Christophe s'était contenté de lancer des formules vagues, toutes faites, comme quoi Río n'était pas le monde, qu'il y avait d'autres territoires à explorer, d'autres voies à inaugurer, esquivant ainsi la question de savoir où il se trouvait et comment il se débrouillait au quotidien pour survivre vu qu'il était parti sans argent et sans bagages. Mme Lamy n'avait pas insisté ; son rejeton donnait enfin un signe de vie, et c'était déjà ça de gagné. Elle devinait que le traumatisme était profond, que la « lucidité » affectée par son fiston n'était qu'une façon de le cacher, et avait peur, en cherchant à trop remuer le couteau dans la plaie, d'occasionner l'hémorragie.

Ensuite, Jean-Christophe écrivit une longue lettre à Isabelle dans laquelle il lui avoua le grand amour qu'il avait pour elle et combien il regrettait de n'avoir pas su le faire fructifier. C'était une sorte de lettre-testament ; Isabelle Rucillio avait pleuré à chaudes larmes, persuadée que son « fiancé » éconduit se serait jeté du haut d'une falaise ou sous les roues d'une locomotive après avoir posté la missive – le tampon sur le timbre étant illisible, on ne sut pas d'où il l'avait expédiée.

Trois mois plus tard, Fabrice reçut *sa* lettre faite d'excuses et de remords. Jean-Christophe reconnaissait avoir été égoïste et, grisé par le désir et la possession, avoir perdu de vue les règles élémentaires des convenances et ses devoirs vis-à-vis d'un être qu'il chérissait depuis l'école et qui resterait son plus grand ami... Il ne laissa pas ses coordonnées.

Huit mois après l'incident de la librairie, Simon – qui entre-temps s'était associé avec Mme Cazenave pour le lancement d'une maison de haute couture à Oran – découvrit, parmi son courrier, *sa* lettre à lui ; une photographie récente d'un Jean-Christophe en tenue de troufion, le crâne tondu et le fusil vaillant, avec ces quelques mots au verso : *C'est la vie de château, merci mon adjudant.* Sur l'enveloppe, le tampon postal indiquait la localité de Khemis Méliana. Fabrice décida de s'y rendre. Nous l'accompagnâmes, Simon et moi, jusqu'à la caserne de la ville en question où l'on nous certifia que l'école n'accueillait plus que les « indigènes » depuis trois ou quatre années ; on nous orienta sur Cherchell. Christophe n'était pas à l'école militaire de Cherchell, ni à celle de Koléa. Nous frappâmes à différentes portes, vérifiâmes auprès des garnisons d'Alger, de Blida ; sans succès. Nous étions en train de pourchasser un spectre... Nous rentrâmes à Río aussi esquintés que bredouilles. Fabrice et Simon n'avaient toujours pas d'explication quant à l'option prise par notre aîné. Ils soupçonnaient une déception amoureuse mais n'en étaient pas sûrs. Émilie ne donnait pas l'impression de se reprocher quelque chose. On la voyait tantôt à la librairie en train d'assister Mme Lambert, tantôt sur l'avenue principale du village à contempler les vitrines avec une douce mélancolie. Toutefois, la décision de Jean-

Christophe en tarabustait plus d'un. S'engager dans l'armée n'aurait guère effleuré l'esprit d'un garçon de Río Salado ; ce n'était pas un univers pour nous et nous ne parvenions pas à dissocier le choix de Jean-Christophe d'une volonté absurde et insupportable de s'autoflageller. Dans ses lettres, pas une fois il n'avait laissé transparaître les frustrations qui l'avaient amené à renoncer à sa liberté, à sa famille, à son village pour se livrer pieds et poings liés aux règlements militaires et au travail de la dépersonnalisation consentante et de la soumission.

La lettre adressée à Simon fut la dernière.

Je ne reçus jamais la mienne.

Émilie continua de me rendre visite. Parfois, nous demeurions face à face sans échanger un mot, pas même une formule de politesse. Avions-nous des choses à ajouter ? Nous nous étions dit l'essentiel de ce que nous avions à nous dire. Pour elle, j'avais besoin de temps, et elle devait s'armer de patience ; pour moi, ce qu'elle me proposait était irréalisable, mais comment le lui faire comprendre sans l'offenser et catastropher le village entier ? C'était une liaison impossible, contre nature. J'étais désemparé. Je ne savais pas quoi faire. Alors, je me taisais. Émilie prenait sur elle ; elle ne cherchait pas à bousculer l'ordre établi, en même temps elle s'escrimait à garder coûte que coûte le contact. Elle pensait que je me culpabilisais à cause de Jean-Christophe, que je finirais bien par transcender ce cas de conscience, que ses immenses yeux sauraient, à la longue ou à l'usure, venir à bout de mes inhibitions. Depuis qu'au village nous avions appris que Jean-Christophe était sain et sauf, la tension entre nous deux avait baissé d'un cran… sans pour autant normaliser nos rapports. Jean-Christophe n'était pas là, mais son absence creusait le fossé qui nous séparait, déversait son ombre sur nos pensées, obscurcissait nos desseins. Émilie le lisait sur les traits de mon visage. Elle arrivait déterminée, tenant à bras-le-corps ce qu'elle avait passé la nuit à peaufiner pour moi puis, au moment de vérité, elle flanchait; elle n'osait plus me prendre la main ou me poser le doigt sur la bouche. Elle s'inventait un mal incongru, demandait un remède pour justifier sa présence dans mon officine. Je notais sur le registre sa commande, la servais quand le produit était disponible, et c'était tout. Elle s'accordait quelques minutes de méditation, hasardait une ou deux réflexions, une ou deux questions pratiques autour du mode d'emploi du médicament puis rentrait chez elle. À vrai dire, elle espérait provoquer en moi un soubresaut, un déclic qu'elle guettait désespérément pour me rouvrir son cœur; je ne l'encourageais pas. Feignant de ne pas remarquer son insistance muette, tragiquement muselée, je luttais pour ne pas céder, certain que si je venais à montrer un signe de faiblesse, elle en profiterait pour relancer ce que je me tuais à dissuader.

Durant cette grossière manœuvre que je répugnais à assumer, tandis que je jouais à celui qui ne se rendait compte de rien, je souffrais. De visite en visite – plus exactement, de séparation en séparation –, je m'apercevais qu'Émilie prenait possession de mes préoccupations, qu'elle gagnait du terrain, qu'elle devenait mon principal centre d'intérêt. La nuit, je ne pouvais m'endormir sans passer en revue ses gestes et ses silences. Le jour, derrière mon comptoir, j'attendais qu'elle se manifestât; chaque client qui débarquait m'apportait un pan de son absence si bien que je me surprenais à me languir d'elle, à sursauter quand le carillon d'entrée tintait et à m'énerver quand ce n'était pas elle qui poussait la porte. Quelle mutation était en train de s'opérer en moi? Pourquoi m'en voulais-je d'être *quelqu'un de sensé*? La correction devrait-elle primer la sincérité? À quoi servirait l'amour s'il ne supplantait pas les sortilèges et les sacrilèges, s'il devait s'assujettir aux interdits, s'il n'obéissait pas à sa propre fixation, à sa propre démesure ?... Je ne savais où donner de la tête. Et le chagrin d'Émilie me paraissait pire que toutes les abjurations, toutes les profanations et tous les blasphèmes réunis.

— Ça va durer jusqu'à quand, Younes ? me demanda-t-elle, à bout.

— Je ne vois pas de quoi vous voulez parler.

— Ça crève les yeux, pourtant. Je veux parler de *nous*... Comment pouvez-vous me traiter de la sorte ? Je viens plusieurs fois dans cette sinistre pharmacie, et vous faites semblant d'ignorer ma peine, ma longanimité, mes attentes. On dirait que vous faites exprès de m'humilier. Pourquoi ? Que me reprochez-vous ?

— ...

— Est-ce à cause de la religion ? C'est parce que je suis chrétienne et vous musulman, c'est ça ?

— Non.

— Alors, de quoi s'agit-il ? Ne me dites pas que je vous indiffère, que vous n'éprouvez rien pour moi. Je suis femme, mon intuition est forte. Je sais que le problème ne se situe pas à ce niveau. Je ne vois même pas quel problème il pourrait y avoir. Je vous ai dit ce que je ressens pour vous. Qu'est-ce qu'il faudrait que je fasse de plus ?

Elle était outrée et excédée à la fois, au bord de la crise de larmes. Ses poings crispés à hauteur de sa poitrine auraient voulu me saisir par le cou et me secouer à me démailler.

— Je suis désolé.

— C'est-à-dire ?

— Je ne peux pas.

— Vous ne pouvez pas quoi ?

J'étais embarrassé. Malheureux, sans aucun doute. Outré, moi aussi, par l'ambiguïté de mon attitude, ma pleutrerie, mon inaptitude à trancher une fois pour toutes et à rendre sa liberté et sa dignité à cette fille prise en otage par mon indécision alors que je savais que notre histoire n'aurait pas de suite. N'étais-je pas en train de me mentir, de me mettre à l'épreuve là où il n'y avait rien à prouver et rien à surmonter ? Était-ce là encore de l'autoflagellation ? Comment trancher sans me décapiter, sans perdre la tête ? Émilie ne se trompait pas ; mes sentiments pour elle étaient puissants. Chaque fois que j'essayais de me faire une raison, mon cœur s'insurgeait ; il m'en voulait de chercher à l'amputer. Que faire ? Quel serait cet amour qui s'érigerait sur le sacrilège, sans noblesse et sans bénédiction ? Comment ferait-il pour survivre à l'abjection qui l'irriguerait telle une eau polluée ?

— Je vous aime, Younes... Est-ce que vous m'écoutez ?

— ...

— Je vais m'en aller. Je ne reviendrai plus. Si vous éprouvez la même chose pour moi, vous savez où me trouver.

Une larme lui échappa ; elle ne l'essuya pas. Ses grands yeux m'inondaient. Lentement, elle se ramassa autour de ses petites mains qu'elle enfonça dans le creux de son ventre et sortit.

— Dommage...

Mon oncle se tenait derrière moi. Je mis un certain temps à me demander à quoi il faisait allusion. Nous avait-il entendus ? Il s'en serait voulu d'écouter aux portes. Ce n'était pas son genre. Entre nous deux, il était question de tout, sauf de femmes. C'était un sujet tabou, et malgré son érudition et son émancipation, une pudeur atavique l'empêcherait d'aborder cette question de façon frontale avec moi. Traditionnellement, dans notre communauté, on y procédait par allusions ou par procuration, c'est-à-dire par personne interposée – il aurait chargé Germaine de me faire la leçon.

— J'étais dans l'arrière-boutique, et la porte n'était pas fermée.

— Ce n'est pas grave.

— Peut-être est-ce mieux ainsi ? Les indiscrétions involontaires pourraient servir. Qui sait ?... J'ai entendu ta conversation avec cette fille. Je me suis dit : Ferme la porte. Je ne l'ai pas fermée. Non par une curiosité malsaine, mais j'ai toujours adoré écouter parler les cœurs. Pour moi, il n'y a pas plus formidable symphonie... Tu permets ?

— Bien sûr.

— Tu m'arrêteras quand tu veux, mon garçon.

Il s'assit sur le banc et commença par considérer ses doigts les uns après les autres, ensuite, la nuque ployée, il dit d'une voix lointaine :

— L'homme n'est que maladresse et méprise, erreur de calcul et fausse manœuvre, témérité inconsidérée et objet d'échec quand il croit avancer vers son destin en disqualifiant la femme... Certes, la femme n'est pas *tout*, mais *tout* repose sur elle... Regarde autour de toi, consulte l'Histoire, attarde-toi sur la terre entière et dis-moi ce que sont les hommes sans les femmes, ce que sont leurs vœux et leurs prières quand ce ne sont pas elles qu'ils louent... Que l'on soit riche comme Crésus ou aussi pauvre que Job, opprimé ou tyran, aucun horizon ne suffirait à notre visibilité si la femme nous tournait le dos.

Il sourit comme s'il s'adressait à un vague souvenir :

— Quand la femme n'est pas l'ambition suprême de l'homme, quand elle n'est pas la fin de toute initiative en ce monde, la vie ne mériterait ni ses joies ni ses peines.

Il se frappa les cuisses et se remit debout :

— Quand j'étais petit, j'allais souvent sur le Grand Rocher contempler le coucher du soleil. C'était fascinant.

Je croyais que c'était là le vrai visage de la Beauté. Puis j'ai vu la neige couvrir de blanc et de paix les plaines et les forêts, et les palais au milieu de jardins fabuleux, et bien d'autres splendeurs inimaginables, et je me suis demandé ce qu'il en serait du paradis...

Sa main s'appuya sur mon épaule :

— Eh bien, le paradis ne serait qu'une nature morte sans ses houris...

Ses doigts enfoncés dans ma chair diffusaient leurs vibrations à travers mon être. Telle une salamandre, mon oncle renaissait de ses cendres ; il cherchait à me transmettre le miracle de sa résurrection. Ses yeux étaient sur le point de lui gicler hors de la tête tant il semblait accoucher de chacun de ses propos :

— Le coucher de soleil, le printemps, le bleu de la mer, les étoiles de la nuit, toutes ces choses que nous disons captivantes n'ont de magie que lorsqu'elles gravitent autour d'une femme, mon garçon... Car la Beauté, la vraie, l'unique, la beauté phare, la beauté absolue, c'est la femme. Le reste, tout le reste n'est qu'accessoires de charme.

Son autre main s'empara de mon épaule libre. Il traqua quelque chose au fond de mon regard. Nos nez se touchaient presque et nos souffles s'entremêlaient. Je ne l'avais jamais vu dans cet état, sauf peut-être le jour où il était allé trouver Germaine pour lui annoncer que son neveu était devenu *leur* fils.

— Si une femme t'aimait, Younes, si une femme t'aimait profondément, et si tu avais la présence d'esprit de mesurer l'étendue de ce privilège, aucune divinité ne t'arriverait à la cheville.

Avant de remonter dans son bureau, la main sur la rampe de l'escalier, il me dit :

— Cours la rejoindre... Un jour, sans doute, on pourrait rattraper une comète, mais qui vient à laisser filer la *vraie* chance de sa vie, toutes les gloires de la terre ne sauraient l'en consoler.

Je ne l'ai pas écouté.

Fabrice Scamaroni épousa Hélène Lefèvre en juillet 1951. Ce fut une belle fête ; il y eut tellement de monde que le mariage fut célébré en deux actes. Le premier, pour les convives de la ville et de la profession – un contingent de journalistes dont l'équipe rédactionnelle de *L'Écho d'Oran*, d'artistes, d'athlètes et une bonne partie de la crème oranaise parmi laquelle on reconnut l'écrivain Emmanuel Roblès. Cette première partie des festivités se déroula à Aïn Turck, chez un riche industriel très proche de Mme Scamaroni, dans une vaste propriété ouverte sur la mer. J'étais mal à l'aise, à cette fête. Émilie était là, au bras de Simon. Mme Cazenave était là, elle aussi, un peu perdue. Ses affaires avec Simon prospéraient ; leur maison de couture habillait déjà les plus grosses fortunes de Río Salado et de Hammam Bouhdjar et, malgré une concurrence acharnée, s'imposait progressivement dans les milieux huppés d'Oran. Au cours d'une légère bousculade autour du banquet, Simon me marcha sur le pied. Il ne s'en excusa pas. Son plateau sur les bras, il chercha Émilie dans l'affluence et piqua droit sur elle. Que lui avait-elle raconté à mon sujet ? Pourquoi mon ami de toujours faisait-il comme si je n'étais pas là ?

J'étais trop fatigué pour le lui demander.

Le deuxième acte fut consacré aux gens du village. Río Salado tenait à fêter les noces de son enfant prodige dans la stricte intimité. Pépé Rucillio offrit une cinquantaine de moutons et fit venir de Sebdou les meilleurs spécialistes du méchoui. Jaime Jiménez Sosa, le père d'André, mit à la disposition des Scamaroni une vaste aile de sa ferme quadrillée de palmiers qu'on pavoisa de tentures soyeuses, de guirlandes, de bancs matelassés et de banquets croulant de victuailles et de bouquets de fleurs. Au beau milieu de la cour, on érigea une immense guitoune jonchée de tapis et de coussins. La valetaille, à base d'Arabes et de jeunes éphèbes noirs, portait des costumes d'eunuques, avec des gilets brodés, des sarouals bouffants qui s'arrêtaient à hauteur des mollets, et des turbans safran étincelants d'apprêt. On se serait cru au temps des *Mille et Une Nuits*. Là encore, j'étais mal à l'aise. Émilie ne lâchait pas le bras de Simon, et Mme Cazenave me surveillait sans relâche, redoutant quelque crise de jalousie. Le soir, un prestigieux orchestre de musique arabo-judaïque, ramené de Constantine, la mythique cité suspendue, gratifia l'assistance d'un répertoire époustouflant. Je n'écoutais que d'une oreille, assis sur un caisson à l'autre bout de la fête, sous une ampoule terne. Lorsque Jelloul m'apporta un plat de grillades, il me souffla dans l'oreille que le déplaisir que j'incarnais gâcherait toutes les joies de la terre. Je me rendis compte qu'effectivement je ne payais pas de mine, et qu'au lieu de rester là à bouder la joie des centaines d'invités, je ferais mieux de rentrer chez moi. Ce n'aurait pas été raisonnable : Fabrice le prendrait mal, et je ne tenais pas à le perdre, *lui aussi*.

Jean-Christophe parti, Fabrice marié, Simon devenu insaisissable depuis qu'il s'était associé avec Mme Cazenave, mon monde se dépeuplait. Je me levais le matin de bonne heure, m'enfermais la journée dans la pharmacie ; ensuite, une fois le rideau de fer baissé, je ne savais plus quoi faire de ma soirée. Au début, je me rendais dans le snack d'André négocier trois ou quatre parties de billard avec José, je rentrais chez moi, puis je n'osais plus me hasarder dans les rues à la tombée de la nuit. Je remontais dans ma chambre, prenais un livre et lisais plusieurs fois le même chapitre sans l'assimiler. Je ne parvenais pas à me concentrer. Pas même avec mes clients. Combien de fois avais-je mal déchiffré le gribouillage des médecins sur une ordonnance, servi un produit au lieu d'un autre, m'étais-je oublié de longues minutes devant les étagères, incapable de me rappeler où était rangé tel ou tel médicament? À table, Germaine me pinçait régulièrement sous la table pour m'éveiller à moi-même. Distrait, j'oubliais de manger. Mon oncle avait de la peine pour moi, mais il ne disait rien.

Puis les choses s'accélérèrent. Puisque j'étais trop mou pour leur coller aux trousses, elles me distancèrent, ne firent plus cas de moi. Fabrice eut un premier bébé, un adorable bout de chou rose et joufflu, et s'installa avec Hélène à Oran. Sa mère ne tarda pas à vendre ses biens à Río pour emménager à Aïn Turck. Quand je passais devant leur maison silencieuse et cadenassée, je ne pouvais m'empêcher de déglutir. C'était un pan de mon existence qui manquait à l'appel, une île qui disparaissait de mon archipel. Je me mis à emprunter d'autres rues. À contourner le pâté de maisons. À faire en sorte que cette partie du village n'ait jamais existé… De son côté, André épousa une cousine de trois ans son aînée et s'envola pour les États-Unis. Il devait y séjourner un mois ; sa lune de miel se prolongeait indéfiniment… Il ne restait que José au snack qui n'attirait plus l'affluence d'avant, les gens s'étant émoussés à force de jouer au billard du matin au soir.

Je m'ennuyais.

La plage ne me disait rien. Mes amis dispersés, le sable brûlant ne savait plus me raconter les délices du farniente et les vagues éteignaient une à une mes rêveries maintenant que je n'avais plus personne avec qui les partager. Souvent, je n'éprouvais pas le besoin de sortir de ma voiture. Je préférais me ramasser derrière mon volant, garé au haut d'une falaise, et contempler les rochers taciturnes contre lesquels les flots se prenaient pour des geysers. J'aimais m'oublier ainsi des heures durant, à l'ombre d'un arbre, les mains sur le volant ou les bras rejetés par-dessus le dossier de mon siège. Les piaillements des mouettes et les cris des enfants voltigeaient au milieu de mes soucis et me procuraient une sorte de paix intérieure à laquelle je ne renonçais que tard dans la nuit lorsque aucun bout de cigarette ne brasillait sur la plage.

J'avais songé à retourner à Oran. Río Salado m'indisposait. Je ne reconnaissais plus ses repères, ne me prêtais plus à ses fantaisies. J'évoluais dans un monde parallèle. Je voyais bien que les gens étaient les mêmes, que les visages m'étaient familiers, sauf que j'avais peur, en tendant le bras pour les toucher, de ne rencontrer que du vent. Une ère était révolue ; une époque avait tourné la page, et j'étais face à une autre, blanche, frustrante, désagréable au toucher. Il me fallait prendre du recul. Changer de ciel et d'horizon. Et, pourquoi pas, couper les ponts qui ne me retenaient nulle part.

Je me sentais seul.

Je pensai à relancer de façon concrète les recherches pour retrouver ma mère et ma sœur. Dieu ! qu'elles me manquaient. J'étais infirme, sans elles, et inconsolable. Il m'était arrivé, au gré des conjonctures, de retourner à Jenane Jato dans l'espoir de forcer une bribe d'information susceptible de m'orienter. Là encore, je me trompai de distances. L'heure était à la survie. Aux priorités. Aux urgences. Aux furies en gestation. Qui se souviendrait d'une misérable femme flanquée d'une fille handicapée ? Les gens n'avaient pas que ça à faire. Il y avait trop de monde qui débarquait nuit et jour, à Jenane Jato. Le coupe-gorge de naguère, tapi derrière les broussailles et les huttes, se muait en vrai quartier, avec ses ruelles tapageuses, ses charretiers acrimonieux, ses boutiquiers sur leurs gardes, ses hammams pleins à craquer, ses chaussées asphaltées et ses échoppes tabagiques. Jambe-de-bois était toujours sur place, coincé au milieu de ses concurrents. Le barbier ne rasait plus les crânes de vieillards à même le sol ; il disposait désormais d'un petit salon en dur, avec des miroirs aux murs, un fauteuil pivotant, un évier et une étagère en laiton pour ses outils de travail. Notre patio avait été retapé de fond en comble ; Bliss le courtier reprenait les choses en main. Il me déclara que même s'il se retrouvait nez à nez avec ma mère, il ne la reconnaîtrait pas puisqu'il ne l'avait jamais approchée. Personne ne savait où se trouvaient ma mère et ma sœur, personne ne les avait revues depuis le drame. J'avais réussi à localiser Batoul la voyante ; elle avait troqué ses cartes et sa casserole magique contre des registres de commerce et gérait mieux ses affaires que l'angoisse des gens ; toutefois, ses bains maures ne désemplissant pas, elle m'avait promis de m'alerter dès qu'une piste serait amorcée – depuis deux années, elle ne m'avait pas donné signe de vie.

Je pensais donc que la reprise des recherches me soustrairait au tourment qui me malmenait après ce qui s'était passé avec Jean-Christophe, aux absences à travers lesquelles je m'effilochais, à la peine insondable qui me terrassait toutes les fois que je pensais à Émilie. Je ne supportais plus de vivre dans le même village qu'elle, de la croiser dans la rue et de passer mon chemin comme si de rien n'était alors qu'elle régnait sans partage sur mes jours et mes nuits. Maintenant qu'elle ne me rendait plus visite, je mesurais l'ampleur de mon isolement. Je savais que sa blessure n'était pas près de se refermer, mais comment y remédier ? Émilie ne me pardonnerait pas, dans tous les cas de figure. Déjà, elle m'en voulait. Terriblement. Je crois bien qu'elle me haïssait. La voracité de son regard était telle que je ressentais ses morsures jusque dans mon cerveau. Elle n'avait pas besoin de lever les yeux sur moi. D'ailleurs, elle évitait de le faire ; cependant, elle avait beau s'intéresser à autre chose, fixer le parterre ou un bout du ciel, je décelais nettement la braise qui couvait au fond de ses orbites, semblable aux laves océanes que ni les milliards de tonnes d'eau ni les ténèbres abyssales n'étoufferaient.

J'étais en train de déjeuner dans un petit restaurant sur le Front de mer, à Oran, quand quelqu'un cogna sur la baie vitrée. C'était Simon Benyamin, emmitouflé dans un manteau, un passe-montagne sur le menton et le haut du front entamé par un début de calvitie.

Il était fou de joie.

Je le vis courir vers la porte d'entrée, puis vers moi, une vague de froid dans son sillage.

— Viens, dit-il. Je t'emmène dans un vrai resto où le poisson est aussi fondant qu'une fesse d'adolescente.

Je lui fis remarquer que j'avais presque fini de manger. Il grimaça une moue contrariée, se défit de son manteau et de son écharpe et prit place en face de moi.

— Qu'est-ce qu'on sert de bon dans ce boui-boui ?

Il héla le garçon, commanda des brochettes d'agneau, de la salade verte et un demi de vin rouge ; ensuite, en se frottant les mains avec enthousiasme, il m'apostropha :

— Tu te fais désirer ou est-ce que tu me fais la gueule ?… L'autre jour, je t'ai salué de la main, à Lourmel, et tu ne m'as pas répondu.

— À Lourmel ?

— Ben oui, jeudi dernier. Tu sortais de chez le teinturier.

— Il y a un teinturier, à Lourmel ?

Je ne m'en souvenais pas. Depuis quelque temps, il m'arrivait de sauter dans ma voiture et de rouler à l'aveuglette. Je m'étais retrouvé à deux reprises à Tlemcen, au beau milieu d'un souk en ébullition, sans savoir pourquoi ni comment j'avais échoué dans les parages. J'étais frappé d'un somnambulisme diurne qui me conduisait dans des endroits inconnus. Germaine me demandait où j'étais passé et c'était comme si elle me sortait d'un puits profond et sans mémoire.

— En plus, tu as bougrement maigri. Qu'est-ce qui ne va pas ?

— Je me le demande, Simon, je me le demande... Et toi ? Qu'est-ce qui ne va pas chez toi ?

— Je vais très bien.

— Alors, pourquoi tu détournes la tête quand tu me croises dans la rue ?

— Moi ?... Pourquoi veux-tu que je me détourne de mon meilleur ami ?

— Les humeurs sont capricieuses. Ça fait plus d'une année que tu n'es plus passé me prendre chez moi.

— C'est à cause de mes affaires. Je suis en plein essor, et la rivalité est féroce. Pour chaque empan arraché, on laisse un morceau de sa peau. Je suis beaucoup plus à Oran à me battre contre les prédateurs et les rivaux qu'à Río. Qu'est-ce que tu croyais ? Que je te snobais ?

Je m'essuyai la bouche. La conversion m'irritait. Trop de fausses notes la dénaturaient. Le Simon qui me tançait ne me convenait pas. Ce n'était pas *mon* Simon, mon boute-en-train, mon confident et mon allié. Son nouveau statut social l'avait éloigné du mien. Peut-être étais-je jaloux de sa réussite, de sa nouvelle voiture flambant neuve qu'il aimait oublier sur la place afin que les mioches essaiment autour, de son teint de plus en plus éclatant et de sa bedaine rentrante ? Peut-être lui en voulais-je de s'être associé avec Mme Cazenave ?... Faux ! C'était moi qui avais changé. Jonas s'effaçait derrière Younes. Mes aigreurs prenaient le pas sur ma nature. J'étais devenu méchant. Foncièrement méchant. D'une méchanceté refoulée, jamais révélée, mais qui sourdait en moi telle une indigestion. Je ne supportais plus les fêtes, les mariages, les bals, les gens attablés sur les terrasses. J'étais allergique à leur bonhomie. Et je haïssais !... Je haïssais

Mme Cazenave. Je la haïssais de toutes mes forces...
C'est une toxine corrosive, la haine : elle vous bouffe les
tripes, vous squatte la tête, vous possède comme un djinn.
Comment en étais-je arrivé là ? Quelles étaient les raisons
qui m'avaient poussé à développer de la détestation à
l'encontre d'une dame qui ne m'importait plus ?... Quand
on ne trouve pas de solution à son malheur, on lui cherche un coupable. En ce qui me concernait, Mme Cazenave était le coupable désigné d'office. Ne m'avait-elle
pas séduit et abandonné ? N'était-ce pas à cause de ce
dérapage sans lendemain que j'avais été contraint de
renoncer à Émilie ?

Émilie !

Rien que d'y penser, je dépérissais...

Le garçon apporta un petit panier de pain blanc, une
salade agrémentée d'olives noires et de cornichons. Simon
le remercia, insista pour qu'on lui serve les brochettes le
plus tôt possible car il avait rendez-vous puis, après deux
ou trois bouchées clapotantes, il se pencha sur son assiette
et me dit à voix basse, comme s'il craignait qu'on l'entende :

— Tu te demandes sûrement pourquoi je suis surexcité ?... Est-ce que tu peux garder pour toi ce que je vais
te dire ? Tu connais nos gens, et leur mauvais œil...

Son enthousiasme chuta devant mon indifférence. Il
fronça les sourcils :

— Tu me caches quelque chose, Jonas. Quelque chose
de grave.

— C'est juste que mon oncle...

— Tu es sûr que tu n'as pas une dent contre moi ?

— Pourquoi veux-tu que j'aie une dent contre toi ?

— Ben, je me prépare à t'annoncer une excellente
nouvelle, et toi, tu me présentes un profil à débander un
tank...

— Vas-y, raconte. Peut-être que ça va me décrisper.

— J'y compte bien, tiens... Voilà : Mme Cazenave m'a proposé la main de sa fille et j'ai dit oui... Mais attention, rien n'est encore officiel.

Lessivé !

Mon reflet sur la baie vitrée tenait le coup, mais intérieurement, je m'étais désintégré.

Simon chavirait de bonheur – lui qui traitait Émilie de *mante religieuse*, d'*allumeuse* ! Je n'entendais plus ce qu'il me racontait, ne voyais que ses yeux en liesse, sa bouche rieuse luisante d'huile d'olive, ses mains qui déchiraient le pain, froissaient la serviette, hésitaient entre le couteau et la fourchette, et ses épaules qui tressautaient d'excitation joyeuse... Il dévora ses brochettes, avala son café, fuma sa cigarette, sans s'arrêter de parler... Se leva, me dit quelque chose que je n'entendis pas dans le sifflement continu couvrant mon ouïe... Sortit dans la rue en enfilant son manteau, me fit signe derrière la baie vitrée et s'éclipsa...

Je demeurai à ma table, rivé à ma chaise, l'esprit sous vide. Il fallut que le garçon vienne me dire que le restaurant fermait pour me sortir la tête de l'eau.

Le *projet* de Simon ne garda pas sa confidentialité. Quelques semaines vinrent à bout de ses tractations souterraines. À Río Salado, les gens saluaient Simon quand il passait dans sa voiture. « Sacré veinard ! » lui criait-on d'un air jovial. Les filles félicitaient publiquement Émilie. Les mauvaises langues laissaient entendre que Mme Cazenave avait bradé sa fille ; les moins déraisonnables salivaient aux festins que l'élu de la vestale promettait.

L'automne se débina sur la pointe des pieds, suivi d'un hiver particulièrement rude. Le printemps annonça un été très chaud et couvrit les plaines d'un vert phosphorescent. Les familles Cazenave et Benyamin décidèrent de célébrer les fiançailles de leurs enfants en mai, et le mariage aux premières vendanges.

Quelques jours avant les fiançailles, au moment où je m'apprêtais à baisser le rideau de fer, Émilie me poussa à l'intérieur de la pharmacie. Elle avait rasé les murs comme une voleuse pour semer les indiscrétions. En guise de déguisement, elle portait un foulard de paysanne, une vulgaire robe grise et des chaussures sans talons.

Éperdue, elle me tutoya :

— Je suppose que tu es au courant. Ma mère m'a forcé la main. Elle veut que j'épouse Simon. J'ignore comment elle a fait pour obtenir mon consentement, mais rien n'est scellé... Car *tout* dépend de toi, Younes.

Elle était pâle.

Elle avait maigri, et ses yeux laiteux ne régnaient sur rien.

Elle s'empara de mes poignets, m'attira fortement contre elle en tremblant de la tête aux pieds :

— Dis oui, suffoqua-t-elle... Dis oui et j'annulerai *tout*.

La frayeur l'enlaidissait. On aurait juré qu'elle sortait du lit après une éprouvante convalescence. Ses cheveux débordaient du foulard, défaits. Ses pommettes frémissaient spasmodiquement et son regard aux abois ne savait plus s'il devait me surveiller ou surveiller la rue. D'où venait-elle? Ses chaussures étaient blanches de poussière; sa robe sentait la feuille de vigne; son cou luisait de sueur. Elle avait dû contourner le village, couper à travers champs pour arriver jusqu'à moi sans éveiller la curiosité des riverains.

— Dis oui, Younes. Dis que tu m'aimes autant que je t'aime, que je compte pour toi autant que tu comptes pour moi, prends-moi dans tes bras et garde-moi contre toi jusqu'à la fin des temps... Younes, tu es le destin que j'aimerais vivre, le risque que j'aimerais courir, et je suis prête à te suivre au bout du monde... Je t'aime... Il n'y a

rien ni personne d'aussi essentiel à mes yeux que toi...
Pour l'amour du ciel, dis oui...

Je ne dis mot. Hébété. Transi. Interdit. Horriblement
muet.

— Pourquoi ne dis-tu rien?...

— ...

— Mais dis quelque chose, que diable! Parle... Dis
oui, dis non, mais ne reste pas comme ça... Qu'est-ce
qu'il t'arrive? Tu as perdu la voix?... Ne me torture pas,
dis quelque chose, bon sang!

Le ton montait. Elle ne tenait plus en place. Ses prunelles prenaient feu.

— Que dois-je comprendre, Younes? Que signifie ton
silence? Que je suis une imbécile?... Tu es un monstre,
un monstre...

Ses poings s'abattirent sur ma poitrine, misérablement
furieux.

— Tu n'as pas une once d'humanité, Younes. Tu es la
pire chose qui me soit arrivée.

Elle me frappa au visage, me martela les épaules en
criant sourdement pour couvrir ses sanglots. J'étais
médusé. Je ne savais quoi dire. J'avais honte de ce que je
lui faisais subir, et honte de n'être qu'un épouvantail
planté au milieu de l'officine.

— Je te maudis, Younes. Je ne te le pardonnerai jamais,
jamais...

Et elle s'enfuit.

Le lendemain, un garçonnet m'apporta un paquet. Il ne
me dit pas qui en était l'expéditeur. Je défis le papier
d'emballage, avec les précautions d'un artificier. Quelque
chose me mettait en garde contre ce que j'allais y trouver.
À l'intérieur du paquet, il y avait un livre de géographie
consacré aux îles françaises des Caraïbes. Je soulevai la
couverture et tombai sur les restes d'une rose vieille

comme le monde ; la rose que j'avais glissée dans ce même livre un million d'années plus tôt pendant que Germaine soignait Émilie dans l'arrière-boutique.

Le soir des fiançailles, j'étais à Oran, dans la famille de Germaine. Pour Simon, qui tenait à ce que je sois à ses côtés avec Fabrice, je prétextai un décès.

Le mariage fut célébré comme prévu, au début des vendanges. Cette fois, Simon insista pour que je ne quitte pas Río quoi qu'il advienne. Il chargea Fabrice de me surveiller. Je n'avais pas l'intention de *déserter*. Je n'avais pas à déserter. Ce serait ridicule. Qu'allaient en penser les gens du village, les amis, les envieux ? Comment me défiler sans éveiller les soupçons ? Était-ce honnête d'éveiller les soupçons ? Simon n'y était pour rien. Il se serait défoncé pour moi, comme il s'était défoncé lors du mariage de Fabrice. De quoi j'aurais l'air si je faussais le plus heureux de ses jours ?...

J'achetai un costume et des souliers pour la cérémonie.

Quand le cortège nuptial traversa le village dans un vacarme de klaxons, je mis mon costume et me rendis à pied à la grande maison blanche sur la piste du marabout. Un voisin s'était proposé de m'emmener dans sa voiture ; je l'avais remercié. J'avais besoin de marcher, de cadencer mes pas au gré de mes pensées, d'affronter les choses, une à une, en toute lucidité.

Le ciel était couvert et un vent frais me cinglait au visage. Je sortis du village, longeai le cimetière israélite et, arrivé sur la piste du marabout, je m'arrêtai pour contempler les lumières de la fête.

Une petite bruine se mit à crachoter, comme pour m'éveiller à moi-même.

On ne prend conscience de l'irréparable que lorsqu'il

est commis. Jamais nuit ne m'avait paru d'aussi mauvais présage ; jamais fête ne m'avait semblé aussi injuste et cruelle. La musique, qui me parvenait, avait un ton d'incantations ; elle me conjurait tel un démon. Les gens, qui s'amusaient autour de l'orchestre, m'excluaient de leur liesse. Je mesurais l'immense gâchis que j'incarnais... Pourquoi ? Pourquoi étais-je obligé de passer si près du bonheur sans oser m'en emparer ? Qu'avais-je perpétré de si révoltant pour mériter de voir la plus belle des histoires me filer entre les doigts comme le sang brûlant d'une plaie ? Qu'est-ce que l'amour s'il ne peut que constater les dégâts ? Que sont ses mythes et ses légendes, ses victoires et ses miracles, si ses amants sont incapables d'aller au-delà d'eux-mêmes, de braver la foudre du ciel, de renoncer aux joies éternelles pour un baiser, une étreinte, un instant auprès de l'être aimé ?... La déception gonflait mes veines d'une sève vénéneuse, engorgeait mon cœur d'une colère immonde... Je m'en voulais de ressembler à un fardeau inutile abandonné sur le bas-côté de la route.

Je retournai chez moi soûl de chagrin, en m'appuyant contre les murs pour ne pas tomber. Ma chambre eut du mal à me digérer. Effondré contre la porte, les yeux clos, le menton fiché au plafond, j'écoutai s'entrechoquer les fibres de ma chair, puis je titubai jusqu'à la fenêtre ; ce n'était plus ma chambre que je traversais, mais le désert.

Un éclair illumina les ténèbres. La pluie tombait doucement. Les carreaux étaient en larmes. Je n'avais pas l'habitude de voir *pleurer* les vitres. C'était un mauvais signe, le pire de tous. Je m'étais alors dit : Attention, Younes, tu es en train de t'attendrir sur ton sort. Et puis après ? N'était-ce pas exactement ce que je voyais : les vitres pleurer ? Je *voulais* voir les larmes sur les carreaux, m'attendrir sur mon sort, me faire violence, me confondre corps et âme avec ma peine.

Peut-être est-ce mieux ainsi, me répétais-je. Émilie ne m'était pas destinée. C'est aussi simple que ça. On ne change pas le cours de ce qui a été écrit... Foutaises!... Plus tard, beaucoup plus tard, j'arriverais à cette vérité : *Rien n'est écrit*. Autrement, les procès n'auraient pas lieu d'être ; la morale ne serait qu'une vieille chipie, et aucune honte n'aurait à rougir devant le mérite. Bien entendu, il est des choses qui nous dépassent, mais dans la plupart des cas, nous demeurons les principaux artisans de nos malheurs. Nos torts, nous les fabriquons de nos mains, et personne ne peut se vanter d'être moins à plaindre que son voisin. Quant à ce que nous appelons fatalité, ce n'est que notre entêtement à ne pas assumer les conséquences de nos petites et grandes faiblesses.

Germaine me trouva contre la fenêtre, le nez sur la vitre. Pour une fois, elle ne troubla pas mon chagrin. Elle ressortit sur la pointe des pieds et referma la porte derrière elle sans bruit.

16.

J'avais pensé à Alger. À Bougie. À Timimoun. Sauter dans un train et me laisser emporter loin de Río Salado. Je m'étais imaginé à Alger. À Bougie. À Timimoun. Pas une fois je ne m'étais vu en train de flâner sur les boulevards, de contempler la mer assis sur un rocher, de méditer dans une grotte au pied d'un erg... J'avais un compte à régler avec moi-même. On ne fuit jamais soi-même. Je pouvais prendre tous les trains de la terre, tous les avions, tous les paquebots, je charrierais partout où j'irais cette chose indomptable qui sécrétait sa bile en moi. Mais je n'en pouvais plus de ruminer mon amertume dans un coin de ma chambre. Il me fallait partir. N'importe où. Loin. Ou bien dans le village d'à côté. Cela n'avait pas d'importance. Il me fallait aller ailleurs. Río Salado m'était invivable depuis que Simon avait épousé Émilie.

Je me souvenais d'un fou échevelé qui venait dire la bonne parole tous les jours de souk à Jenane Jato. C'était un grand échalas aussi mince qu'un javelot drapé dans une vieille soutane retenue à la taille par une embrasse chipée à un rideau. Il se dressait sur un caillou et vitupérait : « Le malheur est un cul-de-sac. Il mène droit dans le mur. Si tu veux t'en sortir, rebrousse chemin à reculons. De cette façon, tu croiras que c'est lui qui s'éloigne pendant que tu lui fais face. »

J'étais retourné à Oran. Dans le beau quartier de mon

oncle. Peut-être avais-je cherché à remonter le temps jusqu'à l'école puis, averti, initié, revenir aux temps présents vierge de corps et d'esprit, avec mes chances intactes et mille vigilances pour ne pas les gaspiller... La maison de mon oncle n'adoucit pas ma blessure. Repeinte en vert, elle m'était devenue étrangère, avec son portail renforcé, son muret orphelin de ses bougainvilliers et ses fenêtres aux volets clos ; mes cris d'enfant n'y résonnaient nulle part...

Je frappai à la maison d'en face ; Lucette ne m'ouvrit pas. « Elle a déménagé », me dit une inconnue. « Non, elle n'a pas laissé d'adresse. »

Quelle guigne !

J'avais tourné en rond dans la ville. Une clameur s'éleva d'un stade de foot. Elle ne supplanta pas la rumeur qui vociférait en moi. À Médine J'dida – le village nègre où les Arabes et les Kabyles ghettoïsés étaient plus blancs que les Blancs eux-mêmes – j'avais pris place à la terrasse d'un café et observé sans répit la foule sur l'esplanade Tahtaha, certain de finir par y distinguer le fantôme de mon père sous son épais paletot vert... Les burnous blancs s'entremêlaient aux hardes des mendiants. Un monde était en train de se reconstruire dans son authenticité séculaire, avec ses bazars, ses hammams, ses échoppes, ses minuscules boutiques d'orfèvres, de cordonniers, de tailleurs émaciés. Médine J'dida n'avait pas baissé les bras. Elle avait survécu au choléra, aux abjurations et aux abâtardissements, musulmane et arabo-berbère jusqu'au bout des ongles. Retranchée derrière ses barricades mauresques et ses mosquées, elle transcendait les misères et les affronts, se voulait digne et vaillante, belle malgré les colères en gestation, fière de ses artisans, de ses troupes folkloriques telle *S'hab el Baroud* et de ses « Raqba » – vénérables gros bras ou truands d'honneur au charisme rocambolesque qui charmaient les gosses et les femmes sans vertu et sécurisaient les petites gens du quartier. Comment avais-je pu me passer de cette partie de moi-même ? J'aurais dû venir régulièrement par ici colmater mes fissures, forger mes certitudes. Maintenant que Río Salado ne me tenait plus le même langage, quelle langue me fallait-il adopter ? Je me rendis compte que je m'étais menti sur toute la ligne. Qui avais-je été, à Río ? Jonas ou Younes ? Pourquoi, lorsque mes camarades rigolaient franchement, mon rire traînaillait-il derrière le leur ? Pourquoi avais-je constamment l'impression de me tailler une place parmi mes amis, d'être coupable de quelque chose lorsque le regard de Jelloul rattrapait le mien ? Avais-je été toléré, intégré, apprivoisé ? Qu'est-ce qui m'empêchait d'être pleinement *moi*, d'incarner le monde dans lequel j'évoluais, de m'identifier à lui tandis que je tournais le dos aux *miens* ? Une ombre. J'étais une ombre, indécise et susceptible, à l'affût d'un reproche ou d'une insinuation que parfois j'inventais, semblable à un orphelin dans une famille d'accueil, plus attentif aux maladresses de ses parents adoptifs qu'à leur dévouement. En même temps, en essayant de me racheter aux yeux de Médine J'dida, je me demandais si je ne continuais pas de me mentir, de fuir mes responsabilités en tentant de faire porter le chapeau aux autres ? À qui la faute si Émilie m'avait échappé des mains ? À Río Salado, à Mme Caze-nave, à Jean-Christophe, à Simon ? Tout compte fait, je crois que mon tort était de n'avoir pas eu le courage de mes convictions. Je pouvais me trouver toutes les excuses du monde, aucune d'elles ne me donnerait raison. En réa-lité, maintenant que j'avais perdu la face, je me cherchais un masque. Pareil à un défiguré, je me cachais derrière mes pansements qui me servaient aussi de moucharabiehs. Je regardais en cachette la vérité des autres, en abusais pour distancer la mienne. La Tahtaha desserrait les étaux qui me tenaillaient. Sa foule me distrayait. La danse de ses marchands d'eau résorbait mes migraines. C'étaient des êtres fabuleux, les marchands d'eau, increvables et spectaculaires. Les clochettes tintinnabulantes, l'outre en bandoulière, leur large chapeau multicolore dressé dans le vent, ils pivotaient dans leurs robes à falbalas en versant leur eau fraîche teintée à l'huile de cade dans des gobelets de cuivre que les badauds avalaient comme des potions magiques. Je me surprenais à déglutir avec l'assoiffé en train de se désaltérer, à sourire lorsque le marchand d'eau exécutait des pas de danse, à froncer les sourcils quand un mauvais payeur gâchait sa bonne humeur...

— Vous êtes sûr que ça va? me réveilla le garçon.

Je n'étais sûr de rien..

Et puis, pourquoi ne me laissait-on pas en paix?

Le garçon me dévisagea avec perplexité quand je me levai à contrecœur et partis. Ce ne fut qu'en ville européenne que je compris pourquoi : j'étais parti sans payer ma consommation...

Dans un bar embrumé par les mégots qu'on oubliait d'écraser dans les cendriers, je regardai mon verre qui me narguait sur le comptoir. Je voulais me soûler à perdre la raison – je ne me sentais pas digne de résister aux tentations. Dix fois, vingt fois, trente fois ma main s'était emparée du verre sans oser le porter à mes lèvres. « T'as une clope? » me demanda ma voisine de comptoir. « Pardon? – On n'a pas le droit d'être triste quand on a une gueule aussi bien faite que la tiennc. » Son haleine avinée m'assommait. J'étais exténué, voyais trouble. C'était une femme sans visage tant elle était maquillée. Ses yeux disparaissaient derrière de grotesques faux cils. Elle avait une grande bouche exagérément rouge et des dents rongées par la nicotine. « T'as des problèmes, mon minet? Eh bien, plus pour longtemps. J'vais arranger ça. C'est le bon Dieu qui m'envoie à ton secours. » Son bras glissa sous le mien. D'une secousse, elle m'arracha au comptoir. « Viens... T'as rien à fiche par ici... »

Elle me séquestra sept jours et sept nuits. Dans une piaule infecte au dernier étage d'un fondouk empestant le haschisch et la bière. Je suis incapable de dire si elle était blonde ou brune, jeune ou vieille, grosse ou maigre. Je ne me rappelle que sa grande bouche rouge et sa voix dévastée par le tabac et l'alcool bon marché. Un soir, elle m'annonça que j'en avais eu pour mon argent. Elle me poussa vers la porte, m'embrassa sur la bouche – « Cadeau de la maison ! » – et, avant de me congédier, elle me dit : « Ressaisis-toi, bonhomme. Il n'y a qu'un seul dieu sur terre, et c'est toi. Si le monde ne te convient pas, réinventes-en un autre, et ne laisse aucun chagrin te faire descendre de ton nuage. La vie sourit toujours à celui qui sait lui rendre la monnaie de sa pièce. »

Étrange comme parfois les vérités qui nous font défaut nous rattrapent dans les endroits qui s'y prêtent le moins. J'étais à deux doigts de basculer, et ce fut une prostituée éméchée qui me remit d'aplomb. Avec juste quelques mots lâchés parmi des bouffées de cigarette, sur le pas d'une chambre sordide donnant sur un couloir insalubre et sans éclairage, dans un hôtel de passe tanguant d'ébats orgiaques et de bagarres titanesques... Avant d'atteindre le hall du fondouk, j'étais dégrisé. La brise du soir m'éveilla tout à fait à moi-même. Je marchai d'un bout à l'autre le long du Front de mer en contemplant les bateaux dans le port, les grues et les quais sous les feux des projecteurs et, au fond de la nuit, les chalutiers qui sillonnaient les flots, semblables à des lucioles singeant les étoiles ; ensuite, j'allai dans un bain maure me décrasser et dormir d'un sommeil de juste ; le lendemain à l'aube, je pris l'autocar et rentrai à Río, déterminé à m'arracher le cœur à mains nues si je venais à m'attendrir une seule seconde sur mon sort.

Je repris mon travail à la pharmacie. Un peu changé certes, mais sobre. Il m'arrivait de perdre patience quand je ne réussissais pas à déchiffrer le gribouillage des médecins sur les ordonnances, de ne pas supporter que Germaine me posât les mêmes questions, me trouvât les mêmes cernes autour des yeux, le même air buté ; cependant, au bout d'un grognement, je me ressaisissais et demandais pardon. Le soir, après la fermeture, je sortais me dérouiller les jambes. J'allais sur la place voir le jeune policier Bruno plastronner en enroulant et en déroulant le cordon de son sifflet autour de son doigt. J'aimais son zèle placide, sa façon d'incliner son képi sur le côté et la courtoisie théâtrale qu'il déployait plantureusement au passage des jeunes filles. Je m'asseyais à la terrasse du café et sirotais ma citronnade pleine de cristaux en attendant la nuit pour rentrer. Parfois, je m'enfonçais dans les vergers et m'y oubliais. Je n'étais pas malheureux ; je manquais de compagnie. Le retour d'André avait relancé le snack, sauf que les parties de billard me fatiguaient ; José me battait régulièrement... Germaine songea à me marier. Elle invita plusieurs de ses innombrables nièces à Río Salado dans l'espoir que l'une d'elles me fasse de l'effet ; je ne me rendais même pas compte qu'elles étaient déjà reparties.

Je revoyais, de temps à autre, Simon. On se disait bonjour, on se saluait de la main, parfois on s'attablait quelques minutes autour d'une boisson rafraîchissante en parlant de choses vagues et sans intérêt. Au début, il m'en voulait d'avoir « séché » son mariage comme un vulgaire cours barbant, ensuite, il passa l'éponge, ayant sans doute d'autres préoccupations prioritaires. Simon vivait chez Émilie, dans la grande maison sur la piste du marabout. Mme Cazenave avait beaucoup insisté là-dessus. En plus, il n'y avait pas de maisons vacantes au village et celle qu'occupaient les Benyamin était petite et sans attraits.

Fabrice eut un deuxième enfant. L'heureux événement nous réunit tous – excepté Jean-Christophe qui n'avait plus donné de ses nouvelles depuis la lettre qu'il avait adressée à Simon – dans une belle villa sur la corniche oranaise. André en profita pour nous présenter sa cousine et épouse, une robuste Andalouse de Grenade, haute comme une tour, au visage massif et beau orné de deux grands yeux verts splendides. Elle était drôle, mais stricte lorsqu'il s'agissait d'apprendre à son mari les bonnes manières. Ce fut au cours de cette soirée que je remarquai qu'Émilie attendait un enfant.

Quelques mois plus tard, Mme Cazenave partit en Guyane où le squelette de son mari – directeur de bagne à Saint-Laurent-du-Maroni, disparu dans la forêt amazonienne lors d'une traque de forçats – avait été retrouvé par des contrebandiers et identifié grâce à ses effets personnels. Elle ne revint jamais à Río. Pas même pour fêter la naissance de Michel, son petit-fils.

À l'été 1953, je fis la connaissance de Jamila, la fille d'un avocat musulman que mon oncle connaissait depuis la faculté. Nous nous étions rencontrés par hasard dans un restaurant à Nemours. Jamila n'était pas très belle, mais elle me rappelait Lucette ; j'avais aimé son regard quiet, ses mains fines et blanches qui tenaient les choses – serviette, cuillère, mouchoir, sac, fruit – avec beaucoup d'égards comme s'il s'agissait de reliques. Elle avait les yeux noirs et intelligents, la bouche ronde et minuscule, et un sérieux qui trahissait une éducation sévère mais moderne, tournée vers le monde et ses défis ; elle étudiait le droit et aspirait à une carrière d'avocate comme son père. Ce fut elle qui m'écrivit la première ; quelques lignes de salutations au dos d'une carte postale vantant une oasis de Bou Saada où son père exerçait. Je mis des mois avant de lui répondre. Nous échangeâmes des lettres et des cartes de vœux durant de longues années, sans que l'un de nous deux dépassât le cadre des salamalecs et déclarât à l'autre ce que sa pudeur ou sa prudence excessive taisait.

Le premier matin du printemps 1954, mon oncle me pria de sortir la voiture du garage. Il portait son costume vert qu'il n'avait plus remis depuis le dîner qu'il avait offert en l'honneur de Messali Hadj treize ans plus tôt à Oran, sa chemise blanche rehaussée d'un nœud papillon, sa montre gousset en or accrochée à son gilet, ses souliers noirs à bout pointu et un fez acheté récemment dans une vieille boutique turque à Tlemcen.

— Je veux aller me recueillir sur la tombe du patriarche, m'annonça-t-il.

Comme j'ignorais où se trouvait la tombe du patriarche, ce fut mon oncle qui me guida à travers les bourgades et les pistes. Nous roulâmes toute la matinée, sans nous arrêter pour nous reposer ou casser la croûte. Germaine, qui ne supportait guère les émanations du carburant, était verte de malaise, et les virages incessants qui nous conduisaient en aval et en amont manquèrent de l'achever. Nous atteignîmes le haut d'une montagne rocheuse tard dans l'après-midi. En bas, la plaine quadrillée de champs d'oliviers résistait vaillamment à l'aridité. Par endroits, la terre craquait sous les assauts de l'érosion et les maquis se désertifiaient. Quelques retenues d'eau tentaient de sauver les apparences, mais il était évident que la sécheresse allait les boire jusqu'à la lie. Des troupeaux de moutons paissaient au pied des collines, aussi éloignés les uns des autres que les hameaux poussiéreux écrasés de soleil. Mon oncle porta sa main en visière et interrogea le lointain. Apparemment, il ne décela rien de ce qu'il était venu chercher. Il gravit un raidillon caillouteux jusqu'à un semblant de bosquet au milieu duquel une ruine finissait de s'effriter. C'était le reste d'un marabout, ou d'un mausolée d'un autre âge que les hivers rudes et les étés cani-

culaires avaient esquinté de fond en comble. À l'abri d'un
muret empêtré dans ses propres éboulis, une tombe décolorée comptait ses lézardes. C'était le tombeau du patriarche. Mon oncle était navré de le trouver dans un état aussi
lamentable. Il releva une poutrelle, l'adossa à une proie
en terre battue et la considéra avec infiniment de tristesse,
puis il écarta respectueusement une porte en bois vermou-
lue et entra dans le sanctuaire. Germaine et moi atten-
dîmes dans une courette recouverte de broussailles
épineuses. En silence. Mon oncle s'oubliant sur la tombe
du patriarche, Germaine alla s'asseoir sur une roche et se
prit la tête à deux mains. Elle n'avait rien dit depuis que
nous avions quitté Río Salado. Quand Germaine se taisait
de cette façon, elle me faisait craindre le pire.

Mon oncle nous rejoignit au moment où le soleil décli-
nait. L'ombre du mausolée s'était allongée démesurément
et une brise fraîche s'était mise à chuinter au fond de la
broussaille.

— Rentrons, maintenant, dit mon oncle en se dirigeant
vers la voiture.

Je m'attendais à ce qu'il me parlât du patriarche, de la
tribu, de Lalla Fatna, des raisons qui l'avaient subitement
amené à venir sur cette montagne tailladée par les vents ;
rien. Il s'installa sur le siège à côté de moi et ne quitta
plus la route des yeux. Nous roulâmes une bonne partie
de la nuit. Sur la banquette arrière, Germaine s'était
assoupie. Mon oncle, lui, ne bronchait pas. Il était ailleurs,
perdu dans ses pensées. Nous n'avions rien avalé depuis
le matin ; il ne s'en rendait même pas compte. Je remarquai que son visage avait pâli, que ses joues s'étaient
creusées, que son regard me rappelait celui derrière lequel
il se retranchait autrefois lorsqu'il basculait sans crier
gare dans le monde parallèle qui fut son bagne et son asile
des années durant.

— Il me fait peur, m'avoua Germaine quelques semaines plus tard.

Mon oncle ne donnait pas l'impression d'avoir rechuté. Il continuait de lire et d'écrire, de nous rejoindre à table et de sortir flâner dans les vergers tous les matins, sauf qu'il ne nous adressait plus la parole. Il opinait du chef, souriait parfois pour remercier Germaine quand elle lui apportait du thé ou lissait un pli de sa veste, mais il ne disait pas un mot. Il pouvait aussi occuper la chaise à bascule sur le balcon et contempler les collines ; ensuite, le soir venu, il regagnait sa chambre, enfilait sa robe et ses pantoufles et s'enfermait à double tour dans son bureau.

Une nuit, il s'allongea sur son lit et demanda à me voir. Sa pâleur s'était accentuée et sa main était froide, presque gelée, quand il me saisit le poignet.

— J'aurais aimé connaître tes enfants, mon garçon. Ils m'auraient sans doute comblé de joie. Jamais un bambin n'a sauté sur mes genoux.

Ses yeux miroitaient de larmes.

— Prends femme, Younes. Seul l'amour est capable de nous venger des coups bas de la vie. Et souviens-toi : si une femme t'aimait, aucune étoile ne se mettrait hors de ta portée, aucune divinité ne t'arriverait à la cheville.

Je percevais le froid en train de le gagner s'étendre à moi, se faufiler parmi les frissons qu'il déclenchait à partir de mon poignet et se ramifier à travers mon être. Mon oncle me parla longtemps ; chacun de ses propos l'éloignait d'une lieue de notre monde. Il était en train de partir. Germaine pleurait, effondrée sur un bout du lit. Ses sanglots recouvraient les paroles de mon oncle. Ce fut une nuit étrange, profonde et irréelle à la fois. Dehors, un chacal hurlait comme jamais je n'avais entendu hurler une bête. Les doigts de mon oncle imprimaient sur mon poignet une empreinte violacée ; tel un garrot, ils empêchaient mon sang de circuler ; j'en avais le bras engourdi. Ce ne fut qu'en voyant Germaine se signer et fermer les yeux de son époux que j'admis qu'un être cher avait le droit de s'éteindre comme le soleil à la tombée de la nuit, comme un cierge dans le souffle du vent et que le mal qu'il nous inflige en s'en allant fait partie intégrante des choses de la vie.

Mon oncle ne verra pas son pays prendre les armes. Le sort l'en a jugé indigne. Autrement, comment expliquer qu'il se soit éteint cinq mois avant le brasier tant attendu et tant reporté de la Libération ? Le jour de la Toussaint 1954 nous prit de court. Le cafetier pestait, son journal étalé sur le comptoir. La guerre de l'indépendance avait commencé, mais pour le commun des mortels, hormis un bref accès d'indignation vite supplanté par une cocasserie de la rue, ce n'étaient pas quelques fermes brûlées dans la Mitidja qui l'empêcheraient de dormir sur ses deux oreilles. Pourtant, il y eut mort d'hommes à Mostaganem ; des gendarmes surpris par des agresseurs armés. Et alors ? rétorquait-on. La route en tue autant. Et les bas-fonds aussi… Ce qu'on ignorait, c'était que cette fois-ci, c'était parti pour de bon et aucune marche arrière n'était envisageable. Une poignée de révolutionnaires avait décidé de passer à l'action, de secouer un peuple groggy par plus d'un siècle de colonisation, sévèrement éprouvé par les différentes insurrections déclenchées par des tribus esseulées à travers les générations et que l'armée coloniale, omnipotente et mythique, réduisait invariablement au silence au bout de quelques batailles rangées, de quelques expéditions punitives, de quelques années d'usure. Même la fameuse OS (Organisation secrète), qui s'était illustrée vers la fin des années 1940, n'avait diverti que de rares militants musulmans en mal de confrontations musclées. Ce qui se déclara cette nuit-là, un peu partout dans le Nord algérien, à minuit pile, à la première minute du

1er novembre, ne serait-il qu'un feu de paille, une flammèche fugace dans le souffle laminé des sempiternels ras-le-bol des populations autochtones disloquées, incapables de se mobiliser autour d'un projet commun?... Pas cette fois-ci. Les « actes de vandalisme » se multipliaient à travers le pays, sporadiques, puis plus importants, avec parfois une témérité sidérante. Les journaux parlaient de « terroristes », de « rebelles », de « hors-la-loi ». Des escarmouches se déclaraient çà et là, notamment dans les djebels, et il arrivait que l'on délestât les militaires tués de leurs armes et bagages. À Alger, un commissariat fut anéanti en un tournemain ; on abattait policiers et fonctionnaires à chaque coin de rue ; on égorgeait les traîtres. En Kabylie, on signalait des mouvements suspects, voire des groupuscules en treillis et en pétoires rudimentaires qui tendaient des embuscades aux gendarmes avant de s'évanouir dans la nature. Dans les Aurès, il était question de colonels et d'escadrons entiers, d'armée de guérilleros insaisissables et de zones interdites. Pas loin de notre village, dans le Fellaoucène, les douars se vidaient de leurs hommes ; ces derniers rejoignaient nuitamment les monts accidentés pour y constituer des unités de maquisards. Plus près, à moins de quelques kilomètres à vol d'oiseau, Aïn Témouchent enregistrait des attentats en plein cœur de la ville. Trois initiales recouvraient les graffitis sur le mur : FLN. Front de libération nationale. Tout un programme. Avec ses lois, ses directives, ses appels au soulèvement général. Ses couvre-feux. Ses interdictions. Ses tribunaux. Ses sections administratives. Ses réseaux inextricables, labyrinthiques, efficaces. Son armée. Sa radio clandestine qui s'insurgeait tous les jours dans les maisons aux volets clos... À Río Salado, nous étions sur une autre planète. Les échos d'ailleurs nous parvenaient amoindris par une interminable succession de filtres. Les Arabes qui s'échinaient dans les vergers avaient certes des yeux qui brillaient d'un feu bizarre, sauf qu'ils n'avaient rien changé à leurs habitudes. Dès l'aube, ils étaient au boulot, ne relevant la tête qu'à la tombée de la nuit. Par ailleurs, on continuait de deviser au café en se délectant d'anisette. Même Bruno le policier ne jugeait pas nécessaire d'enlever le cran de sûreté de son pistolet ; il disait que ce n'était rien, qu'il s'agissait d'un phénomène passager et que tout allait rentrer dans l'ordre. Il avait fallu attendre plusieurs mois pour voir enfin les éclaboussures de la «rébellion» asperger notre quiétude. Des inconnus incendièrent une ferme isolée ; ensuite, à trois reprises, ils mirent le feu au cépage avant de saboter à la dynamite une cave viticole. C'en était trop. Jaime J. Sosa mit sur pied une milice et déploya un dispositif sécuritaire autour de ses vignes. La police tenta de le rassurer en lui expliquant qu'elle avait pris les mesures qui s'imposaient ; en vain. Le jour, on voyait des fermiers ratisser les parages, le fusil de chasse ostensiblement en avant ; la nuit, des rondes s'effectuaient dans les règles de l'art militaire, avec mots de passe et tirs de sommation.

Hormis quelques sangliers abattus par des miliciens aux gâchettes nerveuses, pas un suspect ne fut interpellé.

À la longue, on relâcha un peu la vigilance et les gens osèrent de nouveau circuler la nuit sans craindre d'être inquiétés.

Les vendanges d'après furent célébrées comme il se devait. Pour le bal, on fit venir trois grands orchestres d'un coup, et Río dansa jusqu'à l'épuisement. Pépé Rucillio profita de la belle saison pour convoler en justes noces avec une chanteuse de Nemours de quarante ans sa cadette. Ses héritiers protestèrent au début puis, la fortune de leur patriarche étant incalculable, ils s'empiffrèrent comme des ogres et rêvèrent d'autres agapes. Ce fut au cours de la cérémonie nuptiale que je tombai nez à nez avec Émilie. Elle descendait de la voiture de son mari, son enfant contre sa poitrine ; je sortais de la salle des fêtes, Germaine à mon bras. Pendant une fraction de seconde, elle avait blêmi, Émilie. Tout de suite, elle s'était retournée vers Simon qui m'adressa un petit sourire avant de pousser son épouse au milieu des fêtards. J'étais rentré à pied à la maison, oubliant que ma voiture était garée juste à côté de celle de mon ami.

Puis, le drame !

Personne ne s'y attendait. La guerre entamait son an II et, à part les quelques sabotages enregistrés plus haut, aucun incident ne fut déploré après, à Río. Les gens vaquaient à leurs occupations comme si de rien n'était, jusqu'à ce matin de février 1956. Une chape de plomb s'abattit sur le village. Les gens étaient comme pétrifiés ; ils se regardaient sans vraiment se voir, littéralement dépassés par l'événement. Dès que j'avais vu l'attroupement autour du snack d'André, j'avais compris.

Le corps était étendu par terre, sur le pas du bar, les jambes dans la cour, le reste à l'intérieur de la salle. Une chaussure manquait à ses pieds ; il avait dû la perdre en se défendant contre son agresseur ou bien en tentant de s'enfuir. Une éraflure partait de la naissance de son talon et remontait jusqu'au mollet, raturée de minuscules ruisselets de sang… José !… Il avait rampé sur une vingtaine de mètres avant de rendre l'âme. La trace de sa reptation désespérée était imprimée dans la poussière. Sa main gauche s'agrippait au bord du battant, les ongles retournés. Il avait reçu plusieurs coups de couteau, certains visibles sur la partie dénudée de son dos car sa chemise était déchirée d'un bout à l'autre ; la mare de sang dans laquelle il baignait débordait le seuil du snack, épaisse, grumeleuse. Je dus enjamber le corps pour entrer. La lumière du jour éclairait un pan du visage de José ; on aurait dit qu'il écoutait le sol, comme nous faisions autrefois en collant nos oreilles sur les rails pour voir si un train arrivait. Son regard vitreux rappelait celui d'un fumeur d'opium ; il était ouvert sur le monde mais n'en percevait aucun signe.

— Il disait qu'il était la crotte bénie sur laquelle le Seigneur avait marché, soupira André, effondré au pied du comptoir, le menton sur la pointe de ses genoux, les mains ceinturant ses jambes.

On le voyait à peine, dans la pénombre.

Il pleurait.

— Je voulais qu'il se la coule douce, comme tout cousin de Dédé Jiménez Sosa, et à chaque festin que je lui offrais il se contentait d'un croûton. Il avait peur que je le prenne pour un profiteur.

Simon était là, effondré lui aussi. Il avait les coudes sur le comptoir et la tête dans les mains. Bruno le policier occupait une chaise, au fond de la salle ; il tentait de surmonter le choc. Deux autres hommes se tenaient contre le billard, hébétés.

— Pourquoi lui ? geignait André du fond de son chagrin. C'était José, bon sang ! Il aurait offert sa dernière chemise à qui la lui aurait demandée.

— C'est pas juste, dit quelqu'un dans mon dos.

Le maire arriva en courant. Quand il reconnut le corps de José, il porta la main à sa bouche pour étouffer un cri. Des voitures envahirent la cour du snack. J'entendis claquer des portières. « Qu'est-ce qui s'est passé ? » demandat-on. Personne ne répondit. En quelques minutes, tout le village avait rappliqué. On recouvrit le corps de José d'une couverture. Une femme se mit à hurler, dehors. C'était la mère. Des proches l'empêchèrent de s'approcher du corps de son fils. Un remous feutré se déclara quand André se leva et sortit dans la cour. Il était vert de rage ; ses yeux débordaient de haine.

— Où est Jelloul ? tonna-t-il, et tout son corps se souleva de colère. Où est cet abruti de Jelloul ?

Jelloul traversa l'attroupement et vint se présenter devant son employeur. Il était sonné, ne savait quoi faire de ses mains.

— Qu'est-ce que tu foutais pendant que José se faisait zigouiller?

Jelloul fixa la pointe de ses savates. André lui releva la tête du bout de sa cravache.

— Où étais-tu passé, fumier? Je t'avais dit de ne quitter le snack sous aucun prétexte.

— Mon père était malade.

— Il l'a toujours été. Pourquoi tu ne m'as pas dit que tu retournais dans ton gourbi? José ne serait pas venu te remplacer, et il serait vivant à l'heure qu'il est... Et puis, comment ça s'fait que le malheur arrive la seule nuit où tu n'es pas là, hein?

Jelloul ploya la nuque et André dut lui relever de nouveau le menton du bout de sa cravache :

— Regarde-moi dans les yeux quand je te parle... Qui c'est le lâche qui a saigné José?... Tu dois le connaître, pas vrai? Tu t'es entendu avec lui. C'est pour ça que tu étais rentré dans ton gourbi. Pour livrer José à ton complice, pas vrai? Pour te faire un alibi, fils de chien... Regarde-moi, je te dis. C'est peut-être toi, après tout. Depuis le temps que tu rumines tes rancœurs. Est-ce que je me trompe, sale fumier? Pourquoi tu regardes par terre? José est là, cria-t-il en montrant le corps sur le seuil du bar. C'est sûrement toi qui as fait le coup. José ne se serait pas laissé surprendre par un inconnu. Seul un gars qui avait sa confiance pouvait l'approcher. Montre tes mains.

André vérifia les mains, les vêtements de Jelloul, à l'affût d'une tache de sang, le fouilla, puis, ne trouvant rien, il se mit à le battre avec sa cravache.

— Tu te crois malin? Tu tues José, puis tu rentres chez

toi te changer et tu rappliques. Je mettrais ma main au feu que c'est comme ça que ça s'est passé. Je te connais.

Enragé par ses propres propos, aveuglé par le chagrin, il jeta Jelloul à terre et se mit à le rouer de coups. Personne, autour de la scène, ne remua un doigt. La douleur d'André était trop forte, semblait-il, pour être contestée. Je rentrai chez moi, écartelé entre la colère et l'indignation, honteux et avili, doublement meurtri et par la mort de José et par le martyre de Jelloul. Ça a toujours été ainsi, me répétais-je pour me défiler : lorsqu'on ne trouve pas un sens à son malheur, on lui cherche un coupable, et il n'y avait pas meilleur bouc émissaire ce matin-là sur la place du drame que Jelloul.

Jelloul fut arrêté, menotté et conduit au poste. La rumeur laissait entendre qu'il avait avoué, que le meurtre n'avait pas grand-chose à voir avec les convulsions qui agitaient le pays. N'empêche ! La mort avait frappé, et nul ne pouvait jurer qu'elle n'avait pas de suite dans les idées. Les fermiers renforcèrent leur milice et, de temps à autre, entre deux jappements de chacal, des coups de feu retentissaient dans la nuit. Le lendemain, on parlait d'intrusion suspecte repoussée, d'indésirables levés comme du gibier, d'incendie criminel empêché. Un matin, en me rendant à Lourmel, je vis des fermiers armés au bord de la route. Ils étaient excités. À leurs pieds gisait le corps ensanglanté d'un jeune musulman haillonneux. Il était exposé tel un trophée de chasse, une vieille pétoire en guise de pièce à conviction à côté de lui.

Quelques semaines plus tard, un garçon malingre et souffreteux me rendit visite dans la pharmacie. Il me demanda de le suivre dans la rue. Une femme éplorée nous attendait sur le trottoir d'en face, entourée d'une marmaille désemparée.

— C'est la mère de Jelloul, me dit le garçonnet.

Elle se précipita sur moi et se jeta à mes pieds. Je ne

comprenais pas ce qu'elle essayait de me raconter. Ses paroles se noyaient dans ses lamentations et ses gestes éperdus me déroutaient. Je la conduisis à l'intérieur de l'officine pour la calmer et déchiffrer ce qu'elle baragouinait. Elle parlait vite, mélangeait tout, ne finissait pas une phrase sans entrer en transe. Ses joues étaient labourées d'écorchures, ce qui prouvait qu'elle s'était lacéré le visage avec ses ongles en signe de grand malheur. Finalement, exténuée, elle consentit à boire l'eau que je lui proposais et se laissa choir sur le banc. Elle me raconta les vicissitudes de sa famille, la maladie de son mari aux deux bras amputés, ses fréquentes prières effectuées dans l'ensemble des marabouts de la région avant de se jeter de nouveau à mes pieds et de m'implorer de sauver Jelloul. « Il n'y est pour rien. Tout le douar vous le dira. Jelloul était parmi nous la nuit où le roumi a été tué. Je le jure. Je suis allée trouver le maire, la police, les cadis ; personne n'a voulu m'écouter. Tu es notre dernier espoir. Tu t'entends bien avec M. André. Il t'écoutera. Jelloul n'est pas un assassin. Son père a eu sa crise, ce soir-là, et c'est moi qui ai envoyé mon neveu le chercher. Ce n'est pas juste. On va lui couper la tête pour rien. » Le garçonnet était le neveu en question. Il me certifia que c'était la vérité, que Jelloul n'avait jamais porté de couteau sur lui, et qu'il avait de l'affection pour José.

Je ne voyais pas ce que je pouvais faire, mais je leur promis de rapporter fidèlement leurs déclarations à André. Après leur départ, je ne me sentis pas d'aplomb et décidai de laisser tomber. Je savais la décision du tribunal sans appel, qu'André ne m'écouterait pas. Depuis la mort de José, il était constamment en rogne, molestant les Arabes dans les champs pour des peccadilles. Je passai une nuit mouvementée. Mon sommeil fut traversé de cauchemars nauséabonds qui m'obligèrent plusieurs fois à allumer ma lampe de chevet. La misère de cette femme à moitié folle et de sa marmaille me remplissait d'un malaise vertigineux. Ma tête crépitait de lamentations et de cris inintelligibles. Le lendemain, je n'eus pas la force de reprendre mon travail dans la pharmacie. Je pesai le pour et le contre, avec un penchant pour l'abstention. Je m'imaginais mal plaidant la cause de Jelloul devant un André méconnaissable de fiel et de brutalité. Il était capable de ne voir en moi qu'un musulman se solidarisant avec un assassin de sa communauté. Ne m'avait-il pas repoussé quand j'avais essayé de le réconforter au cimetière, à l'enterrement de José ? N'avait-il pas grogné, dans l'intention manifeste de me blesser, que *tous* les Arabes étaient des ingrats et des lâches ? Pourquoi avait-il proféré de tels propos dans un cimetière chrétien où j'étais le seul musulman, si ce n'était pas dans le but exclusif de me faire de la peine ?

Deux jours plus tard, je me surpris rangeant ma voiture dans la grande cour de la ferme de Jaime Jiménez Sosa. André n'était pas chez lui. Je demandai à voir son père. Un domestique me pria d'attendre dans mon véhicule le temps de voir si le maître voudrait bien me recevoir. Il revint au bout de quelques minutes et me conduisit sur la colline dominant la plaine. Jaime Jiménez Sosa rentrait d'une promenade équestre. Il était en train de confier sa monture à un palefrenier. Il me fixa un instant, intrigué par ma visite, ensuite, après avoir asséné une taloche sur la croupe du cheval, il se dirigea sur moi.

— Qu'est-ce que je peux faire pour toi, Jonas ? me lança-t-il de loin, expéditif. Tu ne bois pas de vin et ce n'est pas encore la saison des vendanges.

Un domestique accourut pour le débarrasser de son casque colonial et de sa cravache ; Jaime le congédia d'un geste méprisant sans lui laisser le temps de l'approcher.

Il passa devant moi sans s'arrêter et sans me tendre la main.

Je le suivis.

— C'est quoi le problème, Jonas ?

— C'est un peu compliqué.

— Alors, va droit au but.

— Vous ne me facilitez pas la tâche en pressant le pas.

Il ralentit sa foulée puis, glissant une main sous son casque, il me fit face.

— Je t'écoute...

— C'est à propos de Jelloul.

Il accusa un soubresaut. Ses mâchoires se crispèrent. Il souleva tout à fait son casque et se tamponna le front avec un mouchoir.

— Tu me déçois, jeune homme, dit-il. Tu n'es pas fait de la même pâte, et tu es très bien là où tu es.

— Il y a sûrement un malentendu.

— Ah oui ? Lequel ?

— Jelloul est peut-être innocent.

— Tu parles ! J'emploie des Arabes depuis des générations, et je sais ce que c'est. C'est tous des serpents... Cette vipère a avoué. Il a été condamné. Je veillerai personnellement à ce que sa tête tombe dans le panier.

Il revint vers moi, me prit par le coude et m'invita à faire quelques pas avec lui.

— C'est très sérieux, Jonas. Il ne s'agit pas d'un coup de gueule, mais d'une vraie guerre. Le pays vacille, et ce n'est pas le moment de ménager le chou et la chèvre. Il faut frapper fort et juste. Aucun laxisme n'est toléré. Il faut que ces fous meurtriers comprennent que nous ne céderons pas. Tout salopard qui tombe entre nos mains doit payer pour les autres...

— Sa famille est venue me voir...

— Jonas, mon pauvre Jonas, m'interrompit-il, tu ne sais pas de quoi tu parles. Tu es un jeune homme bien élevé, intègre et intelligent. Reste en dehors de ces histoires de voyous. Tu seras moins dépaysé.

Il était agacé par mon insistance. Et outré de devoir s'abaisser au rang d'un factotum indigne d'avoir un destin puisqu'un sort, aussi hypothétique fût-il, lui suffisait largement. Il me relâcha, grimaça une moue indécise, remit son mouchoir dans sa poche, puis, d'un signe de la tête, il me demanda de le suivre.

— Viens, Jonas...

Il marcha devant moi, raflant au passage un verre de jus d'orange qu'un domestique surgi de nulle part lui tendit. Jaime Jiménez Sosa était trapu, tassé comme une borne ; pourtant, il semblait avoir grandi de quelques centimètres. Une énorme tache de sueur fumait sur sa chemise que la brise gonflait sur les côtés. Moulé dans son pantalon d'équitation, le casque colonial sur la nuque, il avait l'air de conquérir le monde à chaque pas.

Quand nous arrivâmes en haut de la colline, il écarta les jambes, et son bras décrivit un large arc, le verre en avant tel un sceptre. Plus bas, la plaine déroulait ses vignes à perte de vue. Dans le lointain, que la brume rendait grisonnant, les montagnes évoquaient des monstres préhistoriques endormis. Jaime laissa son regard surplomber le paysage. Il hochait la tête chaque fois qu'un site l'interpellait.

Un dieu contemplant son univers n'aurait pas été aussi inspiré que lui.

— Regarde, Jonas... N'est-ce pas une vue imprenable ? Son verre frémit au bout de son bras.

Il se retourna lentement vers moi, un vague sourire sur les lèvres.

— C'est le plus beau spectacle du monde.

Comme je ne répondais pas, il dodelina de la tête et se remit à contempler les vignes qui s'encordaient jusqu'au pied de l'horizon.

— Souvent, dit-il, quand je viens par ici admirer tout ça, je pense aux hommes qui firent de même, il y a très longtemps, et je me demande ce qu'ils voyaient vraiment. J'essaye d'imaginer ce territoire à travers les âges et me mets à la place de ce nomade berbère, de cet aventurier phénicien, de ce prédicateur chrétien, de ce centurion romain, de ce précurseur vandale, de ce conquérant musulman – enfin de tous ces hommes que le destin a conduits par ici et qui se sont arrêtés au sommet de cette colline, exactement à l'endroit où je me tiens aujourd'hui...

Ses yeux revinrent acculer les miens.

— Que pouvaient-ils bien voir d'ici, à ces différentes époques ? me demanda-t-il... Rien... Il n'y avait rien à voir, hormis une plaine sauvage infestée de reptiles et de rats, quelques mamelons bouffés par les herbes folles, peut-être un étang aujourd'hui disparu ou un sentier improbable s'avançant sur tous les dangers...

Son bras balaya furieusement le paysage, et des gouttelettes de jus étincelèrent dans l'air. Il recula un peu pour se mettre à ma hauteur, et raconta :

— Lorsque mon arrière-grand-père a jeté son dévolu sur ce trou de cul, il était certain de mourir avant d'en tirer le moindre profit... J'ai des photos, à la maison. Il n'y avait pas une cahute à des lieues à la ronde, pas un arbre, pas une carcasse de bête que l'érosion aurait blanchie. Mon arrière-grand-père n'a pas pour autant poursuivi son chemin. Il a retroussé ses manches, fabriqué de ses dix doigts les outils dont il avait besoin et s'est mis à sarcler, à défricher, à débourrer la terre à ne plus pouvoir se servir de ses mains pour couper une tranche de pain... C'était la galère le jour, et le bagne le soir, et l'enfer toutes les saisons. Et les miens n'ont pas baissé les bras ; pas une fois, pas un instant. Certains crevaient d'efforts surhumains, d'autres succombaient aux maladies, et pas un n'a douté une seconde de ce qu'il était en train d'accomplir. Et grâce à *ma* famille, Jonas, grâce à ses sacrifices et à sa foi, le territoire sauvage s'est laissé apprivoiser. De génération en génération, il s'est transformé en champs et en vergers. Tous les arbres que tu vois autour de nous racontent un chapitre de l'histoire de *mes* parents. Chaque orange que tu presses te livre un peu de leur sueur, chaque nectar retient encore la saveur de leur enthousiasme.

D'un geste théâtral, il me montra sa ferme :

— Cette grande bâtisse qui me sert de forteresse, cette vaste maison toute blanche où je suis venu au monde et où, enfant, j'ai couru comme un fou, eh bien, c'est mon père qui l'a élevée de ses propres mains telle une stèle à la gloire des siens... Ce pays nous doit tout... Nous avons tracé des routes, posé les rails de chemin de fer jusqu'aux portes du Sahara, jeté des ponts par-dessus les cours d'eau, construit des villes plus belles les unes que les autres, et des villages de rêve au détour des maquis... nous avons fait d'une désolation millénaire un pays magnifique, prospère et ambitieux, et d'un misérable caillou un fabuleux jardin d'Éden... Et vous voulez nous faire croire que nous nous sommes tués à la tâche pour des prunes ?

Son cri était tel que je reçus les éclaboussures de sa salive sur la figure.

Ses yeux s'assombrirent quand il agita sentencieusement le doigt sous mon nez :

— Je ne suis pas d'accord, Jonas. Nous n'avons pas usé nos bras et nos cœurs pour des volutes de fumée... Cette terre reconnaît les siens, et c'est *nous*, qui l'avons servie comme on sert rarement sa propre mère. Elle est généreuse parce qu'elle sait que nous l'aimons. Le raisin qu'elle nous offre, elle le boit avec nous. Tends-lui l'oreille, et tu l'entendras te dire que nous valons chaque empan de nos champs, chaque fruit dans nos arbres. Nous avons trouvé une contrée morte et nous lui avons insufflé une âme. C'est notre sang et notre sueur qui irriguent ses rivières. Personne, monsieur Jonas, je dis bien personne, ni sur cette planète ni ailleurs, ne pourrait nous dénier le droit de continuer de la servir jusqu'à la fin des temps... Surtout pas ces pouilleux de fainéants qui croient, en assassinant de pauvres bougres, nous couper l'herbe sous le pied.

Le verre vibrait dans son poing. Tout son visage était retourné, et son regard tentait de me traverser de part et d'autre.

— Ces terres ne sont pas les leurs. Si elles le pouvaient, elles les maudiraient comme je les maudis chaque fois que je vois des flammes criminelles réduire en cendres une ferme au loin. S'ils pensent nous impressionner de cette façon, ils perdent leur temps et le nôtre. Nous ne céderons pas. L'Algérie est notre invention. Elle est ce que nous avons réussi le mieux, et nous ne laisserons aucune main impure souiller nos graines et nos récoltes.

Jaillissant d'une oubliette de mon subconscient, alors que je croyais l'avoir définitivement enterrée, l'image d'Abdelkader écarlate de honte sur l'estrade de la classe de mon école primaire fulmina dans mon esprit. Je le revis nettement grimaçant de douleur tandis que les doigts de l'instituteur lui tordaient l'oreille. La voix stridente de Maurice explosa dans ma tête : « Parce que les Arabes sont des paresseux, monsieur ! » Son onde de choc se répercuta à travers mon corps comme une détonation souterraine à travers les douves d'une forteresse. La même colère, qui m'avait happé ce jour-là à l'école, m'inonda. De la même façon. Telle une lave giclant du plus profond de mes tripes. D'un coup, je perdis de vue l'objet de ma visite, les risques qu'encourait Jelloul, les angoisses de sa mère, et me mis à ne voir que M. Sosa debout au faîte de son arrogance, que l'éclat malsain de sa morgue hypertrophiée qui donnait à la couleur du jour quelque chose de purulent.

Sans m'en rendre compte, et incapable de me contenir, je me dressai devant lui et, d'une voix débarrassée de caillots, tranchante et nette comme la lame d'un cimeterre, je lui dis :

— Il y a très longtemps, monsieur Sosa, bien avant vous et votre arrière-arrière-grand-père, un homme se tenait à l'endroit où vous êtes. Lorsqu'il levait les yeux sur cette plaine, il ne pouvait s'empêcher de s'identifier à elle. Il n'y avait pas de routes ni de rails, et les lentisques et les ronces ne le dérangeaient pas. Chaque rivière, morte ou vivante, chaque bout d'ombre, chaque caillou lui renvoyaient l'image de son humilité. Cet homme était confiant Parce qu'il était libre. Il n'avait, sur lui, qu'une flûte pour rassurer ses chèvres et un gourdin pour dissuader les chacals. Quand il s'allongeait au pied de l'arbre que voici, il lui suffisait de fermer les yeux pour s'entendre vivre. Le bout de galette et la tranche d'oignon qu'il dégustait valaient mille festins. Il avait la chance de trouver l'aisance jusque dans la frugalité. Il vivait au rythme des saisons, convaincu que c'est dans la simplicité des choses que résidait l'essence des quiétudes. C'est parce qu'il ne voulait de mal à personne qu'il se croyait à l'abri des agressions jusqu'au jour où, à l'horizon qu'il meublait de ses songes, il vit arriver le tourment. On lui confisqua sa flûte et son gourdin, ses terres et ses troupeaux, et tout ce qui lui mettait du baume à l'âme. Et aujourd'hui, on veut lui faire croire qu'il était dans les parages par hasard, et l'on s'étonne et s'insurge lorsqu'il réclame un soupçon d'égards... Je ne suis pas d'accord avec vous, monsieur. Cette terre ne vous appartient pas. Elle est le bien de ce berger d'autrefois dont le fantôme se tient juste à côté de vous et que vous refusez de voir. Puisque vous ne savez pas partager, prenez vos vergers et vos ponts, vos asphaltes et vos rails, vos villes et vos jardins, et restituez le reste à qui de droit.

— Tu es un garçon intelligent, Jonas, rétorqua-t-il, nullement impressionné. Tu as été élevé au bon endroit, restes-y. Les fellagas ne sont pas bâtisseurs. On leur confierait le paradis qu'ils le réduiraient en ruines. Ils n'apporteront à ton peuple que malheurs et désillusions.

— Vous devriez jeter un œil sur les hameaux alentour, monsieur Sosa. Le malheur y sévit depuis que vous avez *réduit* des hommes libres au rang de bêtes de somme.

Sur ce, je le plantai là et regagnai ma voiture, la tête sifflant telle une cruche ouverte aux quatre vents.

17.

Jean-Christophe réapparut au printemps 1957. Sans préavis. Ce fut Bruno le policier qui me l'annonça sur le seuil de la poste :

— Alors, ces retrouvailles ?

— Quelles retrouvailles ?

— Comment ? Tu n'es pas au courant ? Chris est rentré à la maison, il y a deux jours…

Deux jours ?… Jean-Christophe était revenu à Río Salado depuis deux jours et personne ne m'en avait parlé… J'avais croisé Simon la veille. Nous avions même échangé quelques mots. Pourquoi ne m'avait-il rien dit ?

De retour à la pharmacie, j'appelai Simon à son bureau qui n'était qu'à deux pas de la poste. Je ne sais pas pourquoi j'avais préféré l'appeler plutôt que d'aller le trouver. Peut-être avais-je eu peur de le mettre mal à l'aise, ou de lire dans ses yeux ce que je subodorais : que Jean-Christophe m'en voulait encore et qu'il ne souhaitait pas me voir.

La voix de Simon flageola au bout du fil :

— Je croyais que tu étais au courant.

— Sans blague !

— Je t'assure que c'est la vérité.

— Il t'a dit quelque chose ?

Simon se racla la gorge. Il était gêné.

— Je ne te suis pas, fit-il.

— Ça va, j'ai compris.

Je raccrochai.

Germaine, qui rentrait du marché, posa son couffin par terre et me regarda de guingois.

— Qui était au téléphone ?

— Un client qui proteste, la rassurai-je.

Elle ramassa son couffin et gravit l'escalier qui menait à l'étage. En arrivant sur le palier, elle s'arrêta deux secondes puis redescendit quelques marches pour me dévisager.

— Que me caches-tu, toi ?

— Rien.

— C'est ce qu'on dit... Au fait, j'ai invité Bernadette pour le bal. J'espère que tu ne vas pas la décevoir, elle aussi. C'est une fille comme il faut. Elle n'en a pas l'air, mais elle est dégourdie. Pas assez instruite certes, sauf que tu ne trouverais pas meilleure ménagère qu'elle. En plus, elle est jolie !

Bernadette... Je l'avais connue haute comme trois pommes, lors des funérailles de son père tué dans l'attaque contre la base navale de Mers el-Kébir en 1940. Une gamine menue aux tresses volantes qui se tenait à l'écart pendant que ses cousines jouaient au cerceau.

— Tu sais très bien que je ne vais plus au bal.

— Justement.

Et elle remonta.

Simon me rappela. Il avait eu le temps de remettre de l'ordre dans son souffle.

— Qu'est-ce que tu as compris, Jonas ?

— Je trouve étrange que tu m'aies caché le retour de Chris. Je croyais notre amitié indéfectible.

— Elle n'a pas pris une ride. Je t'aime toujours autant. C'est vrai, le boulot ne me laisse aucun répit, mais tu es dans mes pensées. C'est toi qui es distant. Tu n'es jamais venu chez moi, à la maison. Tu es toujours pressé d'aller quelque part quand nos chemins se croisent. Je ne sais pas ce que tu t'es mis en tête, mais moi, je n'ai pas changé. Quant à Chris, je jure que je croyais que tu étais au courant. D'ailleurs, je ne suis pas resté longtemps avec lui. Je l'ai laissé à sa famille. Si ça peut te rassurer, je n'ai pas encore appelé Fabrice pour lui annoncer la bonne nouvelle. Je vais le faire maintenant. Et nous pourrons nous retrouver tous les quatre, comme au bon vieux temps. J'ai pensé à un dîner sur la corniche. Je connais un excellent bistro à Aïn Turck. Ça t'irait ?...

Il mentait. Il parlait trop vite, comme s'il déclamait une leçon apprise par cœur. Je lui accordai néanmoins le bénéfice du doute... Pour me prouver sa sincérité, il me promit de passer me prendre après le boulot afin que nous nous rendions ensemble chez les Lamy.

Je l'attendis la journée ; il ne se manifesta pas. Je fermai boutique et attendis encore. La nuit me trouva assis sur le perron de la pharmacie à guetter les silhouettes qui passaient au loin dans l'espoir de reconnaître la sienne. Il ne vint pas. Je décidai de me rendre seul chez Jean-Christophe... Je n'aurais pas dû. Car la voiture de Simon était là, rangée sous une avalanche de mimosa, devant la porte des Lamy, à côté d'autres voitures dont celles d'André, du maire, de l'épicier du coin, que sais-je encore ? J'étais fou de rage. Quelque chose me somma de rebrousser chemin ; je ne l'écoutai pas. Je sonnai à la porte. Un volet grinça quelque part et se rabattit. On mit une éternité à m'ouvrir. Une inconnue, sans doute une parente venue d'ailleurs, me demanda ce que je voulais.

— Je suis Jonas, un ami de Chris.

— Je suis désolée, mais il dort.

J'eus envie de l'écarter et d'entrer, de foncer droit sur le salon où du monde retenait son souffle et de surprendre Jean-Christophe au milieu de ses proches et de ses amis. Je ne fis rien. Il n'y avait rien à faire. Tout était clair, parfaitement clair… J'opinai du chef, reculai d'un pas, attendis que l'inconnue refermât la porte et retournai chez moi… Germaine s'abstint de m'apostropher; c'était gentil de sa part.

Le lendemain, Simon s'amena avec une mine pincée. Il bredouilla :

— Je t'assure que je ne comprends pas.

— Il n'y a rien à comprendre. Il ne veut pas me voir, et puis c'est tout. Et tu le savais depuis le début. C'est pour ça que tu ne m'as rien dit quand on s'est vus avant-hier.

— C'est vrai, je le savais. C'est d'ailleurs la première condition qu'il m'a posée d'emblée. Il m'a interdit de citer ton nom. Il m'a même chargé de te signaler qu'il ne tenait pas à ce que tu viennes le saluer. J'ai refusé, bien sûr.

Il souleva la petite trappe sur le côté du comptoir et s'approcha de moi en se pétrissant les doigts. Il avait le front en sueur; sa calvitie scintillait sous le reflet de la fenêtre.

— Il ne faut pas lui en vouloir. Ça a bardé pour lui. Il a été en Indochine, en première ligne. Fait prisonnier. Blessé deux fois. Il a été démobilisé à sa sortie de l'hôpital. Il faut lui laisser le temps.

— C'est pas grave, Simon.

— Je devais passer te prendre, hier. Comme promis.

— Je t'ai attendu.

— Je sais. J'étais d'abord allé le voir… pour le raisonner afin qu'il te reçoive. Tu penses bien, je n'allais pas t'emmener comme ça. Il l'aurait mal pris, et ça aurait compliqué les choses.

— Tu as raison, il ne faut pas lui forcer la main.

— C'est pas ça. Il est imprévisible. Il a changé. Même avec moi. Quand je l'ai invité à la maison pour lui présenter le fiston et Émilie, il a bondi comme si j'avais blas-

phémé. *Jamais!* qu'il a crié... *Jamais!* Tu te rends
compte? Je lui aurais proposé de retourner en enfer qu'il
n'aurait pas réagi avec un tel rejet. J'ai pas saisi. C'est
peut-être à cause de la guerre qu'il a endurée là-bas. C'est
une saloperie, la guerre. Des fois, quand je le fixe bien, il
me semble que Chris est un peu toqué. Si tu voyais ses
yeux, vides comme le double canon d'un fusil. Il me fait
de la peine. Il ne faut pas lui en vouloir, Jonas. Nous
devons nous armer de patience.

Comme je ne répondais pas, il essaya une autre voie:

— J'ai appelé Fabrice. Hélène m'a dit qu'il est à Alger
à cause de ce qui se passe dans la Casbah. Elle ne sait pas
quand il va rentrer. D'ici là, Chris aura peut-être changé
d'avis.

Je n'appréciai pas sa dérobade, revins dans le vif du
sujet, animé par une sorte de rancœur aussi impérieuse et
blessante qu'une démangeaison.

— Vous étiez *tous* auprès de lui, hier.

— Oui, fit-il dans un soupir flapi.

Il se pencha sur moi pour saisir le moindre tressaille-
ment sur mon visage:

— Qu'est-ce qu'il y a eu, entre toi et lui?

— Je ne sais pas.

— Attends, tu ne comptes pas me faire avaler ça?
C'est à cause de toi s'il est parti, n'est-ce pas? Il s'est
engagé dans l'armée, a accepté d'aller se faire tailler en
pièces par les bridés à cause de toi?... Qu'est-ce qui a
bien pu se passer entre vous deux?... J'ai pas fermé l'œil
de la nuit à force de gamberger. J'ai essayé toutes les
hypothèses, et aucune ne m'a avancé à quelque chose...

— Tu as encore raison, Simon. Laissons faire le temps.
Il ne sait pas tenir sa langue, le temps. Il finira bien pour
nous le dire un jour.

— C'est à cause d'Isabelle?...

— Simon, s'il te plaît, restons-en là.

Je revis Jean-Christophe en fin de semaine. De loin. Je sortais de chez le cordonnier, et lui de la mairie. Il était si maigre qu'il donnait l'impression d'avoir poussé d'une vingtaine de centimètres. Ses cheveux étaient coupés court sur les tempes, avec une mèche blonde qui lui chutait sur l'arête du nez. Il portait un manteau qui ne cadrait pas avec la saison, et il boitait un peu en s'appuyant sur une canne. Isabelle était avec lui, cramponnée à son bras. Jamais je n'avais vu Isabelle aussi belle et sobre. Elle était presque admirable d'humilité. Ils marchaient paisiblement en bavardant ; c'était Isabelle qui parlait ; lui acquiesçait de la tête. Ils resplendissaient d'un bonheur rasséréné, qui revenait de loin et qui paraissait décidé à ne plus leur fausser compagnie. J'ai aimé le couple qu'ils formaient ce jour-là ; un couple qui aurait mûri dans la langueur et le questionnement, éveillé à lui-même, riche de ses écueils. Je ne sais pas pourquoi mon cœur eut un élan dans leur direction, comme une prière pour les accompagner vers ce qui pourrait souder leurs retrouvailles à jamais. Peut-être parce qu'ils me rappelaient mon oncle et Germaine flânant dans les vergers. J'étais heureux de les voir de nouveau ensemble, et c'était comme si ce qui s'était passé n'avait pas eu lieu. Je me rendis compte que je ne pouvais pas ne pas continuer d'avoir de l'affection pour l'un, de la tendresse pour l'autre. En même temps, une tristesse aussi grande que celle que m'avait infligée la mort de mon oncle brouilla mon regard d'une larme épaisse et je maudis Jean-Christophe de reprendre le train de la vie en me reniant sur le quai. J'avais le sentiment de ne pas survivre en entier à sa sentence arbitraire, que je lui en tiendrais rigueur longtemps et ne me sentais pas en mesure de lui ouvrir mes bras s'il venait à m'accorder son pardon… Quel pardon ? De quoi étais-je coupable ? J'estimais avoir largement payé pour ma loyauté, que le mal que j'avais commis, je l'avais subi avant les autres, plus que les autres, dans son intégralité. C'était curieux. J'étais l'amour et la haine ficelés dans un même ballot, captifs d'une même camisole. Je glissais vers quelque chose que j'étais incapable de définir et qui m'étirait dans tous les sens en déformant mon discernement, mes fibres, mes repères, mes pensées, pareil à un lycanthrope abusant des ténèbres pour naître à sa monstruosité. J'étais en colère ; une colère intérieure, sournoise, corrosive. J'étais jaloux de voir les autres retrouver leurs marques tandis que mon monde se désarticulait autour de moi ; jaloux lorsque Simon et Émilie se promenaient sur l'avenue, leur bambin trottant devant eux ; jaloux du regard complice qu'ils échangeaient et que je considérais se faire à mes dépens ; jaloux de cette aura qui auréolait le couple Jean-Christophe et Isabelle marchant vers sa rédemption ; j'en voulais à l'ensemble des couples que je croisais à Río, Lourmel, Oran, sur les routes que je parcourais au hasard, semblable à un dieu déchu en quête d'univers et qui s'aperçoit qu'il n'a plus la vocation d'en réinventer un à sa juste mesure. À mon insu, je me surprenais, les jours vacants, à errer dans les quartiers musulmans d'Oran, à m'attabler avec des gens que je ne connaissais pas et dont la proximité désenclavait mes solitudes. Me revoici à Médine J'dida m'abreuvant d'eau teintée à l'huile de cade, me familiarisant avec un vieux libraire mozabite au saroual bouffant, m'instruisant auprès d'un jeune imam d'une érudition étourdissante, écoutant les *yaouled* déguenillés commenter la guerre en train de dépecer le pays – ils étaient mieux informés que moi, le lettré, l'instruit, le pharmacien. Je me mis à retenir des noms jusque-là inconnus et qui résonnaient dans la bouche des *miens* comme l'appel du muezzin : Ben M'hidi, Zabana, Boudiaf, Abane Ramdane, Hamou Boutlilis, la Soummam, l'Ouarsenis, Djebel Llouh,

Ali la Pointe, noms de héros et noms de lieux indissociables d'une adhésion populaire que j'étais à mille lieues
d'imaginer aussi concrète, aussi déterminée.

Étais-je en train de compenser la *défection* de mes
amis ?...

J'étais allé trouver Fabrice chez lui, sur la corniche. Il
était content de me revoir, mais je n'avais pas digéré la
tiédeur d'Hélène, son épouse. Je ne remis plus les pieds
dans *leur* maison. Quand je le croisais sur mon chemin,
j'acceptais volontiers de le suivre dans un café ou dans un
restaurant, mais déclinais systématiquement ses invita-
tions chez lui. Je ne tenais pas à subir l'attitude distante
de sa femme. Je le lui avais dit, une fois. « Tu te fais des
idées, Jonas », avait-il répliqué, froissé. « Où vas-tu chercher ça ? Hélène est une fille de la ville, c'est tout. Elle
n'est pas comme les filles de chez nous. C'est vrai, je
n'en disconviens pas, elle est un peu sophistiquée, mais
c'est la citadinité qui le veut... » N'empêche ! Je ne
retournai plus chez lui. Je préférais m'oublier dans le
Vieil Oran, à la Calère, autour de la Mosquée du Pacha
ou bien du côté du Palais du Bey, à contempler les gamins
se chamaillant aux sources de Raz el-Aïn... Moi qui
n'aimais pas le bruit, me voici sifflant après l'arbitre dans
les stades de foot, achetant au marché noir des billets de
corrida pour aller dans les arènes d'Eckmühl ovationner
Luis Miguel Dominguin estoquant son taureau. Il n'y
avait pas mieux qu'une clameur tonitruante pour bannir
les interrogations sur lesquelles je refusais de m'attarder.
Aussi la traquais-je sans trêve. J'étais devenu un fervent
supporter de l'USMO, le club musulman de foot, courais
les galas de boxe. Quand les boxeurs musulmans jetaient
au tapis leurs adversaires, je me sentais accoucher au forceps d'une furie dont je ne me croyais pas capable – leurs
noms me grisaient autant que des bouffées d'opium :
Goudih, Khalfi, Cherraka, les frères Sabbane, le prodi-

gieux Marocain Abdeslam… Je ne me reconnaissais plus. J'étais attiré par la violence et les foules délirantes comme un papillon de nuit par la flamme des bougies. Il n'y avait pas de doute : j'étais en guerre ouverte contre moi-même.

Jean-Christophe épousa Isabelle vers la fin de l'année. Je l'appris au lendemain de la fête. Personne n'avait daigné m'en parler avant. Pas même Simon qui, à son grand dam, ne fut pas convié aux noces. Ni Fabrice qui était rentré chez lui à l'aube pour ne pas devoir s'excuser de je ne savais quoi. Cela ne fit que m'éloigner d'une borne supplémentaire de *leur* monde. C'était atroce..

Jean-Christophe décida de s'installer ailleurs, loin de Río Salado. Le village ne suffisait pas à sa soif de rattraper le temps perdu, à sa revanche sur certains souvenirs. Pépé Rucillio leur offrit une belle demeure dans l'un des plus chic quartiers d'Oran. J'étais sur la place municipale quand les nouveaux mariés avaient déménagé. André conduisait le couple dans sa voiture, et le camion encombré de meubles et de cadeaux suivait. Il m'arrive encore, à mon âge finissant, d'entendre les klaxons du cortège et de ressentir la même peine qu'ils avaient provoquée en moi, ce jour-là. Pourtant, curieusement, j'étais soulagé de les voir s'en aller ; c'était comme si une veine de mon corps, longtemps obstruée, venait de se dégager.

Río se dépeuplait ; mes horizons ressemblaient à ceux d'un naufragé au large des dérives. Les rues, les vergers, le brouhaha des cafés, les boutades de paysans toujours en retard d'une pertinence ne me disaient plus rien. Chaque matin, j'avais hâte de retrouver la nuit pour me soustraire au chaos des jours ; chaque soir, dans mon lit, je redoutais de me réveiller au cœur des absences. Je me mis à confier la pharmacie à Germaine et à me rabattre sur les bordels d'Oran sans toucher aux prostituées. Je me contentais de les écouter me raconter leur vie tumultueuse et se fiche

comme d'une teigne des rêves gâchés. Leur mépris de l'illusoire me réconfortait. En réalité, je cherchais Hadda. Comme ça, d'un coup, elle m'importait. Je voulais la retrouver, savoir si elle se souvenait de moi, si elle pouvait m'être utile à quelque chose, à remonter jusqu'à ma mère – là encore, je n'étais pas sincère avec moi-même : Hadda avait quitté Jenane Jato avant le drame qui avait endeuillé notre patio; elle ne m'aurait été d'aucune aide dans cette histoire. Mais c'était ce que je me préparais à lui dire pour l'attendrir. J'avais besoin de quelqu'un, d'un confident ou d'une vieille connaissance auprès de laquelle puiser un semblant de complicité, établir un rapport de confiance puisque celle de mes amis de Río s'étiolait...
La tenancière du Camélia me dit vaguement que Hadda était sortie une nuit avec un maquereau et qu'elle n'était jamais revenue. Le maquereau en question était une grosse brute aux bras tatoués, avec des cœurs poignardés et des jurons gravés dans sa peau velue; il me conseilla de me mêler de mes affaires si je ne tenais pas à retrouver mon signalement dans les faits divers du journal local...
Le même jour, en descendant du tram, j'avais cru reconnaître Lucette, mon amie d'enfance, promenant un bébé dans une poussette. C'était une jeune dame enrobée, bien mise, enserrée dans un tailleur et coiffée d'un chapeau de toile blanc. Ce n'était sûrement pas Lucette; elle aurait situé mon sourire, décelé un rivage évocateur dans le bleu de mes yeux. Malgré son indifférence éloquente, je l'avais suivie le long du boulevard; ensuite, conscient de l'aspect indécent de ma filature, j'avais rebroussé chemin.
Puis je rencontrai la guerre... la guerre grandeur nature; le succube de la Mort; la concubine féconde du Malheur; l'autre réalité que je ne voulais pas regarder en face. Les journaux faisaient étalage des attentats qui secouaient villes et villages, des raids sur les douars suspects, des exodes massifs, des accrochages ravageurs, des ratissages, des

massacres; pour moi, c'était de la fiction, un obscur feuilleton qui n'en finissait pas de se redire... Et un jour, tandis que je sirotais une orangeade sur le Front de mer, une traction avant, noir corbillard, freina net devant un immeuble, et des fusils mitrailleurs giclèrent des portières. Les rafales durèrent quelques secondes avant d'être noyées par le crissement des pneus : elles continuèrent de retentir dans ma tête longtemps. Des corps gisaient sur le trottoir tandis que les badauds se dispersaient en courant. Il y eut un silence tel que le cri des mouettes me perfora les tempes. Je croyais rêver. Les yeux rivés sur les corps fauchés, je me mis à trembler, à trembler. Ma main battait comme un volet sous le vent, m'aspergeant de jus d'orange ; le verre m'échappa à son tour et se fracassa à mes pieds, arrachant un hurlement incongru à un voisin de table. Des gens sortaient des immeubles, des magasins, des voitures, abasourdis, somnambuliques, s'approchaient prudemment du lieu du drame. Une femme s'évanouit dans les bras de son compagnon. Je n'osai pas remuer un doigt ; je demeurai pétrifié sur ma chaise, la bouche ouverte, le cœur fou. Des coups de sifflet annoncèrent l'arrivée de la police. Bientôt, un attroupement se rassembla autour des victimes : on déplora trois morts, dont une jeune fille, et cinq blessés dans un état grave.

Je retournai à Río et m'enfermai dans ma chambre deux jours d'affilée.

J'étais devenu insomniaque. Dès que je glissais dans mon lit, une frayeur abyssale me tirait vers le fond. C'était comme si je sombrais dans un abîme. Mon sommeil n'était plus habitable ; les cauchemars me catapultaient à travers mille horreurs. Lassé de considérer le plafond, je me mettais sur mon séant, prenais ma tête à deux mains et fixais le sol. Mes pieds imprimaient des taches humides sur le parterre. Les rafales, sur le Front de mer, ricochaient sur mes pensées. J'avais beau me boucher les oreilles, elles revenaient à la charge, assourdissantes, funestes. Mon corps tressautait sous les détonations. Je laissais la lampe allumée jusqu'au matin, afin de tenir à distance les fantômes derrière la porte de ma chambre guettant le moindre assoupissement pour se jeter sur moi. Je m'accrochais au moindre friselis, au plus improbable jappement dans la nuit pour rester éveillé. Lorsque le vent faisait grincer la boiserie, mon crâne craquait, se fissurait. «C'est le choc», me dit stupidement le médecin... Il ne m'apprenait rien. Ce qui m'importait était comment le surmonter. Le médecin n'avait pas de recette miracle. Il me prescrivit des calmants et des comprimés contre l'insomnie qui n'arrangèrent pas les choses. J'étais dépressif, conscient de ma dérive, sauf que j'ignorais comment y remédier. J'avais le sentiment que j'étais quelqu'un d'autre, un être exaspérant, décevant, quoique indispensable : il était mon unique port d'attache.

Claustrophobe, je courais m'aérer sur le balcon. Germaine venait souvent me tenir compagnie. Elle essayait de me parler ; je ne l'écoutais pas. Ses paroles me fatiguaient, exacerbaient mes tensions. Je voulais être seul. Aussi sortais-je dans la rue. Nuit après nuit. Semaine après semaine. Le silence du village me faisait du bien. J'aimais marcher sur la place municipale déserte, arpenter de long en large l'avenue, m'asseoir sur un banc et ne penser à rien.

Une nuit sans lune, tandis que je soliloquais sur un trottoir, je vis arriver une bicyclette. Sa lampe tanguait et les crissements de sa chaînette se déchiquetaient sur les murs en une multitude de plaintes aiguës. C'était le jardinier de Mme Cazenave. Il freina à ma hauteur, manqua de culbuter par-dessus son guidon, blême, débraillé. Il me montra quelque chose derrière lui et, incapable d'articuler une syllabe, il enfourcha son vélo; dans sa précipitation, il heurta le trottoir et tomba à la renverse.

— Qu'est-ce qu'il y a? On dirait que tu es poursuivi par un démon?

Il se releva en tremblant, remonta sur sa bicyclette et, au bout d'un effort surnaturel, il balbutia :

— Je cours alerter la police... Un malheur est arrivé chez les Cazenave.

Ce fut alors que j'aperçus une large lueur rougeâtre s'élever derrière le cimetière israélite. «Mon Dieu!» m'écriai-je. Et je me mis à courir.

La maison des Cazenave était en feu. Des flammes gigantesques éclairaient jusqu'aux vergers alentour. Je coupai à travers le cimetière. Plus j'approchais du sinistre, plus je mesurais son étendue. Le feu dévorait déjà le rez-de-chaussée et s'attaquait à l'étage dans un bourdonnement vorace. La voiture de Simon brûlait dans la cour, mais je ne distinguais ni lui ni Émilie dans le désastre. La grille était ouverte. La treille crépitait sur la palissade en se contorsionnant au milieu d'une nuée de flammèches. Je dus me protéger le visage derrière les bras pour franchir un mur de flammes et atteindre le jet d'eau. Deux chiens gisaient dans la cour, morts. Impossible d'approcher la maison qui, maintenant, n'était qu'un brasier furieux lançant ses tentacules hystériques dans tous les sens. Je voulus appeler Simon; aucun son ne sortit de ma gorge asséchée. Une femme était accroupie sous un arbre. L'épouse du jardinier. Les joues dans les mains, elle fixait d'un air absent la maison en train de partir en fumée.

— Où est Simon?

Elle tourna la tête dans la direction de l'ancienne écurie. Je fonçai dans la fournaise, étourdi par le tumulte des flammes et le fracas des vitres. Une fumée âcre, tourbillonnante, voilait la colline. L'ancienne écurie baignait dans un calme qui me parut plus terrifiant que le sinistre derrière moi. Un corps était étendu sur le gazon, à plat ventre, les bras en croix ; la lumière des flammes le fouettait par intermittences. Mes genoux se bloquèrent. Je me rendis compte que j'étais seul, absolument seul, et ne me sentis pas en mesure d'affronter la *chose* sans être assisté par quelqu'un. J'attendis, dans l'espoir que la femme du jardinier me rejoignît. Elle ne vint pas. Hormis le rugissement de l'incendie et le corps inerte sur le gazon, je ne percevais rien. Le corps ne bougeait pas. Il était nu, avec juste un caleçon à ras les fesses ; la mare de sang dans laquelle il surnageait ressemblait à un trou. Je le reconnus à sa calvitie : Simon !... Était-ce encore un mauvais rêve ? Étais-je dans ma chambre en train de dormir ?... L'écorchure sur mon bras me cuisait ; j'étais bel et bien éveillé. Le corps de Simon miroitait dans le reflet du sinistre. Tournée vers moi, sa figure évoquait un bloc de craie ; la lueur qui s'était figée au fond de ses prunelles était sans appel. Il était mort.

Je m'accroupis devant la dépouille de mon ami. Dans un état second. Je n'étais plus sûr de mes gestes ni de mes pensées. Ma main partit d'elle-même se poser sur le dos du mort comme pour tenter de le réveiller...

— Ne le touche pas ! claqua une voix dans la pénombre.

Émilie était là, tapie dans l'angle de l'écurie. La pâleur de son visage avait quelque chose de phosphorescent. Ses yeux irradiaient d'un feu aussi vaste que les flammes dans mon dos. Les cheveux en cascade, pieds nus, elle portait une chemise de nuit soyeuse qui la dénudait presque et serrait contre son flanc son fils Michel terrorisé.

— Je t'interdis de porter la main sur lui, me dit-elle encore d'une voix surgissant d'outre-tombe.

Un homme armé d'un fusil surgit derrière elle. C'était Krimo, le chauffeur de Simon, un Arabe d'Oran qui travaillait dans un restaurant sur la corniche et que mon ami avait recruté avant son mariage. Sa silhouette dégingandée se détacha de l'écurie et marcha prudemment sur moi.

— J'en ai touché un. Je l'ai entendu crier.

— Que s'est-il passé ?

— Les fellagas. Ils ont égorgé Simon et mis le feu partout. Le temps pour moi d'arriver, ils étaient partis. Je les ai vus se faufiler dans le ravin, plus bas. J'ai tiré. Ils n'ont même pas riposté, les salauds. Mais j'ai entendu l'un d'eux hurler.

Il se campa devant moi. La lueur des flammes accentuait le dégoût sur sa figure.

— Pourquoi Simon ? Qu'est-ce qu'il leur a fait ? me demanda-t-il.

— Va-t'en ! me cria Émilie. Laisse-nous à notre malheur, et va-t'en… Chasse-le hors de ma vue, Krimo.

Krimo me mit en joue avec son fusil.

— Tu as entendu ? Fous le camp.

Je hochai la tête et fis demi-tour. J'avais le sentiment de ne pas toucher le sol, de glisser sur du vide. Je rebroussai chemin jusqu'à la maison en flammes, pris par les vergers et regagnai le village. Des phares d'automobiles contournaient le cimetière et remontaient la piste du marabout. Derrière le cortège, des silhouettes couraient vers le sinistre ; leurs voix haletantes me parvenaient par bribes, mais celle d'Émilie les devançait largement, immense comme le gouffre en train de m'avaler.

Simon fut enterré au cimetière israélite. L'ensemble du village tint à l'accompagner à sa dernière demeure. Un monde fou se serrait les coudes autour d'Émilie et de son fils. Émilie était vêtue de noir, le visage sous un voile. Elle se voulait digne dans son chagrin. À ses côtés, les Benyamin de Río et d'ailleurs priaient. La mère de Simon, terrassée, pleurait sur une chaise, sourde aux chuchotements de son mari, un vieillard cacochyme, abîmé par la maladie. Quelques rangs derrière, Fabrice et son épouse se prenaient par la main. Jean-Christophe, lui, se rangeait parmi le clan des Rucillio, Isabelle imperceptible dans son ombre. Je me tenais au fond du cimetière, derrière tout le monde, comme si déjà j'en étais exclu. Après l'enterrement, la foule se dispersa en silence. Krimo fit monter Émilie et son fils dans une petite voiture prêtée par le maire. Les Rucillio partirent de leur côté. Jean-Christophe salua d'abord Fabrice, et se hâta de rattraper son clan. Les portières claquaient, les moteurs ronflaient ; la place se vida lentement. Il ne resta, autour de la tombe, qu'une grappe de miliciens et d'agents de l'ordre en uniforme, visiblement très affectés et coupables d'avoir laissé un tel malheur frapper la localité de plein fouet. Fabrice me salua de loin. D'un petit geste de la main. Je m'attendais à ce qu'il vienne me réconforter ; il aida sa femme à monter dans sa voiture et, sans un dernier regard, prit le volant et démarra. Quand sa voiture disparut au détour d'une bâtisse, je me rendis compte qu'il n'y avait plus que moi parmi les morts.

Émilie quitta Río pour Oran.

Mais elle s'ancra profondément dans mes pensées. J'avais du chagrin pour elle. Mme Cazenave ne donnant plus signe de vie, je devinais l'ampleur de sa solitude, la douleur de son veuvage prématuré. Qu'allait-elle devenir ? Comment allait-elle se reconstruire dans une ville aussi bruyante qu'Oran, au milieu de gens qu'elle ne connaissait ni d'Ève ni d'Adam, où la *citadinité* proscrivait l'empathie si courante dans le village, exigeait des rapports d'intérêt stricts, des acrobaties périlleuses et un tas de concessions avant d'espérer se faire adopter. Surtout avec cette guerre qui s'enfiellait de jour en jour, son lot d'attentats aveugles, de représailles foudroyantes, ses enlèvements, ses découvertes macabres chaque matin, ses ruelles infestées de pièges mortels. Je la voyais mal s'en sortir seule au milieu d'une cité démentielle, au cœur d'une arène suintante de sang et de larmes, avec son fils traumatisé et pas un seul repère probant.

Au village, les choses n'étaient plus comme avant. On annula le bal des vendanges de crainte qu'une bombe ne transformât la liesse en tragédie. Les musulmans n'étaient plus tolérés dans les rues; ils n'avaient plus le droit de quitter les vignes et les vergers sans autorisation. Au lendemain de l'assassinat de Simon, l'armée avait déclenché une vaste opération de ratissage dans la région, passant au peigne fin le mont Dhar el Menjel et les maquis environnants. Les hélicoptères et les avions pilonnèrent les endroits suspects. Après quatre jours et trois nuits de traque, les militaires regagnèrent leur cantonnement, lessivés et bredouilles. La milice de Jaime Jiménez Sosa déploya un large éventail d'embuscades dans le secteur qui finit par payer. La première fois, on intercepta un groupe de *fidayin* chargé de ravitailler les maquisards; les mules furent abattues sur place, les denrées alimentaires brûlées et les corps des trois *fidayin* criblés de balles promenés dans les rues sur une charrette. Une dizaine de jours plus tard, Krimo, qui s'était enrôlé dans une unité de harkis, surprit onze maquisards dans une grotte et les enfuma à mort. Grisé par son exploit, il attira dans un traquenard une escouade de *moudjahidin*, en tua sept et exposa sur la place municipale deux blessés que la foule manqua de lyncher.

Je ne sortais plus de chez moi.

Une période d'accalmie s'ensuivit.

Je me remis à penser à Émilie. Elle me manquait. Parfois, je l'imaginais en face de moi et je lui parlais pendant des heures. Ignorer ce qu'il était advenu d'elle me torturait. À bout, je me rendis chez Krimo pour voir s'il pouvait m'aider à la retrouver. J'étais prêt à n'importe quoi pour la revoir. Krimo m'accueillit froidement. Il balançait dans une chaise à bascule sur le pas de sa bicoque, une cartouchière en sautoir sur la poitrine, son fusil sur les cuisses.

— Charognard! me dit-il. Elle n'a pas fini de pleurer son mort que déjà tu songes à la posséder.

— Il faut que je lui parle.

— De quoi? Elle a été claire avec toi, l'autre nuit. Elle ne veut pas entendre parler de toi.

— Ce n'est pas ton problème.

— C'est là que tu te goures, mon gars. Émilie est *mon* problème. Si jamais tu essayais de l'importuner, je t'arracherais la glotte avec mes dents.

— Elle t'a dit quelque chose à mon sujet?

— Elle n'a pas besoin de me raconter quoi que ce soit. J'étais là lorsqu'elle t'a envoyé au diable, et ça me suffit.

Il n'y avait pas grand-chose à attendre de cet homme.

Pendant des mois et des mois, je parcourus les quartiers d'Oran dans l'espoir de croiser Émilie. J'allais du côté des écoles, à la sortie des classes; nulle part je ne tombai sur Michel ou sur sa mère parmi les parents d'élèves. Je rôdais autour des marchés, des magasins *Prisunic*, des jardins publics, des souks; aucune trace d'elle. Au moment où je commençais à désespérer, une année jour pour jour après la mort de Simon, tandis que je passais devant une librairie, je crus l'entrevoir derrière la vitrine. J'en eus le souffle coupé. Je me rabattis sur le café d'en face et, caché derrière un pilier, j'attendis. À l'heure de la fermeture, Émilie quitta la librairie et prit un trolley au coin de la rue. Je n'avais pas osé monter avec elle. C'était un samedi, et il m'avait fallu me ronger les ongles tout le dimanche, un dimanche interminable. Le lundi, à la première heure, j'étais au café d'en face, derrière le même pilier. Émilie arriva vers neuf heures, dans un tailleur anthracite, la tête dans un foulard de la même couleur. Mon cœur se comprima dans ma poitrine comme une éponge que l'on presse. Mille fois j'avais pris mon courage à bras-le-corps pour aller la trouver, et mille fois pareille audace m'avait paru indécente et inopportune.

J'ignore combien de fois j'ai défilé devant la librairie pour la regarder servir un client, escalader un escabeau pour rapporter un livre, tripoter la caisse, ranger ses bouquins, sans oser pousser la porte et entrer. Le seul fait de m'assurer qu'elle était bien là me remplissait d'un bonheur diffus, mais tangible. Je me contentais de la *vivre* à distance ; un peu comme avec un mirage, je craignais de la faire disparaître en cherchant à l'approcher. Cette situation dura plus d'un mois. J'avais délaissé la pharmacie, abandonné à son sort Germaine à laquelle j'oubliais de téléphoner et passais mes nuits dans des fondouks miteux pour aller, tous les jours, observer Émilie du fond du café.

Un soir, avant la fermeture de la librairie, pareil à un somnambule, je sortis de ma cachette, traversai la chaussée et me surpris poussant la porte vitrée de la boutique.

Il n'y avait personne dans la librairie que la lumière du jour avait fuie. Un silence fragile laissait planer une douce quiétude sur les étals chargés de livres. Mon cœur battait à tout rompre ; je suais tel un fiévreux. Le plafonnier éteint par-dessus ma tête évoquait un couperet sur le point de tomber. Le doute fulgura dans mon esprit : qu'étais-je en train de faire ? Quelle plaie m'apprêtais-je à rouvrir ? Je crispai les mâchoires pour le broyer. Il me fallait franchir le pas. Je ne supportais plus de me poser les mêmes questions, de ruminer les mêmes angoisses. Ma transpiration se découvrait des ongles ; leurs griffures me labouraient la chair. Je respirai fort, pour chasser cette toxine qui m'empuantissait intérieurement. Dans la rue, les badauds et les voitures s'entremêlaient dans un ballet déréglé. Les klaxons me lardaient de part et d'autre, aussi acérés que des coups d'épée. L'attente durait, durait... Je m'y décomposais. Une voix me murmurait *va-t'en...* Je secouais la tête pour la faire taire. L'obscurité s'était répandue dans la boutique, soulignait délicatement la carrure des étals qui s'étageaient au gré des piles de livres..

— Vous cherchez?...

Elle était derrière moi, frêle, fantomatique. On aurait dit qu'elle sortait de la pénombre, exactement comme la nuit du drame, toute ruisselante de cette même nuit tant sa robe noire, ses cheveux noirs, ses yeux noirs perpétuaient le deuil qu'une année entière n'avait pas atténué d'un cran. Il m'avait fallu plisser les yeux pour la distinguer. Maintenant qu'elle se tenait à un mètre de moi, je remarquai qu'elle avait changé, que sa beauté d'autrefois s'était rétractée, qu'elle n'était que l'ombre d'une époque, une veuve inconsolable qui avait décidé de se laisser aller, la vie lui ayant pris ce qu'elle ne saurait lui rendre. Tout de suite, je pris conscience de mon erreur. Je n'étais pas le bienvenu. Je n'étais qu'un couteau dans la plaie. Sa rigidité, ou plutôt son impassibilité glaciale me désarçonna, et je mesurai l'étendue du tort que j'étais en train de commettre en croyant réparer ce que j'avais détruit de mes propres mains. Et puis, il y avait ce *vous*, péremptoire, désarmant, intenable, qui me catapultait loin, très loin, qui m'effaçait presque, qui me vouait aux gémonies. Émilie m'en voulait. Je crois qu'elle n'avait survécu à son malheur que pour m'en vouloir. Elle n'avait pas besoin de me le dire. Son regard s'en chargeait. Un regard inexpressif, qui semblait surgir des antipodes tout en me tenant à distance, prêt à me repousser au bout du monde si je tentais de le soutenir.

— Qu'est-ce que vous voulez?

— Moi? fis-je bêtement.

— Qui d'autre ?... Vous êtes venu la semaine dernière, la semaine d'avant, et presque tous les jours. À quoi jouez-vous ?

Ma gorge se contracta. Impossible de déglutir :

— Je... passais par là... Par hasard... J'ai cru t'avoir vue derrière la vitrine, mais je n'en étais pas sûr. Alors, je suis revenu m'assurer que c'était bien toi...

— Et alors ?...

— Ben, je m'étais dit... je ne sais pas... J'ai voulu te saluer... enfin, voir si tu allais bien... te parler, quoi. Mais je n'ai pas osé.

— As-*tu* jamais osé une seule fois dans ta vie ?...

Elle sentit qu'elle venait de me blesser. Quelque chose remua au fond de ses yeux chargés de nuit. Comme une étoile filante qui s'éteint à l'instant où elle s'enflamme.

— Ainsi, tu as retrouvé l'usage de la parole. Depuis le temps que tu ne savais quoi dire... Tu voulais me parler à propos de quoi ?

Seules ses lèvres remuaient. Son visage, ses mains maigres et blafardes entrelacées, son corps en entier demeurait inébranlable. Ce n'étaient même pas des paroles, juste un souffle qui sortait de sa bouche, pareil à un sortilège grandissant.

— Je crois que j'ai mal choisi le moment.

— J'aimerais qu'il n'y en ait pas d'autre. Autant qu'on en finisse. Tu voulais me parler à quel sujet ?

— De nous deux, dis-je comme si mes pensées avaient décidé de s'exprimer en se passant de moi.

Un léger sourire effleura ses lèvres.

— De nous deux ? Avons-nous jamais été deux ?

— Je ne sais pas par où commencer ?

— J'imagine.

— Tu ne peux pas savoir combien je regrette. Je suis tellement, tellement... est-ce que tu me pardonneras un jour ?

— Qu'est-ce que ça changerait?

— Émilie... je suis tellement désolé.

— Ce ne sont que des mots, Younes. C'est vrai, il fut un temps où un mot de toi aurait changé le cours du destin. Mais tu n'as pas osé le prononcer. Il faut que tu comprennes que tout est fini.

— Qu'est-ce qui est fini, Émilie?

— Ce qui n'a jamais vraiment commencé.

J'étais anéanti. Je n'arrivais pas à croire que je pouvais encore tenir debout, avec mes jambes sciées, ma tête qui partait en mille morceaux; je n'entendais plus battre mon cœur ni le sang à mes tempes.

Elle avança d'un pas. Ce fut comme si elle sortait du mur derrière elle.

— Tu t'attendais à quoi, Younes? Que je crie au miracle, que je saute au plafond?... Pourquoi? T'avais-je seulement attendu? Bien sûr que non. Tu ne m'as même pas laissé le temps de te rêver. Tu as saisi mon envol par la gorge et tu lui as tordu le cou. Comme ça!... Mon amour pour toi est mort avant de toucher le sol.

Je me taisais. J'avais peur, en ouvrant la bouche, d'éclater en sanglots. Je réalisais le mal que je lui avais infligé, le gâchis que j'avais fait de ses espoirs, de ses rêves de jeune fille, de son bonheur pur et sain, pugnace et légitime, naturel et confiant, qui, à l'époque, donnait à ses yeux l'éclat de toutes les convoitises heureuses, de toutes les belles illusions.

— Est-ce que je peux te poser une question, Younes?

La gorge nouée, je ne pus que hocher la tête.

— Pourquoi?... Pourquoi m'as-tu repoussée?... Si c'était pour une autre, tu l'aurais épousée et j'aurais compris. Mais tu n'as toujours pas pris femme...

Une larme profita d'un moment d'inattention et parvint à se faufiler entre mes cils et à rouler sur ma joue. Je n'eus pas le courage ni la force de l'intercepter. Aucun muscle ne m'obéissait.

— … Ça me travaillait jour et nuit, poursuivit-elle sur un ton monocorde. Qu'avais-je de repoussant? Quelle faute avais-je commise? Je me disais : Il ne t'aime pas; c'est aussi simple que ça. Il n'est pas obligé de te reprocher quoi que ce soit. Il n'éprouve rien pour toi… Je n'arrivais pas à m'en convaincre. Tu étais devenu tellement malheureux, après le mariage. Et là, j'ai pensé : Younes me cache quelque chose…

— …

— Qu'est-ce que tu me caches, Younes? Qu'est-ce que tu ne veux pas me dire?

La digue céda; mes larmes coulaient à flots, cascadaient sur mes joues, inondaient mon menton et mon cou. Je pleurais, et je me sentais me vider de mes tourments, de mes remords, de mes parjures, tel un furoncle libérant son mal. Je pleurais comme une ribambelle de mioches tant je ne souhaitais pas m'arrêter de pleurer.

— Tu vois? me dit-elle. Tu ne veux toujours rien me dire.

Quand je relevai la tête, Émilie était partie. Comme si le mur derrière elle, comme si la pénombre qui la voilait l'avait happée. Il n'y avait, dans la boutique, que son odeur qui flottait parmi celle des livres et, debout trois rayons plus loin, deux vieilles dames qui me regardaient avec compassion. Je m'essuyai la figure et quittai la librairie avec le sentiment qu'une brume émanant de nulle part était en train de supplanter la lumière finissante du jour.

18.

Il était dix-neuf heures, en cette fin d'avril 1959. Le ciel se laissait lécher par les flammes du couchant pendant qu'un nuage, orphelin de son troupeau, se lamentait au-dessus du village, immobile, attendant qu'un vent de passage l'emportât dans sa foulée. J'étais en train de ranger des cartons dans l'arrière-boutique et m'apprêtais à fermer. En retournant dans la salle, je découvris un jeune homme debout dans l'embrasure de l'entrée. Il était nerveux, le veston ramassé comme s'il cachait quelque chose.

— Je ne te veux pas de mal, bredouilla-t-il en arabe.

Il devait avoir seize, dix-sept ans. Son visage était si livide que je distinguais nettement les poils follets sur sa lèvre. On aurait dit un fugitif. Maigre comme un clou, il portait un pantalon lacéré aux genoux, des pataugas recouverts de terre et une écharpe fripée autour d'un cou noir de gerçures.

— C'est l'heure de la fermeture, n'est-ce pas ?

— Qu'est-ce que tu veux ?

Il écarta d'un geste brusque son veston et le rabattit : il avait un gros pistolet sous le ceinturon. La vue de l'arme me glaça les sangs.

— C'est *El-Jabha*, le Front, qui m'envoie. Tu vas baisser le rideau. Il ne t'arrivera rien si tu fais ce que je t'ordonne.

— Qu'est-ce que c'est que cette histoire ?

— Celle de ta patrie, docteur.

Comme je tergiversais, il extirpa son arme et, sans me viser, il me somma de m'exécuter. Je baissai le rideau, les yeux scotchés sur le canon.

— Maintenant, recule.

Sa peur rivalisait avec la mienne. Craignant que sa nervosité ne devançât ses desseins, je levai les mains pour l'apaiser.

— Allume, et après ferme les volets de la fenêtre.

J'obéis. Dans le silence de la pièce, mon cœur évoquait le piston d'une machine folle.

— Je sais que ta mère est au premier. Est-ce qu'il y a quelqu'un d'autre dans la maison ?

— J'attends des invités, mentis-je.

— Nous les attendrons ensemble.

Il se moucha sur le revers de sa main armée et, de la tête, il me somma de monter au premier. Je n'avais pas gravi quatre marches qu'il m'enfonça le canon de son pistolet dans le flanc.

— Je te répète : il ne t'arrivera rien si tu fais ce que je t'ordonne.

— Range ton arme. Je te promets que...

— C'est pas tes oignons. Et ne te fie pas à mon âge. D'autres n'ont pas eu le temps de le regretter. Je suis l'émissaire du Front de libération nationale. Il pense que tu es quelqu'un de confiance. Ne le déçois pas.

— Je peux savoir ce qu'il me veut ?

— Nous sommes en guerre, je te signale.

Il me plaqua contre le mur, sur le palier, et tendit l'oreille. Le cliquetis de la vaisselle émanant de la cuisine déclencha des tics sur sa joue gauche.

— Appelle-la.

— Elle est âgée et malade. Le mieux serait que tu caches ton arme.

— Appelle-la.

J'appelai Germaine. Je m'attendais à ce qu'elle portât ses mains à sa bouche ou qu'elle criât ; elle réagit avec un sang-froid qui me laissa perplexe. La vue du pistolet lui fit à peine froncer les sourcils.

— Je l'ai vu sortir des champs, dit-elle.

— Je viens du maquis, avoua l'adolescent avec une pointe de fierté qui, dans sa bouche, se voulait péremptoire. Vous allez tous les deux vous asseoir sur le banc, là dans la grande salle. Si le téléphone sonne ou si quelqu'un frappe à la porte, ne répondez pas. Vous n'avez rien à craindre.

Du bout du pistolet, il nous indiqua un fauteuil. Germaine s'y laissa choir la première et croisa les bras sur son ventre. Son calme m'ankylosait. Elle essayait de ne pas regarder de mon côté, espérant sans doute que je fasse de même. L'adolescent s'accroupit en face de nous et nous fixa comme si nous étions deux meubles parmi d'autres. Il semblait s'interdire de respirer. Je n'arrivais pas à saisir ce qu'il avait derrière la tête ; cependant, j'étais soulagé de le voir moins anxieux qu'à l'arrivée.

La nuit plongea le salon dans l'obscurité. Le pistolet sur une cuisse et la main dessus, le garçon ne bougeait pas. Seuls ses yeux brillaient dans le noir. Je lui proposai d'allumer. Il ne répondit pas. Au bout de quelques heures, Germaine se mit à se trémousser. Ce n'étaient pas des signes de nervosité ou de lassitude ; il lui fallait aller au petit coin et elle n'osait pas en demander la permission à l'inconnu, par pudeur. Je le fis à sa place. Le garçon émit deux « tsst ! »

— On attend quoi ? lui dis-je.

Germaine me donna un léger coup de coude pour que je me tienne tranquille. Un éclair illumina les ténèbres avant de se rétracter, replongeant le village dans une opacité qui me parut plus compacte. Je sentais ma transpiration refroidir dans mon dos ; une folle envie de détacher ma chemise collée à ma peau m'oppressa ; l'immobilité de l'inconnu m'en dissuada.

Les bruits du village s'espacèrent. Un dernier vrombissement rugit quelque part et s'éloigna, puis un silence assourdissant s'empara des ruelles et des champs. Vers minuit, un projectile ricocha sur le volet de la fenêtre. Le garçon courut scruter les ténèbres à travers les carreaux ; il se retourna vers Germaine et lui ordonna d'aller ouvrir en bas. Pendant que Germaine dévalait les marches qui menaient à l'officine, il posa le canon de son pistolet contre ma nuque et m'obligea à avancer jusqu'à l'escalier.

— Madame, si vous criez, je l'abats.

— J'ai compris, rétorqua Germaine.

Elle retira le loquet de la porte d'entrée ; immédiatement, une bousculade se déclara au rez-de-chaussée. Je voulus savoir ce qui se passait, le pistolet m'écrasa le crâne contre le mur.

Germaine remonta. Je voyais vaguement des silhouettes chanceler dans la cage d'escalier. « Allume, abruti ! » grogna une voix rauque. Germaine actionna le commutateur ; l'ampoule du palier éclaira quatre hommes armés tentant maladroitement de transporter un corps sur une civière de fortune. Je reconnus Jelloul, l'ancien domestique d'André. Il portait un treillis délabré, une mitraillette sur l'épaule et des bottes dégoulinantes de boue. Il me poussa sur le côté et aida les trois autres à escalader les marches et à poser leur fardeau au pied du fauteuil dans le salon. Sans s'intéresser à nous, il pria ses compagnons d'allonger précautionneusement le corps sur la table à manger.

— Vous pouvez disposer, leur ordonna-t-il. Rejoignez l'unité. Je garde Laoufi avec moi. Inutile de revenir nous chercher. En cas de pépin, je me débrouillerai.

Trois hommes redescendirent l'escalier et sortirent

dans la nuit. En silence. En nous ignorant. Le garçon retira le canon de son pistolet et me bouscula dans le salon.

— Merci, petit, lui dit Jelloul. Tu as été parfait. Sauve-toi, maintenant.

— Je reste dans les parages ?

— Non. Rentre là où tu sais.

Le garçon le salua militairement et se retira. Jelloul m'adressa un clin d'œil :

— Tu vas bien ?

Je ne sus quoi répondre.

— Rends-toi utile. Va verrouiller la porte.

Germaine me supplia des yeux. Cette fois, elle était pâle, et tout son visage se ramassait autour d'une hébétude tardive, mais grave. Je descendis tirer les verrous. À mon retour, Jelloul était en train de défaire le corps sur la table d'une vieille veste de commando ensanglantée.

— S'il meurt, c'est toi qui l'accompagneras dans l'autre monde, me menaça-t-il calmement. Cet homme compte plus que ma propre vie. Il a reçu une balle dans la poitrine, au cours d'un accrochage avec les gendarmes. Très loin d'ici, rassure-toi. Je te l'apporte pour que tu le débarrasses de cette saloperie de ferraille qu'il a dans la peau.

— Avec quoi ? Je ne suis pas chirurgien.

— Tu es docteur, non ?

— Pharmacien.

— Je m'en fous. Ta vie dépendra de la sienne. Je ne me suis pas tapé tout ce chemin pour qu'il me claque entre les pattes.

Germaine me retint par le bras.

— Laissez-moi l'ausculter.

— Voilà qui est raisonnable, fit Jelloul.

Germaine se pencha sur le blessé, écarta avec précaution sa chemise souillée de sang ; l'endroit de l'impact se situait au-dessus du sein gauche, imperceptible sous la couche ocre et coagulée qui le cernait. La blessure était moche et délicate.

— Il a perdu beaucoup de sang.

— Dans ce cas, ne perdons pas de temps, trancha Jelloul. Laoufi, dit-il à son compagnon, tu vas aider la dame. S'adressant à moi, il ajouta : Laoufi est notre infirmier. Descends dans la pharmacie avec lui et trouve-moi ce qu'il faut pour opérer le capitaine. Tu as de quoi désinfecter la plaie, et les outils nécessaires à l'extraction de la balle ?

— Je m'en occupe, dit Germaine… Jonas ne me sera d'aucune utilité. Et, s'il vous plaît, pas d'armes dans mon salon. J'ai besoin de travailler dans la sérénité… Votre infirmier peut rester. Mais vous et mon fils…

— C'est exactement ce que je comptais faire, madame.

Germaine cherchait à me mettre à l'abri. Je la sentais remuer ciel et terre pour garder son sang-froid, et ma présence l'indisposait. Je ne voyais pas comment elle allait s'en sortir. Elle n'avait jamais touché à un scalpel. Qu'avait-elle derrière la tête ? Et si le blessé mourait ? Ses yeux arides me bousculaient, voulaient coûte que coûte me tenir le plus loin possible du salon. Elle me communiquait des choses que je ne parvenais pas à décoder. Elle craignait pour moi, c'était évident, se mettait en avant pour m'épargner. Plus tard elle devait m'avouer qu'elle aurait ressuscité un cadavre pour sauver ma tête.

— Allez dans la cuisine vous restaurer. Je serai plus à l'aise sans vous dans le dos.

Jelloul opina du chef. Je le conduisis dans la cuisine ; il ouvrit le frigo, en extirpa une assiettée de patates bouillies, du fromage, des tranches de viande fumée, des fruits, une bouteille de lait, et posa le tout sur la table, à côté de sa mitraillette.

— On peut avoir un bout de pain ?

— C'est sur ta droite. Dans le garde-manger.

Il s'empara d'une large baguette, mordit dedans en se répandant sur une chaise ; il mangeait avec une voracité stupéfiante, sautant d'un fruit à un morceau de fromage et d'une pomme de terre à une tranche de viande sans discernement.

— Je crève de faim, dit-il dans une éructation sonore. Ça baigne pour toi, pas vrai ?... La guerre ne te concerne pas. Tu continues de te la couler douce pendant que l'on se casse les dents dans les maquis... Quand vas-tu choisir ton camp ? Faudrait bien te décider un jour...

— Je n'aime pas la guerre.

— Il ne s'agit pas de l'aimer ou de la détester. Notre peuple se soulève. Il en a marre de subir et de se taire. Bien sûr, toi, avec ton cul entre deux chaises, tu peux manœuvrer à ta guise. Tu te mets du côté qui t'arrange.

Il sortit un canif de sa poche et découpa une boule de fromage rouge.

— Il t'arrive de revoir André ?

— Rarement, ces derniers temps.

— On m'a dit qu'il a monté une milice avec son père.

— C'est exact.

— Il me tarde de l'avoir en face de moi... J'espère qu'il sait que je me suis évadé ?

— Je ne sais pas.

— On n'a pas parlé de mon évasion à Río ?

— Moi, je n'étais pas au courant.

— Ça a été un miracle. On m'a coupé la tête, et elle a repoussé. Tu crois au destin, Jonas ?

— Je n'ai pas le sentiment d'en avoir un.

— J'y crois, moi. Figure-toi qu'au cours de mon transfert vers la prison d'Orléansville, un pneu a éclaté et le fourgon cellulaire a piqué du nez dans le fossé. Quand j'ai rouvert les yeux, je gisais dans un buisson. Je me suis levé, j'ai marché puis, comme personne ne m'a couru après, j'ai continué. Je me suis pincé au sang pour être sûr je ne rêvais pas. C'est pas un signe du ciel, ça ?

Il repoussa le repas, alla voir comment les choses se déroulaient dans le salon en oubliant exprès sa mitraillette sur la table et revint.

— Il est amoché, mais costaud. Il va s'en tirer. Il faut qu'il s'en sorte !... Sinon... Il se retint de continuer sa phrase, me toisa avant de changer de ton : Je garde la foi. Quand on a eu fini avec les gendarmes, je ne savais où donner de la tête avec le corps de mon responsable sur les bras. Et voilà que ton nom résonne dans mon esprit. Je te jure que je l'ai entendu. Je me suis retourné. Personne. Alors, je n'ai pas cherché à comprendre. Ça fait deux nuits que nous coupons à travers les bois. Même les chiens se taisaient sur notre passage. C'est pas extraordinaire ?

Il écarta sa mitraillette d'une main faussement distraite.

— Je suis tombé à maintes reprises dans des guets-apens. Pas une fois je n'ai été touché. À la longue, je suis devenu fataliste. Mon heure ne sonnera que lorsque Dieu le décidera. Je n'ai à craindre ni les hommes ni la foudre... Et toi, de quoi as-tu peur ? La Révolution se porte bien. Nous gagnons sur tous les fronts, y compris à l'étranger, le peuple nous soutient, l'opinion internationale aussi. Le grand jour ne va pas tarder. Qu'attends-tu pour nous rejoindre ?

— Tu vas nous tuer ?

— Je ne suis pas un tueur, Jonas. Je suis un combattant. Je suis prêt à sacrifier ma vie pour ma patrie. Qu'as-tu à lui offrir, toi ?

— Ma mère ne connaît pas grand-chose à la chirurgie.

— Moi non plus, mais il faut bien que quelqu'un la pratique. Tu sais qui c'est le capitaine ? C'est Sy Rachid, l'« insaisissable Sy Rachid » dont parlent les journaux. J'ai vu des baroudeurs ; aucun avec son charisme. Souvent, on s'est fait avoir comme des rats. Et le voilà qui se pointe par enchantement, et il nous sort du pétrin d'un claquement de doigts. Il est unique. Je ne veux pas qu'il meure. La Révolution a besoin de lui.

— D'accord, mais si ça tournait mal, que ferais-tu de nous ?

— Misérable ! Tu ne penses qu'à sauver ta peau. La guerre qui fauche des vies par centaines tous les jours ne t'atteint pas. Je t'abattrais comme un chien, si je ne t'étais pas redevable... Au fait, peux-tu m'expliquer pourquoi je n'arrive pas à t'appeler Younes ?

Il n'avait pas crié ni cogné sur la table ; il m'avait balancé son dépit comme ça, du bout des lèvres Il était trop épuisé pour se dépenser. Cependant, le mépris que je suscitais chez lui était incommensurable et ravivait en moi une colère aussi grande que celle que m'avait infligée le rejet de Jean-Christophe.

L'infirmier frappa à la porte de la cuisine avant d'entrer. Il était en sueur.

— Elle a réussi.

— Dieu soit loué, fit Jelloul avec détachement. Il écarta les bras dans ma direction : Tu vois ? Même le destin est avec nous.

Il ordonna à l'infirmier de me surveiller et se dépêcha de rejoindre son blessé. L'infirmier me demanda s'il y avait quelque chose à manger. Je lui montrai le frigo et le garde-manger. Il me pria de reculer jusqu'à la fenêtre et de ne pas essayer de faire le malin. C'était un petit gars chétif, encore adolescent, la bouille pourpre et duveteuse. Il portait un chandail démaillé trop grand pour lui, un pantalon de chasse retenu à la taille par une cordelette de chanvre et des godillots énormes et grotesques qui lui donnaient un air de chat botté. Il ne s'approcha pas du frigo et se limita à dévorer les restes sur la table.

Jelloul m'appela. L'infirmier me fit signe de quitter la

cuisine et me suivit du regard jusqu'à ce que je disparaisse dans le couloir. Effondrée dans le fauteuil, Germaine tentait de récupérer, la poitrine palpitante sous le corsage inondé de sueur. Le blessé gisait toujours sur la table, le torse nu emmailloté dans un pansement. Sa respiration nasillarde crissait dans le silence de la pièce. Jelloul trempa une compresse dans une petite bassine d'eau et entreprit de lui tamponner la figure. Ses gestes étaient empreints de respect.

— Nous allons rester chez vous quelques jours, le temps pour le capitaine de recouvrer ses forces, m'annonça-t-il. Demain, vous ouvrirez la pharmacie sans rien changer à vos habitudes. Madame restera avec nous à l'étage. Les commissions, c'est toi qui les feras. Tu sors et tu rentres quand tu veux. Si je décèle la moindre anomalie, je n'ai pas besoin de te dresser un tableau. Nous demandons juste l'hospitalité, tu comprends ? Pour une fois que je t'offre l'opportunité de servir la cause de ton peuple, tâche d'être à la hauteur.

— Je me charge de la pharmacie et des commissions, se proposa Germaine.

— Je préfère que ça soit lui… On est d'accord, Jonas ?

— Qu'est-ce qui me prouve qu'à votre départ vous allez nous laisser la vie sauve ?

— Tu es franchement désespérant, Jonas.

— J'ai confiance, intervint Germaine.

Jelloul sourit. C'était le même sourire qu'il m'avait décoché dans son hameau perdu derrière la colline aux deux marabouts ; un mélange de grimace dédaigneuse et de pitié. Il sortit un petit revolver de la poche de son pantalon et me le mit dans la main.

— Il est chargé. Tu n'as qu'à appuyer sur la détente.

La froideur du métal me hérissa le dos.

Germaine verdit. Ses doigts s'agrippèrent à sa robe à la déchirer.

— Tu veux que je te dise, Jonas ? Tu me fends le cœur. Il faut être un moins-que-rien pour passer à côté d'un destin majeur.

Il me reprit le revolver et le remit dans sa poche. Le blessé poussa un gargouillis et remua. Il devait avoir mon âge, peut-être quelques années de plus. Il était blond, assez grand de taille, les muscles fins et bien dessinés. Une barbe roussâtre dissimulait les traits de son visage tailladé au front, avec des sourcils fournis et un nez incurvé, l'arête aussi affûtée qu'un rasoir. Il s'agita de nouveau, tendit une jambe et chercha à se mettre sur le flanc ; ce dernier mouvement lui arracha un cri et le réveilla. À l'instant où il ouvrit les yeux, je le reconnus, malgré les années et la sape des vicissitudes : Ouari !... C'était Ouari, mon « associé » d'autrefois, qui m'avait appris l'art du camouflage et la chasse aux chardonnerets, à Jenane Jato. Il avait vieilli avant l'âge, mais le regard demeurait intact : sombre, métallique, impénétrable. Un regard que je n'oublierai jamais.

Ouari émergeait d'une profonde inconscience car, mon visage ne lui disant rien, il eut un réflexe d'autodéfense, me saisit par la gorge et m'attira violemment vers lui en se donnant un douloureux coup de reins pour se relever.

— Tu es en lieu sûr, Sy Rachid, lui murmura Jelloul.

Ouari parut ne pas comprendre. Il dévisagea son compagnon d'armes, mit un certain temps à le remettre et continua de m'étrangler. Germaine accourut à mon secours. Jelloul la somma de retourner à sa place et, d'une voix douce, il expliqua à son officier la situation. Les doigts sur ma gorge refusèrent de se desserrer. Je commençai à manquer d'air, attendis patiemment que le blessé recouvrât ses esprits. Lorsqu'il me relâcha, j'avais des fourmillements dans les tempes.

L'officier retomba sur la table. Son bras s'affaissa dans le vide, balança un instant et s'immobilisa.

— Recule, m'ordonna l'infirmier qui était arrivé en courant, alerté par mes gémissements.

Il examina le blessé, lui tâta le pouls...

— Il est seulement tombé dans les pommes. Il faut le mettre au lit, maintenant. Il a besoin de repos.

Les trois maquisards restèrent chez nous une dizaine de jours. Je continuais de faire mon travail comme si de rien n'était. Redoutant qu'un proche ne débarquât à l'improviste, Germaine téléphona à sa famille d'Oran pour lui annoncer qu'elle se rendait à Colom-Béchar, dans le désert, et qu'elle la rappellerait à son retour. Laoufi, l'infirmier, avait installé son capitaine dans ma chambre et demeurait à son chevet nuit et jour. Je dormais dans le bureau de mon oncle, sur un vieux canapé. Jelloul venait souvent me narguer. Il en avait gros sur le cœur et mon attitude vis-à-vis de la guerre que menait notre peuple pour accéder à l'indépendance l'écœurait. Je savais qu'il n'attendait qu'un mot de ma part pour me traîner dans la boue ; aussi me taisais-je. Un soir, alors que je lisais un livre, il me dit, après avoir compris que je ne tenais pas à engager la conversation :

— La vie, c'est comme dans les films : il y a des acteurs qui nourrissent l'histoire, et des figurants qui se fondent dans le décor. Ces derniers sont là, mais ils n'intéressent personne. Tu en fais partie, Jonas. Si je ne t'en veux pas, je te plains.

Mon mutisme l'énerva ; il me cria :

— Comment peut-on se permettre de regarder ailleurs pendant que le monde se donne en spectacle ?

Je levai les yeux sur lui, puis me remis à lire. Il m'arracha le livre des mains et l'envoya contre le mur :

— Je te parle !

Je ramassai mon livre et retournai sur le canapé. De nouveau, il tenta de me l'arracher ; cette fois, je l'attrapai par le poignet et le repoussai. Surpris par ma réaction, Jelloul me considéra avec stupéfaction et grogna :

— Tu n'es qu'un lâche. Ce qui se passe dans nos villages bombardés au napalm, dans les prisons où l'on guillotine nos héros, dans les maquis où l'on ramasse nos morts à la petite cuillère, dans les camps où croupissent nos militants, tu ne le vois pas. Quel type d'énergumène es-tu, Jonas ? N'as-tu pas compris que tout un peuple se bat pour ta propre rédemption ?

Je ne lui répondis pas.

Il me frappa sur la tête avec le plat de sa main.

— Ne me touche pas, lui fis-je.

— Waouh ! Je vais faire dans mon froc... Tu n'es qu'un lâche, rien qu'un lâche. Que tu fronces les sourcils ou que tu serres les fesses n'y change que dalle. Je me demande ce qui me retient de t'égorger.

Je reposai mon livre, me levai et me campai devant lui.

— Qu'en sais-tu, de la lâcheté, Jelloul ? Qui l'incarne, d'après toi ? L'homme désarmé qui a un pistolet sur la tempe ou bien celui qui menace de lui brûler la cervelle ?

Il me dévisagea avec dégoût.

— Je ne suis pas un lâche, Jelloul. Je ne suis pas sourd ni aveugle, et je ne suis pas fait de béton. Si tu veux savoir, rien sur cette terre ne m'emballe, désormais. Pas même le fusil qui autorise celui qui le porte à traiter les gens avec mépris. N'est-ce pas l'humiliation qui t'a contraint à porter les armes ? Pourquoi l'exerces-tu à ton tour, aujourd'hui ?

Il frémit de rage, lutta pour ne pas me sauter à la gorge, puis, après avoir craché à mes pieds, il sortit en claquant la porte derrière lui.

Il ne revint plus m'importuner. Lorsque nous nous

croisions dans le couloir, il s'écartait de mon chemin avec dégoût.

Durant leur séjoui, Jelloul m'interdit d'approcher le capitaine. Quand j'avais besoin de récupérer mes affaires, l'infirmier s'en chargeait. Je lui indiquais l'endroit où je rangeais tel ou tel objet, et il allait me le chercher. Une seule fois, en sortant de la salle de bains, je pus entrevoir le patient par l'entrebâillement de la porte. Il était assis sur le lit, un pansement propre autour du thorax ; il me tournait le dos. Je m'étais rappelé les années Jenane Jato lorsque je le prenais pour mon protecteur et ami, sa volière souillée de fientes, nos parties de chasse aux chardonnerets dans le maquis derrière la place du souk puis, d'un coup, mon cœur s'était crispé en me souvenant du regard vide qu'il m'avait jeté tandis que ce diable de Daho me torturait avec son serpent. L'envie de lui dire qui j'étais, alors qu'elle me brûlait le bout de la langue depuis que je l'avais reconnu, s'estompa d'elle-même.

Le dernier jour, les trois maquisards prirent un bain, se rasèrent, mirent leurs tenues et leurs godasses nettoyées dans un sac, enfilèrent mes habits et se rassemblèrent dans le salon. Mon costume était trop large pour l'infirmier qui n'arrêtait pas de se passer en revue devant la glace, épaté par son look. Tous les trois tentaient de dissimuler leur nervosité, Jelloul dans le costume que je m'étais acheté pour le mariage de Simon, le capitaine dans celui que Germaine m'avait offert quelques mois plus tôt. Vers midi, après avoir déjeuné, Jelloul m'ordonna d'étendre des draps blancs sur la balustrade le long du balcon. À la nuit tombée, il alluma et éteignit trois fois dans la pièce qui donnait sur les vergers. Lorsqu'une lueur clignota au fond des ténèbres, derrière la mer de vignes, il m'ordonna de conduire l'infirmier dans l'arrière-boutique et de lui remettre tous les médicaments et les boîtes de soins dont il aurait besoin. Nous en rangeâmes trois cartons dans le coffre de la voiture et remontâmes à l'étage où le capitaine, encore pâle, faisait les cent pas dans le couloir, l'air pensif.

— Il est quelle heure ? demanda Jelloul.

— Dix heures moins le quart, lui dis-je.

— C'est le moment. Tu vas nous prendre dans ta voiture et suivre la direction que je te montrerai.

Germaine, qui se tenait à l'écart dans le salon, entrecroisa les doigts dans une prière et rentra le cou. Elle tremblait. L'infirmier s'approcha d'elle et lui tapota sur l'épaule. « Tout se passera bien, madame. Ne vous inquiétez pas. » Germaine se recroquevilla davantage derrière ses petites mains.

Le capitaine et l'infirmier occupèrent la banquette arrière, leurs armes à leurs pieds. Jelloul monta à côté de moi, tirant sans cesse sur sa cravate. J'ouvris les portes du garage que Germaine referma après à notre départ et roulai tous feux éteints jusqu'à la cave Kraus, en face du snack d'André. Il y avait du monde dans le bar et dans la cour. Des rires et des cris nous parvenaient. J'eus soudain peur que Jelloul cherchât à régler ses comptes avec son ancien employeur. Jelloul se contenta d'esquisser un rictus et, du menton, m'indiqua la sortie de Río. J'allumai mes phares et m'enfonçai dans la nuit.

Nous prîmes la route bitumée de Lourmel, bifurquâmes avant d'atteindre le village et remontâmes vers Terga-plage par une piste carrossable. Une motocyclette nous attendait à une bretelle. Je reconnus l'adolescent qui était venu le premier jour avec son revolver dans ma pharmacie. Il fit demi-tour et nous devança à vive allure.

— Roule doucement, m'ordonna Jelloul. Et tâche de ne pas le rattraper. Si tu le vois revenir, tu éteins tes feux et tu rebrousses chemin.

Le motocycliste ne revint pas.

Au bout d'une vingtaine de kilomètres, je le vis sur le

bord de la route. Jelloul me dit de me ranger à sa hauteur et d'éteindre le moteur. Des silhouettes surgirent des fourrés, armées de fusils, des sacs sur le dos. L'une d'elles tirait sur la bride d'une mule efflanquée. Mes passagers descendirent les rejoindre ; ils se donnèrent de brèves accolades. L'infirmier revint vers moi, me somma de rester derrière le volant et se dépêcha d'ouvrir le coffre de ma voiture. On chargea les cartons de médicaments et de boîtes de soins sur la mule. Ensuite, Jelloul me congédia d'un signe de la main. Je ne bronchai pas. Ils n'allaient tout de même pas me laisser partir comme ça, sain et sauf, au risque que je les dénonce au premier barrage ? J'essayai de traquer le regard de Jelloul ; déjà il me tournait le dos et emboîtait le pas à son capitaine que je n'avais pas entendu proférer un seul mot depuis la nuit où il avait failli m'étrangler. La mule gravit un sentier, crapahuta au sommet d'un rocher et disparut. Derrière elle, les silhouettes se faufilèrent dans les fourrés et se donnèrent la main pour s'entraider à escalader un flanc de colline. Ils s'évanouirent dans la nature. Bientôt, je n'entendis plus que la brise bruire dans les feuillages.

Ma main refusait de s'emparer de la clef de contact. J'étais certain que Jelloul était tapi tout près, son fusil braqué sur moi, guettant le ronflement du moteur pour couvrir son coup de feu.

Il me fallut une heure pour admettre qu'ils étaient bel et bien partis.

Des mois plus tard, je découvris une lettre sans timbre et sans destinataire parmi mon courrier. À l'intérieur, une feuille arrachée d'un cahier d'écolier recensait une liste de médicaments. Aucune autre indication n'était portée dessus. J'achetai les médicaments en question, les mis dans un carton. Laoufi passa les prendre une semaine après. Il était trois heures du matin quand un projectile heurta les volets de ma fenêtre. Germaine l'avait entendu ; je la surpris dans le couloir, emmitouflée dans son peignoir. Nous ne nous dîmes rien. Elle me regarda descendre dans l'arrière-boutique. Je remis le carton à l'infirmier, refermai la porte d'entrée et remontai dans ma chambre. Je m'attendais à ce que Germaine vienne me tancer ; elle retourna dans sa chambre et s'y enferma à double tour. Laoufi revint cinq fois récupérer les cartons. De la même façon : une enveloppe vierge glissée nuitamment dans ma boîte aux lettres, à l'intérieur une liste de médicaments griffonnée sur un bout de papier avec, en additif de temps à autre, une commande de matériel de soin et d'auscultation – seringues, coton, compresses, ciseaux, stéthoscope, garrots, etc. Un projectile contre la fenêtre. L'infirmier sur le pas de la porte. Germaine sur le palier.

Un soir, je reçus un coup de fil. Jelloul me demanda de le retrouver à l'endroit où je l'avais déposé avec le capitaine et l'infirmier. En me voyant sortir la voiture du garage, tôt le matin, Germaine se signa. Je me rendis compte que nous ne nous parlions plus... Jelloul n'était pas au rendez-vous. Il me rappela dès mon retour à la maison et me pria de retourner à l'endroit indiqué. Cette fois, un berger m'y attendait, une valise pleine de billets de banque à ses pieds. Il m'ordonna de cacher l'argent jusqu'à ce que quelqu'un vienne le chercher. La valise resta chez moi quinze jours. Jelloul me téléphona un dimanche pour me charger de transporter le « colis » à Oran et d'attendre, sans sortir de ma voiture, face à une petite menuiserie, derrière la brasserie BAO. Je m'exécutai. La menuiserie était close. Un homme passa devant moi, repassa, s'arrêta à ma hauteur et, me montrant la crosse d'un pistolet dissimulé sous son paletot, m'ordonna de descendre. « Je reviens dans quinze minutes », me dit-il en sautant derrière le volant. Ma voiture me fut restituée un quart d'heure plus tard.

Cette deuxième vie se poursuivit tout l'été, et tout l'automne.

La dernière fois que Laoufi se présenta chez moi, il était plus nerveux que d'habitude. Guignant sans cesse du côté des vignes, il vida les médicaments dans un sac à dos qu'il jeta par-dessus ses épaules et m'adressa un regard que je ne lui connaissais pas. Il voulut me dire quelque chose, ne parvint pas à déglutir ; se hissant sur la pointe de ses godasses, il m'embrassa sur le sommet du crâne en signe de respect. Son corps tremblait dans mes bras. Il était un peu plus de quatre heures du matin, et le ciel commençait à s'éclaircir. Était-ce le lever du jour qui le tarabustait ? Laoufi n'était pas bien, visiblement rongé par un pressentiment. Il me salua et se hâta de disparaître dans les vignobles. Je le vis foncer dans le noir, écoutai le crissement des feuillages trahissant sa foulée décroissante. Dans le ciel, la lune évoquait une rognure d'ongle. Un vent hésitant souffla par intermittences avant de se coucher au ras du sol.

Sans allumer dans ma chambre, je m'assis sur le bord du lit, l'intuition en alerte… Des coups de feu déchirèrent le silence de la nuit, et tous les chiens des alentours se mirent à aboyer.

À l'aube, on frappa à ma porte. C'était Krimo, l'ancien chauffeur de Simon. Il se tenait sur le trottoir, les jambes écartées, les mains sur les hanches, son fusil sous l'aisselle. Son visage irradiait de jubilation malsaine. Six hommes armés, des auxiliaires, se tenaient sur la chaussée, autour d'une brouette chargée d'un corps ensanglanté. Celui de Laoufi. Je le reconnus à ses godasses grotesques et au sac éventré sur sa poitrine.

— Un fell, dit Krimo. Un fumier de fell tout puant… C'est son odeur qui l'a trahi.

Il avança d'un pas.

— Je me demandais ce qu'il fichait dans *mon* village, ce fell? Chez qui il était? D'où est-ce qu'il sortait? On poussa la brouette jusqu'à moi. La tête de l'infirmier ballotta par-dessus la roue, une partie du crâne arrachée. Krimo s'empara du sac et le jeta à mes pieds; les médicaments se répandirent sur le trottoir.

— Il n'y a qu'une pharmacie à Río, Jonas, et c'est la tienne. Et d'un coup, j'ai tout compris.

Joignant le geste à la parole, il m'envoya la crosse de son fusil dans la mâchoire. Je sentis mon visage se morceler dans le hurlement de Germaine et basculai dans un gouffre.

On me séquestra dans un cachot nauséabond, au milieu de rats et de blattes. Krimo voulait savoir qui était le «fellaga», depuis quand je l'approvisionnais en produits pharmaceutiques. Je lui répondais que je ne le connaissais pas. Il me plongeait la tête dans une bassine remplie de rinçures, me flagellait avec une cravache tressée; je m'entêtais à répéter que le «fell» n'était jamais venu chez moi. Krimo pestait, me crachait dessus, me shootait dans les flancs. Il n'obtint rien de moi. Il me céda à un vieil homme décharné, au long visage gris et aux yeux perçants. Ce dernier commença par me dire qu'il me comprenait, qu'au village, on était certain que je n'avais rien à voir avec les «terroristes», qu'*ils* m'avaient forcé à collaborer avec eux. Je persistai à nier en bloc. Les interrogatoires s'enchaînèrent, les uns piégés, les autres musclés. Krimo attendait la nuit pour revenir à la charge et me torturer. Je tins bon.

Au matin, la porte s'ouvrit sur Pépé Rucillio.

Il était accompagné d'un officier en tenue de combat.

— Nous n'en avons pas fini avec lui, monsieur Rucillio.

— Vous perdez votre temps, lieutenant. Il s'agit d'un

triste malentendu. Ce garçon est victime d'une malheureuse coïncidence. Votre colonel en est persuadé, lui
aussi. Vous pensez bien, jamais je ne me permettrais de
protéger un hors-la-loi.

— Le problème n'est pas là.

— Il n'y a pas de problème, et il n'y en aura pas, lui
promit le patriarche.

On me remit mes vêtements.

Dehors, dans la cour caillouteuse de ce qui semblait
être un cantonnement, Krimo et ses hommes me regardaient leur filer entre les doigts, dépités, outragés. Ils
comprenaient que le patriarche révéré de Río Salado avait
plaidé mon innocence auprès des plus hautes autorités du
secteur militaire, qu'il se portait garant de moi.

Pépé Rucillio m'aida à monter dans sa voiture et
démarra. Il salua le soldat en faction à la sortie de l'enceinte et poussa sa robuste traction avant en direction
d'une piste.

— J'espère que je ne suis pas en train de commettre
l'erreur de ma vie, me dit-il.

Je ne lui répondis pas. J'avais la bouche défoncée, et
les yeux si enflés que j'avais du mal à les garder ouverts.

Pépé n'ajouta pas un mot. Je le sentais vaciller entre le
doute et le cas de conscience, entre son engagement en
ma faveur et l'inconsistance des arguments qu'il avait
fournis au colonel pour me laver des soupçons et me rendre
à ma liberté. Pépé Rucillio était plus qu'un notable ; il
était une légende, une autorité morale, un personnage
aussi immense que sa fortune, mais il avait, à l'instar des
sommités qui placent leur honneur au-dessus de l'ensemble
des autres considérations, la fragilité d'un monument en
porcelaine. Il pouvait disposer de tout au doigt et à l'œil ;
sa crédibilité valait n'importe quel document officiel.
Chez les êtres influents de son rang, dont le seul nom suffisait à calmer les esprits et à mettre un terme aux débats

les plus orageux, on avait droit aux largesses, à des folies par endroits, et on bénéficiait d'impunité dans certaines mesures, sauf qu'on n'avait accès à aucune circonstance atténuante lorsqu'il s'agissait de la parole donnée. Si jamais elle s'avérait être infondée, aucune marge de manœuvre n'était possible. Maintenant qu'il s'était porté garant de moi, il se demandait sérieusement s'il avait bien agi, et cela le travaillait de fond en comble intérieurement.

Il me ramena au village, me déposa devant chez moi. Il ne m'aida pas à descendre, me laissa me débrouiller sans me prêter attention.

— Ma réputation est en jeu, Jonas, grommela-t-il du bout des lèvres. Si jamais j'apprenais que tu n'es qu'un fieffé simulateur, je me chargerais personnellement de ton exécution.

J'ignore où je suis allé puiser la force de lui demander :

— Jean-Christophe ?

— Isabelle !

Il dodelina de la tête et ajouta :

— Je ne lui refuse rien, mais si elle s'est trompée sur ton compte, je la renierai sur-le-champ.

Germaine vint me chercher sur le trottoir. Elle évita de me reprocher quoi que ce soit. Trop contente de me récupérer vivant, elle se dépêcha de me faire couler un bain et de me préparer à manger. Après, elle soigna mes blessures, pansa les plus sévères et me mit au lit.

— C'est toi qui as appelé Isabelle ? lui demandai-je.

— Non... C'est elle qui a téléphoné.

— Elle est à Oran. Comment aurait-elle su ?

— À Río tout se sait.

— Que lui as-tu raconté ?

— Que tu n'y étais pour rien, dans cette histoire.

— Et bien sûr, elle t'a crue ?

— Je ne le lui ai pas demandé.

Mes questions l'avaient blessée. En particulier, la manière dont je les avais posées. La tiédeur de mon ton, le reproche qu'il sous-entendait ramena sa joie de me récupérer sain et sauf à une déception diffuse qui ne tarda pas à se muer en une sourde colère. Elle leva sur moi un œil qui m'en voulait. Ce fut la première fois qu'elle me regardait de cette façon. Je compris que le cordon qui me rattachait à elle venait de s'effilocher, que la dame qui avait été tout pour moi – ma mère, ma bonne fée, ma sœur, ma complice, ma confidente et amie – ne voyait plus en moi qu'un étranger.

19.

L'hiver 1960 fut si rude que nos prières gelaient ; on les aurait entendues tomber du ciel et se fracasser au sol tels des glaçons. La grisaille alentour ne suffisant pas à obscurcir nos pensées, de gros nuages se mettaient de la partie ; ils se jetaient comme des faucons sur le soleil, bouffant sous nos yeux les rares rayons du jour censés apporter un soupçon d'éclaircie à nos esprits engourdis. Il y avait plein de tourments dans l'air ; les gens ne se faisaient plus d'illusions : la guerre se découvrait une vocation, et les cimetières des ailes dérobées.

À la maison, les choses se compliquaient. Les silences de Germaine me peinaient. Je n'aimais pas la voir passer à côté de moi sans me regarder, partager notre repas en gardant les yeux rivés sur son assiette, attendre que j'aie fini de manger pour débarrasser et se retirer dans sa chambre sans un mot. J'en étais malheureux, en même temps je n'éprouvais pas le besoin de me réconcilier avec elle. Je n'en avais pas la force. Tout me fatiguait, me répugnait. Je refusais d'entendre raison, me fichais d'avoir tort ; je ne voulais rien d'autre que le coin obscur au fond duquel je m'interdisais de réfléchir à ce que je devais faire, de penser à ce que j'avais fait, de savoir si j'avais mal ou bien agi. J'étais amer comme une racine de laurier-rose, renfrogné et furieux contre quelque chose que je ne tenais pas à définir. Par moments, les grossièretés

obscènes de Krimo explosaient dans ma tête ; je me surprenais à nourrir pour lui les pires sévices, puis je laissais
tomber et faisais le vide en moi. Je n'avais pas de haine ;
je n'avais plus de colère ; j'étais persuadé que mon être
était tellement saturé qu'une bouffée d'air de trop le ferait
éclater.

À mes heures d'apaisement, je pensais à mon oncle. Il
ne me manquait pas. Cependant, l'absence qu'il avait
laissée derrière lui me rappelait celles qui m'amputaient.
J'avais le sentiment de n'avoir aucun support sur lequel
m'appuyer, que je flottais au ralenti dans une bulle suffo-
cante, que j'étais moi-même une bulle à la merci de la
plus insignifiante des brindilles. Il me fallait réagir ; je me
sentais glisser quelque part, me désintégrer lentement.
Aussi convoquais-je mon mort. Son souvenir supplantait
les miens, son fantôme repoussait les malheurs qui
m'avaient frappé. Peut-être me manquait-il, finalement ?
Je me sentais si seul que j'étais à deux doigts de disparaître à mon tour, pareil à une ombre happée par les
ténèbres. En attendant que mes contusions se fassent
moins évidentes, je me calfeutrais dans son bureau et me
passionnais pour la lecture de ses carnets – une dizaine de
cahiers et de registres remplis de notes, de critiques, de
citations d'écrivains et de philosophes du monde entier. Il
tenait aussi un journal que je trouvai par hasard enfoui
sous un arsenal de coupures de presse au fond de son
secrétaire. Ses écrits traitaient de l'Algérie des opprimés,
du mouvement nationaliste et des aberrations humaines
qui ramenaient l'essence de la vie à un vulgaire rapport
de force, à une regrettable et stupide volonté des uns d'assujettir les autres. Mon oncle était d'une grande culture ;
un érudit et un sage. Je me souvenais du regard qu'il
posait sur moi lorsqu'il refermait ses carnets ; c'était un
regard sublime, pétillant d'une touchante intelligence.
«Je voudrais que mes textes servent aux générations à

venir», m'avait-il dit. «Ce sera ta part de postérité», avais-je cru bon de le flatter. Ses traits s'étaient contractés. Il avait rétorqué : «La postérité n'a jamais rendu l'étreinte des tombes moins dure. Elle a juste le mérite de modérer notre peur de la mort puisqu'il n'y a pas de thérapie mieux appropriée à notre inexorable finitude que l'illusion d'une belle éternité... Cependant, il en existe une qui me tient à cœur : la mémoire d'une nation éclairée. C'est la seule postérité qui me fasse rêver.»

Quand, de mon balcon, je regardais au loin et que je ne voyais rien à l'horizon, je me demandais s'il y avait une vie après la guerre.

André Sosa me rendit visite une semaine après l'intervention de Pépé Rucillio. Il rangea sa voiture en face des vignes et me fit signe de descendre. Je lui fis non de la main. Il ouvrit sa portière et mit pied à terre. Il portait un vaste manteau beige ouvert sur sa bedaine et des bottes en cuir qui lui arrivaient aux genoux. À son grand sourire, je compris qu'il venait en paix.

— On va faire un tour dans ma tire ?

— Je suis bien là où je suis.

— Alors, je monte.

Je l'entendis saluer respectueusement Germaine dans le vestibule, puis ouvrir la porte de ma chambre. Avant de me rejoindre sur le balcon, il jeta un œil sur mon lit défait, sur les livres empilés sur ma table de chevet, s'approcha de la cheminée sur laquelle se cabrait le cheval de bois que Jean-Christophe m'avait offert au lendemain de la raclée qu'il m'avait refilée à l'école, dans une vie antérieure.

— C'était le bon vieux temps, hein, Jonas ?

— Le temps n'a pas d'âge, Dédé. C'est nous qui avons vieilli.

— Tu as raison, sauf que nous n'avons pas pris exemple sur le vin que nous produisons : nous n'avons pas bonifié au gré des saisons.

Il s'accouda au balcon, à côté de moi, et laissa son regard planer sur les vignes.

— Personne, au village, ne pense que tu es mêlé à cette histoire de fellagas. Krimo en fait des tonnes. Je l'ai vu, hier, et je le lui ai dit en face.

Il se retourna vers moi en évitant de s'attarder sur les bleus qui me défiguraient.

— Je m'en veux de n'être pas venu plus tôt.

— Ça aurait changé quelque chose ?

— Je ne sais pas… Ça te dirait d'aller avec moi à Tlemcen ? Oran est devenu invivable avec ses tueries quotidiennes, et j'ai envie de changer d'air À Río, tout me chagrine.

— Je ne peux pas.

— Nous n'y resterons pas longtemps. Je connais un restaurant…

— N'insiste pas, Dédé.

Il dodelina de la tête.

— Je te comprends. Mais ne t'approuve pas. C'est pas bien de rester là à ruminer ton fiel.

— Je n'ai pas de fiel. J'ai besoin d'être seul.

— Je te dérange ?

Je me remis à observer le lointain pour ne pas répondre.

— C'est fou, ce qu'il nous arrive, soupira-t-il en s'accoudant de nouveau au balcon. Qui aurait imaginé que notre pays allait tomber si bas ?

— C'était prévisible, Dédé. Il y avait un peuple couché par terre, sur lequel on marchait comme sur une pelouse. Il fallait un jour ou l'autre qu'il se remue. Forcément, on perd pied.

— Tu penses vraiment ce que tu dis ?

Cette fois, ce fut moi qui lui fis face :

— Dédé, jusqu'à quand va-t-on continuer de se mentir ?

Il porta son poing à sa bouche et souffla dedans en méditant mes propos.

— C'est vrai, il y avait des choses qui n'allaient pas, mais de là à déclencher une guerre aussi violente, je ne suis pas d'accord. On parle de centaines de milliers de morts, Jonas. C'est beaucoup trop de monde, tu ne trouves pas ?

— C'est à moi que tu le demandes ?

— Je suis totalement perdu. Je n'en reviens pas. Ce qui se passe à Alger dépasse l'entendement. Et Paris ne sait plus où donner de la tête. On parle même d'autodétermination. C'est quoi au juste l'autodétermination ? Qu'on efface tout et qu'on recommence sur des bases équitables ? Ou bien...

Il n'osa pas achever sa phrase. Son inquiétude vira à la colère ; les jointures de ses doigts blanchirent à force d'étrangler ses hantises.

— Finalement, il a compris que dalle à notre malheur, ce foutu général dit-il en faisant allusion au fameux « Je vous ai compris » lancé par de Gaulle aux Algérois le 4 juin 1958 et qui avait enthousiasmé les foules et accordé un sursis aux illusions.

Une semaine après, le 9 décembre 1960, Río Salado en entier se rendit à Aïn Témouchent, une ville voisine, où le Général tenait un meeting que le curé avait baptisé la « messe de la dernière prière » Les rumeurs avaient préparé les gens au pire, mais ces derniers n'étaient pas preneurs. La crainte resserrait leurs rangs, renforçait leurs œillères ; ils refusaient de voir sur le bas-côté des réalités sentencieuses, des lendemains sans appel. Je les avais entendus, aux aurores, sortir leurs voitures des garages, former des convois, s'interpeller à tue-tête, se lancer des boutades, crier fort pour dominer cette voix consternante qui les empêchait de dormir et qui leur répétait, sans trêve et sans répit, que les dés, ainsi que le sort, en étaient jetés. Ils avaient beau rire aux éclats, hausser le ton, feindre d'avoir encore leur mot à dire, de n'être pas près de baisser les bras, on voyait bien que leur ferveur ne tenait pas la route, que la contenance qu'ils se donnaient n'était pas crédible, que leur regard éperdu se dissociait totalement de l'assurance qu'ils affichaient. Ils espéraient, en gardant le moral, en sauvant les apparences, ramener le destin à la raison, lui forcer la main, provoquer le miracle. Et oubliaient que le compte à rebours avait commencé et qu'il n'y avait plus rien à rattraper, car il fallait être aveugle pour continuer d'avancer dans la nuit de toutes les utopies, de guetter une aube qui s'était déjà levée sur une autre ère et qu'ils s'obstinaient à attendre là où elle ne figurait plus.

Je sortis faire un tour dans les rues désertes. Puis j'allai de l'autre côté du cimetière israélite affronter les ruines calcinées de ce qui fut la maison dans laquelle j'avais connu, l'espace d'une étreinte, ma toute première expérience sexuelle. Un cheval broutait dans l'herbe, à proximité de l'ancienne écurie, nullement attentif aux dérives humaines. Je m'assis sur un muret et restai là, jusqu'à midi, à réinventer la silhouette de Mme Cazenave : je n'entrevis que la voiture de Simon en train de brûler et Émilie serrant son fils contre son corps à moitié dénudé.

Les voitures rentrèrent d'Aïn Témouchent. Elles étaient parties en fanfare, le matin, en pétaradant et en klaxonnant, le drapeau tricolore battant. Elles revenaient du meeting comme d'une chapelle ardente, dans un mutisme de cortège funèbre, les étendards en berne, le profil bas. Une chape de plomb s'abattit sur le village. Tous les visages portaient le deuil d'un espoir depuis longtemps condamné et qu'on avait essayé d'encenser avec des volutes de fumée. L'Algérie sera *algérienne*

Le lendemain, sur la façade d'une cave viticole, une

main triomphante traça, à la peinture rouge, un immense FLN.

Oran retenait son souffle en ce printemps 1962. Je cherchais Émilie. J'avais peur pour elle. J'avais besoin d'elle. Je l'aimais, et je revenais pour le lui prouver. Je me sentais en mesure de braver les ouragans, les tonnerres, l'ensemble des anathèmes, et les misères du monde entier. Je n'en pouvais plus de me languir d'elle. Je n'en pouvais plus de tendre la main vers elle et de ne rencontrer que son absence au bout de mes doigts. Je me disais : Elle va te repousser, elle va te dire des mots très durs, elle va te faire tomber le ciel sur la tête ; cela ne me dissuadait pas. Je ne craignais plus de résilier les serments, de broyer mon âme dans l'étreinte de mon poing ; je ne craignais plus d'offenser les dieux, d'incarner l'opprobre jusqu'à la fin des âges. À la librairie, on m'avait dit qu'Émilie était sortie un soir et qu'elle n'avait plus donné signe de vie. Je m'étais rappelé le numéro du trolley qu'elle avait pris, lors de mon dernier passage, étais descendu à tous les arrêts, avais arpenté toutes les rues qu'ils desservaient. J'avais cru la reconnaître en chaque femme qui vaquait à ses occupations, en chaque silhouette qui disparaissait au détour d'une avenue, à l'entrée d'un immeuble. Je demandais après elle chez les épiciers, dans les commissariats, auprès des facteurs, et pas un instant, malgré mes fins de journées bredouilles, je n'avais pensé que j'étais en train de perdre mon temps. Mais où la trouver dans une ville en état de siège, dans une arène à ciel ouvert, au milieu du chaos et de la furie des hommes ? L'Algérie algérienne naissait au forceps dans une crue de larmes et de sang ; l'Algérie française rendait l'âme dans de torrentielles saignées. Et toutes les deux, laminées par sept ans de guerre et d'horreur, bien qu'au bout du rouleau, trouvaient encore la force de s'entredéchirer comme jamais. Les journées de barricades, décrétées à Alger en janvier 1960, n'avaient pas ralenti la marche inflexible de l'Histoire. Le putsch des généraux, amorcé par un quarteron de sécessionnistes en avril 1961, ne fit que précipiter les deux peuples dans une tourmente surréaliste. Les militaires étaient dépassés par les événements ; ils tiraient sans distinction sur les civils, ne repoussant la charge d'une communauté que pour fléchir sous celle de l'autre. Les « floués » par les manœuvres de Paris, c'est-à-dire les partisans de la rupture définitive avec la patrie mère, la France, prenaient les armes et juraient de récupérer, empan par empan, l'Algérie qu'on leur confisquait. Les villes et les villages sombraient dans le cauchemar des cauchemars. Les attentats ripostaient aux attentats, les représailles aux assassinats, les enlèvements aux raids de commandos. Malheur à l'Européen que l'on surprendrait avec un musulman, malheur au musulman qui s'acoquinerait avec un Européen. Des lignes de démarcation *îlotaient* les communautés qui, par instinct grégaire, se repliaient sur elles-mêmes, en faction jour et nuit sur leurs frontières, n'hésitant pas à lyncher l'imprudent qui se tromperait d'adresse. Tous les matins, on découvrait des corps sans vie désarticulés sur la chaussée ; toutes les nuits, des spectres se livraient à de terribles batailles rangées. Les graffitis sur les murs évoquaient des épitaphes. Au milieu des « Votez oui », des « FLN », des « Vive l'Algérie française », s'étalèrent, sans crier gare, les trois initiales de l'Apocalypse : OAS, l'Organisation armée secrète, née de l'agonie des colonies, du refus du fait accompli, et qui allait creuser un peu plus le fossé des perditions, jusque dans le cœur des enfers.

Émilie s'était volatilisée, mais j'étais déterminé à aller la chercher au fin fond des limbes. Je la sentais toute proche, à portée de ma main ; je croyais dur comme fer qu'il me suffisait de soulever une tenture, de pousser une porte, d'écarter un badaud pour tomber sur elle. J'étais comme fou. Ne voyais ni les flaques de sang sur les trottoirs ni les traces de balles sur les murs. La méfiance des gens ne m'atteignait pas. Leur hostilité, leur mépris, leurs insultes quelquefois, me traversaient de part et d'autre sans ralentir mes pas. Je n'avais qu'elle en tête, que ses yeux pour unique horizon ; elle était le destin que je m'étais choisi ; le reste ne m'importait pas.

Fabrice Scamaroni me surprit en train de me hasarder dans une cité qui empestait le fiel et la mort. Il arrêta sa voiture à ma hauteur, me hurla de monter vite et démarra sur les chapeaux de roues. « Tu es fou ou quoi ? C'est un vrai coupe-gorge, ce coin »... « Je cherche Émilie »... « Comment espères-tu la retrouver si tu ne vois même pas dans quel foutoir tu mets les pieds ? C'est pire qu'un champ de mines, ce quartier, bon sang ! »

Fabrice ignorait où était Émilie. Elle n'était jamais venue le voir au journal. Il l'avait croisée une fois à Choupot, mais cela remontait à des mois. Il me promit de chercher de son côté.

À Choupot, on m'indiqua un immeuble sur le boulevard Laurent-Guerrero. La concierge me certifia que la dame en question avait bien séjourné au deuxième étage avant de déménager suite à une tuerie.

— Elle n'a pas laissé d'adresse où lui faire suivre son courrier ?

— Non... Si ma mémoire est bonne, je crois qu'elle a dit au déménageur de la conduire à Saint-Hubert.

J'avais frappé à toutes les portes, à Saint-Hubert. Sans succès. Où était-elle ? Ou se terrait-elle ? La ville était sens dessus dessous. Le cessez-le-feu du 19 mars 1962 mit le feu aux poudres des ultimes poches de résistance. Les couteaux croisaient le fer avec les mitraillettes ; les grenades relayaient les bombes ; les balles perdues engendraient des carnages. Et Émilie reculait pendant que j'avançais à travers la fumée et les odeurs de crémation. Avait-elle été tuée ? Emportée par une déflagration, le ricochet d'une balle ? Saignée à blanc dans une cage d'escalier ? Oran n'épargnait personne, fauchant les vies à tour de bras, ne se souciant ni des vieux ni des enfants, ni des femmes ni des simples d'esprit qui erraient parmi leurs hallucinations. J'étais là quand il y avait eu ces deux voitures piégées sur la Tahtaha qui firent cent morts et des dizaines de mutilés dans les rangs de la population musulmane de Médine J'dida ; j'étais là quand on avait repêché des dizaines de cadavres d'Européens dans les eaux polluées de Petit Lac ; j'étais là lorsqu'un commando OAS avait opéré un raid dans la prison de la ville pour faire sortir des prisonniers FLN dans la rue et les exécuter au vu et au su des foules ; j'étais là quand des saboteurs avaient dynamité les dépôts de carburant dans le port et noyé le Front de mer durant des jours sous d'épaisses fumées noires ; et je me disais qu'Émilie devait entendre les mêmes détonations, vivre les mêmes convulsions, subir les mêmes frayeurs que moi, et ne comprenais pas pourquoi nos chemins s'évitaient, pourquoi le hasard, la providence, la fatalité – enfin, n'importe quelle poisse faisait en sorte que nous nous frôlions peut-être des épaules dans cette masse de dégénérescence sans nous en rendre compte. J'étais furieux contre les jours qui se sauvaient dans tous les sens en brouillant les pistes qui menaient à Émilie, furieux de déboucher sur toutes sortes de scènes, toutes sortes d'individus, de traverser des stands de tir, des coupe-gorge, des abattoirs, des boucheries sans entrevoir une trace, un bout de trace, l'illusion d'une trace susceptible de m'aider à remonter jusqu'à Émilie, de penser qu'elle était encore de ce monde tandis qu'un vent de panique soufflait sur la communauté européenne. Dans les boîtes aux lettres, d'étranges paquets jetaient l'effroi sur les familles. La saison de *la valise ou le cercueil* était ouverte. Les premiers départs pour l'exil s'effectuaient dans une anarchie indescriptible. Les voitures écrasées de bagages et de sanglots se ruaient vers le port et les aérogares, d'autres en direction du Maroc. Les retardataires attendaient de vendre leurs biens pour s'en aller ; dans la précipitation, on cédait boutiques, maisons, voitures, usines, succursales pour des bouchées de pain ; parfois on n'attendait plus d'acheteurs, on n'avait même pas le temps de boucler sa valise.

À Río Salado, les volets battaient de l'aile ; les fenêtres étaient écartées sur des maisons vides. Des ballots difformes s'amoncelaient sur les trottoirs. Beaucoup d'habitants étaient partis ; les restants ne savaient à quel saint se vouer. Un vieillard en capilotade chavirait sur le pas de sa demeure, le corps rouillé de rhumatismes. Un jeune homme tentait de l'aider à marcher pendant que le reste de la famille s'impatientait dans un fourgon bourré comme une pipe. « Ils auraient pu attendre que je crève, chevrotait le vieillard. Je vais mourir où, maintenant ? » Sur l'avenue principale, des camions, des voitures, des charrettes, toute une histoire était en train d'évacuer les lieux. Dans la gare, une foule déboussolée guettait un train qui se faisait cruellement attendre. Les gens couraient d'un endroit à un autre, perdus, les yeux révulsés, semblables à des aveugles lâchés dans la nature, abandonnés par leurs saints et leurs anges gardiens. La démence, la peur, le chagrin, le naufrage, la tragédie n'avaient plus qu'un seul visage : le leur.

Germaine était assise sur le seuil de la pharmacie, la tête dans les mains. Nos voisins n'étaient plus là ; leurs chiens tournaient en rond derrière les grilles.

— Que dois-je faire ? me demanda-t-elle.

— Tu restes, lui dis-je. Personne ne portera la main sur toi.

Je la pris dans mes bras. J'aurais pu la contenir dans le

creux de ma main tant elle m'avait paru minuscule, ce jour-là. Elle n'était que chagrin et désarroi, hébétude et abattement, défaite et incertitude. Ses yeux étaient rouges de pleurs et de peur. Ses jambes s'entrechoquaient sous le poids de mille interrogations. Je l'embrassai sur ses joues ruisselantes de larmes, sur son front strié de rides, sur sa tête fracturée de tristes pensées. Je tenais entre mes mains toute la consternation du monde... Je la fis monter à l'étage et redescendis dans la rue. Mme Lambert levait les mains au ciel et les rabattait sur ses cuisses. « Où dois-je aller ? Où dois-je aller ? Je n'ai ni enfants ni proches nulle part sur terre. » Je la priai de rentrer chez elle. Elle ne m'entendit pas et continua de soliloquer. Au bout de la rue, les Ravirez couraient dans tous les sens, leurs valises sur les épaules. Sur la place de la mairie, des familles réclamaient des autocars, leurs bagages éparpillés sur le sol. Le maire s'escrimait à les calmer, en vain. Pépé Rucillio, de son côté, les sommait de retourner dans leurs maisons et d'attendre que les choses se tassent. « Nous sommes chez nous, ici. Nous n'irons nulle part. » Personne ne l'écoutait.

André Sosa était seul dans son snack ouvert aux quatre vents. Au milieu de ses tables défoncées, de son comptoir ravagé, de ses miroirs étoilés. Le parterre étincelait de débris de verre et de tessons. Les plafonniers pendouillaient misérablement par-dessus la dévastation, les ampoules éclatées. André, lui, jouait au billard. Il ne fit pas attention à moi. Il ne faisait attention à rien. Il frottait un bout de craie sur la pointe de la queue, s'accoudait sur le bord de la table et visait une boule imaginaire. Il n'y avait pas de boules sur le billard, et le tapis était lacéré. André s'en fichait. Il visait la boule qu'il était le seul à voir, et frappait. Puis il se redressait, suivait du regard la trajectoire de la boule et, lorsqu'il marquait un point, il brandissait un poing victorieux et allait se positionner de l'autre côté du billard. De temps à autre, il s'approchait du comptoir, tétait sa cigarette, la remettait dans le cendrier et reprenait la partie.

— Dédé, lui dis-je, il ne faut pas rester là.

— Je suis chez moi, maugréa-t-il en frappant la boule.

— J'ai vu des fermes brûler en rentrant d'Oran tout à l'heure.

— Je ne bougerai pas d'ici. Je *les* attends.

— Tu sais très bien que ce n'est pas raisonnable.

— Je ne bougerai pas d'ici, je te dis.

Il continua de jouer, en me tournant le dos. Sa cigarette s'éteignit ; il en alluma une autre, puis une autre, jusqu'à ce qu'il froissât d'une main dépitée le paquet vide. Le jour se couchait ; l'obscurité envahissait sournoisement le bar. André joua encore, et encore avant de laisser tomber la queue et d'aller s'asseoir au pied du comptoir. Il ramena ses genoux sous son menton, croisa ses doigts derrière sa nuque. Il demeura ainsi un long moment, au bout duquel un gémissement se fit entendre. André pleura toutes les larmes de son corps, la tête toujours dans les genoux et les mains sur la nuque Puis il s'essuya la figure dans un pan de sa chemise et se leva. Il sortit dans la cour chercher des jerricans d'essence, en aspergea le comptoir, les tables, les murs, le parterre, gratta une allumette et laissa les flammes se répandre dans la salle. Je le saisis par le coude et le poussai dehors. Il se planta dans la cour et regarda, halluciné, son établissement partir en fumée.

Quand le brasier engloutit le toit, André regagna sa voiture. Sans un mot. Sans un regard pour moi. Il mit en marche le moteur, desserra les freins et roula doucement vers la sortie du village.

Le 4 juillet 1962, une Peugeot 203 s'arrêta devant la pharmacie. Deux hommes en costume et lunettes noires m'ordonnèrent de les suivre. «C'est juste pour des formalités», me dit l'un d'eux en arabe avec un fort accent kabyle. Germaine était malade, alitée dans sa chambre. «Ce ne sera pas long», me promit le chauffeur. Je montai sur la banquette arrière. La voiture manœuvra sur place pour faire demi-tour. Je laissai retomber ma tête contre le dossier. J'avais passé la nuit au chevet de Germaine; j'étais très fatigué.

Río ressemblait à la fin d'une époque, vidé de sa substance, livré à un nouveau destin. Le drapeau tricolore, qui ornait le fronton de la mairie, avait été retiré. Sur la place, des paysans enturbannés entouraient un orateur debout sur la margelle du jet d'eau. Il leur tenait un discours en arabe, et ils l'écoutaient solennellement. De rares Européens rasaient les murs, incapables de quitter leurs terres, leurs cimetières, leurs maisons, le café où se faisaient ou se défaisaient leurs amitiés, leurs alliances, leurs projets, enfin leur bout de patrie où reposait l'essentiel de leur raison d'être.

C'était un beau jour, avec un soleil grand comme la douleur des partants, immense comme la joie des *rentrants*. Les ceps de vigne semblaient ondoyer dans les réverbérations, et les mirages au loin se prenaient pour la mer. Des fermes brûlaient par endroits. Le silence qui pesait sur la route donnait l'impression de se recueillir sur lui-même. Mes deux accompagnateurs se taisaient. Je ne voyais que leur nuque roide, les mains du chauffeur sur le volant, et la montre rutilante au poignet de son voisin. Nous traversâmes Lourmel comme on traverse un rêve indéfinissable. Là encore, des attroupements grossissaient autour de tribuns inspirés. Des drapeaux vert et blanc frappés d'un croissant et d'une étoile rouge sang confirmaient la naissance d'une nouvelle république, d'une Algérie rendue aux siens.

Au fur et à mesure que nous approchions d'Oran, des carcasses de voitures se mirent à baliser les bas-côtés de la route. Certaines étaient calcinées, d'autres pillées, les portières arrachées et le capot en l'air. Des ballots, des valises, des coffres s'éparpillaient aux alentours, éventrés, cabossés, avec du linge accroché aux broussailles et des affaires abandonnées sur la chaussée. Il y avait aussi des traces d'agression, du sang sur la poussière, des pare-brise fracassés à coups de barre de fer. Beaucoup de familles furent interceptées sur les chemins de l'exil et massacrées. Beaucoup d'autres s'étaient sauvées par les vergers et tentaient de rejoindre la ville à pied.

Oran était en effervescence. Des milliers d'enfants se pourchassaient sur les terrains vagues, mitraillaient de cailloux les voitures qui passaient, chantaient à tue-tête leur propre délivrance. Les rues grouillaient de monde, de foules joyeuses. Les immeubles vibraient sous les you-yous de femmes portant leurs voiles telles des oriflammes et retentissaient de roulements de bendirs, de tambours, de derboukas, de klaxons tonitruants et de chants patriotiques.

La Peugeot pénétra dans la caserne Magenta où l'Armée de libération nationale, récemment entrée dans la ville, avait établi son état-major. Elle se rangea devant un bloc. Le conducteur pria une sentinelle d'informer le « lieutenant » de l'arrivée de « son hôte ».

La cour du cantonnement pullulait d'hommes en treillis, de vieillards en gandoura et de civils.

— Jonas, mon bon Jonas, quel bonheur de te revoir !

Jelloul m'ouvrit ses bras sur le perron du bâtiment. C'était lui, le lieutenant. Il portait une tenue de para, un chapeau de brousse, des lunettes noires, et pas de galons.

Il me serra contre lui à m'étouffer avant de me repousser pour m'examiner de la tête aux pieds.

— Il me semble que tu as maigri... Qu'est-ce que tu deviens ? ... J'ai beaucoup pensé à toi, ces derniers temps. Tu es un homme instruit, tu as répondu présent quand la patrie a fait appel à toi, et je me suis demandé si ça te dirait de mettre ton savoir et tes diplômes au service de notre jeune république. Tu n'es pas obligé de me répondre tout de suite. D'ailleurs, je ne t'ai pas fait venir pour ça. J'avais une dette envers toi, et j'ai décidé de m'en acquitter aujourd'hui même car demain sera un autre jour, et je tiens à renaître au monde lavé de tout. Sinon comment veux-tu que je savoure ma liberté absolue, avec des créanciers aux trousses ?

— Tu ne me dois rien, Jelloul.

— C'est gentil à toi, mais je n'ai pas l'intention de te rester redevable. Je n'ai pas oublié le jour où tu m'as refilé de l'argent et ramené dans mon village sur ton vélo. Pour toi, c'était peut-être la moindre des choses. Pour moi, c'est une révélation : je venais de découvrir que l'Arabe, le bel Arabe, l'Arabe digne et généreux n'était ni une vieille mythologie ni ce que le colon avait fait de lui... Je ne suis pas assez instruit pour t'expliquer ce qui s'est passé dans ma tête ce jour-là, mais ça a changé ma vie.

Il m'attrapa le bras.

— Viens avec moi.

Il me conduisit devant une bâtisse tapissée de portes en fer. Je compris qu'il s'agissait de geôles. Jelloul introduisit une clef dans une serrure, tira un verrou extérieur et me dit :

— Il a été le plus féroce militant de l'OAS, impliqué dans plusieurs agissements terroristes. J'ai remué ciel et terre pour sauver sa peau. Je te le laisse. De cette façon, j'aurai payé ma dette envers toi... Vas-y, ouvre la porte et dis-lui qu'il est libre, qu'il peut aller se faire pendre ou bon lui semble sauf ici, dans *mon* pays où il n'a plus sa place.

Il me salua militairement, pivota sur ses talons et retourna dans ses bureaux.

Je n'avais pas saisi où il voulait en venir, ignorais à qui il faisait allusion. Ma main se posa sur la poignée de la porte, tira doucement dessus. Les gonds rendirent un crissement. La lumière du jour se déversa à l'intérieur de la cellule sans fenêtre, évacuant une flopée de chaleur comme à l'ouverture d'un four. Une ombre s'ébroua dans une encoignure. D'abord éblouie, elle porta la main à son front pour se protéger contre la lumière subite.

— Tu dégages de là, lui hurla un gardien que je n'avais pas remarqué.

Le captif remua péniblement, s'appuya contre le mur pour se mettre debout. Il avait du mal à tenir sur ses jambes. Lorsqu'il avança vers la sortie, mon cœur bondit dans ma poitrine. C'était Jean-Christophe, Jean-Christophe Lamy, ou bien ce qu'il en restait, un homme brisé, affamé, grelottant sous sa chemise crasseuse, le pantalon fripé et tombant, la braguette ouverte, les chaussures sans lacets. Une barbe de plusieurs jours lui dévorait la figure qu'il avait émaciée et blême comme une lame de couteau. Il sentait l'urine et la sueur, et les commissures de sa bouche disparaissaient sous une croûte de salive blanche desséchée. Il leva sur moi un regard noir, surpris de me trouver là, surplombant l'état de déchéance dans lequel il était tombé, tenta de redresser le menton, mais il était trop épuisé. Le gardien le saisit par le cou et l'extirpa avec hargne de la cellule.

— Laisse-le tranquille, fis-je au gardien.

Jean-Christophe me toisa un instant puis, avant de se diriger vers la sortie du cantonnement, il me dit :

— Je ne t'ai rien demandé.

Et il s'éloigna. En boitant. Pendant qu'il s'éloignait, je ne pouvais m'empêcher de songer à ce que nous avions partagé ensemble, au temps des innocences fleuries, et une tristesse insoutenable m'envahit. Je le regardai s'en aller, le dos ployé, le pas incertain ; pour moi, c'était toute une vie qui s'éteignait sous mes yeux et je m'étais dit que si les contes que ma mère me racontait, jadis, me laissaient toujours un goût d'inachevé, c'était parce qu'ils finissaient exactement comme l'époque que Jean-Christophe s'était choisie pour ombre et qu'il emportait, maintenant, dans le raclement plaintif de ses chaussures vers on ne sait quelle destinée.

J'avais marché dans les rues en liesse, au milieu des chants et des youyous, sous les drapeaux vert et blanc et dans le chahut des trolleys en fête. Demain, le 5 juillet, l'Algérie aurait une carte d'identité, un emblème et un hymne nationaux, et des milliers de repères à réinventer. Sur les balcons, les femmes laissaient éclater et leur joie et leurs sanglots. Les mioches dansaient dans les squares, prenaient d'assaut stèles, jets d'eau, réverbères, toits de voitures, dévalaient les boulevards comme autant de cascades. Leurs cris supplantaient les fanfares et les clameurs, les sirènes et les discours ; ils étaient déjà demain.

J'étais allé au port voir partir les *bannis*. Les quais étaient submergés de passagers, de bagages, de mouchoirs d'adieu. Des paquebots attendaient de lever l'ancre, vacillant sous le chagrin des expatriés. Il y avait des familles qui se cherchaient dans la cohue, des enfants qui pleuraient, des vieillards qui dormaient sur leurs ballots, terrassés, priant dans leur sommeil pour ne jamais plus se réveiller. Appuyé sur une balustrade donnant sur le port, je pensais à Émilie qui était peut-être là, quelque part dans la vaste masse désemparée se bousculant aux portes de l'inconnu, ou bien qui était déjà partie, ou morte, ou encore occupée à ramasser ses affaires derrière ces immeubles aux allures martiales, et je restai penché sur le port jusque tard dans la nuit, jusqu'au lever du jour, incapable de me résoudre à l'idée que ce qui *n'avait pas vraiment commencé était bel et bien fini.*

IV Aix-en-Provence (aujourd'hui)

— Monsieur...

Le visage angélique de l'hôtesse de l'air me sourit. Pourquoi me sourit-elle ? Où suis-je ?... Je m'étais assoupi. Après un moment de flottement, je me rends compte que je suis dans un avion blanc comme un bloc opératoire, que les nuages qui défilent à travers le hublot ne relèvent pas de l'au-delà. Et tout me revient : *Émilie est décédée. Elle s'est éteinte lundi à l'hôpital d'Aix-en-Provence.* Fabrice Scamaroni me l'a annoncé, il y a une semaine.

— Veuillez redresser le dossier de votre siège, monsieur. Nous allons bientôt atterrir.

Les propos ouatés de l'hôtesse résonnent sourdement dans ma tête. Quel siège ?... Mon voisin, un adolescent en survêtement frappé aux couleurs de l'équipe algérienne de football, me montre le bouton en question et m'aide à ajuster le dossier de mon siège.

— Merci, lui dis-je.

— De rien, tonton. Vous habitez Marseille ?

— Non.

— Mon cousin m'attend à l'aéroport. Si vous voulez, nous pouvons vous déposer quelque part.

— C'est très gentil à toi, mais ce n'est pas la peine. On m'attend, moi aussi.

Je contemple sa nuque tondue conformément aux impératifs d'une mode déjantée, la touffe de cheveux épargnée à l'orée du front, maintenue debout par une épaisse couche de gel.

— Vous avez peur de l'avion ? me demande-t-il.

— Pas spécialement.

— Mon père ne peut pas voir atterrir un avion sans se cacher derrière ses mains.

— Tant que ça ?

— Ça se voit que vous ne le connaissez pas. Nous habitons au neuvième étage, cité Jean de La Fontaine à Gambetta. Vous voyez où c'est, à Oran ? Ces barres géantes qui tournent le dos à la mer. Eh ben, huit fois sur dix, mon père préfère éviter de prendre l'ascenseur. Pourtant, il est vieux. Il a cinquante-huit ans, et il s'est fait opérer de la prostate.

— Cinquante-huit ans, ce n'est pas aussi vieux que ça.

— Je sais, mais c'est comme ça, chez nous. On ne dit pas papa, on dit le vieux... Vous avez quel âge, tonton ?

— Je suis né il y a si longtemps que j'ai oublié l'âge que j'ai

L'avion s'engouffre dans les nuages ; de brèves turbulences le secouent tandis qu'il pique du nez. Mon jeune voisin me tapote le revers de ma main cramponnée à l'accoudoir :

— C'est rien, tonton. C'est juste que l'on quitte l'autoroute pour la piste pendant un petit moment. Les avions, c'est ce qu'il y a de plus sûr en matière de moyens de transport.

Je me retourne vers le hublot, regarde les nuages cotonneux devenir avalanche, puis brume, s'amincir, revenir en force, s'étaler de nouveau avant de s'élimer ensuite, le bleu de ciel réapparaît, éraflé de traînées filandreuses. Que suis-je venu chercher par ici ?... La voix de mon oncle couvre le vrombissement des moteurs : *Si tu veux faire de ta vie un maillon d'éternité et rester lucide jus-*

que dans le cœur du délire, aime... Aime de toutes tes forces, aime comme si tu ne savais rien faire d'autre, aime à rendre jaloux les princes et les dieux... car c'est en l'amour que toute laideur se découvre une beauté. Ce furent les dernières paroles de mon oncle. Il m'avait dit ça sur son lit de mort, à Río Salado. Aujourd'hui encore, plus d'un demi-siècle après, sa voix de moribond résonne en moi telle une prophétie : *Celui qui passe à côté de la plus belle histoire de sa vie n'aura que l'âge de ses regrets et tous les soupirs du monde ne sauraient bercer son âme...* Est-ce pour conjurer ou pour affronter cette vérité que je me hasarde si loin de mon territoire de prédilection ?... L'avion se penche sur le côté en effectuant une embardée et, surgissant du néant, la terre de France m'apparaît soudain. Mon cœur tressaute dans ma poitrine, et une main invisible presse ma gorge. L'émotion est telle que je sens mes doigts traverser le revêtement de l'accoudoir... Bientôt, les montagnes rocheuses me renvoient les reflets du jour. Sentinelles éternelles et inflexibles, elles veillent sur le rivage, nullement impressionnées par la mer démontée ruant dans les brancards à leur pied. Puis, au bout du virage, Marseille !... semblable à une vestale se dorant au soleil. Répandue sur ses collines, éclatante de lumière, le nombril dégagé et la hanche offerte aux quatre vents, elle feint de somnoler, faussement inattentive aux rumeurs des vagues et à celles qui lui parviennent de l'arrière-pays. Marseille, la ville-légende, la terre des titans convalescents, le point de chute des dieux sans Olympe, la croisée providentielle des horizons perdus, multiple parce que inépuisable de générosité ; Marseille, mon dernier champ de bataille où je dus rendre les armes, vaincu par mon inaptitude à relever les défis, à mériter mon bonheur. C'est ici, dans cette ville où le miracle est une question de mentalité, où le soleil excelle à éclairer les consciences quand elles veulent bien se don·

ner la peine de déverrouiller leurs trappes dérobées, que
j'ai mesuré le mal que j'ai fait et que je ne me suis jamais
pardonné... Il y a plus de quarante-cinq ans, j'étais venu
par ici rattraper l'ombre de mon destin, rafistoler quelques-
uns de ses lambeaux ; tenter de rabouter ses fractures, soigner ses fêlures ; me réconcilier avec ma chance qui m'en
voulait de ne pas l'avoir prise au vol, d'avoir douté d'elle,
de lui avoir préféré la prudence alors qu'elle m'offrait ses
tripes ; quémander une absolution difficile au nom de ce
que Dieu met au-dessus de tous les exploits et de toutes
les infortunes : l'Amour. J'étais venu par ici, hagard,
incertain, mais sincère, solliciter une rédemption, la
mienne d'abord, puis celle des autres que je n'ai pas cessé
de chérir malgré la haine qui nous a écartelés, la grisaille
qui a voilé nos étés. Je me souviens encore de ce port aux
lumières chancelantes qui s'apprêtait à accueillir le paquebot en provenance d'Oran, de la nuit qui noyait ses quais,
des ombres sur les passerelles ; revois avec netteté le
visage du douanier aux moustaches torsadées qui m'invita à vider mes poches et à lever les mains comme un
suspect, le policier qui n'appréciait guère le zèle de son
collègue, le chauffeur de taxi qui me conduisit à l'hôtel
en pestant contre ma façon trop brutale de claquer la portière, le réceptionniste qui me fit poireauter la moitié de la
nuit pour vérifier s'il restait encore une chambre de libre
dans le quartier puisque ma réservation n'avait pas été
confirmée... C'était un terrible soir de mars 1964, avec
un mistral à décorner un buffle et un ciel cuivré fulminant
de tonnerres. La chambre n'était pas chauffée. J'avais beau
m'entortiller dans mes couvertures, en quête d'un peu de
chaleur, je gelais. La fenêtre grinçait sous les rafales. Sur
la table de chevet, qu'une lampe anémique éclairait
chichement, reposait ma sacoche en cuir. À l'intérieur, il
y avait une lettre signée André Sosa : « *Cher Jonas,
comme tu me l'as demandé, j'ai retrouvé la trace d'Émilie.*

*Ça m'a pris du temps, mais je suis content d'avoir réussi
à la localiser. Pour toi. Elle travaille comme secrétaire
auprès d'un avocat, à Marseille. J'ai essayé de la joindre
au téléphone ; elle a refusé de me parler ! ! ! J'ignore
pourquoi, d'ailleurs. Nous n'avons pas été proches, tous
les deux, en tous les cas pas suffisamment pour cultiver
un quelconque grief. Peut-être m'a-t-elle confondu avec
quelqu'un d'autre. La guerre a chamboulé tant de repères
que c'est à se demander si ce qu'elle nous a fait subir ne
relevait pas d'une hallucination collective. Mais bon,
laissons le temps faire son travail de deuil. Les blessures
sont encore trop vives pour exiger des survivants un minimum de retenue... Voici l'adresse d'Émilie : 143, rue des
Frères-Julien, pas loin de la Canebière. Très facile à
trouver. L'immeuble est juste en face de la brasserie Le
Palmier. C'est très connu, Le Palmier. C'est un peu le
mess des pieds-noirs. Tu te rends compte ? On ne nous
appelle plus que les pieds-noirs, maintenant. Comme si
nous avions marché toute notre vie dans du cambouis...
Quand tu seras à Marseille, appelle-moi. Je serais ravi
de te botter le cul jusqu'à te faire sortir ce que tu as dans
le ventre par les oreilles. Je t'embrasse très fort. Dédé.»*

La rue des Frères-Julien se trouvait à cinq pâtés de
maisons de mon hôtel. Le chauffeur de taxi m'avait mené
en bateau une bonne demi-heure avant de m'abandonner
devant la brasserie *Le Palmier*. Il fallait bien qu'il gagne
sa vie. La place pullulait de monde. Après les tempêtes de
la veille, Marseille recouvrait son soleil comme si de rien
n'était. La lumière du jour illuminait le visage des gens.
Encastré entre deux bâtiments récents, le 143 était un
vieil immeuble d'un vert fané, aux fenêtres efflanquées
retranchées derrière des volets clos. Des pots de fleurs
tentaient de lifter la banalité des balcons, à l'ombre de
stores avachis... Il me fit un drôle d'effet, le 143, rue des
Frères-Julien. Comme s'il était réfractaire aux lumières

du jour, hostile aux joies de sa rue. J'imaginais mal Émilie rire aux éclats derrière des fenêtres aussi affligeantes. Je pris place à une table, derrière la baie vitrée de la brasserie, de façon à observer les entrées et sorties au bas de l'immeuble d'en face. C'était un dimanche radieux. La pluie avait nettoyé les trottoirs et le sol fumait. Autour de moi, des désœuvrés faisaient et défaisaient le monde dans un verre de rouge ; tous avaient l'accent des faubourgs algériens, le visage encore brûlé par le soleil de la rive sud ; ils roulaient le « r » comme on roule le couscous, avec délectation. Ils avaient beau faire le tour des questions et de la planète, ils revenaient immanquablement à l'Algérie. Ils n'avaient que ça à la bouche.

— Tu sais à quoi je pense, Juan ? À l'omelette que j'avais oubliée sur le feu pendant que je pliais bagage en catastrophe. Je me demande si la maison n'a pas brûlé après mon départ précipité.

— T'es sérieux, Roger ?

— Ben, forcément. Tu n'arrêtes pas de me casser les oreilles avec toutes les saloperies que tu as laissées derrière toi au bled. Tu ne peux pas parler d'autre chose ?

— Parler de quoi d'autre, Roger ? L'Algérie est toute ma vie.

— Dans ce cas, qu'est-ce que tu attends pour clamser et me foutre la paix ? J'ai envie de penser à autre chose, moi, figure-toi.

Au comptoir, trois ivrognes tassés sous des bérets basques trinquaient à la mémoire des quatre cents coups qu'ils avaient opérés à Bab el-Oued. Ils se voulaient discrets, mais s'arrangeaient pour qu'on les entende de la rue. À côté de moi, deux frères jumeaux laissaient traîner leur voix pâteuse sur leur table encombrée de bouteilles de bière et de cendriers pleins. Le teint bistre et la bouche salivante, ils rappelaient les pêcheurs du port d'Alger, avec leur tricot de matelot défraîchi, leur mégot éteint au bec et leur air ratatiné de maquereaux rangés.

— J't'avais dit que c'est une profiteuse, frérot. Rien à voir avec nos filles de là-bas, qui savent respecter les hommes et qui ne te laisseraient jamais tomber. Et puis, qu'est-ce que tu lui trouves, à cette espèce d'iceberg ? J'ai la crève rien qu'en t'imaginant la serrer dans tes bras. En plus, elle est même pas foutue de mijoter un plat en sauce...

Je bus trois ou quatre tasses de café sans perdre de vue le 143. Ensuite, je déjeunai. Et pas l'ombre d'Émilie. Les ivrognes au bar étaient partis ; les jumeaux aussi. Le brouhaha s'apaisa, reprit avec l'arrivée d'une bande de copains éméchés. Le garçon cassa deux verres, renversa une carafe d'eau sur un client qui en profita pour dire tout le mal qu'il pensait de la brasserie, des pieds-noirs, de Marseille, de la France, de l'Europe, des Arabes, des juifs, des Portugais et de sa propre famille, « un ramassis d'égoïstes et d'hypocrites », qui n'a pas été fichue de lui trouver une femme alors qu'il allait bientôt franchir le cap des quarante ans. On le laissa crever tous les abcès qu'il avait sur le cœur avant de le prier de débarrasser le plancher.

La lumière du jour faiblit ; le soir se préparait à investir la ville.

Je commençais à avoir les os en capilotade à force de poireauter dans mon coin lorsqu'*elle* apparut enfin. Elle sortait de l'immeuble, tête nue, les cheveux relevés en chignon. Elle portait un imperméable à col évasé et des bottes qui lui montaient aux genoux. Les mains dans les poches et le pas pressé, on aurait dit une collégienne rejoignant ses camarades pour aller s'amuser.

Je posai toutes les pièces de monnaie que j'avais sur moi dans le petit panier de pain que le serveur avait omis d'emporter et courus la rattraper.

Soudain, j'eus peur. Avais-je le droit de débarquer dans sa vie sans prévenir? M'avait-elle pardonné?

Pour dominer la dissonance de ces questions, je m'entendis crier ·

— Émilie!

Elle s'arrêta brusquement, comme si elle rentrait dans un mur invisible. Elle avait dû reconnaître ma voix car ses épaules se contractèrent et sa nuque se creusa sous le chignon. Elle ne se retourna pas. Après avoir tendu l'oreille en vain, elle reprit son chemin.

— Émilie!

Cette fois, elle pivota si vite sur ses talons qu'elle manqua de tomber. Ses yeux miroitèrent dans son visage livide; elle se ressaisit immédiatement, ravalant ses larmes... Je lui souris, d'un air idiot, à court d'idées. Qu'allais-je lui dire? Par où commencer? J'étais tellement impatient de la retrouver que je n'avais rien préparé.

Émilie me considéra en se demandant si j'étais de chair et de sang.

— C'est moi.

— Oui?...

Son visage était un morceau d'airain, un miroir aveugle. Je n'arrivais pas à croire qu'elle puisse m'accueillir avec une telle insensibilité.

— Je t'ai cherchée partout.

— Pourquoi?

La question me prit de court. J'en perdis l'ensemble de mes moyens. Comment pouvait-elle ne rien saisir de ce qui *crevait les yeux*? Mon enthousiasme accusa le coup, vacilla tel un boxeur sonné au milieu du ring. J'étais consterné, freiné net dans mon élan.

Je m'entendis bredouiller:

— Comment ça, pourquoi?... Je ne suis ici que pour toi.

— Nous nous sommes tout dit, à Oran.

Seules ses lèvres avaient remué dans son visage.

— À Oran, les choses étaient autres.

— À Oran ou à Marseille, c'est du pareil au même.

— Tu sais très bien que ce n'est pas vrai, Émilie. La guerre est finie, la vie continue.

— Pour toi, peut-être.

Je transpirais à grosses gouttes.

— Je croyais sincèrement que...

— Tu te trompais ! m'interrompit-elle.

Cette froideur ! Elle gelait mes idées, mes mots, mon âme.

Son regard me tenait en joue, prêt à m'abattre.

— Émilie... Dis-moi ce qu'il y a lieu de faire, mais je t'en prie, ne me regarde pas comme ça ; je donnerais tout pour...

— On ne donne que ce qu'on possède, et encore !... Et tu n'as pas *tout...* Et puis, ça ne servirait à rien. On ne refait pas le monde. En ce qui me concerne, il m'a pris beaucoup plus que ce qu'il ne pourra me rendre.

— Je suis désolé.

— Ce ne sont que des mots. Je crois te l'avoir déjà dit.

Mon chagrin était si grand qu'il occupait mon être en entier, ne laissant place ni à la colère ni au dépit.

Contre toute attente, la noirceur de son regard s'atténua et son expression se décrispa. Elle me dévisagea longuement, comme si elle remontait loin dans le passé pour me retrouver. Finalement, elle s'approcha de moi. Son parfum m'embauma. Elle me prit le visage dans le creux de ses paumes, comme le faisait ma mère autrefois avant de poser un baiser son mon front. Émilie ne m'embrassa pas. Ni sur le front ni sur les joues. Elle se contenta de me contempler. Son souffle voletait autour du mien. J'aurais voulu qu'elle gardât ses mains sur moi jusqu'au Jugement dernier.

— Ce n'est la faute de personne, Younes. Tu ne me dois rien. Le monde est ainsi fait, c'est tout. Et il ne me tente plus.

Elle me tourna le dos et poursuivit son chemin.

J'étais resté planté sur le trottoir, interdit de la tête aux pieds, et je l'avais regardée sortir de ma vie comme une âme jumelle trop à l'étroit dans mon corps pour s'en accommoder.

C'était la dernière fois que je la voyais.

Le soir même, je repris le bateau pour rentrer au pays et plus jamais, avant le jour d'aujourd'hui, je ne remis les pieds en terre de France.

Je lui avais écrit des lettres, et des cartes de vœux à chaque fête... Pas une fois elle ne m'avait répondu. Je m'étais dit qu'elle avait changé d'adresse, qu'elle était partie ailleurs, le plus loin possible du souvenir, et que c'était peut-être mieux ainsi. C'est vrai, je l'avais beaucoup regrettée, en songeant à ce qu'on aurait pu faire ensemble, aux blessures qu'on aurait cautérisées, aux malheurs qu'on aurait guéris d'eux-mêmes, aux vieux démons qu'on aurait conjurés. Émilie ne voulait rien sauver, ne tourner aucune page, ne faire le deuil d'aucune peine. Les quelques instants qu'elle m'avait accordés, dans cette rue croulante de soleil, avaient suffi pour que je comprenne qu'il est des portes qui, lorsqu'elles se referment sur une douleur, en font un abîme que même la lumière divine ne saurait atteindre... J'avais beaucoup souffert, à cause d'Émilie ; j'avais souffert son chagrin, son renoncement, son choix de vivre recluse dans son drame. Ensuite, j'avais essayé de l'oublier, espérant de cette façon tempérer le mal qui était en nous. Il me fallait me faire une raison, admettre ce que mon cœur s'obstinait à ne pas regarder en face. La vie est un train qui ne s'arrête à aucune gare. Ou on le prend en marche ou on le regarde passer sur le quai, et il n'est pire tragédie qu'une gare fantôme. Avais-je été heureux, après ? Je crois que oui ; j'ai connu des joies, des moments inoubliables ; j'ai même aimé et rêvé comme un mioche ébloui. Pourtant, il m'a toujours semblé qu'une pièce manquait à mon puzzle, que quelque chose ne répondait pas tout à fait à l'appel, qu'une absence me mutilait ; bref, que je ne faisais que graviter à la périphérie du bonheur.

L'avion se pose lentement sur le tarmac dans le rugissement de ses réacteurs. Mon jeune voisin me montre quelque chose par-delà la façade vitrée de l'aérogare où, gigantesques oiseaux paradisiaques, d'autres avions attendent de prendre leur envol, le bec dans le sas. Une voix dans le haut-parleur nous informe de la température qu'il fait dehors, de l'heure locale, nous remercie d'avoir choisi la compagnie Air Algérie avant de nous recommander vivement de rester assis, ceinture attachée, jusqu'à l'arrêt total de l'appareil.

Le jeune homme m'aide à porter mon sac et me le rend devant les guichets de la police des frontières. Une fois les formalités accomplies, il me montre la sortie en s'excusant de devoir me laisser me débrouiller seul car il a des bagages à récupérer.

La porte en verre blanc coulisse sur le hall extérieur. Des gens font le guet derrière une ligne jaune, impatients de reconnaître un visage familier dans le flux des passagers qui débarquent. Une petite fille s'arrache des mains d'une parente et court se jeter dans les bras d'une mamie en djellaba. Une jeune dame est interceptée par son mari ; ils s'embrassent sur les joues, mais leur regard est torride.

Un quinquagénaire se tient un peu en retrait, une grande fiche cartonnée entre les mains : *Río Salado*, lit-on dessus. Pendant une seconde, je crois voir un revenant. C'est tout

Simon, trapu et bedonnant, court sur ses jambes retorses, le front dégarni. Et ces yeux, mon Dieu! qui me dévisagent, qui me devinent. Comment a-t-il pu m'identifier parmi tous ces gens alors que nous ne nous sommes jamais rencontrés? Il m'adresse un petit sourire, s'avance et me tend une main replète et velue aux jointures, identique à celle de son père.

— Michel?...

— Tout à fait, monsieur Jonas. Ravi de vous connaître. Avez-vous fait bon voyage?

— Je me suis assoupi.

— Vous avez des bagages?

— Juste ce sac.

— Très bien. Ma voiture est sur le parking, m'invite-t-il à le suivre en me débarrassant de mon fardeau.

Les chaussées se ramifient vertigineusement devant nous. Michel conduit vite, le regard fixe. Je n'ose pas le dévisager, me contente de son profil à la dérobée. C'est fou comme il ressemble à Simon, à mon ami, à son père. Mon cœur se recroqueville autour d'une évocation fugace. Je dois respirer profondément pour évacuer la toxine qui vient de se déclarer dans ma poitrine, me concentre sur la route qui file à toute allure, le slalom étincelant des automobiles, les panneaux indicatifs qui nous survolent: *Salon-de-Provence*, tout droit; *Marseille,* prochaine sortie à droite; *Vitrolles,* première bretelle à gauche...

— Je suppose que vous avez un petit creux, monsieur Jonas. Je connais un bistro sympa...

— Ce n'est pas nécessaire. On nous a servi un repas dans l'avion.

— Je vous ai réservé une chambre à l'hôtel des *4 Dauphins*, non loin du cours Mirabeau. Vous avez de la chance, nous allons avoir du soleil toute la semaine.

— Je ne compte pas rester plus de deux jours.

— Vous êtes très attendu. Deux jours ne suffiraient pas.

— Il faut que je retourne à Río. J'ai un petit-fils à marier... J'aurais voulu me joindre à vous plus tôt, assister aux funérailles, mais pour obtenir un visa à Alger, c'est la croix et la bannière. Il m'a fallu solliciter une relation influente...

La voiture s'engouffre sous une forteresse en verre surgissant de nulle part.

— C'est la gare Aix-TGV, m'explique Michel.

— Je ne vois pas la ville.

— C'est une gare extérieure. Elle n'est opérationnelle que depuis cinq ou six ans. La ville est à quinze minutes d'ici... Vous êtes déjà venu à Aix, monsieur Jonas?

— Non... En réalité, j'étais venu une seule fois en France. À Marseille, en mars 1964. J'y étais arrivé la nuit, et la nuit d'après j'étais parti.

— C'était une visite éclair?

— Dans un sens.

— Expulsion?

— Rejet.

Michel se retourne vers moi, les sourcils froncés.

— C'est une longue histoire, lui dis-je pour passer à autre chose.

Nous traversons une zone commerciale saturée de grandes surfaces, de magasins et de parkings submergés d'automobiles. D'immenses enseignes au néon tentent de supplanter les panneaux de réclame tandis qu'une marée humaine déferle sur les concessionnaires et les boutiques. Un embouteillage bouche une bretelle, étendant la file de voitures sur des centaines de mètres.

— Société de consommation, dit Michel. Les gens passent de plus en plus leur week-end dans les supermarchés. Terrible, n'est-ce pas? Ma femme et moi y venons un samedi sur deux. Si nous en loupons un, nous ne

sommes pas bien et nous nous engueulons ferme pour des
futilités.

— À chaque époque ses drogues.

— Très juste, monsieur Jonas. À chaque époque ses
drogues.

Nous arrivons à Aix-en-Provence avec une vingtaine
de minutes de retard à cause d'un accident à hauteur du
Pont de l'Arc. Il fait beau, et la ville a mis la clef sous le
paillasson pour prendre d'assaut le centre. Les trottoirs
grouillent de badauds ; l'ambiance est festive. La Rotonde
déverse ses gerbes d'eau au cœur d'un rond-point, ses
lions de pierre en faction autour d'elle. Un Japonais prend
sa compagne en photo, perdu dans le carrousel de voitures. Un manège miniaturisé rassemble une ribambelle
de mioches autour de quelques jeux ; des gamins attachés
à des élastiques s'élancent dans les airs sous le regard
stressé de leurs parents. Les terrasses inondées de soleil
sont noires de monde ; pas une table de libre ; les garçons
s'affairent dans tous les sens, leurs plateaux en équilibre
sur la paume. Michel laisse passer un minibus écologique
bondé de touristes et remonte lentement le cours Mirabeau qu'il quitte un peu plus haut, à hauteur d'une fontaine séculaire, pour emprunter la rue du 4-Septembre.
Mon hôtel se trouve non loin d'un jet d'eau irrigué par
quatre dauphins médusés. Une jeune femme blonde nous
accueille à la réception, me fait remplir et signer un for-
mulaire avant de m'orienter sur une chambre mansardée
au troisième. Un garçon d'étage nous y conduit, Michel
et moi, pose mon sac sur une table, ouvre la fenêtre, vérifie que tout est en place et s'éclipse en me souhaitant un
agréable séjour.

— Je vous laisse vous reposer, me dit Michel. Je
reviens vous chercher dans deux petites heures.

— J'aimerais me rendre au cimetière.

— C'est prévu pour demain. On vous attend chez moi, aujourd'hui.

— Il faut que je me rende au cimetière maintenant, tant qu'il fait encore jour. J'y tiens vraiment.

— D'accord. J'appelle *nos* amis pour leur demander de repousser le rendez-vous d'une heure.

— Merci. Je n'ai pas besoin de me rafraîchir, encore moins de me reposer. Partons tout de suite, si vous n'y voyez pas d'inconvénient.

— J'ai un petit problème à régler avant. Ce ne sera pas long. Une petite heure, ça vous va ?

— Très bien. Je serai en bas, à la réception.

Michel sort son téléphone mobile, s'en va en refermant la porte derrière lui.

Il revient me chercher une demi-heure plus tard, me trouve debout sur le perron de l'hôtel à l'attendre. Je monte à côté de lui. Il me demande si je me suis reposé un peu ; je lui réponds que je me suis allongé un petit moment et que cela m'a remis d'aplomb. Nous descendons le cours Mirabeau en liesse à l'ombre de ses platanes.

— Qu'est-ce qu'on fête aujourd'hui ? demandé-je.

— La vie, monsieur Jonas. Aix fête tous les jours la vie.

— C'est toujours animé comme ça, dans cette ville ?

— Très souvent.

— Vous avez beaucoup de chance d'habiter par ici.

— Pour rien au monde je n'irais finir mes jours ailleurs.

Aix est une ville magnifique. Ma mère disait que son soleil la consolait presque de celui de Río Salado.

Le cimetière Saint-Pierre, où repose, entre autres gloires et martyrs, Paul Cézanne, est désert. Un Mémorial national, en pierre de rogne, dédié aux Français d'Algérie et aux rapatriés d'outre-mer, m'accueille à l'entrée. «Le vrai tombeau des morts, c'est le cœur des vivants», lit-on dessus. Des allées asphaltées quadrillent des lopins gazonnés que veillent des chapelles séculaires. Des photos sur les tombeaux rappellent ceux qui ne sont plus là ; une mère, un époux, un frère parti trop tôt. Les tombes sont fleuries ; le scintillement marmoréen de leur revêtement adoucit les réverbérations du jour, remplit le silence d'une quiétude champêtre. Michel me guide à travers des allées bien dessinées ; son pas crisse sur le cailloutis ; son chagrin l'a rattrapé. Il s'arrête devant une tombe en granit anthracite moucheté de blanc qu'une multitude de couronnes garnit de fleurs éclatantes. En guise d'épitaphe, on peut lire :

Émilie Benyamin, née Cazenave. 1931-2008.

Tout simplement.
— Je suppose que vous voulez rester seul un moment ? me demande Michel.
— S'il vous plaît.
— Je vais marcher un peu.
— Merci.
Michel dodeline de la tête, la lèvre inférieure rentrée dans la bouche. Sa peine est énorme. Il s'éloigne, le menton dans le creux de la gorge, les mains entrelacées dans le dos. Quand il disparaît derrière une enfilade de chapelles en pierre de Cassis, je m'accroupis devant la tombe d'Émilie, joins les doigts à hauteur de mes lèvres et récite un verset coranique. Ce n'est pas sunnite, mais je le fais quand même. Nous sommes les Uns et les Autres aux yeux des imams et des papes, mais nous sommes tous les mêmes devant le Seigneur. Je récite la *fatiha*, puis deux passages de *Sourat Ya-Sin*...
Ensuite, j'extirpe de la poche intérieure de ma veste une petite bourse en coton, tire sur le cordon autour de sa gueule pour l'ouvrir, y plonge mes doigts grelottants et en ramène plusieurs pincées de pétales séchés que je sème

sur la tombe. Il s'agit de la poussière d'une fleur cueillie dans un pot il y a presque soixante-dix ans ; les restes de cette rose que j'avais glissée dans le livre d'Émilie pendant que Germaine lui faisait sa piqûre dans l'arrière-boutique de notre pharmacie à Río Salado.

Je remets la bourse vidée dans ma poche et me lève. Mes jambes tremblent ; je dois m'appuyer contre la stèle pour reprendre mes forces. Cette fois, c'est ma foulée que j'entends crisser sur le cailloutis. Ma tête est pleine de bruits de pas, de voix déchiquetées et d'images fulgurantes... Émilie assise dans la porte cochère de notre pharmacie, la tête dans le capuchon de son manteau, les doigts triturant les lacets de ses bottines. *Je l'aurais volontiers prise pour un ange tombé du ciel.* Émilie feuilletant distraitement un livre à la couverture cartonnée. *Qu'est-ce que tu lis ? Un illustré sur la Guadeloupe. C'est quoi, la Guadeloupe ? Une grande île française dans les Caraïbes...* Émilie au lendemain de ses fiançailles, me suppliant dans la pharmacie. *Dis oui, et j'annule tout...* Les allées chancellent devant moi. Je ne me sens pas bien. J'essaye d'avancer plus vite et n'y arrive pas ; comme dans un rêve, mes jambes refusent de me porter, s'ancrent au sol...

Un vieil homme se tient à l'entrée du cimetière, arborant un uniforme bardé de médailles de guerre. Appuyé sur une canne, tête nue, la figure fripée, il me regarde me diriger sur lui. Il ne s'écarte pas pour me laisser passer, attend que j'arrive à sa hauteur pour me lancer :

— Les Français sont partis. Les juifs et les gitans aussi. Vous n'êtes plus qu'entre vous. Alors pourquoi vous entre-dévorez-vous ?

Je ne comprends pas à quoi il fait allusion, ni pourquoi il me parle sur ce ton. Son visage ne me livre rien de précis. Pourtant, ses yeux me sont familiers. Soudain, un éclair me traverse l'esprit et illumine ma mémoire..

Krimo !... C'est Krimo, le harki qui avait juré ma mort à Río. À l'instant où je le situe dans mes souvenirs, une douleur foudroyante se réveille dans ma mâchoire : la même que celle qui m'avait ébranlé naguère quand il m'avait envoyé la crosse de son fusil dans la figure.

— Tu me remets, maintenant ? Je vois à ton expression que tu me remets enfin.

Je le repousse doucement sur le côté pour poursuivre mon chemin.

— C'est pourtant vrai. Pourquoi ces massacres incroyables, ces attentats qui n'en finissent pas ? Vous vouliez l'indépendance ? Vous l'avez. Vous vouliez décider par vous-mêmes de votre sort ? Qu'à cela ne tienne. Alors pourquoi la guerre civile ? Pourquoi ces maquis infestés d'islamistes ? Ces militaires qui se donnent en spectacle ? N'est-ce pas la preuve que vous n'êtes bons qu'à détruire et tuer ?

— S'il te plaît... Je suis venu me recueillir sur une tombe, et non remuer les charniers.

— Comme c'est touchant !

— Qu'est-ce que tu veux, Krimo ?

— Moi, rien... Juste te reluquer de plus près. Quand Michel nous a appelés pour nous annoncer que l'heure des retrouvailles a été repoussée à plus tard, c'est comme si on avait reporté le Jugement dernier à une date ultérieure.

— Je ne comprends pas ce que tu dis.

— Ça ne me surprend pas, Younes. As-tu seulement compris ton malheur une seule fois dans ta vie ?

— Tu me fatigues déjà, Krimo. Je te trouve chiant comme la mort, si tu veux mon avis. Je ne suis pas là pour toi.

— Moi, si. Je suis venu d'Alicante spécialement pour te confirmer que je n'ai rien oublié, et rien pardonné.

— C'est pour ça que tu as sorti ton vieil uniforme et

toutes tes médailles de la valise en carton qui pourrissait dans ta cave?

— Dans le mille.

— Je ne suis pas le bon Dieu, et je ne suis pas la république. Je n'ai ni mérites pour reconnaître les tiens ni regrets pour compatir à ton chagrin... Je ne suis qu'un survivant qui ignore pourquoi il s'en est sorti sans une égratignure alors qu'il n'avait rien de plus que ceux qui étaient restés sur le carreau... Si ça peut te rassurer, nous sommes tous logés à la même enseigne. *Nous avons trahi nos martyrs, vous avez trahi vos ancêtres,* et puis *vous avez été trahis* à votre tour.

— Je n'ai trahi personne.

— Pauvre fou! Ne sais-tu pas que, d'une manière ou d'une autre, tout rescapé d'une guerre est un traître?

Krimo veut rebondir, la bouche tordue de furie intérieure; le retour de Michel le freine net. Après m'avoir toisé du haut de son fiel, il consent à s'écarter de mon chemin et me laisse regagner la voiture rangée un peu plus bas, à proximité d'une fête foraine.

— Tu viens avec nous, Krimo? lui demande Michel en m'ouvrant la portière.

— Non... Je prendrai un taxi.

Michel n'insiste pas.

— Désolé, pour Krimo, me fait Michel en démarrant.

— Ce n'est pas grave. Aurai-je droit au même accueil là où nous allons?

— Nous allons chez moi. Je vais peut-être vous étonner, mais, il y a à peine quelques heures, Krimo piaffait d'impatience de vous revoir. Il n'avait pas l'air de vous attendre pour vous être désagréable. Il est arrivé hier d'Espagne. Toute la soirée, il a rigolé en parlant des années Río. Je ne sais pas ce qu'il lui a pris soudain.

— Ça lui passera, et à moi aussi.

— Ce serait plus raisonnable. Ma mère disait que les gens sensés finissent obligatoirement par se réconcilier.

— Elle a dit ça, Émilie ?

— Oui, pourquoi ?

Je ne lui réponds pas.

— Vous avez combien d'enfants, monsieur Jonas ?

— Deux… un garçon et une fille.

— Et des petits-enfants ?

— Cinq… Le petit dernier que je marie la semaine prochaine a été sacré champion d'Algérie de plongée sous-marine quatre années d'affilée. Mais ma fierté et mon espoir reposent surtout sur Norah, ma petite-fille. À vingt-cinq ans, elle dirige l'une des plus importantes maisons d'édition du pays.

Michel accélère. Nous remontons la route d'Avignon jusqu'à un feu rouge ; un panneau indique la direction de Chemin Brunet ; Michel la prend. C'est un chemin en lacet qui file vers les hauteurs de la ville, bordé de part et d'autre tantôt de murets derrière lesquels s'abritent de belles demeures, tantôt d'immeubles plaisants que protègent des grilles coulissantes. Le quartier est calme, fleuri et lumineux. Pas un enfant ne joue dans les rues. Seules quelques personnes âgées attendent patiemment leur bus, à l'ombre des plantes grimpantes.

La maison des Benyamin occupe le faîte d'une colline, enfouie dans un bosquet. C'est une petite villa peinte en blanc, ceinturée d'un mur de pierres taillées recouvert de lierre. Michel actionne une télécommande ; la grille s'écarte automatiquement sur un grand jardin au fond duquel trois hommes sont attablés en plein air.

Je mets pied à terre. La pelouse s'affaisse sous mes souliers. Deux des trois vieillards se lèvent. Nous nous regardons en silence. Je reconnais le plus grand, un échalas un peu voûté et chauve. Son nom m'échappe. Nous n'avions pas été très proches, à Río Salado ; voisins, on se disait bonjour dans la rue et l'on s'ignorait sitôt le dos tourné. Son père était le chef de gare du village. À côté de lui, un septuagénaire plutôt bien conservé, le menton volontaire et le front proéminent; c'est Bruno, le jeune policier qui adorait plastronner sur la place en faisant pirouetter son sifflet autour de son doigt. Je suis surpris de le trouver là; j'avais entendu dire qu'il avait été tué dans un attentat de l'OAS à Oran. Il s'approche de moi, me tend sa main gauche; il porte une prothèse au bras droit.

— Jonas... Quelle joie de te revoir!

— Je suis très heureux de te revoir, moi aussi, Bruno.

L'échalas me salue à son tour. Sa main serre mollement la mienne. Il est gêné. Je suppose que nous le sommes tous. Dans la voiture, je m'attendais à des retrouvailles enthousiastes, avec de grandes accolades et des rires gras cadençant les tapes sur le dos. Je me voyais enlacer les uns, repousser les autres pour bien les regarder, retrouver d'un coup les sobriquets et les quolibets d'antan, retomber en enfance l'espace d'une anecdote et damer le pion à toutes ces choses qui ont hanté nos nuits des années durant pour n'en garder que ce qui nous arrange, que ce qui est susceptible de donner un ton pastel aux évocations. Maintenant que nous sommes enfin ensemble, les uns à portée des autres, tout en souvenirs et en survivance, le cœur battant la chamade et les yeux embués, un malaise obscur désamorce nos élans et nous demeurons interdits, semblables à des gamins qui se rencontrent pour la première fois et qui ne savent comment engager la conversation.

— Tu ne te souviens pas de moi, Jonas? me demande l'échalas.

— Ton prénom m'est sur le bout de la langue, mais je garde intact le reste Tu habitais au 6, derrière Mme Lam-

bert. Je te revois encore escaladant le mur pour aller
marauder dans son verger.

— Ce n'était pas un verger, juste un grand figuier.

— C'était un verger. J'habite toujours au 13 et il m'arrive encore d'entendre Mme Lambert pester après les
garnements qui infestaient ses arbres fruitiers...

— Ça alors! Dans mes souvenirs, il n'y a qu'un grand
figuier.

— Gustave, m'écrié-je en claquant des doigts. Ça me
revient. Gustave Cusset, le cancre assermenté de la classe.
Toujours à faire le mariole dans son coin.

Gustave éclate de rire et m'attire violemment contre
lui.

— Et moi? demande le troisième vieillard sans quitter
la table. Est-ce que tu me remets, moi? J'ai jamais rien
volé dans les vergers, et en classe, j'étais aussi sage qu'une
image.

Lui, en revanche, il avait pris un sacré coup de vieux.
André J. Sosa, le frimeur de Río qui claquait son fric
comme son père le fouet. Il est énorme, obèse, avec un
ventre qui lui dégringole sur les genoux et qu'une paire
de solides bretelles a du mal à retenir. La calvitie criblée
de taches de son, la figure indéchiffrable au milieu des
rides, il me sourit de tout son dentier.

— Dédé!

— Eh oui, Dédé, dit-il. Aussi immortel qu'un académicien.

Et il pousse sa chaise roulante jusqu'à moi.

— Je peux marcher, tient-il à me signaler, sauf que je
suis trop lourd.

Nous nous jetons dans les bras l'un de l'autre. Nos
larmes se déchaînent; nous ne faisons rien pour les retenir. Nous pleurons en riant et en nous bourrant les flancs
de coups de poing.

Le soir nous surprend autour de la table à rire aux éclats

et à tousser à nous arracher la glotte. Krimo, arrivé une heure plus tôt, ne me fait plus la gueule. Il a vidé son sac au cimetière ; il est assis en face de moi, avec mauvaise conscience après ce qu'on s'est dit. Peut-être avait-il sur le cœur un cri qu'il n'a jamais eu l'occasion de libérer ? En tous les cas, il a l'air apaisé de quelqu'un qui vient de régler ses comptes avec lui-même. Il a longtemps hésité avant de lever les yeux sur moi. Ensuite, il s'est mis à nous écouter parler de Río, des bals de saison, des vendanges, des parties de jambes en l'air qui prolongeaient les beuveries, de Pépé Rucillio et ses frasques clandestines, des bivouacs au clair de lune ; pas une fois il n'a convoqué un événement malheureux ou un souvenir désobligeant.

Martine, l'épouse de Michel, une robuste gaillarde d'Aoulef, mi-berbère, mi-bretonne, nous confectionne une bouillabaisse pantagruélique. La rouille est succulente et le poisson fondant comme du fromage.

— Tu ne bois toujours pas ? me demande André.

— Pas une goutte.

— Tu ne sais pas ce que tu rates.

— S'il n'y avait que ça, Dédé.

Il se verse un verre, le mire et l'avale d'une gorgée.

— C'est vrai que Río ne produit plus de vin ?

— C'est vrai.

— Putain ! quel gâchis. Je te jure qu'il m'arrive encore d'avoir sur le palais la touche miraculeuse de ce vin gouleyant bien de chez nous, de ce sacré *Alicante d'El Maleh* qui nous donnait envie de nous soûler jusqu'à prendre une citrouille pour un cul de marâtre.

— La révolution agraire a ravagé tous les vignobles de la région.

— Qu'est-ce qu'on a planté à la place ? s'indigne Gustave. Des patates ?

André écarte la bouteille entre nous pour m'avoir pour lui seul :

— Et Jelloul ? Qu'est-il devenu ? Je sais qu'il a été capitaine dans l'armée algérienne et qu'il commandait un secteur militaire dans le Sahara. Mais, depuis quelques années, j'ignore ce qu'il est advenu de lui.

— Il a pris sa retraite avec le grade de colonel au début des années 1990. Il n'a jamais résidé à Río. Il avait une villa à Oran dans laquelle il comptait finir ses jours. Puis, le terrorisme islamiste nous est tombé dessus et Jelloul a été assassiné devant chez lui, abattu d'une balle de chevrotine alors qu'il rêvassait sur le pas de sa porte.

André sursaute, dégrisé.

— Jelloul est mort ?

— Oui.

— Abattu par un terroriste ?

— Oui, un émir du GIA. Et tiens-toi bien, Dédé : son propre neveu !

— L'assassin de Jelloul, c'est son neveu ?

— Tu as très bien entendu.

— Mon Dieu ! Quelle triste ironie du sort.

Fabrice Scamaroni nous rejoint dans la nuit. À cause d'une grève de cheminots. Les embrassades reprennent de plus belle. Entre Fabrice et moi, le cordon n'a jamais été rompu. Devenu grand journaliste et écrivain à succès, je le voyais régulièrement sur les plateaux de télé. Il est retourné plusieurs fois en Algérie pour son journal et profitait de chaque reportage pour faire un saut à Río Salado. Il logeait chez moi. À chacune de ses visites, tôt le matin, qu'il vente ou qu'il neige, je l'accompagnais au cimetière chrétien se recueillir sur la tombe de son père. Sa mère est morte au cours des années 1970, dans le naufrage d'un bateau de plaisance au large de la Sardaigne.

Les bouteilles de vin jonchent maintenant la table. Nous avons ressuscité nos morts, trinqué à leur mémoire ;

nous avons demandé après nos vivants, ce qu'est devenu un tel, pourquoi il a choisi de s'exiler en Argentine, pourquoi l'autre a préféré le Maroc?... André est bourré comme une pipe, mais il tient le coup. Bruno et Gustave n'arrêtent pas d'aller et venir du jardin aux toilettes. Moi, je guette la grille. Quelqu'un manque à l'appel : Jean-Christophe Lamy. Je sais qu'il est vivant, qu'avec Isabelle, il était à la tête d'une grande entreprise florissante sur la Côte d'Azur. Pourquoi n'est-il pas là? Nice est à moins de deux heures de route d'Aix. André arrive de Bastia, Bruno de Perpignan, Krimo d'Espagne, Fabrice de Paris, Gustave de Saône-et-Loire... M'en veut-il encore? Que lui avais-je fait vraiment? Avec le recul, rien... Je ne lui avais rien fait. Je l'ai aimé comme un frère et comme un frère, je l'ai pleuré le jour où il s'est éloigné, *notre* époque aux talons de ses chaussures sans lacets.

— Reviens sur terre, Jonas! me secoue Bruno.

— Oui?

— À quoi tu penses? Ça fait cinq bonnes minutes que je te parle.

— Excuse-moi. Tu disais?...

— Je parlais du bled. Je disais que nous avons vécu orphelins de notre pays.

— Et moi, orphelin de mes amis. J'ignore qui de nous a le plus perdu : n'empêche, ça pèse de la même façon sur le cœur.

— Je ne pense pas que tu aies plus perdu que nous au change, Jonas.

— C'est la vie, dit André avec philosophie. Ce que tu gagnes d'une main, tu le restitues de l'autre. Mais, grand Dieu! Pourquoi faut-il y laisser les doigts aussi?... Bruno a raison. C'est pas la même chose. Non, ce n'est pas du tout la même chose, perdre ses amis et perdre sa patrie. J'en ai les tripes qui se déchirent rien de d'y penser. La preuve, ici, *nous* ne disons pas nostalgie... nous disons *nostalgérie.*

Il respire profondément ; ses yeux luisent dans la lumière du lampadaire.

— L'Algérie me colle à la peau, avoue-t-il. Des fois, elle me ronge comme une tunique de Nessus, des fois elle m'embaume comme un parfum délicat. J'essaye de la semer et n'y arrive pas. Comment oublier ? J'ai voulu mettre une croix sur mes souvenirs de jeunesse, passer à autre chose, repartir à zéro. Peines perdues. Je ne suis pas un chat et je n'ai qu'une vie, et ma vie est restée là-bas, au bled... J'ai beau essayer de rassembler toutes les horreurs pour le vomir, rien à faire. Le soleil, les plages, nos rues, notre cuisine, nos bonnes vieilles cuites et nos jours heureux supplantent mes colères et je me surprends à sourire là où je me prépare à mordre. Je n'ai jamais oublié Río, Jonas. Pas une nuit, pas un instant. Je me rappelle chaque touffe d'herbe sur notre colline, chaque boutade dans nos cafés, et les pitreries de Simon occultent jusqu'à sa mort, comme si Simon refusait que l'on associe sa fin tragique à celle de nos rêves algériens. Je t'assure que là aussi j'ai essayé d'oublier. J'ai voulu, plus que tout au monde, extraire un à un tous mes souvenirs avec un arrache-clou comme on se défaisait jadis d'une molaire cariée. J'ai été partout, en Amérique latine, en Asie, pour prendre mes distances et me réinventer ailleurs. J'ai voulu me prouver qu'il y avait d'autres pays, qu'une patrie se reconstruit comme une nouvelle famille ; c'est faux. Il me suffisait de m'arrêter une seconde pour que le bled me rentre dedans. Je n'avais qu'à me retourner pour m'apercevoir qu'il était là, à se substituer à mon ombre.

— Si seulement on avait quitté le bled de notre propre gré, se plaint Gustave à deux doigts du coma éthylique. Mais on nous a forcés à tout abandonner et à partir en catastrophe, nos valises chargées de fantômes et de peines.

On nous a dépossédés de tout, y compris de notre âme
On ne nous a rien laissé, rien de rien, pas même les yeux
pour pleurer. C'était pas juste, Jonas. Tout le monde
n'était pas colon, tout le monde n'avait pas une cravache
contre ses bottes de seigneur ; on n'avait même pas de
bottes tout court, par endroits. Nous avions nos pauvres et
nos quartiers pauvres, nos laissés-pour-compte et nos
gens de bonne volonté, nos petits artisans plus petits que
les vôtres, et nous faisions souvent les mêmes prières
Pourquoi nous a-t-on tous mis dans un même sac ? Pourquoi nous a-t-on fait porter le chapeau d'une poignée de
féodaux ? Pourquoi nous a-t-on fait croire que nous étions
étrangers sur la terre qui a vu naître nos pères, nos grands-
pères, et nos arrière-arrière-grands-pères, que nous étions
les usurpateurs d'un pays que nous avons construit de nos
mains et irrigué de notre sueur et de notre sang ?... Tant
qu'on n'aura pas la réponse, la blessure ne cicatrisera
pas.

La tournure que prend la conversation m'indispose.
Déjà Krimo avale verre sur verre ; j'ai peur qu'il remette
la discussion de tout à l'heure sur le tapis.

— Tu sais, Jonas ? fait-il soudain alors qu'il n'a pas dit
un mot depuis son arrivée. J'aimerais bien que l'Algérie
s'en sorte.

— Elle va s'en tirer, dit Fabrice. L'Algérie est un eldo-
rado en jachère. Il suffit d'une présence d'esprit. Pour
l'instant, elle se cherche, parfois là où elle ne figure pas.
Forcément, elle se casse les dents. Mais elle est encore
une enfant, et d'autres dents lui pousseront.

Bruno me prend par la main, la serre très fort.

— J'ai envie de retourner à Río, ne serait-ce que pour
un jour et une nuit.

— Qui t'en empêche ? lui dit André. Il y a tous les
jours un vol pour Oran ou pour Tlemcen. En moins d'une
heure trente, tu es dans la merde jusqu'au cou

Nous nous esclaffons à ameuter le voisinage.

— Sérieusement, dit Bruno.

— Sérieusement quoi ? lui dis-je. Dédé a raison. Tu sautes dans un avion et, en moins de deux heures, tu es chez toi. Pour un jour ou pour toujours. Río n'a pas trop changé. C'est vrai, il a pris un coup de blues, les rues fleuries se sont fanées, il n'y a plus de caves et très peu de vignes, mais les gens sont formidables et attachants. Si tu viens chez moi, tu seras obligé d'aller chez les autres, et une éternité ne suffirait pas.

Michel me reconduit à mon hôtel vers minuit passé, monte avec moi dans la chambre et là, il me remet un boîtier métallique fermé par un minuscule cadenas.

— Ma mère m'a chargé de vous le remettre en mains propres quelques jours avant sa mort. Si vous n'étiez pas venu, j'aurais été obligé de faire un saut à Río.

Je lui prends le boîtier, contemple les vieux dessins qui se sont écaillés dessus. C'est une boîte pour confiseries très ancienne, avec des gravures représentant des scènes de vie de château, des nobles dans leurs jardins, des princes charmants flirtant avec leurs belles près d'un jet d'eau ; à son poids, elle ne semble pas contenir grand-chose.

— Je passe vous prendre demain à dix heures. Nous déjeunerons chez la nièce de M. André Sosa, à Manosque.

— À dix heures, Michel. Et merci.

— De rien, monsieur Jonas. Bonne nuit

Il s'en va.

Je m'assieds sur le bord du lit, le boîtier entre les mains. Quel post-scriptum d'Émilie ? Quel signe d'outre-tombe ? Je la revois encore, rue des Frères-Julien, à Marseille, en cette chaude journée de mars 1964 ; revois son regard fixe, son visage d'airain, ses lèvres exsangues broyant mes ultimes chances de rattraper le temps perdu. Ma main tremble ; je perçois la froideur du métal jusque dans mes os. Il faut ouvrir. Boîte de Pandore ou boîte à musique, quelle importance ? À quatre-vingts ans, notre avenir est derrière. Devant, il n'y a que le passé. Je déverrouille le petit cadenas, soulève le couvercle · des lettres !... Il n'y a que des lettres, à l'intérieur de la boîte. Des lettres jaunies par le temps et l'enfermement, certaines boursouflées d'humidité, d'autres maladroitement lissées comme si on avait essayé de leur redonner l'aspect original après les avoir froissées. Je reconnais mon écriture sur le dos des enveloppes, les timbres de mon pays... comprends enfin pourquoi Émilie ne répondait pas à mon courrier : mes lettres n'ont jamais été ouvertes, et mes cartes de vœux, non plus.

Je renverse le contenu du boîtier sur le lit, vérifie une à une les enveloppes dans l'espoir de tomber sur une lettre d'elle... Il y en a une, récente, encore ferme au toucher, sans timbre et sans adresse, avec juste mon prénom dessus et un bout de scotch sur la languette.

Je n'ose pas l'ouvrir.

Demain, peut-être...

Nous avons déjeuné chez la nièce d'André, à Manosque. Là encore, nous avons sorti nos vieilles anecdotes, mais nous commençons à nous essouffler. Un autre pied-noir vient nous saluer. Quand j'ai entendu sa voix, j'ai cru que c'était Jean-Christophe Lamy qui rappliquait, et ça m'a insufflé une bonne dose de je ne sais quoi qui m'a revigoré ; cette même force m'a abandonné illico quand je me suis aperçu que ce n'était pas lui. L'inconnu nous a tenu compagnie une petite heure avant de s'éclipser. Au fil des histoires dont il ne saisissait ni les tenants ni les aboutissants, il a réalisé que malgré ses origines oranaises – natif de Lamoricière, près de Tlemcen – il était en train de fausser quelque chose dans nos intimités, de déranger un ordre auquel il était étranger... Bruno et Krimo nous quittent les premiers, pour Perpignan d'abord où Krimo fera escale chez son compagnon avant de traverser la frontière espagnole. Vers seize heures, nous abandonnons André chez sa nièce et nous raccompagnons Fabrice à la gare Aix-TGV.

— Tu dois impérativement rentrer au bled demain? me demande Fabrice. Hélène serait tellement ravie de te revoir. Paris n'est plus qu'à trois heures d'ici. Tu pourrais prendre l'avion d'Orly. Je n'habite pas loin de l'aéroport.

— Une autre fois, Fabrice. Embrasse Hélène de ma part. Elle écrit toujours?

— Elle a pris sa retraite depuis un bon bout de temps.

Le train arrive, magnifiquement monstrueux. Fabrice saute sur le marchepied, m'embrasse une dernière fois et regagne sa place dans la voiture. Le train démarre, glisse lentement sur les rails. Je cherche mon ami derrière les grandes vitres et l'aperçois debout, la main à sa tempe dans un salut. Puis le départ du train me le ravit.

De retour à Aix, Gustave nous invite aux *Deux Garçons*. Après le dîner, nous arpentons le cours Mirabeau en silence. Il fait bon, et les terrasses ne désemplissent pas. De jeunes gens font la chaîne devant les salles de cinéma. Un musicien échevelé raccorde son violon, assis à même le sol au milieu de l'esplanade, son chien lové contre son flanc.

Devant mon hôtel, deux piétons engueulent un chauffard. À bout d'arguments, ce dernier remonte dans sa voiture et claque furieusement la portière derrière lui.

Mes compagnons me confient à la réceptionniste et se retirent en me promettant de revenir me chercher le lendemain à sept heures pour m'emmener à l'aéroport.

Je prends une douche brûlante et me glisse dans mon lit.

Sur la table de chevet repose le boîtier d'Émilie, aussi

immuable qu'une urne funéraire. Ma main part d'elle-même ôter le petit cadenas mais n'ose pas soulever le couvercle. Je n'arrive pas à fermer l'œil. Essaye de ne penser à rien. Étreins les oreillers, me couche sur le flanc droit, sur le flanc gauche, sur le dos. Je suis malheureux. Le sommeil m'isole et je n'ai pas envie d'être seul dans le noir. Un tête-à-tête avec moi-même ne me dit rien qui vaille. J'ai besoin de m'entourer de courtisans, de partager mes frustrations, de m'inventer des boucs émissaires. Ça a toujours été ainsi : quand on ne trouve pas de solution à son malheur, on lui cherche un coupable. Mon malheur à moi est imprécis. J'ai du chagrin, en même temps je n'arrive pas à le situer. Émilie? Jean-Christophe? L'âge? Cette lettre qui m'attend dans le boîtier?... Pourquoi Jean-Christophe n'est-il pas venu? La rancune serait-elle plus assidue que le bon sens?...

Par la fenêtre ouverte sur un ciel bleuté où la lune se veut médaillon, je m'apprête à voir défiler, au ralenti, mes turpitudes et mes joies, et les visages familiers. Je les entends arriver dans un roulement d'éboulis. Quel tri préconiser? Quelle attitude observer? Je tourne en rond autour d'un abîme, funambule sur le fil du rasoir, volcanologue halluciné au bord d'un cratère en ébullition; je suis aux portes de la mémoire, ces infinies bobines de rushes qui nous archivent, ces grands tiroirs obscurs où sont stockés les héros ordinaires que nous avons été, les mythes camusiens que nous n'avons pas su incarner, enfin les acteurs et les figurants que nous fûmes tour à tour, géniaux et grotesques, beaux et monstrueux, ployés sous le fardeau de nos petites lâchetés, de nos faits d'armes, de nos mensonges, de nos aveux, de nos serments et nos abjurations, de nos bravoures et nos défections, de nos certitudes et nos doutes; bref, de nos indomptables illusions. Que garder de ces rushes en vrac? Que rejeter?

S'il n'y avait qu'un seul instant de notre vie à emporter pour le grand voyage, lequel choisir? Au détriment de quoi et de qui? Et surtout, comment se reconnaître au milieu de tant d'ombres, de tant de spectres, de tant de titans?... Qui sommes-nous au juste? Ce que nous avons été ou bien ce que nous aurions aimé être? Le tort que nous avons causé ou bien celui que nous avons subi? Les rendez-vous que nous avons ratés ou les rencontres fortuites qui ont dévié le cours de notre destin? Les coulisses qui nous ont préservés de la vanité ou bien les feux de la rampe qui nous ont servi de bûchers? Nous sommes tout cela en même temps, toute la vie qui a été la nôtre, avec ses hauts et ses bas, ses prouesses et ses vicissitudes; nous sommes aussi l'ensemble des fantômes qui nous hantent... nous sommes plusieurs personnages en un, si convaincants dans les différents rôles que nous avons assumés qu'il nous est impossible de savoir lequel nous avons été vraiment, lequel nous sommes devenus, lequel nous survivra.

Je tends l'oreille aux bruits d'autrefois; je ne suis plus seul. Des chuchotements pirouettent au milieu des souvenirs fragmentés, pareils à des débris autour d'un fracas; des phrases cryptées, des appels mutilés, des rires et des sanglots entremêlés, indissociables... J'entends Isabelle jouer du piano – du Chopin –, vois ses doigts fuselés patiner sur le clavier avec une rare dextérité, cherche son visage que j'imagine tendu de concentration extatique; l'image refuse de se déplacer, se bloque obstinément sur les touches du piano tandis que les notes explosent dans ma tête dans un ballet de feux d'artifice... Mon chien surgit derrière le tertre, les sourcils en accent circonflexe sur son regard mélancolique; je tends la main pour le caresser; geste absurde mais que j'assume. Mes doigts glissent sur la couverture comme sur un pelage. Je laisse l'évocation prendre possession de mon souffle, de mon insomnie, de mon être en entier. Je revois notre gourbi au bout d'un chemin en passe de s'effacer... Je suis l'enfant perpétuel... On ne retombe pas en enfance, on n'en sort jamais. Vieux, moi ? Qu'est-ce qu'un vieillard sinon un enfant qui a pris de l'âge ou du ventre ?... Ma mère dévale le tertre, la poussière à ses pieds telles des milliers de constellations... *Maman, ma douce maman.* Ce n'est pas seulement un être, une mère, même unique, ou bien une époque ; une mère, c'est une présence que ni l'érosion du temps ni les défaillances de la mémoire ne peuvent altérer. J'en ai la preuve tous les jours que Dieu fait, toutes les nuits quand la latence m'accule au fond de mon lit. Je *sais* qu'elle est là, qu'elle a toujours été auprès de moi à travers les âges, les prières avortées, les promesses résiliées, les absences intenables et les peines perdues... Plus loin, accroupi sur un amas de pierraille, un chapeau d'alfa enfoncé jusqu'aux oreilles, mon père regarde la brise enlacer la sveltesse des chaumes... Puis, tout s'emballe : le feu ravageant nos champs, la calèche du caïd, la charrette qui nous emmenait là où mon chien n'avait plus sa place... Jenane Jato... Le barbier chantant, Jambe-de-bois, El Moro, Ouari et ses chardonnerets... Germaine m'ouvrant ses bras sous l'œil attendri de mon oncle... Puis Río, encore Río, toujours Río... Je ferme les yeux, pour mettre fin à quelque chose, arrêter une histoire mille fois convoquée et mille fois falsifiée... *Chiche !*... Nos paupières nous deviennent des portes dérobées ; closes, elles nous racontent ; ouvertes, elles donnent sur nous-mêmes. Nous sommes les otages de nos souvenirs. Nos yeux ne nous appartiennent plus... Je cherche Émilie à travers le film en charpie dans ma tête ; elle n'est nulle part. Impossible de retourner au cimetière ramasser la poussière de la rose ; impossible de retourner au 143, rue des Frères-Julien accéder au statut des gens sensés, des gens qui *finissent obligatoirement par se réconcilier.* Je me démène dans la

cohue immense inondant le port d'Oran en cet été 1962 ;
je vois des familles hébétées sur les quais, amoncelées
sur les rares bagages qu'elles ont réussi à sauver, les
enfants assommés de fatigue dormant par terre, le paquebot qui s'apprête à livrer les déracinés aux errements de
l'exil ; j'ai beau courir d'un visage à un cri, d'une accolade à un mouchoir d'adieu, aucune trace d'Émilie... Et
moi, dans tout ça ? Je ne suis qu'un regard qui court,
court, court à travers les blancs de l'absence et la nudité
des silences...
Que faire de ma nuit ?
À qui me confier ?
En réalité, je ne veux rien faire de ma nuit ni me
confier... Il est une vérité qui nous venge de toutes les
autres : Il y a une fin en toute chose, et aucun malheur
n'est éternel.
Je prends mon courage à deux mains, ouvre le boîtier,
puis la lettre. Elle est datée d'une semaine avant la mort
d'Émilie. Je respire un bon coup et lis :

« *Cher Younes,*
Je t'ai attendu le lendemain de notre rencontre à Mar-
seille. Au même endroit. Je t'ai attendu le jour d'après, et
les jours qui ont suivi. Tu n'es pas revenu. Le mektoub,
comme on dit chez nous. *Un rien suffit à tout, à ce qui est*
bon et à ce qui ne l'est pas. Il faut savoir accepter. Avec
le temps, on s'assagit. Je regrette tous les reproches que
je t'ai faits. C'est peut-être pour ça que je n'ai pas osé
ouvrir tes lettres. Il est des silences qu'il ne faut pas
déranger. Pareils à l'eau dormante, ils apaisent notre
âme.
Pardonne-moi comme je t'ai pardonné.
De là où je suis maintenant, auprès de Simon et de mes
chers disparus, j'aurai toujours une pensée pour toi
                                        Émilie. »

C'est comme si, d'un coup, toutes les étoiles du ciel n'en faisaient qu'une, comme si la nuit, toute la nuit, venait d'entrer dans ma chambre pour veiller sur moi. Je sais que, désormais, là où j'irai, je dormirai en paix.

L'aéroport de Marignane est serein ; il n'y a pas foule, et les chaînes devant les guichets d'enregistrement s'égrènent tranquillement. L'aile réservée à Air Algérie est presque déserte. Quelques porteurs de valises – *tra-bendistes*, pour les initiés ; inoxydables contrebandiers issus des pénuries et de l'instinct de survie – négocient leur excédent de bagages en usant de tous les stratagèmes ; leur numéro n'impressionne pas le guichetier. Derrière, de vieux retraités attendent patiemment leur tour, les chariots surchargés.

— Vous avez des bagages, monsieur ? me demande la guichetière.

— Seulement ce sac.

— Vous le gardez sur vous ?

— Ça m'éviterait de poireauter à l'arrivée.

— Vous avez raison, fait-elle en me rendant mon passeport. Ceci est votre billet d'accès. L'embarquement est à 9 h 15, porte 14.

Ma montre indique 8 h 22. J'invite Bruno et Michel à prendre une tasse de café. Nous nous attablons. Bruno tente de nous trouver un sujet intéressant, sans succès. Nous finissons notre café en silence, les yeux dans le vague. Je pense à Jean-Christophe Lamy. Hier, j'étais sur le point de demander à Fabrice pourquoi *notre aîné* n'était pas venu ; ma langue s'est contractée et j'ai dû laisser tomber. J'ai appris par André que Jean-Christophe avait assisté aux funérailles d'Émilie, qu'Isabelle, qui l'accompagnait, se portait comme un charme, que tous les deux savaient que j'allais venir à Aix… Je suis triste à cause de lui.

Le haut-parleur annonce l'embarquement immédiat du vol AH 1069 à destination d'Oran. C'est le mien. Bruno me donne l'accolade, s'oublie contre moi. Michel m'embrasse sur les joues, me dit quelque chose que je ne saisis pas. Je le remercie pour son hospitalité, puis je les libère tous les deux.

Je ne regagne pas la salle d'embarquement.

Je commande un deuxième café.

J'attends…

Mon intuition me dit que quelque chose va se produire, qu'il me faut prendre mon mal en patience et rester cloué à la chaise sur laquelle je suis assis.

Dernier appel pour les passagers du vol AH 1069 à destination d'Oran, crie une voix de femme dans le haut-parleur. *Ceci est le dernier appel pour les passagers du vol AH 1069.*

Ma tasse de café est vide. Ma tête est vide. Je suis sous vide. Et cette intuition qui me somme de rester assis et d'attendre. Les minutes défilent sur mes épaules comme autant de pachydermes. J'ai mal au dos, mal aux genoux, mal au ventre. La voix dans le haut-parleur me vrille le cerveau, résonne à mes tempes avec hargne. Cette fois, c'est moi qu'on prie de me présenter immédiatement porte 14. *Monsieur Mahieddine Younes est prié de se présenter immédiatement à l'embarquement, porte 14. Ceci est le dernier appel…*

Mon intuition a pris de l'âge, me dis-je. Debout, mon vieux, il n'y a rien à attendre. Dépêche-toi si tu ne veux pas rater ton avion. Ton petit-fils se marie dans trois jours.

Je prends mon sac et me dirige sur l'aire d'embarquement. À peine me suis-je mis dans la file d'attente qu'une voix m'interpelle du fin fond de je ne sais quoi :

— Jonas !

C'est Jean-Christophe. Il est là, derrière la ligne jaune, enserré dans son pardessus, la tête chenue, les épaules tombantes, aussi vieux que le monde.

— Je commençais à désespérer, lui dis-je en revenant sur mes pas.

— Pourtant, j'ai tout fait pour ne pas venir.

— C'est la preuve que tu demeures la même tête de mule. Mais on a dépassé l'âge des petites morgues, tu ne trouves pas ? Nous sommes déjà en marge du temps. Peu de plaisirs nous restent au crépuscule de notre vie, et il n'y a pas joie plus grande que de revoir un visage qu'on a perdu de vue depuis quarante-cinq ans.

Nous nous jetons dans les bras l'un de l'autre. Aspirés par un formidable aimant. Semblables à deux rivières qui déferlent des antipodes, charriant toutes les émotions de la terre, et qui, après avoir bousculé monts et vallées, fusionnent soudain dans un même lit au milieu d'écume et de trombes. J'entends nos vieux corps se rentrer dedans, le froissement de nos habits se confondre avec celui de nos chairs. Le temps observe une pause. Nous sommes seuls au monde. Nous nous serrons très fort, comme autrefois nous serrions à bras-le-corps nos songes, persuadés qu'au moindre relâchement ils nous échapperaient. Nos carcasses usées jusqu'à la moelle se soutiennent, se maintiennent debout dans la tornade de nos gémissements. Nous ne sommes plus que deux fibres à vif, deux fils électriques dénudés menaçant de se court-circuiter, deux vieux mioches subitement livrés à eux-mêmes et qui sanglotent sans retenue devant des inconnus.

Monsieur Mahieddine Younes est prié de se présenter immédiatement à l'embarquement, porte 14, nous chahute la voix féminine dans le haut-parleur.

— Où étais-tu passé ? lui fais-je en le repoussant pour mieux le dévisager.

— Je suis là, c'est ce qui compte.

— Je suis d'accord.

De nouveau, nous nous enlaçons.

— Je suis très content.

— Moi aussi, Jonas.

– Tu étais dans les parages, hier et avant-hier ?

— Non, j'étais à Nice. Fabrice m'a appelé pour me traiter de tous les noms, puis ça a été Dédé. J'ai dit que je ne viendrais pas. Et ce matin, Isabelle m'a presque foutu à la porte. À cinq heures du matin. J'ai roulé comme un forcené. À mon âge.

— Comment va-t-elle ?

— Exactement comme tu l'as connue. Increvable et incorrigible... Et toi ?

— Je ne me plains pas.

— Tu as l'air en forme... Tu as vu Dédé ? Il est très malade, tu sais ? Il a fait le voyage juste pour toi... Ça s'est bien passé, les retrouvailles ?

— Nous avons ri aux larmes, puis nous avons pleuré.

— J'imagine.

Monsieur Mahieddine Younes est prié de se présenter immédiatement à l'embarquement, porte 14.

— Et Río ? Comment va Río ?

— Tu n'as qu'à le vérifier par toi-même.

— M'a-t-on pardonné ?

— Et toi, est-ce que tu as pardonné ?

— Je suis trop vieux, Jonas. Je n'ai plus les moyens de ma rancune ; la moindre petite colère me terrasse.

— Tu vois ?... J'habite la même maison en face des vignobles. J'y vis seul désormais. Veuf depuis plus de dix ans, j'ai un fils marié à Tamanrasset, et une fille professeur auprès de l'université Concordia à Montréal. Ce n'est pas la place qui manque. Tu choisiras la chambre qui te convient; elles sont toutes disponibles. Le cheval de bois que tu m'avais offert pour te faire pardonner la raclée que tu m'avais infligée à cause d'Isabelle est toujours là où tu l'as vu la dernière fois, sur la cheminée.

Un employé d'Air Algérie un peu perdu s'approche de moi.

— Vous partez à Oran?

— Oui.

— C'est vous, Mahieddine Younes?

— C'est moi.

— S'il vous plaît, on n'attend que vous pour décoller.

Jean-Christophe me fait un clin d'œil :

— *Tabqa ala khir*, Jonas. Va en paix.

Il me prend dans ses bras. Je sens son corps frémir dans mon étreinte. Notre accolade dure une éternité – au grand dam de l'employé. Jean-Christophe se retire le premier. La gorge nouée et les yeux rouges, il me dit d'une petite voix :

— Sauve-toi, maintenant.

— Je t'attendrai, lui fais-je.

— Je viendrai, c'est promis.

Il me sourit.

Je me dépêche de rattraper mon retard, l'employé d'Air Algérie me devançant pour me frayer un passage dans la file, passe par le scanner, puis par la police des frontières. Au moment où je m'apprête à franchir le seuil de la zone franche, je lève une dernière fois la tête sur ce que je laisse derrière moi et les vois *tous*, au grand complet, les morts et les vivants, debout contre la baie vitrée, en train de me faire des signes d'adieu.

Cet ouvrage a été imprimé par

C P I
Firmin Didot

Mesnil-sur-l'Estrée

pour le compte des Éditions Julliard
24, avenue Marceau 75008 Paris
en septembre 2008

Composition Interligne

Dépôt légal : août 2008
N° d'édition : 49230/06 – N° d'impression : 91801

Imprimé en France